Lose Your Mother

母を失うこと

大西洋奴隷航路をたどる旅

サイディヤ・ハートマン *Saidiya Hartman*　榎本空 訳

晶文社

カバー写真　アールクリエイション／アフロ
装丁　松田行正＋杉本聖士

サミュエルとケシアへ

目次

〔　〕は訳者による注釈。

プロローグ　よそ者の道

　エルミナでバスを降りたとき、その言葉が聞こえた。鋭利で、明瞭、空気に響いたそれは、耳元でごとりと音を立て、わたしをたじろがせる。オブルニ。よそ者。海のむこうからやってきた部外者。バス停に群がった三人の子どもたちは、くすくすと笑いながら叫び、ガーナに降りたった地球外生命体を指差して楽しんでいる。「オブルニ、オブルニ」。わたしはその言葉に呼ばれたのだった。まるでわたしのためだけに取りおかれたアクァーバ（歓迎）の挨拶のように。その言葉が群集の隙間を縫ってわたしのもとまで到達したとき、かれらが見ているものを想像してみた。皮膚のようにぴたっとした青いコートに身を包んだエイリアン、濃紺のハッチから飛び出る大きな頭。

　そんな容姿は、その言葉を裏づけた。わたしは周知の部外者。この熱帯地域でビニール製のコートを身につけているものなど、ほかにいるだろうか。わたしの慣習はもうひとつの国（アナザー・カントリー）に属しているらしい。マンハッタンの人混みをかき分けるための早歩き、古くさいドイツ製のウォーキングシューズ、蒸し暑い空気で縮れたぼさぼさの髪の毛は、フレンチブレイド二つでなんとかまとめている。この顔に刻印されているのは、新旧の世界や混じりあった人々と国々、長く忘れ去られていた主人と奴隷。造作の混淆（こんこう）にあって、明確な出自を遡ることはできない。はっきりしているのは、わたしがファンティ人でもアシャンティ人でもエウェ人でもガー人でもないということ。

それ以来、その言葉はどこへいっても聞こえるようになった。市場のざわつきに。新しく懇意になったガーナ人の友人が、昔なじみにわたしを手短に紹介するときに。露天商人の喧騒にも**オブルニ**はひそひそと潜んでいた。人々は、わたしが舌打ちをし、「えっ？」と口に出して、その意味を知っていること、それからその呼称をこちらが喜んでいるわけではないと相手に伝えようとするまで、気軽にその言葉を口にした。

しかしそのうち、わたしは自分の呼び名を受け入れることを学ぶようになった。どう転んだところで、わたしは海のむこうからやってきたよそ者に違いない。黒い顔は、わたしをかれらの類とはしなかった。たとえ容姿だけでは見破られなかったとしても、ひとたび口を開き、父親譲りのブルックリンなまりが学校で学んだ話し方の表層をさざめかせ、文法にはうるさかった母親——彼女の隙のない語り口は南部の出自を隠すためであり、ニューヨークに溶け込むためだったのだが——に叩き込まれた厳格な構文を大混乱に陥らせるのが聞こえると、わたしの正体はたちまちに露わになってしまう。当たり障りのない言い抜けと丁重な婉曲を基調とする当地の英語に比べると、わたしの単刀直入な話し方はやや棘があってぎこちなく聞こえるようだった。はきはきとした物言い、つぶれた母音、空気が足りずに口の中から出切らなかった音たちは、わたしがよそ者であるしるしだった。

わたしは村のよそ者（ザ・ストレンジャー・インザ・ヴィレッジ）だった。根を張ることなく、ふらふらと彷徨う種。人々は陰で囁きあった、デュア・ホ・ミーレ。木に育つキノコに土壌はない。「奴隷」という言葉は皆避けたが、誰が誰であるのか知らぬものはいなかった。「奴隷の子」としてのわたしは、ほとんどの人間が忌避することを選んだものの象徴だった。カタストロフというわたしたちの過去、インド製の布地やベネチアのビーズ、宝貝、銃やラム酒と取引された命。そして口外を禁じられたこと、つまり誰かの出自についてのあれこれ。

オブルニ、わたしはどこにも帰属していないことを認めなければならないらしい。よそ者に与えられた領域とは、常にとらえどころのないどこかなのだ。わたしはもうひとつの国で生まれたが、そこでも自分を外国人のように感じていて、ガーナに行かなければならないと意を決したのには、そんな理由もあった。どこにも帰属先がないような感覚に疲れていた。どこかにこっそりと居場所があればいいと思っていたし、せめてなぜ自分をよそ者のように感じてしまうのか、手っ取り早い説明が欲しかった。

子どもの頃、父や母に怒っているときは、パパやママと呼ぶよう強いる最悪の二人からわたしを救い出してくれるような、非の打ちどころのない架空の両親を呼び出していた。よく想像していた架空の父親は、苗字が同じだったジョニー・ハートマン。父親がコルトレーンのアルバムをかけるときはいつもきまって、ジョニー・ハートマンの魅力的で、物憂げな歌声に耳を澄ました。彼が自分を見捨ててしまった理由について深く考えないかぎり、この架空の家系に救済を見出すことができた。しかしオブルニという棘は、空想の余地を与えてくれない。

アクラに住む移住者の友人に、こんなによそ者のように感じるのはガーナが初めてだと愚痴をこぼしたことがある。彼は「うんうん」と呟きながら、こう尋ねた、「シカゴに行くときは、むこうの黒人が、君がニューヨーク出身だからって歓迎してくれると思うの？　だったらなぜ、ここではそうなると期待するんだろう？」

もっとも普遍的な奴隷の定義はよそ者である。類縁や共同体から引き剝がされ、自国から追われ、辱められ、汚され、奴隷は部外者の居場所をはっきりとさせる。奴隷とは、永続的な追放者、強要された移住者、異国人、家系中の恥ずべき子。一般的な通念に反して、アフリカ人は兄弟姉妹を奴隷として売り飛ばしたのではなかった。売られたのはよそ者だった。親族や部族関係の外部にいるもの、体制に属さないもの、国の外れに住む外国人や未開人、そして社会から排除された犯罪者。自らの人種を裏切るためには、まず自分自身がその人種に属していると想像する必要がある。人種という概念は、近代において、また奴隷貿易の文脈において発展した。

〈奴隷制／奴隷であること(スレイヴァリー)〉という用語そのものは、〈スラヴ人(スラヴ)〉という言葉から派生している。中世世界においては東ヨーロッパ人が奴隷だったためだ。近代のはじめ、アフリカに奴隷制度が広がるにつれ、ヨーロッパではそれが衰退していくが、それでもつい十七、十八世紀までは、「白人」奴隷の購入が可能だった——北アフリカの地中海側の港のイギリス人やスペイン人、ポルトガル人の捕虜たちが。ある歴史家曰く、「史上初めて、隷属をアフリカの血統に制限」したのは、イベリア人の功績に帰すことができるという。アフリカ人とヨーロッパ人との間で奴隷と自由人との線が引かれ、それが肌の色の境界線(カラー・ライン)として強化されたのは、ようやく十六世紀や十七世紀になってからのことだ。

ヨーロッパ人にとっては、人種こそが人間の命に優劣を設け、消耗可能な人々を決定し、商品となりうる肉体を選択する上での基準となった。一方、奴隷船の下甲板に鎖で拘束された人々にとって人種とは、死刑宣告であるとともに、連帯を可能にする言葉でもあった。ひとつの家族としてのアフリカ大陸や、肩を寄せあって立ち上がる漆黒の人種といったビジョンは、大西洋奴隷貿易のあとに捕囚の民、亡命者、孤児らによって生み出された。人種的連帯が血縁にかかわる言葉で表現されたのは、それが傷と、その傷を癒す試みとの両方を証していたからである。奴隷と元奴隷とは、自らが断ち切られたもの、つまり類縁を取り戻そうとした。ディアスポラを生きる人々は、人種の物語を愛と裏切りの物語へと翻訳したのだ。

わたしはガーナによそ者を探しにきた。一度目は一九九六年の夏、海岸沿いに鎮座するいくつもの奴隷要塞に興味を抱く観光客として数週間、二度目は一九九七年の秋から一年間、ガーナ国立博物館に所属するフルブライトの研究員として。先祖の村ではなく奴隷小屋（バラクーン）を探し求めていたわたしにとって、ガーナは旅の始めに格好の地だった。奴隷制について調査している学者として、また奴隷の末裔として、わたしはどんなことをしてでも死者を取り戻したかった。つまり、人間が商品化されていく過程において、未完に終わり、抹殺された生を清算したかった。

わたしは過去と格闘したかった。もちろん、過去の脅威と危機とがいまだにわたしたちを脅かし、多くの生が、現在においてすら、危機に瀕していることは承知している。奴隷制が築き上げた人間（マン）の評価基準と生の序列、価値体系は今なお終わりをみていない。もし奴隷制が、米国黒人の政治的生において課題として残存しているのなら、それは過ぎ去りし日々への、もしくはあまりに長きにわたる記憶の重荷に対する懐古趣味的執着が理由なのではなく、黒人の生が依然として、数世紀前に確立した人種的演算と政治的打算とによって脅かされ、損なわれているからにほかならない。これこそ奴隷制の余生（ザ・アフターライフ・オヴ・スレイヴァリー）である——歪められた人生の機会、医療や教育の機会の制限、早すぎる死、投獄、貧窮。わたしも、また、奴隷制の余生なのだ。

　ガーナには九つの奴隷ルートが横断している。内陸部から大西洋へといたる捕囚の人々が歩いた道を辿ることで、生が破壊され、奴隷が産まれた過程を遡ろうと思った。七十万人以上の捕虜が歩いた道に足を踏み入れ、奴隷貿易において仲買人やブローカーとして機能した商会会社が拠点を構えた沿岸部や、人々を捕え、沿岸に奴隷を供給した貴族戦士の内陸部、そして襲撃を受け、略奪された北部の共同体を歩いてみたかった。ベインからケタにかけて五百キロ近く伸びる沿岸のヨーロッパ式の要塞や貯蔵庫、敵や配下の人々を襲撃し、奴隷貿易によって利益を上げていた強大な内陸国家が建造した奴隷市場、淀みなく捕虜を供給し続けた内陸部の要塞都市や略奪された共同体を訪ねてみたかった。

　ガーナを選んだのは、そこがほかのどの西アフリカ諸国よりも、地下牢や牢獄、奴隷小屋（バラクーン）を有していたからだった——地下に埋れた狭くうす暗い牢室、格子つきの洞窟のような牢室、細い円柱型の牢室、じめじめとした牢室、にわか作りの牢室。十五世紀末以来の金と奴隷をめぐる狂騒にあって、ポルトガル人、英国人、オランダ人、フランス人、スウェーデン人、そしてブランデンブルグ人（ドイツ人）は、アフリカ交易における拠点を確保するため、五十もの恒久的な駐屯地と要塞、そして城を建造した。これらの地下牢や貯蔵庫、また収容所には、大西洋をわたって輸送されていくのを待つ奴隷が収容されていた。

わたしがガーナにいる理由は、血のつながりでもなければ、帰属でもなく、ただ唯一、海に向かって押しやられるよそ者の道だけ。この地で探し求めるべき家筋の生き残りや遠戚の親類はいないし、奴隷制以前の場所や人々を辿る術もない。わたしの家族の痕跡は、十九世紀初頭の二十年で途絶えた。

不規則に広がるジュフレの一族を祖先として受け入れ、共同体の系図に自らの家族を編み込み、失われた息子の帰還を祝されたアレックス・ヘイリー〔作家。奴隷としてアメリカへ連れてこられたクンタ・キンテ一族の年代記、『ルーツ』（一九七六年）を著す〕とは違い、わたしがガーナへ旅したのは、使い捨てられ、打ち負かされたものたちを探すためだった。アフリカ文明に驚嘆するためでもなく、アシャンティの宮廷を誇るためでもなく、捕虜を収穫し、奴隷として売り払った偉大な国々に羨望の眼差しを向けるためでもなく。貴族的な出自に耽りたくはなかった。そうではなく、名もなき人々を見出したい、自らの意思に反して強制的に移住させられた人々を、アメリカ大陸（アメリカズ）という敵意あふれる世界で新しい文化を創り上げた人々を、自らを再形成し、収奪のただ中から可能性を生み出した人々を。

何百キロもの道のりを歩き、アフリカ人やヨーロッパ人の貿易商の手を潜り抜け、奴隷船に乗船し、どこかの沿岸にたどり着いた頃、捕囚の人々はほとんど例外なく、よそ者となっていた。ガーナではよそ者を、暴風雨のあとに地面を流れる水のようだと表現する。それはあっという間に干上がって、痕跡を残さない。エルミナの子どもたちがわたしをよそ者と名づけたとき、かれらは祖先の名でわたしを呼んだのだった。

「よそ者」とは、本来そこにあるはずの名前に代わるXである。それは行方不明者のための代用物、過ぎ去ったもののしるし、先住者と市民との間の傷跡。それは終わりであり、始まりである。それは、既知の世界の消滅と新しい世界からの嫌悪とを告げ知らせている。この呼称がほのめかす思慕や喪失は、奴隷のものであるばかりか、わたしの相続物でもあった。

そんな痛みを受け入れるつもりなど毛頭なかったわたしは、過去を帳消しにして、自分という存在を作り直そうとした。両親からの影響を抹殺し、わたし自身からはかけ離れたかれらが望む娘を焼き殺そう、そんな自己形成のために名前を変えたのだ。ヴァレリーという名を放棄して。ヴァレリーは、母がわたしになるよう期待したお姫様で、きらきらと輝く女の子。母が父親の家で育っていればそうなれたはずの、満たされた女の子。ヴァレリーは家族の名前ではなく、ドクター・ディンキンの婚外子であった恥を和らげるために、母が選んだ名前だった。そこには、舞踏会と新品のドレス、湖で過ごす夏への憧れがのしかかっている。それは外側が金色に塗りたくられた名前で、内側はひりひりするような怒りであふれている。母が恥じていたみすぼらしい黒人の女の子を、名前が消し去ったのだ。

そんなことで大学二年生のとき、わたしはサイディヤという名前を選び取った。母親の思惑から逃れるために、アフリカ人としての遺産を行使したのだ。サイディヤという名は、両親の否認からわたしを解放し、家系のブルジョア的な一角を切り落としてくれた。最初は拒絶されもしたが、気にならなかった。わたしの名は人々との連帯を築き、白人社会に適合したニグロとその中で成功しようと甲斐甲斐しく働いた私生児の子孫らの証拠の一切合切を根絶やしにし、貧しい黒人少女たちの傍らに居場所を確保してくれた——タミカやロキーシャ、シャニーカといった少女たちのそばに。何よりもそれは、母の希望を打ち砕いた。名前はアフリカ人名の一覧から選んだ。その意を「助け手」と言う。

あのときは、過去を書き換えるという試みが、母親のそれと同様に頓挫するとは思ってもいなかった。サイディヤもまた、わたしがどうあがいてもなることの叶わない架空の誰かだったのだ——つまり奴隷制という恥辱と、代々相続されてきた失望に汚されていない純真無垢な少女という架空の誰か。また当時は、スワヒリ語が重商主義と奴隷貿易の影響下にあり、アラブ人、アフリカ人、そしてポルトガル人の間の商業的な関係を通じて普及した言語だとも知らなかった。真の名前を手に入れることで抹消しようとした権力者と市井の人々、主人と奴隷との間の悍(おぞ)ましい歴史は、こうしてわたしの預かり知らぬところで、すでにその名に刻まれていたのだ。

大西洋の裂け目は名前によって修復できないこと、母国と呼べるものにもっとも近いのが、よそ者が旅せねばならなかったルートであること、気がつくのが遅すぎた。踏みにじられ、みちみちで失われた親族の姿、放棄され土に還った家宅、視界から消失し、記憶から消滅した町々、わたしが請求できるのはそれ以外になかった。そこでわたしは、まさにそうしようと心に決めて、客観的な座標を伴う実在の領土であり、同時に想像上の過去という比喩的な領域でもある、奴隷が通った道に向かって踏み出した。

そんな旅路にわたしをほどきいれたのは、母の祖父で、わたしの曽祖父のモーゼスだった。

霞みがかったある夏の朝、わたしと弟のピーターは、ポッパとともに自分の人々（マイ・ピープル）を学ぶ旅に出た。一九七四年の夏は、その後の短い四日間の滞在を除けば、わたしたちがアラバマ州モンゴメリーを訪ねる最後の機会で、それを予感していたポッパは、わたしたちを過去へと誘った。ピーターとわたしにアンダーウッド・ストリートは狭すぎて、地元の子どもたちにも飽き飽きしていた。かれらはかれらで、束縛の多いあちらの世界に対し、わたしたちがこちらの世界の摩訶不思議を自慢するため、何かにつけては口にした「ニューヨークでは」と始まるセリフに、うんざりしていたようだ——最高の中華料理、コニーアイランドのジェットコースター、ユダヤ料理のクニッシュ、むせ返るような暑さのアスファルトの道路に間欠泉のように突き出た消火栓。ジーパンの着用を許された一時間のミサではシスター・マドンナがギターをかき鳴らし、それは居眠りをすればつねられ、どんなに暑くてもドレスとタイツ、そしてジャケットとネクタイの着用が義務づけられたモーニング・ピルグリム・バプテスト教会の朝から晩まで続く拷問とは、比べるべくもなかった。

　ポッパは、わたしたちの人々が、街へ移る前に暮らしていたモンゴメリー郡郊外の田舎を案内してくれた。ぼんやりとした眼差しの牛たち以外は茶色一色の農地を走り抜けながら、ポッパはしきりと窓から手を伸ばし、こう言って憚らなかった。「昔は、黒人が土地を所有していた」。今では、見わたすかぎりのすべてを農企業が所有している。

　かつてわたしたちが耕し、しかしもはやわたしたちのものではない土地、そんな光景は、ポッパの記憶を呼び覚ました。ポッパは彼の祖父を思い出していたに違いない。彼の死後、土地は近隣の白人によって盗られ、妻と子どもたちは土地を失った。白人連中は、ポッパの祖父の井戸に毒を流し、家畜を殺し、彼を土地から追い出そうと試みたが、かれらが家族を立ち退かせ、資産を不正な方法で奪うことに成功したのは、ようやくポッパの祖父が死んだあとだった。黒人の農民たちがいかにしてすべてを——馬に乗った襲撃者(ナイトライダー)や銀行、そして政府によって——失ったのかを説明している最中、ポッパは奴隷制の物語に迷い込んだ。ポッパやわたしの高祖父のような男たちにとって、土地を失うことは奴隷となることを意味したから。ポッパは、奴隷制の時代を暗闇の日々と呼んだ。

　ポッパと過ごしたあの午後のひとときまで、わたしの奴隷制についての知識は、ごく基礎的なものにすぎなかった。もちろん黒人がかつて奴隷であり、わたしがその末裔であることは知っていたが、それは漠然としていて、自分からは乖離していた。それはまるで、大人が好んで語り聞かせる自分では記憶のない赤ん坊だった頃の信じがたい行動みたいなもので、作り話だと疑うわけではないが、幼い化身が自分ではないように思えることに戸惑ってしまう。奴隷制もそれに似て、自分の一部であるとともに、自分のものではないような感覚を持っていた。それまで奴隷制はどこか具体性を欠いていて、隣でのりのきいたコットンのシャツを着て、茶色のフォードに座る曽祖父や、カラカラに乾いた赤い粘土質の田舎道のような、もしくはテネシーからきた馬の売買人や、わたしと大して違わない年齢で動産となった少女の名前のような、そんな手触りを伴ったものではなかったのだ。

　わたしが通ったクイーン・オブ・オールセインツ校でも、奴隷制については耳にしたことがない。ただ、ちびくろサンボについては、四年生の頃の担任だったコンロイ先生から学んだことがあった。彼女の心地良いアイルランド訛りのおかげで、その物語の不快感は和らいだ。アフロパフで髪の毛をまとめていたとき、彼女にアフリカのお姫様と呼ばれたこともあった。教室は、白人、黒人双方のクラスメイトの冷やかし笑いで包まれていた。ブラック・パワー・サマーキャンプでも、奴隷制は議論されなかった。それが無料で、しかも家から徒歩圏内で開催されるということしか知らない両親に黙って参加したキャンプでは、スタッフが白人に対して劣等感を持つことを禁じ、Tシャツには、結局その意味を最後まで覚えられずじまいだったのだが、スワヒリ語で何か革命的なメッセージが施されていた。スタッフは資産を軽蔑することや、ブラック・パワー式の握手の方法、デモ行進の厳密な隊形は教えたが、中間航路や動産とされた人間については何も語らなかった。

田舎道を車で走りながら、ポッパは母親と祖母は奴隷だったと語った。馬とラバの商人の子守女だった彼の祖母エレンは、一八二〇年頃、テネシーで生まれた。家つきの奴隷だった彼女は農地での重労働を免れ、肉体労働者よりもよい服を着て、パンくずや残り物にありつき、主人と旅することができたという。それでも、ほかの奴隷に比して彼女が享受していたはずのささやかな特権は、主人がある「状況」に陥ったとき、彼女が売り払われてしまうのを防ぎはしなかった。

あるとき、エレンは主人と家族に付き添って、馬の群れを売るために、アラバマに出ていた。アラバマで何か悪いことが起こり、彼女は馬とともに売られた。賭けに負けたか、未払いの借金か、急に現金が入り用になったのか、いずれにせよエレンにとっては悪いことだった。子守女は、主人の子に授乳する乳母の場合が多かったから、テネシーに彼女の子どもがいたかもしれない。また、運がよければ、彼女の母親も家族と共に暮らしていたかもしれない。もし、エレンがテネシーに自分の子や母親、夫を残していたのなら、彼女は別れすら告げられずに、かれらから引き剝がされたことになる。

　ポッパの母のエラは、アラバマで生まれ、奴隷制が終わったときはまだ少女だった。ポッパが、祖母に比べて母親についてあまり喋らなかったのは、彼が祖母に育てられたからか、それとも、母親について話すことが、彼を一九〇七年、母親を亡くしてかなしみに暮れる十五歳の少年に引き戻してしまうからか。彼は純然たる事実にこだわることを好んだ——つまり誕生と死、そして解放。

　一八六五年のある日、北軍の兵士が、雑事をこなしていたエラに近づいてきたという。「兵士が母さんのそばにやってきて、君は自由だと告げたんだ」。簡明なエラの物語に、わたしは呆然としてしまった。彼女の人生は、二つの基本的な事実で成り立っている——奴隷制と自由という二つの事実の並列、それが彼女の年表の始まりと終わりを規定している。もっとも、これこそ奴隷制がなしたことなのだ。それは人の歴史を剝ぎ取り、無味な事実とかけがえのない断片だけにしてしまう。

　ポッパが記憶している以上のこと、もしくは彼が語ろうと望んだ以上のことを、どうしても知りたいと思ったのは、エラの物語があまりにも簡素だったためだろうか、あるいは、ポッパが説明しているとき、目の前に悠然と広がる盗まれた土地と自由の約束とを天秤にかけるようにして、彼の言葉に潜んでいた希望と絶望のためだろうか。ピーターとわたしは、黙って聞いていた。何を言っていいのかわからなかった。

　ポッパは、コーンパイプを吸う祖母より上の世代の親類を誰も覚えていなかった。彼のパイプ趣味は祖母ゆずりで、パイプをくゆらせるポッパがわたしは大好きだった。ポッパのそばによると、パイプから立ち上るメープルタバコの甘い匂いがいつも漂っていた。家族について祖父が知っていたのは、彼の祖母のエレンまで。ほかの人々の名前は覚えていないという。そう話すとき、自分の人々についての無知から生まれるかなしみと怒りが、ポッパの柔らかな顔の曲線を歪めるのが見てとれた。わたしはあっと驚いてしまった。八十五歳になってなお、ポッパは変わらず堂々としていて、逞しく、一九〇センチ近い大柄で、ハンサムだと思っていたから。そんな疼きならほかの人々にも目撃したことがある。祖母の家でバーベキューをしたとき、祖母のいとこが二人、祖父の名前をめぐって殴りあい寸前の喧嘩になった。当時、かれらと同じ感情が自分にも眠っていると知るには、まだ幼なすぎた。それでも、高祖母の母について、またほかの忘れられた人々について、わたしは思いを巡らせてみた。

もしポッパの母や祖母が、奴隷としての生活の細部をポッパに何か語っていたとしても、彼はそれをわたしやピーターには話さなかっただろう。言葉ではとても言い尽くせないと考えていたことを、明かしたくないのは当然だと思う。もっとも、わたしと弟が祖父から伝えられていたことは、母のそれよりは多かった。今でも、祖父は母を「女の子」と呼びたがる。家に帰って、祖父から奴隷制や、彼女の曽祖母のエラ、あの道端の少女について聞いたことがあるか母に尋ねると、「あたしが子どもの頃はね、そういう話はしなかった」と答える。母の曽祖母は、母が生まれる前に亡くなったので、母は彼女について何も覚えていない。その名前さえも。

十二歳の頃、わたしは知らない母方の高祖母に取り憑かれたようになってしまい、ひたすらあの場面を組み立てては、その配列を入れ替えていた。兵士が近づいてきたときの戸惑い、あるいは、馬にまたがって彼女を見下ろす兵士と、その兵士の言葉を噛み締める彼女の顔に広がる笑顔、もしくは踵を返し、大声で笑いながらそこを立ち去る彼女、それとも、疑念と驚嘆の狭間で動転した彼女は、母親のもとへと慌てて駆け出しただろうか。ポッパが語った小さな言葉について沈潜しつつ物語の空白を埋めようとするのだが、その努力が実を結ぶことはなかった。曽祖父と過ごしたあの午後以来、物語の断片と、世代を超えて幾重にも使われてきた名前のみが存在の証拠である親類の姿を、わたしは探し求めてきた。

　家族写真なら山ほど持っていた友人たちとは違い、わたしは曽祖母がどんな顔をしていたのか知らないし、大叔母ですら、彼女たちが少女だった頃の姿を見たことがない。写真はどこかへいってしまった。何枚かは、親類が亡くなったときに死者への贈り物（トークン）として遺体もろとも埋葬され、ほかは霧散した。わたしが知っているかれらの姿は、記憶のものか、想像したもの。名前そのものがわたしの曽祖父のモーゼスと彼の母、エラの記念である叔母のモーゼラが、彼女の母親とわたしの高祖母のポリーが写っている写真について説明してくれたことがある。皆、彼女をビッグ・ママと呼んでいたという。その写真では、モーゼラの母のルーがブルマにフリルつきのドレスを着て、ビッグ・ママの膝に座っている。彼女はビッグ・ママが何を着ていたか覚えておらず、ただ、わたしの母の説明と同じ言葉をくりかえした。ビッグ・ママはダークチョコレート色の丸顔でね、がっちりとした体格の女性だった。

　ビッグ・ママは、奴隷であった頃の生活について何も語らなかった。エレンやエラも、何も。ポッパが埋めることができたのは、家族の生の無味な骨子だけ。わたしの家族の歴史の空白と沈黙は、珍しいわけではない。奴隷制は過去を、謎と未知、語りえないものに変えた。

母が自ら進んで語ってくれた過去の物語は、黒人差別体制（ジム・クロウ）のことばかりだった。母は分離された世界で子ども時代を過ごした。つまるところそれは、彼女にとって公園やプール、ミルクセーキ屋の禁止を意味していた。彼女の思い出は禁止事項であふれている。水を飲むことも、トイレを利用することも、ほんの些細な人間の必要が肌の色（カラー・ライン）によって規制される。

父は人種差別についてあまり語らなかった。アラバマで空軍の下士官兵だった頃、初めてニガーと呼ばれて白人伍長を殴った挙句、軍法会議をすんでのところで免れたことは覚えていたが、父の口から「奴隷」や「奴隷制」といった言葉を聞いたことは一度もない。父方の親類について知っていることは、母方よりも少なかった。父や彼の家族は、名前不詳の祖先に焦がれてみたり、その名前がなんだったのかと推測ってみたりしなかったのだ。かれらの喪失は、すぐそばにありすぎた。父方の祖父母は、カリブ海に浮かぶ五十五キロにわたって続く不毛の地、キュラソーを去り、ニューヨークに向かう。彼の地で成功し、故郷に帰ると誓って。しかし、帰郷するにはまだ早いだとか、貯金が足りないだとか、来年のほうが楽に帰れるだとかと自分たちを納得させているうちに、数十年という歳月が過ぎてしまった。

永続的な疎外という敗北を受け入れる用意がないまま、父親の家族はアメリカの夢にしがみついた。恐怖を彼方へ追いやるためには、そんな言葉が必要だったのだろう。それが暗い日々の慰めであり、故郷ではなく合衆国にいる理由だった。機会（オポチュニティ）――あたかもそれが必要な慰めであるかのように、それが偏見をはねつけ、敗北の避けどころとなり、孤独を癒し、思慕の痛みを鎮めるとでもいうように、かれらは唱え続けた。その言葉は、過去を覆い込み、かれらの目をただ未来へのみ向けさせる。実家への送金は、あとに残していった母親の介護を放棄したことへの憤りや、アメリカでの生活という不可能を期待しているむこうの十代の子どもたちをなだめることはなかった。アメリカのような場所では、ノスタルジーや後悔が命取りとなる。だから当てになるのは明日だけだった。

同時に、かれらはうまくいかないことがあると、それを何から何までアメリカのせいにした。アメリカとは祝福であり、災いであった。涙が出るほどの寒さ。高額な石炭。息子の反抗。娘がキュラソーのパピアメント語を話さないこと。アメリカはあらゆる不満の要因で、あらゆる悪事の言い訳だった。

帰郷が叶わないことがはっきりすると、祖父母は、自らと過去との間に、半ばの真実と半ばの沈黙から成る壁を築き上げた。時間を小分けにし、まるで付属品か何かのように過去を切り落として。以前の世界と自らをつなげていた感情を捨て去り、いつも帰り道として思い描いていた夢を追い払うことができるかのように。やがて父方の家族は、現在が耐えうるすべてであると決断を下した。グリーンカードをかつてどこかに属していたことの唯一の証として遺し、かれらは合衆国で亡くなっていった。

祖父母とは違って、わたしにとっては過去が帰れるかもしれない祖国だった。祖父母の人生の教訓を不遜にも敗北と勘違いして、それを押しのけたのだ。わたしなら祖父母ができなかったことを成し遂げられると信じていた。かつてと今の間にそびえるバリケードを破壊すること、祖父母をパーク・プレイスという極小の世界から解き放つこと、そしてブルックリンよりはる

か昔に始まった歴史を再検討すること、わたしならできると確信していた。こうしてわたしは、かつての祖父母がそうだったように闇雲に、痕跡を残さなかった人々を探す旅に出た。

アラバマの奴隷証言集のある巻に母方の高祖母の名前を偶然見つけたのは、博士論文のための調査をしていたときのこと。イェール大学の図書館の埃っぽい書架で、彼女を見つけたわたしの心は躍った（それはさすらいの少女エラではなく、曽祖母ミニーの母のポリーだった）。奴隷制時代の記憶について尋ねられた彼女は、「何もないね」と答えている。わたしは崩れ落ちた。そんなはずはない。むろん、黒人差別体制（ジム・クロウ）時代のディキシーで、白人の聞き手に対して、高祖母が奴隷制について語るのを躊躇った理由は、いくらでも考えられる。それでもこの沈黙は、記憶と奴隷制についての問いを掻き立てた。過去について、記憶することと忘れること、その選択に何があるのか？　忘却が新しい生の可能性を生むと高祖母は信じていたのか？　過去に手を伸ばすことは無為なのか？　彼女が語るのを拒否した言葉は、わたしが記憶すべきことなのか？　奴隷の経験は、わたしがどれだけ手を尽くしても知りえないであろう数多の物語によってこそ、表象されるものなのか？　断絶と沈黙、空っぽの空間、それがわたしの歴史の本質なのか？　もし残骸こそがたったひとつの相続物であり、奴隷たちの物語が回復不可能であることのただひとつの証明であるなら、わたしの歴史とは悼みに等しいのか？　あるいは、さらに悪いことに、それは乗り越えることのけっして叶わない過去への憂鬱(メランコリア)なのか。「父は知りません」。「母は失いました」。「子どもたちは散り散りになりました」。証言集では、そんな言葉が頻出する。同様に重要なのは、沈黙とはぐらかし、「今までで最悪の出来事」や「暗闇の日々」などの謎めいた言葉によって暗号化された出来事。それは奴隷制の平凡な暴力——鞭打ち、屈辱を与えられること、親類から引き剝がされること——を超えて、言語を絶する虐待行為を表現している。排泄物を用いた罰、性的暴行、マルキ・ド・サドの想像力など比較にならないほどの拷問。奴隷が生きのびた最悪の事態には、それを生きのびてしまったという恥辱がついてまわった。記憶することは、それを忘れてしまいたいという意思との葛藤だった。

　生の記録を残さなかったものたちや、かれらについて発せられたり、なされたりした悍ましい言行によって、その履歴が成り立っているものたちの物語を書くには、博士課程の教育では足りなかった。歴史記録の空白を埋め、記憶するに値しないとされた人々の生を提示しよう、そう心に誓ったが、果たしてどうしたら不在との出会いの物語を書けるだろうか？

それから数年が経ち、アラバマの証言集に再び当たったとき、なぜか彼女が見つからなかった。資料にあったのは、エラ・トーマスというある人物の名前だった。二人の高祖母を混同していたのだろうか？　記録用ノートを見返し、あのときコピーし損ねたインタビューを血眼になって探し、五巻の証言集、アラバマの二巻とその脇の三巻をくまなく調べたが、それでも見当たらない。ミニーもポリーも、類似の名前も、記憶に刻印された文章、つまりページの半分にも満たない文字、クラーク通りの住所、彼女の外観についての所見、それらがすべてインクリボンの掠れた機械でタイプしてある、その文章も。それはまるで、わたしが彼女を呼び寄せたようだった。過去への飢渇は、とうとう亡霊を呼び覚ますほどに膨らんでいたのだろうか？歴史の内側へと入りたいという欲求がわたしを欺き、学者としての勤勉をあざ笑うかのように、母の喪失によって見境のつかなくなった少女のわたしを暴き出したのだろうか？

高祖母のほんのわずかな痕跡は、目の前で消滅した。そんな出来事は、振り返ってみると象徴的だったように思う。手元からすり抜け続ける奴隷のアーカイヴのとらえどころのない様について、わたしは手ほどきを受けたのだ。

そのアーカイヴには、期待通りのものが含まれている。奴隷所有者の積荷目録、貿易品の台帳、食料の商品目録、売渡状、生存、衰弱、死亡と状態によって項目化された肉体の目録、船長の航海記録、農園主の日記。わたしが奴隷自身にもっとも近づけたのは、奴隷取引の記録だった。貿易会社の年間報告書と、ロンドンやアムステルダムから交易所のある西アフリカ沿岸へとわたった書簡を読みながら、滅ぼされたものたちの痕跡を探した。品目名ひとつひとつにわたしが見たのは、墓標だった。商品、積荷、そしてモノ、それらは表象の役には立たない、少なくともおいそれとは。アーカイヴは、過去について何を言いうるのか、目録に加えられ、防腐処理をされ、書類箱やフォリオに封印された人々についていかなる物語を語りうるのかを規定している。アーカイヴを読むとは、遺体安置所に足を踏み入れるということ。それが許可するのは最後の対面であり、今にも奴隷の一時収容所に消え去ろうとしている人々の姿を最後に一目、垣間見ることである。

わたしは、消滅した人々の残余を発見するという目的とともに、ガーナに降り立った。そんな浮世離れした使命に向けてわたしを駆り立てたものは何か、知りもしない人々を恋しく思うのはなぜか、懐疑が思慕を損なってしまわないのはなぜか、説明は難しい。もっとも単純な答えは、過去をそばに手繰り寄せたいから。奴隷制という試練がいかにして始まったのか、理解したかった。いかにしてひとりの少年が綿布二メートル半やラム酒一本と、そしてひとりの女性がかご一杯の宝貝と等価になったのかを、了解したかった。類縁と他者を隔てる境界を越えたかった。名のない人々の物語を語りたかった——奴隷制の餌食となった人々や、捕囚を免れるために辺鄙な、荒漠とした土地へと追い込まれた人々の物語を。

ガーナに来ることで、世界にあってよそ者であるような感覚から逃避しようと思っていたのなら、彼の地で待っていたのは失望だった。もっとも、到着する前から覚悟ならしていた。よそ者となるとは、親近感や帰属、そして排除の問題だけではなく、過去とのある特定の関係性にかかわっている。もし過去がもうひとつの国であるなら、わたしはその市民。忘却への意思があたかも歴史の問題を解決できるとでもいうように、ほとんどの人々が記憶しないことを選んだ経験の遺物、それがわたし。千二百万人が大西洋をわたったこと、そしてその過去はいまだ終わっていないこと、わたしはその証。わたしは捕囚の民の子孫、死者の面影。そして歴史とは、この世俗世界が死者に寄り添う方法。

第一章　アフロトピア

「よそ者の目がどれだけ大きかろうと、かれらは見ることができない」。西洋人お決まりの無知を表現するためのこの言葉を最初に聞いたのは、マーカス・ガーヴィー・ゲストハウスの管理人、ステラではなかったように思うが、彼女であったとしても不思議ではない。この表現の洗礼は、彼女のおかげということにしておこう。最初の一ヶ月も、それから十ヶ月後も、そんな評価は変わらずわたしを動揺させた。それは、いつも頭上に浮かんでいて、ただ時宜を待っているかのよう。今では、あの最初の晩をこの言葉抜きに思い出すことはできない。

マーカス・ガーヴェイ・ゲストハウスは、急速に寂れつつあった。これから滞在予定の部屋のドアをステラが開けたとき、わたしは失望を隠そうと必死だった。わがままなアメリカ人だとは思われたくない。黄色くくすんだ壁と、天井にしみ出た茶色の水垢、そして汚れでカチカチになった緑の絨毯に目をやりつつ、わたしは初めてホームシックの痛みを味わい、これからゲストハウスで過ごす、気の遠くなるような一週間のことを思った。部屋はうだるように暑く、カビ混じりの空気は重苦しい。国立博物館の同僚がこのゲストハウスを選んでくれたのは、ここがアクラでは破格だったからだ。一泊たった四十ドルで、ほかの二つ星ホテルの平均と比べればl三分の一の料金だった。そんなことで、ショップやレストラン、バー、インターネットカフェ、ディスコが広がるアクラの最先端の商業地区、オスの超高額マンションに週末から滞在できるようになるまで、ここに滞在せねばならなかった。

ステラは頭上の扇風機のスイッチを入れ、それが淀んだ空気をかき回したが、気休めにはならない。それから彼女は、角の事務所から使い古したタオルを数枚重ねて持ってきてベッドに置き、ホール下にある浴室の場所を言い残し、また明日と去っていった。落ち着かない部屋にひとり残されたわたしは、明かりを残らず点灯し、ベッドに入るのをなるべく遅らせようとした。あの日の日記には、ゲストハウスの不潔と、マーカス・ガーヴィー〔黒人ナショナリスト。黒人のアフリカ回帰を訴え、マルコムXなどに影響を与えた〕がアフリカの救済について確信していたことが書かれている。厚張りの椅子でうたた寝をしながら思い巡らす。果たして、彼の楽観主義に共感できるだろうか。

「電気を消して！　電気を消して！」ステラが叫びながら部屋に飛び込んできて、開け放たれたドアが壁にバタンとぶつかった。彼女は裸にタオル一枚で、胸や秘部がはだけている。彼女の顔に浮かんだ恐怖の色が、わたしを従順にした。椅子から飛び降りたわたしは、寝室用のランプを消し、次は天井の明かりを消そうと部屋の隅まで走る。何が起こったのか尋ねる間もなく、ステラは部屋から矢のように去ってゆき、ドアが閉まった。それから爆竹の音、いや、最初は爆竹だと思っていたものの音が聞こえた。外は漆黒の闇。ゲストハウスの外灯はすべて消えていた。重たい金色のカーテンの陰から外を覗くと、兵士やジープ、装甲戦車が、首都通りを移動していく。大変。クーデターだ。膝はがくがくと震え始め、股の間から尿が滴り落ちた。

ガーナではクーデターが頻発していた。一九六六年、コトカ大佐とアフリファ中将によってクワメ・エンクルマ〔ガーナ初代大統領。アフリカ独立運動の父と呼ばれる〕は失脚し、それから一九七二年、一九七九年、一九八一年、一九八二年、そして一九八三年とクーデターが連続した。独立以来、五つの軍事政権と三つの文民政権が国を治めている。ガーナの現大統領であるジェリー・ローリングスが、一九八一年十二月三十一日の軍事反乱で国を掌握した当時、彼は空軍大尉だった。それ以来クーデターに成功したものはいない。〔ローリングスは、一九九二年、一九九六年と再選された〕。サハラ砂漠以南のアフリカの国々では、七十名以上の国家元首が、軍部によって地位を追われている。国家の支配者はそうして変遷してきた。権力を誰が持つのかは、軍人が決定する。

暗闇の中を手探りで彷徨い、マネーベルトとパスポートを探し当てると、素早くスカートの下に巻いた。三百ドルの現金と、数千ドルのアメリカン・エクスプレスのトラベラーズチェックがあれば、この災難を切り抜け、強姦もされず、空港まで無事にたどり着けるだろうか。アメリカ人なら、兵士も見逃してくれるかもしれない。神様、どうかこの夜、無事でいられますように。わたしは祈り、一番早いフライトでガーナを発つと誓った。椅子でドアを封鎖し、必要とあらばいつでも逃げ出せるようランニングシューズを履く。道路を進む戦車の音を聞いていると、涙があふれた。一体、わたしは何をしているのだろう?

通りをごろごろと前進する車両と車道を闊歩する兵隊のブーツの音、連呼される号令と砲弾の炸裂音、そんな音を聞きながら一時間以上が経った。ステラはどこだろう? このゲストハウスも入っているデュボイス・センタービルの敷地内の小さな建物に、彼女が子どもたちと住んでいることは承知していたが、それがどこだか正確には知らなかった。あとをついていけばよかった。彼女も恐ろしいだろうし、わたしのためにわざわざ戻ってきてはくれないだろう。ラジオをつけたが、ジャッキー・ロビンソンが野球の世界に蔓延る人種差別の壁を乗り越えたというヴォイス・オブ・アメリカ・ラジオの収録番組以外、聞こえてくるのは雑音ばかりだった。

トイレに行きたかったが、廊下に出る勇気はなかったので、空のペットボトルで用をたす(少なくともそうしようとしてみた)。恐怖の前では、上面の礼節など役に立たない。

夜明けまであと一時間となったところで、通りが静まった。窓際まで這っていき、カーテンの陰から外を覗く。車道は空だった。兵士もいなくなったらしい。わたしはベッドに横になり、日が昇るのを待った。

キッチンから鍋のガチャンという音がして、目が覚めた。ステラの声が聞こえる。わたしは急いで部屋を出た。

「もういい？　出て行っても大丈夫？」

「ええ、もう終わったよ」

「ローリングはまだ大統領でいる？」

「そう、大統領はローリング」

「じゃあ、クーデターは失敗したってこと？」

ステラはぽかんとわたしを見つめると、笑い出した。「隣の家で火事があったの。火が燃え移らないように、明かりを全部消さなきゃならなくてね」

「あの兵隊が、火をつけたの？」
「クーデターなんてなかったよ」
「でも道路に兵隊がいるのが見えたんだけど」
「軍隊の兵舎がここから近いからね。ミリタリー・ロードを少し下ったところにある。あの連中は夜に演習するから」

ステラはもう一度笑った。彼女の九歳の娘アベナも、オブルニが母親にとんちんかんなことを言っているのを見て、くすくすと笑い声を立てている。

週の終わりにゲストハウスを引き払ったとき、果たして自分のものの見方が現実に根ざしているのかどうか、疑わずにはおれなかった。ステラとの日々の会話が描くアクラの悲惨な姿は、前年の夏に四週間アクラを訪れたおりに感じた街とは別物だった。記憶の中のアクラは、いつでもゴールデンローズの夕日が降り注ぐ街。タクシーがゲストハウスを発つときにステラの顔に浮かんだ険しい表情が、最後の警告のつもりだったのかどうか、わたしには判断がつかなかった。

オスのマンションは、クリスチャンスボー城まで歩いていける距離にあった。しかし、海岸まで続く街のコンクリートやタールの舗道の真下に奴隷のルートや通路がうずもれているとは、要塞がくっきりと見えるときでさえとても想像できなかった。ガーナ府庁は、かつてデンマークの奴隷貿易駐屯地やイギリス植民地統治本部だったこの城の中にあった。議員の革靴が城の艶やかな床をかつかつと鳴らすようになる前は、デンマークやイギリス、ポルトガル、フラン

スの奴隷船が首輪と鉄の鎖で拘束された捕虜を大陸（アメリカ）へと輸送するまで、この要塞に奴隷が収容されていた。銃やブランデー、宝貝、そして金が、奴隷の運命を決し、その消滅を請け負い、遺却を担保した。数世紀を経てなお、そんな忘却は手つかずに残存している。

アバンとはアカン語で「城」を意味する。ガーナ人は政府をこの言葉で呼び、事実、巨大な白壁で守られた要塞として、異邦な存在として、政府を認識している。偉大なる反帝国主義者だったクワメ・エンクルマでさえ、大統領官邸としてこの城を選んだ。植民地統治の象徴を自身の権力の象徴として換骨奪胎し、それと並行するように新しい議会を建造して腐敗から身を遠ざける。「奴隷のための古い城は、盲（めしい）の奴隷の子孫ら自身の手によって、新しい統治者の誇り高き拠点へと生まれ変わった」とアイ・クウェイ・アーマー〔ガーナの小説家、批評家〕は綴っている。

パーム油でぬれて光る奴隷の亡霊たちが、首輪と互いを縛りつける鎖以外のすべてを剝ぎ取られ、船長が力ずくで奴隷の口をこじ開けて歯を検査し、病気の有無を確認するために性器を撫で、身体に押しつける焼印を用意していても、国家の日常業務にはなんら支障をきたさないようだ。植民地主義の終焉とともに過去の蛮行は清められた——少なくともそれが、新たな政治家たちの与した立場だった。城の記念碑性はそんな主張に妥当性を与え、新生のポスト植民地主義国家に威厳を備える。古い日々の終幕と、自由の時代の到来。そもそも、奴隷や代理業者、そして貿易商が、今更、政府の所在地について何か言うことがあるだろうか？　なぜ悍ましい過去をわざわざ掘り返してまで、国家の栄光に傷をつけるのか？　独立が一切を水に流した。新しい時代が古い時代にあまりにも酷似しているという不気味な感覚に苛まれていたのは、反体制派と知識人、そして貧しい人々だけだった。

　アクラには、自由の闘士（フリーダム・ファイター）や殉教者の名を冠したロータリー、また解放、独立、自治といった理想が名前となってトーテム的な力を付与している大通りなど、反植民地主義を偲ばせる風景がいたるところに偏在している。国内外のアフリカ人のためのアフリカという壮大で、しかし頓挫した企図を、この都市が支えているのだ。もっとも、そんな大仰な名でこれらの通りを呼ぶ人が稀であると気づいたのは、アクラに住んで一ヶ月ほどたった頃だった。大半の人々にしてみればそれらの名称は実体を欠いた理想であり、覚えようという努力すらなされたことがない。官界への軽蔑、植民地時代の古き悪しき時代へのノスタルジア、そして世界を自らの方法で名づけたいという欲望、そんなものをよすがに人々は街の地図に自分だけの経路を書き込む。誰かに道を尋ねても、きっぱりとした確証性を帯びて地図上に記載されている街路名が、実際は役に立たないことはすぐに理解できた。わたしの知るかぎり、アフリカ解放スクエアまでの道を運転できるタクシーの運転手はひとりもいなかったが、米国情報局や、アメリカやイギリスの大使館、ＫＬＭの場所なら、ほとんどが承知していた。独立して四十年で変化したのは通りの名前だけだと、運転手は冗談めかして言っていたものだ。街を移動する際に、奴隷制や独立にかかわる標識に注意を向けているものは少なかった。

ガーナ大学へ向かうため、オスからレゴンまでタクシーで二十分、三十分程度の小旅行を日々くりかえしているうちに、わたしも街を自分なりの方法で描くようになった。たとえば、滞在していた通りはヴォルタ・リバー・クラブ通りと名づけてみた。そのクラブがマンションの建物の隣にあり、ほかに標識がなかったから。非独立街、オブルニ通り、物乞い交差点、劣悪路地、すべて自作の道標だ。一ヶ月もすると、わたしもアクラの人々と同様に、独立時代のぼんやりとした栄光などは思いいたることもなくなった。毎夕、帰り道にトーマス・サンカラ・サークルを通ったが、貧困と飢餓、そして非識字を根絶するというサンカラ〔ブルキナファソ第五代大統領。アフリカのチェ・ゲバラと呼ばれる〕の夢など頭の片隅にもなかったし、砂漠の拡大を食い止め、奴隷制や植民地主義による荒廃を繕い直し、人間と自然と社会の調和を図るために、彼がサヘル砂漠に植えようとした一千万本の樹木についてもすっかり忘れていた。大学院時代に初めて読んだサンカラの言葉に鼓舞されることもなく、「我々は未来を創造する勇気を持たなければならない。人間が想像するものはことごとく実現可能なのだ」、彼の言葉に目を覚まされるような思いもせずに、「不幸な職人や商人の静謐な平和を、唸ったり、喚いたりしてかき乱す薄ハゲの見窄らしい犬のように、我々もこの困窮にあって、もうあとがないのだ」。暗殺されたサンカラの命日に、沈黙でもって彼の記憶に敬意を表することもなかったし、亡骸が遺棄された簡易墓地について思いを馳せることもなかった。ユートピアへの道が再び絶たれたと涙することも。そんな壮大なビジョンも甘美な約束も、旧時代の遺物であって、それは四十エーカーとラバ一頭の夢〔解放奴隷に対して約束され、反故にされた補償〕にも似て、わたしの現在からは彼方にあった。そういうわけでわたしはオス通りを急ぐ。それぞれに悩みを抱えるほかの歩行者と同じく、サンカラが思い描いた未来になど目もくれずに。

メアリー・エレン・レイとは、近所のスーパーマーケットのクワトソンズで出会った。ホームシックの外国人の嗜好に合わせたスーパーは、オランダ製の牛乳やチーズ、セレスのジュース、三種の海苔、高価なワサビ缶、牡蠣の燻製、フランスパン、プランターズのナッツなどに法外な値段をつけ、故郷の味を売っている。メアリー・エレンとわたしは、ためらいがちな挨拶で互いの存在を認めた。出くわしたおりには丁重な無関心を育まねばならないほどに、アクラには一定数以上のアフリカ系アメリカ人がいた。かれらの滞在理由は、一目で了解できる。六十五歳以上の男女の長老コミュニティー。技術者や医者、教育者、請負業者など、技術を買われてエンクルマ大統領がガーナへ招いた人々だった。ラボネやカントンメントなどの上層階級向けの飛び地に定住していて、定期的に流入してくる新参者やイデオローグからは距離を保っている。富裕層の中でも比較的若いグループは、国際企業や援助機関に雇われていた。起業家は少なく、ゲート内の住宅区やエアコンの効いたSUVの外でかれらを見る機会は滅多にない。エアコンつきの乗用車や運転手、広くて洒落た邸宅を持たない客員研究員やアーティスト、ジャーナリスト。かれらは、裕福な外国人と中流階級のガーナ人の境目にあって、家賃やほかの諸々にもれなく**オブルニ**価格を支払う一方、権力者が享受し、ガーナ人が要求していた商品やサービスの質を受けてはいなかった。ジーンズやショーツ、Tシャツに宝貝のネックレスで着飾る若者は、留学生かピースコープの若者たち。わたしたちは、すれ違いざまに会釈を交わして、互いを認識することもあった。またあるときは、目を逸らし、自分もまたよそ者であるという事実から目を背けているほうが楽だった。

メアリー・エレンは六十代の魅力的な女性で、明るく、しかしどこか憂いた茶色の目をしていて、いたずらっぽい笑みを浮かべ、その振る舞いはどこからどう見ても風来坊（ボヘミアン）のそれだった。既婚者の面影はなく、奔放な黒みがかったドレッドロックスと深紅色のタンクトップ、リネンのシャツは、慎ましさという女性の服飾規定に叛旗を翻している。不良少女でいることに喜びを感じていたのか、それともただ、人の目など気にかけるようなたちではないのか、いずれかだろう。そんなすべてにわたしは一目惚れしてしまった。彼女は夫のジョンと、ガーナで優に十年以上も暮らしてきた。メアリー・エレンはテクニカルライター、ジョンは彫刻家で写真家。フルブライト住宅街（実際、クワチ家のテナントは皆、フルブライトの研究者だった）の近所に彼女が住んでいると知り、翌晩の夕食に招待してもらった。

メアリー・エレンとジョンはたった五ブロック先に住んでいたのだけど、二人の住まいは一筋縄では見つからなかった。コンクリートの歩道やアスファルトの道路は、オスの主要道路のむこう側までは延びてはいない。車は道路を用心して進む。それは同じ道を共有しているヤギや鶏、歩行者への配慮からではなく、舗装道路に空いた穴ぼこのためだった。歩くのは貧乏人だけで、つまり街の百五十万の住民の大半を意味する。その地区は、不当占拠のアパート群とささやかな中流階級の家々、そして十数人の住人が数時間ごとに入れ替わって仮眠をとる軽量ブロック製のワンルーム住宅群から成っていた。コンビニエンスストアの前でたむろしていた十代の少年二人に、アメリカ人夫婦を知っているかと尋ねると、レイ家の表玄関まで案内してくれた。

細身でハンサムな男性、ジョン・レイは、思わず怯んでしまうような鋭く暗い目をたたえ、口元はいつ見ても不服な様子だった。彼は猛烈に知的で独学の人であったから、大概の学者の思考の鈍さと凡庸さには辛抱できないらしい。挨拶すると、わたしが痛々しいほどに愚鈍なのか、それともほどほどにそうなのか、値踏みしているのがわかった。興味深いという言葉は、彼の選択肢にない。

奴隷制についてのプロジェクトをジョンに語ると、彼はこう訊ねる、「なぜガーナなんだ？ここにはアーカイヴなんてないのに。ウィルクスとファン・ダンツィークとマッカスキーが書いた以上のことを、何か発見できるとは思わないね」

「アーカイヴがどこにあるかは知っている。大英博物館もキューにある公文書館も、オックスフォードのボドリアン図書館も、アクラの国立公文書館も行ったので」

彼は微笑んだ。反撃が嬉しかったのだろう。議論好きの彼は、相手の気分を害そうとも、意見を引っ込めるような真似はしなかった。そんなことはどうだっていいのだ。

「市井の人々の奴隷制の記憶に興味がある。奴隷ルートを辿ってみようと思って」

「どのルートのことだい？」ジョンは問う。

この夜初対面のお爺様に自分が間抜けではないと証明しようとして、メアリー・エレンからの夕食の誘いを受けたわけではない。わたしはジョンを無視して、メアリー・エレンが目の前に置いてくれた生ぬるいビールを一口飲んだ。

「ガーナには主に九つの奴隷ルートがあった」、ジョンは、自分で質問に答えている。「ガーナに奴隷が歩かなかった道なんてない。奴隷ルートを見つけるのは難しくなんかないんだ。君が探すべきは、自由の道だよ」

「エルミナとケープ・コーストには行ったことがあるの?」ジョンの全否定を繕い、活気を失った会話に助け舟を出すように、メアリー・エレンが聞いてくれた。

「ええ、一九九六年に初めてここに来たときに」、わたしは答える。「十月の終わりに数週間滞在する予定。落ち着くまでにこんなに時間がかかるとは思ってもみなかった」

「ガーナで何かをやり遂げようと思ったら、何度もここに来ては帰り、来ては帰りとくりかえさなきゃいけないからね」、メアリー・エレンが言う。

「今ならそれがよくわかる」、わたしは返事をする。「昨年の夏に来たときは天国にいるような感じだったのに、今ここで暮らしてみると、地獄にいるみたい」

メアリー・エレンは瓶ビールを掲げて乾杯すると、言った、「実際、そうなのかもよ」

「金ゆすり、泥棒、難民、娼婦、傷痍軍人、腐敗した警察官、追い詰められて自暴自棄になった奴ら。オス通りはそんな人間ばかりさ」、ジョンが言った。「教授さん、それをよく覚えておくんだ。目を開いて、物事を深く見るように。ガーナではまだ人が売買されているんだ。五千セディあれば、ここの人間は魂を売るよ」(当時、二千セディは一米ドルに相当した)。

言いようによって「教授さん」は愛称のようにも、馬鹿にしているようにも聞こえた。次第にわたしも気が立ってしまう。

「ビールのおかわりは？」メアリー・エレンが空のビンを片づけながら聞いた。わたしは頷く。彼女はジョンには何も聞かずに、彼の前にビールをもう一本置いた。きっとわたしが到着する前から、二人は飲んでいたに違いない。

「えっ？」

「君の母さんは、馬鹿を育てたのかい？」彼はビールを煽ると、そう聞いた。

「いいえ」

「それなら、馬鹿みたいな振る舞いはよすべきだ。アクラはニューヨークと違わないよ。だから自分の直感に従って、誰にも騙されないようにするんだな。合衆国からここに来て、生まれ持った感覚を失ってしまう連中は、見るに堪えないから。ガーナ人は、君の頭を奪うぞ」

「頭を奪う？」

「酋長が死ぬと、生贄を捧げるんだ」、ジョンは指で首を狩る仕草をしてみせる。「奴隷や召使いや配偶者は、生前もそうしていたみたいに、死後も酋長に連れ立っていけるよう殺された。今じゃ、誰かからぼったくることを『頭を奪う』って言う。ブラック系アメリカ人を騙すのなんか、赤ん坊の手をひねるようなものだって、みんな言っているぞ。そんなことされても**オブルニ**は、感謝すらしてくれるんだからな」

「じゃあ、もうわたしの頭はないみたい。家賃に五百五十ドルも払っているし。バークレーの大学院生が払う家賃と同じくらいじゃ、こっちだって生活もままならない」

「あんまり文句を言うなよ」、ジョンは咎める。「ほかのほとんどの人間に比べたら、君は恵まれているほうだ。フルブライトの奨学金で、一体何家族が暮らせると思ってるんだ？」

「ジョン、それは関係ないでしょ」、メアリー・エレンが言う。彼女は腕を伸ばし、わたしの手の甲を撫でる。あんなに機械的な動作でなかったら、母親のような温もりすら感じたかもしれない。「あんたは首を切られた。それが人を歓迎するここの人たちのやり方」

「そしてわたしを白人さんと呼んでね」、わたしは言葉を重ねた。

「ここの黒人すべてを兄弟姉妹だと思ってはいけない」、ジョンが警告する。「それさえ覚えていれば、少なくともひどい損をすることはないさ」

「母国へようこそ」、メアリー・エレンが苦笑いで付け足した。「アフリカでブラック系アメリカ人になるっていうのは、そういうこと」

「それだけじゃない――」ジョンがまくし立てている。

しかしメアリー・エレンが遮った。「はいはい、それは聞き飽きた。ジョンは、どうだっていいの。あの人はここで骨を埋めたいんだから」

「ほかにどこにいけるって言うんだい、メアリー・エレン？　どこに？　教えてくれ」、ジョンが言う。

「キューバにでも行けばいい」

ジョンは舌打ちをして、不満気に首を振った。「新しい国に挑戦できるほど若くないさ」。そんな言葉で堰を切った失望が彼を襲い、細い体はその重量に耐えきれなくなる。彼は席を外すと、トイレに向かって廊下を歩いていった。

「わたしはここでは死なないよ、ジョン」、ジョンの背中にメアリー・エレンは叫ぶ。「わたしのお墓に人が唾を吐くような場所ではね」。彼女はわたしの方に向き直った。「わたしたちは憎まれているの。わかるでしょ。それともまだわからない？」

メアリー・エレンは、もはや自らをアフリカ系アメリカ人とは呼ぼうとしなかった。「ブラック系アメリカ人、ここに長くいすぎるとそうとしか自分を呼べなくなる」、打ち明けるように彼女は言った。「それが真実な気がする」。メアリー・エレンにとって、アフリカ系アメリカ人であることに未来はない。そこにあるのは、歴史の重荷と失望、ただそれだけ。四世紀もの収奪のあと、そこに耐え残ったのはいかなる関係性なのか？ それ以前についての問いも、同様に悩ましい。奴隷貿易という惨事に先立つ集合的な、もしくはパン・アフリカ的な存在の根拠（アイデンティティ）など存在しないのだから。大西洋の裂け目を繕うには、願望や想像力だけで十分だったのだろうか？ メアリー・エレンやジョンとの夜ごとの会話は、わたしの確信を揺さぶった。

研究を通じてわたしはさらに悲観的になった。午後になると大学図書館に行き、アフリカ人商人と王侯貴族が大西洋奴隷貿易において果たした役割について読むのが日課だった。ありとあらゆる蛮行の詳細を走り書きした黄色い付箋が、ラップトップのカバーに貼られていく。ガーナ、もしくは一九五七年まで用いられていた呼称を使うなら黄金海岸（ゴールド・コースト）は、少なくとも五世紀にわたって西洋と絡まりあっており、そんな相関の中心には常に奴隷の売買があった。奴隷貿易は、消耗可能な階級の創造を必要とした。アフリカやヨーロッパのビッグ・マンたちには、その任務が肌に合ったらしい。ウォルター・ロドニー〔ガイアナ共和国の歴史家、活動家〕の一節が脳裏に焼きついている。「支配者の貴族と一般人との間に、根本的な階級的矛盾が存在していた。そしてアフリカ人大衆を収奪するために、支配階級はヨーロッパ人と手を組んだ——今日のアフリカ大陸においても稀有な状況ではない」。

この言葉は「アフリカ系アメリカ人」のアフリカの部分について熟慮を促した。それは王侯貴族と巨大国家のアフリカなのか、それとも使い捨て可能な人々のアフリカなのか？ わたしたちが要求したアフリカとは、どのアフリカなのだろう？ アフリカはひとつではなかった。そんなアフリカなどいまだかつて存在したことはない。アフリカとは、もはや名指し不可能な失われた国を指す空虚な記号だったのか？ それは祖国を喪失したわたしたちの慰めだったのか、もしくは、わたしたちが故郷と呼ぶ敵意あふれる国に背を向けるための好機だったのか？ それとも、アフリカにも未来があったのだろうか？ あらゆる貧困と死、そして苦難が終焉を迎える可能性。人々の貧窮の企図者が倒れ、帝国が躓く可能性。ハーレムにホワイトハウスを建てるというサンカラの夢が実現する可能性。それを信じるかぎりにおいて、わたしはまだ自分をアフリカ系アメリカ人と呼ぶことができた。

アクラから、ギニア湾を形成する湾曲した海岸線に沿って西へ約百五十キロ離れたエルミナへ発つ前日、初めての偏頭痛に襲われた。奴隷貿易の凄惨の一部始終が、頭に雷鳴のように鳴り響き、一日中、吐き気が止まらない。ジンジャーエールを流し込み、額に冷湿布を押し当て、ブラインドを閉め切り、暗い部屋にあって世界から身を隠す。しかしどれも役に立たなかった。捕獲戦争や奴隷狩りで犯された残虐行為が、頭にこびりついて離れない。征服軍が虐殺した高齢者や病を抱えた人々、木々に頭を叩きつけられ殺害された幼児、槍ではらわたを抉り出された妊婦、レイプされた少女、アリ塚に埋められ、薪の中に投げ込まれ、生きたまま焼き殺された少年。ある歴史家が白骨の道と称した内陸部から海へと連なる道もまた、脳裏に焼きついている。魔術を行なった口実で売り払われたまつろわぬ妻、トラブルメーカーとなったばかりに奴隷と処された喧嘩っ早い若者、些細な違反行為の罰として奴隷となり、その代償として命を支払った数多の名のない人々、かれらが忘れられない。絶望的な状況と不運もまた、人々の犠牲を強いた。親は、飢えた子どもたちを生きながらえさせるためにかれらを売り、貧乏人は、貧困や飢えを逃れるために自ずから奴隷となった。叔父の未払いの借金の肩代わりに姪や甥は奴隷小屋（バラクーン）に囲われ、奴隷船に積み込まれた。諸々の事情が人間を市場へと押しやり、かれらを商品へと変容させた。もっとも、強盗と交換の帰着先は同じだった。奴隷の誕生である。

　アメリカ大陸にひとりの奴隷がたどり着くまでに、少なくともひとり、そして多ければおそらく五人の人間が、捕獲戦争や沿岸までの旅路で、奴隷小屋に拘留されて、船倉に留め置かれて、そして大西洋横断中に死んだという。伝染病病院やサトウキビ畑、奴隷宿舎（クォーターズ）でも、死が待ち受けていた。大西洋をまたいで黒い肉体を売買するために死刑宣告を受けたのは、千二百万人か、それとも六千万人か、歴史家は今なお議論を続けている。

　何より想像を絶するのは、そんな死が利潤獲得や資本主義の勃興にとっては副次的なものでしかなかったということだろう。現代であれば、それを付随的損害とでも言うかもしれない。より大きな目標の達成のためには不可避の損失。死とは、目的そのものではなく、商業活動の単なる副産物に過ぎず、それが何百万もの喪失した命を永年にわたり取るに足らないものとした。付随的な死が発生するのは、生がなんら規範的な価値を持たないとき、そこに人間が関わらないとき、そして人々が、事実上、すでに死んだと見做（みな）されるとき。ある集団の根絶が意図されたドイツの強制収容所やソ連の収容所（グラーグ）、カンボジアのキリング・フィールドとは違って、大西洋貿易が生み出した夥しい数の死体は商品生産の帰結であった。そんな意図の欠如は、奴隷制の犯罪性を緩和するものではないように思われるが、裁判官や陪審員、保険業者にしてみると、それは過失者の無罪証明にほかならなかった。事実、積荷を殺すことや、すでに死んでいるものを殺害することは不可能であったから、折り重なる黒い死体の傍らで貿易業者は平然としていられたのだし、奴隷船の船長は保険金の受取のために、捕らわれた積荷を造作なく海に捨てた。死とは、単純に、貿易という歯車の一部だったのだ。

　頭痛がようやく鎮まったとき、必死で学んだ痛ましい事実や吐き気のするような仔細の数々を整理するために、海まで歩いた。大西洋を見なければ。そこは、わたしが死者と、つまり奴隷貿易について書かれたほとんどの歴史において姿を不可視のものとされた男や女、子どもたちと、対峙した場所だった。学者は、一トン当たり何人の奴隷が存在すれば、それが「密包」とみなされるのか、また高い死亡率を恣意的に受容したことになるのかを議論し、奴隷貿易とほかの商品貿易の貨物生産性の割合を推定し、奴隷貿易の利益と損失を代数的な公式で定量化することによって、この惨事を曖昧模糊にし続けた。床面積＝定数×（トン数）２／３。しかし海は、いつでもわたしに喪失を突きつけるのを忘れず、その唸りには死者の呻きがこだましている。

　アパートから数ブロック先に海岸はあった。ひとりでビーチへ行くのに多少の不安がないわけではなかったが、それでも行くことにした。ラバディ通りの裏に小さな道がある。歩道の周辺には粗末な小屋が並んでいた。今にも崩れ落ちそうな家々は、廃棄されたコンテナや段ボール箱、へし曲がった木片などで組み立てられ、薄いトタンの屋根が載っている。界隈の女性が子どもたちを洗ったり、夕食の準備に小さな炭を焚いたりしているのを横目にしていると、侵入者じみた気分になった。貧しい人々は、不法侵入者を防ぐための門をあつらえる余裕すらない。困惑と苛立ちを含んだように映る視線を避けつつ、わたしはまっすぐ前を向いて、突き出た岩や砂丘だけを見るようにした。悪臭には気がつかないふりをして、足を早める。海へ近づけば近づくほど、死骸や腐ったものの臭いはきつくなった。アクラの道路の多くは下水道が閉じておらず、また貧しい地区にはトイレ設備がないことも珍しくなかったが、この腐臭はさらに強烈だった。ここの居宅に配管が通っていないことは知っていたが、近くに屋外トイレはないのだろうか？　共有の簡易トイレがあふれ出したりしたのだろうか？　砂丘に着いたとき、下水管からビーチに流れ出した汚水の沼が目に入った。数人の子どもたちが悪臭漂う水たまりのそばで遊んでおり、ひとりの少年が小便をしていて、小さな弧が水たまりの表面にさざ波を立てている。黒い水たまりは、佇む少年たちの顔を映さない。

何をしているのか気になったのか、子どもたちがこちらを見やった。わたしのような人間は、アクラのこの地域にわざわざやってこない。そんな状況で、なぜビーチの方に近づいていったのか自分でもわからないが、わたしはそうした。海は数メートル先のはずなのに、海の匂いはしない。砂山の頂上からはクリスチャンスボー城が見え、反対側に位置する小さな漁村も見えた。浜辺に向かって数歩進んだところで、男たちが砂丘に散らばって、しゃがみこんでいる。

まるで砂浜からキノコが生えているみたいに、あちらこちらに。程なくして、男たちが何をしているのかがわかった。馬鹿なオブルニ！　かれらというよりは、自分が恥ずかしかった。それから何週間も、州議会に背を向けて排泄する男たちの絵が瞼に焼きついて離れなかった。

「家に帰っても、嘘をついちゃいけない。家ではみんな嘘を言うんだから」。ジョンからの最初で最後の頼みだった。真実を伝えるとは約束しなかった。ガーナで二ヶ月弱過ごしただけだが、すでに真実を口にすることはあまりに難しいように思えた。真実を伝えれば、恐怖と諍いあう部族、不潔、疫病、飢饉、そしてAIDSといったクルツ的視点〔クルツ、ジョセフ・コンラッドの代表作『闇の奥』の登場人物。アフリカの救済を望み、それに絶望する〕のみによってしかアフリカを見ることのできない人種差別を助長してしまうかもしれない。真実を言えば、アフリカに赴くことは叶わずとも、それでも自分を抱きしめてくれる大地を思い描かずにはおれない人々の夢を壊してしまうかもしれない。真実を語れば、母なるアフリカに降り立ち、そこが駐機場であることも御構い無しに、我先にと地面にキスをするロマンチストの愛を汚してしまうかもしれない。

「アフリカについてデタラメを言うのはもうやめないと。ここにくることが、天国に入ることだとか、故郷へ帰ることだとかと信じこませるような無邪気は破壊しないといけない」、ジョンは言う。わたしは静かに頷いて同意を示した。それがわたしにできる精一杯だった。メアリー・エレンが注いでくれたビールを飲みながら、この年の終わりには、わたしの目にガーナはどう映るだろうかと想像する。わたしはそれを愛するだろうか、それとももう二度と戻って来たくはないと思うだろうか？

降り立った国は、夢見た国ではない。失望は不可避なのだ。果たしていかなる場所が、四百年間におよぶ故郷への焦がれを満たせるというのだろうか？　現在の敗北を複製しない未来を敢えて想像しうるような領域を求めることは、愚かな行為だったのか？

一七八七年、七十三人の黒人男性とともにマサチューセッツ州議会で陳情を行なった際、プリンス・ホール〔十八世紀の奴隷制廃止論者。ボストンの自由黒人コミュニティのリーダー〕はそうとは信じていなかったらしい。彼は、黒人住民を本国に還すことを州に訴えた。この白い男たちの国にあって、人種差別と不平等以外の何かを黒人がこの先経験するとは、とうてい思えなかったのだ。祖国において、と彼は書く、「我々は、現在の状況よりも、平等で、心地よく、また幸福に暮らせるだろう。それとともに、我々は現地の同胞の役に立つ見込みがあるのではないだろうか」。十九世紀までにアメリカ大陸の黒人は、抑圧が終結し、黒人という人種が贖われる未来にあらゆる仕方で関係するものとしてアフリカを夢想するようになった。それからほぼ一世紀半後の一九五一年、公民権議会の全国事務局長だったウィリアム・パターソンとポール・ロブソンは、合衆国がニグロに対し虐殺を犯したと告発する嘆願書を国連に提出した。この二人もまた、合衆国における黒人民衆が自身の人権を尊重する国家を持たないと認めたのだ。すべての人々が、と嘆願書は記す、「政府から守られていないばかりか、政府によって扇動された暴力の標的である」。

一九五七年のガーナ独立は、公民権運動にとって自由の狼煙であり、エンクルマは全世界の黒人にとっての解放者だった。ブラック系アメリカ人は、反植民地闘争に自分自身の姿を重ねただけでなく、かれらの未来もまたその勝利にかかっていると信じた。一九五七年二月に発表された『シカゴ・ディフェンダー』の記事はこう宣言している。「いつの日か、ガーナの黒人が国連に立ち、アメリカのニグロを弁護し、全き平等を勝ち取るための嚆矢となるかもしれない。……ガーナの自由人は、アメリカの兄弟の最後の鎖を打ち砕くことができるかもしれない」。『アムステルダム・ニュース』も類似の意見を表明している。「ガーナの独立は、黒人を束縛していた……強力な鎖の輪のひとつを断ち切るものである。ガーナのためにわたしたちが歓喜するのは、肌の色の問題というよりは、自由の問題のためである」。

五十年代、六十年代と、アフリカ系アメリカ人は大挙してガーナへと押し寄せた。黒人差別体制（ジム・クロウ）や冷戦、バスの後部座席、殺害された指導者たちの痕跡、無用の夢、そしてかれらの婉曲的な言い回しを借りるなら二級市民という立場、そんなものから逃亡しようとしたのだ。かれらは自分たちが市民であるのか、そうではないのか、知っていた。納屋が客間でないとも。

ジョンが初めてガーナを訪れたのは、六十年代初頭だった。母なるアフリカへの愛か、合衆国への憎悪か、どちらが決め手だったか判断するのは難しいと、ジョンは語っていた。ソルダッド刑務所の監房から父へ宛てた書簡をしたためたジョージ・ジャクソン〔ブラック・パンサー党の指導者のひとり〕は、独房監禁という墓から這い上がる自らの姿を想像している。「ガーナも自分の目で見ることでしょう」と彼は豪語した。

パン・アフリカ主義という夢の構想者や実務者たちは、この最初の波に乗ってきた。かれらはブラック・インターナショナルの同志。それは可能性の時代で、明日にでも奴隷制と植民地主義の遺産が崩壊するかのような気運にあふれていた。リチャード・ライトは一九五三年に黄金海岸を訪れ、独立闘争についての感動的な報告を書いている。一九五七年、マーティン・ルーサー・キング・ジュニアとラルフ・バンチ、アダム・クレイトン・パウエル・ジュニア、A・フィリップ・ランドルフ、そしてホーレス・マンは（エンクルマの要請で、もっとも米国務省の意向には反して）、独立を祝うためにガーナまで旅した。ユニオンジャックに代わってブラックスターが国旗として掲げられるのを目撃し、五十万の群衆が「自由よ！　自由よ！」と叫ぶのを聞いたキングは、涙を流す。

この涙のほろ苦い性質については、真偽の不確かな次の物語がよくとらえている。米国代表団の団長として祝典に出席していた副大統領のニクソンが、歓喜に沸く男たちに聞いたという、「自由になるっていうのは、どういう気分だ？」「さあ、わかりません」、かれらは答えた。「わたしたちはアラバマから来ましたから」。

これら初期の旅は、希望に満ちたものだった。アフリカ系アメリカ人は、何か偉大なことを成し遂げるために、こぞって大西洋をわたった——自由と民主主義を希求する国際的な運動に参与し、黒人国家を建設するために。カイロからケープ・タウン、ハーレムからハバナのアフリカ人およびその末裔に対し、エンクルマは新しい国家の創出を要請する。彼が構想したのは、アメリカ大陸に追放された人々を市民として受け入れるアフリカ合衆国。リンカーン大学で学んでいた時分、エンクルマは、黒人差別体制（ジム・クロウ）の暴力を肌身で経験している。ワシントンD.C.までの旅の途中、バス停のレストランで彼はグラスに水を注ぐのを拒否された。とても喉が渇いているとエンクルマが説明すると、ウェイターは痰壺を指差して言ったという、「あそこから飲んだら」。

すべてのアフリカ人が自由にならなければガーナの独立は無意味であると、エンクルマは信じていた。黒人亡命者（エミグレ）もまた、その夢をともに見た。アメリカ合衆国やカリブ諸島、ブラジル、英国、そしていまだ植民地主義やアパルトヘイトと闘うほかのアフリカ諸国からガーナへと赴いた人々。トリニダードの知識人で、一九四五年、イングランドのマンチェスターで開催された第六回パン・アフリカニスト会議（同会議でエンクルマとケニヤッタは、帝国主義の打倒と、アフリカの貧困と隷属状態の根絶を誓約した）で議長を務めたジョージ・パドモアは、アフリカ問題に関してエンクルマのアドバイザーとなる。パドモアは、最初の独立アフリカ諸国首脳会議や全アフリカ人民会議を組織。W・E・B・デュボイスは、晩年、黒人世界についての包括的な参照資料として『アフリカーナ百科事典』の編纂に従事した。シャーリー・グラハム・デュボイスは、ガーナテレビを設立。ロバート・リー博士とサラ・リーは、ガーナで初めての黒人歯科医となった。そのロバート・リーはクワメ・エンクルマと学生時代をリンカーン大学で過ごした友人同士でもある。カルロス・オールストンは、送電線工事を請負、国の草創期を眩しく照らした。ジュリアン・メイフィールドは、『ガーナ・イヴニング・ニュース』に寄稿している。アナ・リヴィア・コーデリアは、陸軍病院に初の女性クリニックを開院。マルコムXは、ガーナを訪問し、講演を行い、アフロアメリカン統一機構構築のために奔走。フランツ・ファノンは、ガーナ滞在中に『地に呪われたる者』の大半を執筆した。マリーズ・コンデは、思想学院でフランス語を教授。トム・フィーリングス、テッド・ポインティフレット、フランク・レイシー、そしてジョン・レイは、学校で教え、若いガーナ人アーティストを指導した。シルヴィア・ブーンは文化大使として働き、新来者にいつも言い聞かせていたという。「アフリカをありのままに見つめる唯一の方法は、あなたがこれまでに聞かされてきた偽りの物語の反映としてアフリカを見るのではなく、これから出会うすべてのアフリカ人を、あなたと同じ必要や願望、そして希望を持つ人間として見ることです」。これらの言葉は、ブーンがアクラについて「夢が叶った、なぜならこの街は上から下まで黒いのだから」と描写することの妨げとはならなかったようだ。

この小さな群れは、若々しい自負と熱情とともに、革命的帰還者（レヴォリューショナリー・リターニーズ）を自称した。片やガーナ人はかれらをアフロズと、つまりアフロ・アメリカ人の略称で呼んだ。この人々は国家建設という難渋な仕事を担い、ガーナ人を助けるために、マヤ・アンジェロウが言うところの「受容されたいという猛烈な焦がれ」を携え、ガーナにまで赴いたのだ。かれらは、自分の能力が活用されることを願った。その中で幸運だったものは、黎明期の黒人共和国に奉仕するという恩恵に与り、待たされたものは忍耐を学び、この月日を無為に過ごしているのではないと自分を納得させた。

かれらが羨ましかった。六十年代ならまだ、過去は置き去りにできると信じることが可能だったのだ。待ち侘びた未来がついにやってきたのだから。一方、わたしの時代において、人種主義と植民地主義の刻印はほとんど不滅かのように思えた。わたしの時代はロマンスの時代ではなかった。ガーナというエデンは、わたしが到着するとうの昔に消滅していた。

独立は短かった。コンゴの独立は二ヶ月で終わり、ガーナでも十年と保たなかった。一九六六年、警察と軍隊がクワメ・エンクルマの政府を転覆させ、善意はどこかに蒸発する。亡命者たちにとっての大西洋をまたぐ橋となっていた、植民地主義のあと、人種差別のあと、そして資本主義のあとという時代の夢は、粉々に砕け散った。アフリカ系アメリカ人は、もはや歓迎されない客だった。エンクルマを裏切ったと咎められ、クーデターを画策したCIAと共謀したと責められ。老いた独裁者を手放しで愛したとも非難された——その頃には、エンクルマが一党独裁制国家を企み、終身大統領の座に就くことを宣言していた。クーデターのあと、国の指導者となったオサギェフォ、つまり救済者の政敵は、エンクルマに宗教的な忠誠を誓ったアフロズを信用しなかった。アフロズがエンクルマを敬愛したのは、彼が世界中の黒人の自由のために妥協なく闘ったからだった。ガーナ人は、彼の独裁的な手法と国内問題への無関心を批判した。イギリスで教育を受けたエリートや保守的な中流階級は、エンクルマの社会主義的な革命に反感を抱き、彼が従来の身分制度や特権者を攻撃したことに憤っていた。エンクルマが世界を抱き寄せようとしたとき、彼は銃後を失ったのだ。エンクルマ失脚がニュースになると、それを聞いて涙するアフリカ系アメリカ人を尻目に、ガーナ人は歓喜し、街頭に繰り出し踊ったという。

もっとも、レズリー・レイシー曰く、亡命者たちは自身の地位について幻想を抱いていたわけではない。「わたしたちが大目に見てもらえたのはエンクルマがいたから。もし彼が八時に殺されるのなら、八時半にはわたしたちの運命も同じものになるだろう」。ガーナ人が権利を持つはずの地位を占有し、大統領に意見し、アフリカにとって何が最善であるかを存じているような顔をするアフロズを、ガーナ人は嫌っていた。大半のアフリカ系アメリカ人は自主的に逃亡したが、強制送還されたものもわずかながらいた。かれらを家から立ち退かせ、トーゴ国境に置き去りにした将校は、アフロズを罵り、かれらをよそ者と呼んだ。アフロズはその無念を、元奴隷の言葉でもって表現している。「奴らはかつて我々を売り払い、再びそうするだろう」。

小さな共同体が残り、度重なるクーデターと食糧難をじっと耐え忍んだ。概して、残ったのはガーナ人と結婚した人々、ビジネスを所有し富に守られていた人々、そして、ミシシッピ川からさらい上げられた十四歳の少年(エメット・ティル)の肥大した亡骸やバーミンガムの教会の瓦礫にうずまった四人の少女の身体、オーデュボン・ボールルームの床に崩れ落ちたマルコムの姿、メンフィスのホテルのバルコニーに横たわるマーティンの死体、銃弾で穴だらけになったフレッド・ハンプトンとマーク・クラークの遺体の記憶を振り払ってしまうことのできない、無帰属者たち。

わたしのガーナ到着は、幸先のいいものではなかった。夢ではなく幻滅、それがわたしの時代だったから。アフリカ諸国の独立のあと、公民権運動とブラック・パワー運動のあとに育ったわたしは、ほかの同世代の人々と同じで、国内外における自分の将来について悲観的だった。解放運動の終焉とともにわたしは成人し、預言者たちは既に暗殺済み。大学時代、大陸およびディアスポラにあるアフリカ人のためのアフリカというマーカス・ガーヴィーの理想は唱えていたし、ボブ・マーリー&ザ・ウェイラーズやスティール・パルス、サード・ワールドなどの音楽に合わせて踊ってもいたが、かれらの理想をあえて信じてみようとは思わなかった。そんな理想は、ガーヴィーの生誕日を祝うため、半世紀経た今もなお同等の誇りを胸に万国黒人地位改善協会の制服を着て、毎年八月にマウント・モリス・パークに集う古のガーヴィー主義者に属する。わたしは毎年集会に参加した、信奉者のただ中の懐疑者として。

夢とは亡命者のもので、かれらの「希望の果て」とは、現在の歴史の残骸。革命家たちは新しく生まれ変われると信じて、ガーナにきた。もし祖先が四百年前に強奪されていなければなっていたはずの、アフリカ人女性、男性に。あらゆる革命は、古い時計を止め、古い相続物を破棄し、新しい秩序の創建を約束する。合衆国を発ったとき、かれらは奴隷制をもあとに残していくことを望んだ。亡命者を作ったのはアメリカだが、ガーナがかれらを新しく作り変える。中間航路の裂け目は修復され、孤児となった子どもたちはかれらが権利を有する故郷へと帰還する、かれらは信じて疑わなかった。

亡命者は未来の国に属そうとした。肌の色による差別が存在せず、黒人の身体が拷問によって砕かれず、木から吊るされているのが発見されることもなく、警察官の銃先で息絶えることもなく、死刑を待つ独房にあって弱り果てることもない地。そんな地を求めずにいられるものがあろうか？　母国や自由な領域を焦がれずにいられる孤児などいようか？　家族の名前を、いやさらに、新たな命名を欲せずにいられる私生児がいようか？　自分を愛してくれるかもしれない国、その肌の色が監獄を意味しない国を夢見ないとでも？　もし約束の地を探していたり、ユートピアへといたる道を見つけようとしていたり、アフリカ合衆国を想像しようとしていたりするなら、願望はどんな地図にも等しく信頼に足る。

かれらの果てを定めた夢は、もはやわたしのそれを定めない。解放の物語は、もう将来の青写真とはならない。過去と未来との間に革命家たちが築こうとした決定的な離別は、失敗に終わったのだ。かれらが打ち砕こうと試みた旧式の暴政は蘇り、暴君は長く旺盛な命を全うした。自由の夢は方向転換を余儀なくされ、地下へと追いやられた。

故郷からどれだけ遠くへ旅したところで、過去を置き去りになどけっしてできないことは知っていた。奴隷制によって形成されず、その痕跡を残すものではない自分を想像することは、きっとできないだろう。わたしは黒人で、恐怖の歴史がわたしという存在（アイデンティティ）を産み落とした。恐怖とは「逃亡の可能性なき束縛」、避ける術のない暴力、今にも壊れそうな生。奴隷制以前のときや地に戻ることなどできなくて、少なくともあとひとつ革命でも起こらないかぎりは奴隷制のむこう側に行くことなどできないだろう。

過去を忘却できると信じるには、アフロズはあまりに聡明だったのだが、それでもかれらはたしかに、奴隷制や植民地主義から距離を置こうとした。解放という任務に有用であるかぎりにおいて、アフロズは歴史の意義を認めたのだ。だからこの人々は、奴隷を取り戻そうとするよりは、奴隷根性を批判することのほうが多かった。悲劇よりもロマンスが好みだったのだろ

う。歴史の流れを反転させ、奴隷制と植民地主義という不名誉を根こそぎにし、人種の正当性を証明するために、かれらは古代アフリカの偉大な文明に目を向けた。高潔な過去の復興が、輝かしい未来への架け橋となる。そんな記念碑的な歴史を欲し、荘厳な物語に飢えていたのは、アフリカ系アメリカ人だけではない。エンクルマもまた、きらびやかな王家の過去という幻に耽った。黄金海岸という名称を捨て、千年以上前、ヨーロッパがまだ暗黒時代だった頃、砂漠の端に存在した古代王国であり、文明の中心地であったガーナを国名と定めることで、エンクルマは「新しいエルサレムの姿を呼び起こした」のである。そして、彼の敵さえも、彼を救世主（メシア）として認識していた。アフリカのナショナリズムには、救済と復活という言葉があふれている。新しい時代とは、古代時代の最良の部分を受肉し、「憧れの黄金都市」を築くことであった。

亡命者がガーナに惹かれたのは、新しい命の幻と復活の約束のため。一方、わたしがそこに引き寄せられたのは、過去の瓦解のため。亡命者は新しい社会を築こうとし、わたしは海岸からサバンナまで、破壊の旅程を辿りたかった。かれらが旅したのは癒しのため。わたしのそれは、傷を掘り起こすため。移住者が大西洋をわたったのは奴隷の鎖を打ち砕くためで、わたしはその鎖からいつか自由になれる日が本当に訪れるのか疑いつつ、海をわたった。

わたしに何か特別なものなどない。先達たちは、その世代の中でもっとも才能に恵まれた男女だった。五十年代や六十年代の政治的亡命者らは、わたしのそれなど比べものにならないほどの華々しい経歴を誇る。かれらは世界規模の自由闘争に参与した。世界史という舞台上の役者であるという自負があった。わたしは、時代の出来事から常にそこはかとない距離を感じていて、自分の行動が世界の勢力均衡に何か影響を及ぼすと信じたことなど一度だってなかった。

わたしの旅に特別なものなどない。現金とその気さえあれば、奴隷ルートなど嫌というほどたどれる。それでも、わたしの旅は特殊で、奇妙ですらある何かを含んでいると思う。アレックス・ヘイリーの『ルーツ』に触発され、アフリカ人としての遺産を要求するためにガーナやほかの西アフリカ諸国に旅した数多の黒人観光客とは違い、わたしの世代は初めて、地下牢を旅の主要な目的地とした。わたしにとっては、断絶こそが物語だった。わたしが架ける橋とは、それがどんなものであれ、つながりとともに離別のしるしだった。祖先の村は、一時収容所に取って代わったのだ。わたしにとっては、アフリカの輝かしい過去の記憶や現在に属しているという感覚よりも、奴隷貿易のほうが重大な意味を有していた。

マヤ・アンジェロウが書いたガーナ滞在回顧録を読んだとおり、そんな相違を痛感したことがある。彼女は頑なにケープ・コーストやエルミナ城を避けるのだ。彼女が述べるには、奴隷制という悍(おぞ)ましい歴史を遠ざけておけるなら、わたしはきっと他者以上の何者か、もしかしたら若いガーナ人女性としてみなされるのではないか、と。「自分がアメリカ人であることは忘れていたかった。初めて到着して以来、まるで故郷に帰ったように感じていたから。……ケープ・コーストに入る前に、気味の悪い城についてなど考えなかったし、奴隷の亡霊が襲ってくる前に、私はそこを離れた。もしかしたら、かれらの試みはそこまで真剣なものではなかったのかもしれない。何と言っても、ダンクワではたしかに嘘を吐かれたりもしたが、それでもかれらの子孫のひとりくらいは、少しの間だけでもアフリカに戻ることができて、残酷な裏切りと過酷な航海、傷だらけの数世紀にもかかわらず、私たちはまだ互いに認識可能であると私は証明したのだと思う」。嘘は類縁関係の代償であり、それは亡命者が発見したように、期待していたよりもはるかに排他的であるか、もしくは硬直している。類縁関係とは所属の問題であるとともに、排除の問題でもある。つまるところ、奴隷の過去を回避することは帰属のための必要条件だったのだ。

わたしは奴隷の亡霊から逃れるのではなく、それと対峙しようとした。何のために？　それが唯一の問いだった。ジョンは、そんなものに意味などないと言った。新たに発見されるべきものなど何もない、と。州営バスで三時間の小旅行であるアクラからエルミナまでの旅に、ジョンとメアリー・エレンを誘ったが断られてしまった。エルミナにひとりで行きたくはなかった。田舎の町で落ち着けたことはないし、ちょっとした閉所恐怖症のようなものを感じてしまう。オスの混雑した歩道や渋滞の方がいい。あそこならオス通りの店に出入りする外国人や裕福なガーナ人の流れに紛れて、ほとんど目立たずに移動できる。

ジョンとメアリー・エレンは城を一度訪ねたが、そこを再訪する必要性は微塵も感じていないようだった。ジョンは、ガーナ人が奴隷貿易に新たな商機を見出していることに、憤慨していた。かれらを奴隷ポン引きと呼ぶ彼は冗談半分に言う、「奴らは俺を一度売り払ったんだ。そこに帰るために金を払わないといけないなんて。一文だって払ってやるもんか」。

　わたしは少し立ち入った質問をしてみる。「ブラックの人々の歴史についてはわたしより詳しいはずなのに、なんで奴隷制にはそんなに無関心でいられるの？」

「重要なのは自由を行使することだよ」、ジョンは言った。それは幾分、理想主義的に聞こえた。自由と奴隷制は常に不可分だったし、自由とは精神の状態や意思の行使以上のものだろう。ジョンは、わたしと同程度にはそのことを承知していた、特に酔っているときは。彼が酔うと、メアリー・エレンはきまってこう言った。「あたしの夫はどこにいったんだろう」。悪態をつきながら千鳥足でリビングをよろめく男は、彼女が結婚した男性とは違う人物なのだと自らに言い聞かせるように。最近では、彼女がこの言葉をこぼさずに更けていく夜は、滅多にない。わたしもまた、許容を学んだ。ジョンとメアリー・エレンへの好意が増すにつれ、二人の異郷での生活の痛みと孤独、ガーナで生きるために払わなければならなかった代償を、見てみぬふりをするようになった。

　二つの大陸のいまだ叶わぬ夢が、ジョンを苛ませた。憤慨と孤独は、彼に帰属先がないことの証拠だった。彼は酔うと、素面で受け止めるにはあまりに辛いすべてを言葉にした。

「敗北の意味なんて、知っちゃいないだろ！」エルミナへ発つ前の晩、ジョンはわたしに吐き捨てた。わたしは公民権運動後の絶望について話していて、果たしてそれはガーナ人が独立後に経験した失望と同種のものなのだろうかとあれこれ考えていた。あのときは、脱植民地化後の幻滅を描いた小説であるアイ・クウェイの『美しきものいまだ生まれず』を読んだばかりだった。それがあまりに身に覚えのある物語だったので、驚いたのだ。独立の蜜月という美しさが過ぎ去ったあとに、人々が経験した自由の裏切りとうんざりするような失望、そして虚しさ。

「教授さん、ご存知かな？　じきに西洋が再び一切合切を所有するようになる。奴隷制をどこかの古い建物や大昔の死人のことだと思っているのか？」うまく回らない舌をなんとか操って、ジョンがわたしを問い詰める。「違うさ。奴隷制っていうのは、誰かが君の生死を決めることを言うんだ」

ジョンの目はこちらを見据え、その厳しい眼差しは、わたしの至らなさをくまなく見極めようとしていた。ガーナにいるアフリカ系アメリカ人の大半を、彼は軽蔑していた。わたしも、さしずめこの人々と同類なのだろうか？　ジョンは合衆国に帰国した移住者について、かれらに個人的に裏切られたような調子でよく語っていた。ジョンが這いつくばって、かろうじて生活を繕っている間に、夢を諦めたかれらは教授の職に収まって、高給を確保、名声を手中に収めた。ガーナへの愛を公言して憚らないかれらがここに来た際に滞在するのは、アクラの五つ星ホテル、ゴールデン・チューリップ。かれらは心地よい距離のむこう側からガーナを愛でたのだ。黒人についてよく知っていたジョンは、ガーナ人と等しくと言っていいくらいに、あるいはガーナ人以上に、特権にまみれた黒人滞在者を恨んだ。その言動がいかにでまかせだらけか、ジョンは正確に理解していた。そしてあの晩、わたしはそんな人々のすべてを代表していたのだと思う。

「ある土地で、二十年近くもギリギリの生活をした挙句、それでも外国人のように扱われるこの気持ちがわかるか？」しかし彼は事実、外国人だった。故郷は見つからず、ひとりとり残されて。ほかの多くの亡命者と同じく、ジョンはもはや何も期待していなかった。地下牢で解き明かしたい問いなど、ひとつもないのだ。

わたしは彼とは真逆だった。地下牢に何度でもくりかえし足を踏み入れたかったし、惨事と改めて出会ってみたいと思った。あたかも、ポルトガル人がまだ航海の中途にいて、ブラジルではまだ糖料作物が植えつけられていなくて、最初の奴隷がまだ追放されていないかのように。なぜなら、諦めの悪いわたしは今になってなお、異なる結末を望んでいたから。生はどちらにでも転びうると信じていた。わたしのものも、ほかの誰かのものも。

ジョンと同じで、わたしにも居場所はなかった。世界のどこかで心休まったことなどいまだかつてない。そんな感覚は、モーニング・ピルグリム・バプテスト教会で、曽祖父の膝にちょこんと座っていたときに受け継いだものだった。曽祖父は、周りの会衆とともに、しゃがれたバリトンの声で哀願していた、「主よ、わたしは故郷へ帰ります　労苦も悩みもなく　耐えるべき悲痛もない」。子どものわたしでさえ、これらの言葉の重みは感じたし、それが嘆願とともに、抗議をも内包していると知っていた。神以外のあらゆる存在に見捨てられた、連綿と続く歌々はそう宣言した。それは、三十六歳のわたしにしてみれば古代とでも言えるような感覚だったが、わたしはそれを譲り受けたのだ。その感覚の深みへの近接を試みたわたしにとって、出発点となったのは一時収容所だった。

白人の男たちが建てた古の貯蔵庫は、この世界におけるわたしの全存在にかかわるもの、あるいは少なくとも、偉大なアシャンティ王国やドミニコ会の修道士が考案した「インディアン」救済のための近視眼的な計画と同等程度には、わたしという存在に関係している。たとえ若いガーナ人女性としてまかり通ろうとも、喪失を取り戻すことはできないし、病のようにつきまとう問いが解消するわけでもないし、慰めが訪れるわけでもない。それはときを逸した願望である。目の前の問い――奴隷制の余生とは何であり、いつ消滅するのか？　元奴隷の未来とは何だったのか？――に対しては、わたしがアフリカ社会に溶け込めるのかどうか、どれだけそうできるのかを決めてみても答えとはならない。

いずれにせよ、わたしがガーナに到着した頃には「国内外のアフリカ人のためのアフリカ」というスローガンが支持を失って、三十年は経過していた。一九九九年、アフリカ系アメリカ人にガーナの市民権を付与するという法案が否決される。もはや誰ひとりとしてアフリカ救済のときを待ち望んではいないようだ。幻滅が勝利を飾ったのだ。植民地主義下のほうがかえって暮らし向きはよかったのではないか、ラジオのトークショーではガーナ人が議論を交わしていた。世界銀行と国際通貨基金が組織した構造調整計画と債務国家イニシアティブが新しい奴隷制だ。ガーナは自国通貨すら発行していなかった。それはヨーロッパで製造され、米ドルで支払われていた。パン・アフリカ主義は、新植民地主義とポスト植民地主義の絶望にその座を明け渡し、アフリカ社会主義（エンクルマによるとそれは、アフリカの伝統的な精神であるヒューマニズムと地方自治主義が近代世界に合わせて再形成されたものである）は西洋の襲撃を蒙り、独立を嘲弄したアフリカの独裁者と泥棒政治家（クレプトクラート）によって破綻に追い込まれた。

わたしは遅れてガーナにやってきて、大した才能も携えていなかった。国を熱狂させることも、ダムを建造することも、家を建てることも、道路を舗装することも、都市の水道システムを設計することも、病人の看護をすることも、テレビ局を運営することも、経済を復興することも、債務を帳消しにすることも、わたしにはできない。誰かが招いてくれたわけでもない。わたしはどこにでもいる、変哲のないよそ者。奴隷制について調査する合衆国からの学者など、ほとんどの人間にとっては熱帯地方の暖房にも似て、無用の存在であろう。利用価値のあるアフリカ系アメリカ人は一握りで、わたしはそのひとりではない。小さなコミュニティーに暮らす千人程度のアフリカ系アメリカ人の移住者の大半の人々と同様に、わたしもまたガーナ社会の周縁に所在を見出した。祖国での暮らしに慣れてきてからも、わたしはさびしい存在だった。「自分がアフリカ人ではないと、ほんとうに、ほんとうに悟ったとき」と、ある移住者はやむなく認めている、「それは、人生でもっとも孤独な瞬間で、もしそれを耐えられるのなら、ここで生きていくことができる。それからも孤独は続くから、大事なのはどうやってアフリカに慣れるかではなくて、いかに孤独に慣れてしまうかなんだ」。

アクラのコトカ空港に着陸したときに求めていたのは、ユートピアではなくて、地下の出来事だった。それでも、亡命者の夢はわたしの相続物の一部で、どれだけしゃにむに試みたところで、それを振り払ってしまうことはできなかった。ユートピアは、わたしの失望に、そして足りない何か、喪失した何かを突きつける痛いほどのこの願望にも、痕跡を残している。帰属先への献身は、いつまでも自分のものとはならないだろう。きっとこれからもわたしは家の外で息を潜めるよそ者のままだ。そんなこの延々と継続する状態――ハンナ・アーレントの言葉を借りるなら「人間であるという抽象的な赤裸な存在」——が、ガーナ以上に明々白々となる地はなかった。そして、エンクルマとキングが青写真を描き、暗殺者や軍事クーデター、そしてCIAが失墜させた未来は、これ以上なく遠くに思えた。

ユートピアには常に、失望と失敗が伴う。それはわたしたちの想像力の限界を無残にも晒し、見通しの甘さを詳らかにし、わたしたちが逃れようとした世界の惨禍を複製する。ユートピアが完璧な社会を作り出したことなどない。よく目を凝らせば、苦役者、下役、徴集兵、囚人が黄泉の世界で暮らしているのがわかるだろう。じっと見つめれば、勝者と敗者、高位者と下位者、王侯貴族と奴隷、所有者と所有される者の区別がつくようになるだろう。アフリカの権力者と貴族がヨーロッパの王たちを模倣し、そのうしろを鎖で引かれた捕虜たちがのろのろと続くのが見えてくる。永劫の栄光で輝く容貌の下には、王侯貴族の病を感知できる。自由の夢が粉々になり、炎に包まれているのを目の当たりにする。

十六世紀の思想家トーマス・モアの作品以上に、ユートピアの頓挫と、その悲劇的な絶望を実証するものはないだろう。あらゆる生の必要が満たされ、やすらぎがすべてのものに行き届き、土地が人々を育み、欲もなく、貨幣制度も廃止され、暇を持て余す紳士や貴族は一掃され、真の喜びだけが奨励されるコモンウェルスを彼は夢想する。誰も生活の必要に追われず、誰かの労働の上にあぐらをかいて生きることもなく、他人の前で頭を垂れたり、膝をついたりしないでいい場所。しかしそんなユートピアにさえ、鎖につながれ苦役する奴隷がいた。自由市民（フリー・メン）の尊厳と慈悲の埒外にある者にふさわしい不潔で卑俗な労働が、奴隷には割り当てられた。最下層の人々が手足にはめた鎖は、金でできていたにせよ、汚染や排泄物、恥辱を連想させた。

「金や銀でだいたいかれらは何をつくるかといえば、実に便器である。汚ない用途にあてる雑多な器具である。さらに奴隷を縛るのに用いる足枷・手枷の鎖である」。

金と汚物と奴隷というユートピア的等式は、ガーナでも共鳴する。アカン語にはこんなことわざがある。**アタンタニエ・ンティ・イ・ト・オドンコ**——奴隷を買うのは不潔な仕事のため。金が保持している、人間をモノに変えてしまう能力以上に、金の堕落を雄弁に語るものはないだろう。排泄物でまみれた奴隷小屋の不潔以上に、金の攻撃的な性質を実証するものはないだろう。そのうつろいやすさのしるしとして、奴隷貿易の「黒い金」という呼び名以上のものがあるだろうか。ジークムント・フロイトが金と排泄物の類似性について詳記するよりも先に、アフリカの王族らは金を大量に備蓄しつつ、己の尿瓶のために奴隷を売っていたのだ。そしてヨーロッパの商人たちは、金との取引によって人間を廃棄物に変えていた。

キニシ・ウォ・ウ・シュア、クモ・エ・ナン・ウ・エビン・グバ、金を見る目は、排泄物をも見る。だから奴隷制の中心地では、奴隷収容所の匂いを人々が肌で知っていたという。カール・マルクスは奴隷制の起源について巧みに表現している。彼が書くには、奴隷制はこの世界に「頭から爪先まで、毛穴という毛穴から、血と脂とを滴らしつつ」生まれた。彼は排泄物には触れなかったが、そうすべきだった。排泄物の山とは、略奪と交換の証拠である。ビーチに溜まった汚物と下水道の腐臭が「蜜月の美しさ」の終焉、もしくは独立の不完全を示していたように、交易所や奴隷船の強烈な臭気は、西アフリカ沿岸における商人資本と、商品とされた人間の存在を同定していた。

悪臭は、黒雲のようにアクラに立ち込めていた。深く息を吸い込むと、死に朽ちていくものの硫黄臭がする。ユートピアは、そんな腐臭から切り離すことはできない。〈黒人国家〉という夢は、奴隷の檻や小屋、収容所から生まれたのだから。故郷への道が消滅し、不幸が白い顔をして訪れ、黒い肌が永続的な隷属状態を確約したとき、人種という牢獄が誕生した。それとときを同じくして、黒い約束の地への焦がれや、敵の進撃を阻んで、失われ、忘れ去られたすべての人々の代理となるための一千万本の木もまた、生まれたのだ。

第二章　市場と殉教者

エルミナのトラック駐車場でバスを降りたとき聞こえてきた声に、わたしは耳を貸さなかった、「ここにあなたのためのものなどひとつもない」。

目に見える奴隷制の名残は、城のほかに何もない。わたしの周りでは日常の商売が、ごく平凡な流れの中で進行している。不揃いに並んだ青いキオスク、宝くじ売り場、仕立屋、屋台（チョップバー）、仮設の雑貨店、ベンヤ川の周りに並んだ店たち。川の土手には人があふれている。露店の背後に腰を下ろす市場の女性たちは、オランダ製のプリント生地やリーバ・ブラザーズの石鹸、**オブルニ**の古着、虹色に光沢するリップ、格安のマニキュアなどを売っている。ほかの人々は、売り上げの見通しがあまり芳しくないようで、赤ん坊が転がる藁の敷物を広げて、黒いレンガのような**ケンキー**（プランテーンの葉に包まれた発酵させたコーンミール）のうしろに身を潜めている。買い物客は、少しでも値切って数セディをポケットに家に帰ろうと、押し問答をくりかえしていた。シミひとつないオックスフォードシャツにネクタイをしめた事務員たちは、屋台から出てきて、オフィスに向かってのんびりと散歩している。汗だくになった観光客の一団は、奴隷の地下牢へと小走りで急ぐ。茶色い制服に身を包んだ学童が、砂埃のように通りを駆け抜けていく。露天商は、オレンジや落花生、トイレットペーパーなどを売り歩き、空には金切り声がこだましている。安いパーマでシエナ色に焼けた髪の毛の思春期の少女たちが、冷えた水を一杯五十セディで売っていた。悪知恵の働く子どもたちは、用事もそっちのけで、遊び呆けている。企業家や技術官僚、そして着飾ったご婦人方は、エアコンの効いたパジェロやランドローバーの氷の世界に守られ、外界の埃や汗とは無縁のまま、群衆の間を縫っていく。乗客を押し込んだトロトロが、のんびり歩く歩行者には目もくれずに通りを駆け抜けていった。

　目まぐるしく回転する生活の渦に飲み込まれるようで、わたしはあとずさりをした。初めてエルミナを訪れてからすでに一年以上経つが、あのときの記憶の街は、目の前に広がるものと似ても似つかない。墓地のような街を思い描いていたわたしは、市場の女性たちの間で行き交う挨拶や、わたしには理解不能の言葉で交わされる会話を遮って大きく響く笑い声に、動揺してしまう。焼いたプランテーンの匂いや、白いパウダーの化粧を突き抜ける汗の酸味がかった香りは、空気を甘く、重くする。愛らしい黒や黄褐色の肌をした少女たちの身体からは熱が立ち、精力に満ち、生き生きとしていて、さらに命を育みそうだった。そんな光景はわたしの目に、恐ろしい美として映る。この豊満ではちきれんばかりの命が表出され奴隷貯蔵庫の壁にぶつかっているのに、それが気づかれないでいるというのは、何かがおかしいのではないか。

　頭を垂れ、打ち拉がれた表情をたたえた喪者とかなしみで蒼白とした街、そのほうがよかった。それがだめなら、せめてゴシック調の何か。血の染みた廃墟や道路に敷かれた玉石のように散らばる髑髏、黒い縮緬（ちりめん）を被せられた城。しかしわたしは単調な日常の行為のただ中にいた——けちっぽい値段交渉と、口論、うまい商売の肝である客との取引合戦。仮設屋台の海では、買い手と売り手が一体となって繰り広げるダンスが、延々と続いていた。

数世紀にわたって、エルミナは貿易の繁栄で名を馳せた。中世にあっては、商人が織物や塩を積み込んでサハラ砂漠をわたり、沿岸部で金と交換した。森林部の農地で襲撃を行い、何千もの捕虜を南方へ輸送したのは、マリアン騎兵隊。かれらは奴隷を利用して、たっぷりの砂金と大袋にあふれんばかりの金塊を買い入れた。アカンに金鉱地があるという情報は、十五世紀までにアンダルシアやポルトガルの港にまで広がっていた。ヨーロッパの船乗りや商人たちは、両手いっぱいに金を抱える裸の人々という噂に熱心に聞き耳をたて、それを古着やほかのちまちまとした物品と取引しようとした。言い古された物語が、大西洋を横断するよう冒険家やアントレプレナー、船乗りたちの背中を押したのだ。

ポルトガル人がそこに着いたとき、かれらはその地域を、探し求めた金鉱にちなんで「ミナ・デ・オーロ」、もしくは「エル・ミナ」と名づけた。十五世紀以降、ギニア沿岸の五百キロあまりは「マイン（鉱山）」と呼ばれるようになり、そんな呼称は数世紀のときをまたいで定着し、ヨーロッパの搾取の正鵠を得た名となる。金に飢えたポルトガル人は陸に降り立ち、血眼になって資源を探した。そうして織物や古着、金属製品、貝殻やビーズ、ワイン、そして奴隷を金と交換する。ヨーロッパがいまだかつて目撃したことがないほどの大量の貴金属が、歴代のポルトガル王の国庫には眠っていたという。アカンで得た金は、その後、大西洋奴隷貿易の最初の資源地となるベニンやコンゴにおいてポルトガルが奴隷制を構築する上での資金源となった。

ヨーロッパ人がギニア、つまり黒い人々の地に着いたとき、「そこには輸送されるのを悠長に待つ奴隷階級は存在しなかった」。ヨーロッパによるアフリカ人奴隷の売買を切り開いたのは、奴隷狩りや誘拐である。それから数十年の間に、ヨーロッパの豪商とアフリカの王族との間で結ばれた商業協定により、環大西洋奴隷貿易が本格的に幕を開け、強盗、誘拐、戦争という外交儀礼が確立された。

ガーナにおけるアフロ・ヨーロッパ間の奴隷貿易は、ほかの地域のようにアフリカ人が奴隷を売り、それをヨーロッパ人が買うという形で始まったのではない。反対にその始まりにあっては、ヨーロッパ人が奴隷を売り、アフリカ人がそれを買っていた。ポルトガル人は、当初、内陸地の奴隷貿易の仲買人だった。コンゴやベニンで奴隷を誘拐したり、購入したりして、黄金海岸（ゴールド・コースト）で売る。アフリカの商人や王族に売った奴隷一名につき、八十五グラムから一七〇グラムの金を受け取った。リスボンよりも黄金海岸のほうが奴隷の値がよかったという。エルミナから輸送された金は奴隷取引に拍車をかけ、最初の二世紀にわたって大西洋奴隷貿易における格別な地位をポルトガル人に与えた。

一六〇〇年までにポルトガル人が奴隷とし、輸出したアフリカ人の数は、約五十万人に上る。貿易開始から一世紀半の間、大半の奴隷は大西洋諸島やヨーロッパに向けて出荷された。一七〇〇年までには、二百万人ものアフリカ人が捕獲、略取され、ヨーロッパ諸国の商人によって奴隷として売られていった。

黄金海岸は、十七世紀末、奴隷輸出地として奴隷貿易に参入した。一六三七年にオランダがエルミナ城を接収し、それから数十年後、大西洋奴隷貿易が本格化する。アメリカ大陸（アメリカズ）における農園経済が労働力の需要を高めたため、金よりも奴隷を売ったほうが利益となった。十八世紀末には、六十もの奴隷市場がガーナに存在した。エルミナの商人や王族は、ほかの沿岸都市と同様に、大西洋奴隷貿易における仲介者として活動する。アフリカの後背地と西ヨーロッパの集散倉庫（アントレポット）、そして新世界の農園、エルミナはこれらの入り口だった。

新興都市エルミナには、宿屋や踊り場、賭博場、売春宿、同業組合、商会、富裕層向けの広い住宅街などがあった。富んだ男たち、犯罪者、ごろつき、熟練職人、娼婦、そして増加するばかりの貧困層が、沿岸地域に住んでいた。居住者は約二万人。当時の街の規模は、現在と同程度だった。沿岸から連れてこられる捕虜の数が数万規模に膨れ上がるにしたがって、エルミナの人口は急激に減少していく。天然痘の流行、オランダ西インド会社総督の過酷な支配、政情不安、戦争、貿易につきものだったいざこざは、物騒な沿岸地域から離れた地へ移住するよう街の居住者を促した。王侯貴族や商人は奴隷取引で利益を得たが、日常の人々が経験したのは、混沌と危険だけ。そんな非常事態は、公共道路での旅を脅かし、捕獲の恐怖を常態とした。エルミナのオランダ総督によると、十八世紀初頭の数十年までに入植地はゴーストタウンとなり、黄金海岸は奴隷海岸となった。十八世紀を通じてこの街の人口は、奴隷貿易のうつろいに応じて拡大し、また縮小した。

かつて幾反の布や銅、磁器や酒樽、真鍮の腕輪などの貿易品を格納した貯蔵庫には、捕虜があふれるようになった。大部分は北部で捕獲され、沿岸部でアフリカ人の仲買人によってヨーロッパ人の貿易商に売られた人々だった。港は、人間の積荷を待つ船でひしめいていた。十八世紀の最初の十年の間に、二百トンの大型木造貨物船が沖合に停泊する光景が当たり前になっ

たという。巨大な帆を張ったいくつもの船は、翼の生えた木造の家々を思わせた。カヌーが奴隷を数名ずつ岸から船まで運ぶ。甲板には数百名もの捕虜が押し込まれ、積込が完了する頃には、汗と排泄物、そして疫病の臭いが充満した。強烈な悪臭は沿岸から八キロ先でも臭ったという。

異臭に、街の人々は徐々に慣れていったのだろう。奴隷を沖まで運んでいくカヌーを眺めながら、船に乗った人々が帰ってこないのはなぜか、訝しむ人がいたかもしれない。海のむこうの国々でかれらに何が起こったのか、あれこれ推測した詮索好きもいただろう。もちろん、そんな疑問を頭から振り払った人々がいたことは、論を俟たない。

色彩と音色のお祭り騒ぎを前にわたしを悩ませたのは、ボストンやロードアイランド、チャールストンと比べて（もしくはリスボンやブリストル、ナントでもいい）、エルミナにおいて奴隷制の傷跡がとりわけ顕著に発露されているわけではないことだった。当地の住人によれば、残存しているのは奴隷貿易の祝福、つまり近代化のみというわけだ。大西洋奴隷貿易がもたらした教養とキリスト教が人々の誇りだった。売りに出ているのは中古品ではなく救いそのものだと言わんばかりに、イエスの像がどこにでもある。荊冠をかぶった神の子がキオスクには描かれていて、「子羊の血」や「イエスは救う」といった言葉が露天美容院の店名となっている。扇動的で、光り輝く数多のイエスの顔が街を取り囲み、商売を監視し、救済を約束する。へそ曲がりの運転手はヴァンに「人間は努力を、神には休息を」と施して、派手に飾っていた。ある孤独なキオスクには、トゥパックやビギー・スモールズの聖画が掲げられている。神の子と信者を奪いあうヒップホップの聖者たち。

数を増すばかりのペンテコステ派の群衆に対して、キリストが約束したのは歴史が妨げとならない未来だった。キリストは回想を解毒する。過去から清められて新たに生まれ変わろうとする信者の切望以上に、わたしの願望と相反するものなどあるだろうか。わたしたちが共有していたのは、死者を復活させるという望みだった。わたしは奴隷を救いたいと願い、かれらは悔い改めるものにまっさらな人生を授けようとした。会衆は信仰に堅く立つ一方、わたしは揺らぎ、疑っていた。わたしの悲観は焦がれよりも強いらしい。心の中では、自分の喪失が修復不可能だと知っていたのだから。

わたしは、黄金海岸から追放された数十万もの人々の断片や痕跡を求めて、街を隅々まで見て回った。この数字を構成しているはずの略奪された村や放棄された居住地、打ち砕かれた家族や孤児となった子どもたちを想像しようとしてみた。しかし、ゼロの羅列を人間の姿に翻案することや、海岸に集められた奴隷の怒号を聞くこと、海を前に立ちすくんだ奴隷の恐怖が残したほのかな香りを嗅ぎ取ることは、できなかった。互いに抱きしめて、さよならと囁きあうにはどれほどの時間を要したのか、計算したりもした。もし、それぞれの離別に一分ほどの時間を要したとするなら、合計で七百七十七日、二年と少しになるが、満足な時間とはとても思えない。いずれにせよ、奴隷を見送り、愛しているだとか、忘れないだとかと伝えてくれる人々など存在しなかったのだ。そして今では、そんな言葉に用などなくなってしまった。

市場を取り囲む古い町並みは、売りに出た奴隷の小さな群れを別にすればというのは言うまでもないが、二世紀の間、あまり変わっていない。オランダ人の貿易商が「現地妻」を囲ったリバプール街とブーテンラスト路地の石造家屋が通り沿いに並び、屈強な歩哨のように配置されている。丘の上に立つセント・ジャゴ要塞は、今も街を見下ろす。半島の岩場には、エルミナ城がだらしなく延び、城の下腹部によせて返す大西洋の波が、ごうごうと鳴り響いていた。目も眩むような規模や洗練された建築、厚顔無恥な記念碑性など、この城のあらゆる部分に文明と野蛮の蜜月は明らかだった。

城は無垢に見えて、汚したくなる。奴隷貿易の残骸と釣りあうくらいの傷があってもいいはずだ。瓦礫の山にエルミナ城がうずもれていたならどんなによいか。ジャコバンの血祭りのほうが好みだ。捕獲者らは殴られ、喉を引き裂かれ、頭部は浜辺の杭に打ちつけられ、奴隷の群衆がその破滅を祝う。もしくは、かれらの服を洗い、炊事し、陰部を口に咥えたほかでもないその女奴隷によって、毒殺される兵士たち。あるいは、ポルトガル総督のミックスの子孫によって火を放たれた城。

そんな報復も、今ではときを逸してしまった。オランダ西インド会社の総督は十九世紀を最後に駐在していないし、ポルトガル人はおよそ四百年前に追放された。アカンの王族と商人は死に絶え、捕虜たちは霧散。わたしが痛めつけようとした連中は、もはや手の届かないところにいる。救いたかった人々は、もう存在しない。銀行や海運会社、保険会社や国民国家、製造業者、そして港はいまだに繁栄していたが、それはあまりに強大で、わたしのどんな一撃や蹴りや抗議も、それでかれらが痛みに悶え叫んだり、いっそ死んでしまいたいと乞い願ったりはしそうになかった。

ポルトガル人が捕虜を拘束し、オランダ人がオランダ西インド会社に属する人間という資産に焼印を押しつけた中庭は、ベンヤ川をまたいでエルミナ城を街へとつなぐ小橋からは見えない。城の外壁に遮られて姿を隠す中庭、それでもわたしは見つめ続けた。干からびた魚や人間の排泄物が入り混じった川の汚臭も、わたしを橋から追いやる理由にはならなかった。

マドラスのハンカチで額の汗を拭きながらわたしを横切っていく人々は、息苦しい真昼の暑さの下で体力を浪費しないために、控えめで慎重な足取りを崩さず、しかし着実に歩いていた。ほとんどの人間はこちらに気づかず、貴重な日陰を求めて早足に通り過ぎていく。幾人かは振り返り、なぜわたしが往来の只中で凍ったように立ち止まり、太陽のギラギラした日差しに打たれるままでいるのか、珍しがっているようだった。わたしがここにいる理由や、わたしが彼方に見ているものに疑問を持つ人はひとりもいなかっただろう。蔑み、好奇、そして哀れみが混ざった視線の数々。またアメリカ人がここにきて、遠い過去の出来事に涙している。礼儀正しい人は、数メートル離れてからうしろを振り向き、より大胆な人々は、あけすけに視線をよこしてきた。ある女性は隣を歩く友人に、まるで当てつけのように英語でこう言った。「アメリカ人はここに泣きにくるけど、お金は落としていかないよね」。

八十路の男性が、橋の上をうろうろしていたわたしの横をかすめて歩いていった。彼は、わたしの数歩先まで進み、振り返ると尋ねた、「ニグロですか、それともニグラですか？」老人の言葉は、まるでわたしを諫めるみたいで、雹のようにわたしに突き刺さった。鎮めようのない悲嘆の孤独と、よそ者と親類との間の埋めがたい溝、視線だけでは隠れているそれらが彼によって公然となり、わたしを咎めるようだった。ブルックリンなまりの罵りがとめどなく口を衝いて出てくる前に、わたしはどうにか自制した。彼の顔を見つめてみる。彼は大真面目か、狂っているかのいずれかだろう。そこでわたしは冷ややかな視線を返し、それが丁重な「ふざけんな」という言葉に翻訳されるよう願うことで、その場を収めることにした。

路上での偶然の鉢合せは、わたしが思う自分の姿と他人から見えるわたしの姿との違いを明瞭にした。わたしは自分を、不当にも権利を収奪されたものだと見積もっていた。しかしほかの人々にしてみれば、わたしは特権を享受するアメリカ人で、それゆえ毎度懺悔の態度を示さねばならない。わたしの無知は、常に通行人のそれと衝突していた。あの白髪の審問者にとって、わたしは奇妙な存在だったのだろう。「あなたは誰で、何なのか？」あの老人は見極めようとした。彼の好奇は、無関心によって均衡が保たれていたゆえに、その判断は、わたしの彼の評価よりも賢明なものだった。何しろ彼を見て真っ先にわたしの頭をよぎった考えは、〈愚かな老いぼれ〉だったのだから。

わたしの来訪を待ち侘びて午後を潰したことなど、彼にあっただろうか。一方、わたしは大学生のときからガーナでの生活を夢見てきた。生まれ育った世界よりも、人種差別の穏やかな世界を想像して。自分の相続物が収奪以上の何かであり、もはや自分を問題（プロブレム）とは感じなくてもいいような国を恋い焦がれて。ガーナでの三ヶ月は、そんな観念から解放されるのに十分な時間だった。人々はわたしを白人（ホワイト・マン）さんと呼ぶかもしれないが、誰もそのようには扱ってくれない。スーパーマーケットや銀行で、職員や窓口担当者が白人を列の先頭に呼ぶこと、シリア人やレバノン人の店主が黒人の客に無礼な態度で接すること、白人用のルールと黒人用のルールが分かれていることなどに、わたしは徐々に慣れていった。アフリカでは、アメリカに劣らず黒人の命が消耗品同然に扱われている。異なるのは、具体的な中身だけだ。

　わたしはすでに怒っていたから、あの老人の言葉に喧嘩をふっかけられているように感じても、格段驚きはなかった。わたしという存在（アイデンティティ）に対する彼の明白な疑念は、大勢の黒い顔のひとつに紛れて自分を無にすることや、群衆のひとりとして親密さと匿名性を経験するといった希望を打ち砕いた。しかし落ち着いて考えてみると、彼はわたしが誰であるのか正確に把握するために、ただ呼び名を与えようとしたのだと理解できた。わたしという存在が必ずしも所与のものではないとわきまえるほどに、彼は思慮深かったのだ。所詮、わたしはよそ者だった。老夫の言葉はわたしたちが共有していないものを認めたのだ——つまり共通のアイデンティティを。ほかのどこか、まったく異種の世界、そこがわたしの名前のあるところ。わたしは謎であり、彼が立てた唯一の仮説は、問いの形式にとどめられていた。

　事実、彼がわたしを知る以上に、わたしは彼を知っているわけではなかった。アル・ジョルソン〔歌手。ブラック・フェイスのパフォーマンスで知られる〕にでも影響された旅芸人のミンストレルショーやボードヴィルを子どもの頃にケープ・コーストで見て、「プランテーションソング」に出てくる「ニガー」という言葉を初めて聞いたのかもしれない。彼の父親が、（ねぐらに帰る鶏（自業自得）の例として説明される戦争で）イギリスがアシャンティ帝国を打ち倒すのに一役買ったバルバドスやジャマイカからの部隊の物語を語って聞かすとき、そんな言葉や類似の表現を使った可能性もある。それとも、ガーナのラジオから流れる、誰も露骨な歌詞を聞き取れなかったために検閲をすり抜けたと思しき成人向けギャングスタ・ラップで、彼が唯一認識できた言葉が「ニガー」だったのだろうか。ガーナのテレビで定期的に再放送される『ルーツ』で、「ニガー」という用語を知ったということはあるだろうか。もしかしたら、リンカーン大学にでも留学した彼の友人が、合衆国の黒人の呼び名としてこの言葉を教えたかもしれない。あるいは、街で騒がしいアメリカ人が、愛称のようにしてこの呼称でやり取りしていたり、ここでニガーのように扱われるとは夢にも思わなかったと誰かが不満をこぼしたりしているのを、偶然耳にしたことがあったのかもしれない。

わたしが橋に立ち尽くし、城をぽかんと眺めていた理由を、あの男性の問いが説明してくれている、そうつくづく腑に落ちた。ニグロかニグラか――そんな問いが、わたしを過去へとつないだのだ。周囲の世界が渦巻き、足元がぐらりと揺れる。市場という迷宮をのろのろと歩く買い物客、多彩なイエスの顔、市場の女性たちに影を作る大量のまだら傘。すべてが後退し、古の世界が現れる。**オブルニ**の古着を売っている市場の女性たちが、十六世紀のフェイトワ・デ・ルーパ・ヴェリャ（古着の仲買人）のように見えた。ひとつの時代が、もうひとつの時代に座を明け渡していく。奴隷と統治者の亡霊が、街の上に蠢いていた。

ポルトガル人がエルミナ城を建設したのは一四八二年。コロンブスがヒスパニオラ島にはからずもたどり着き、そこを発見したと自称する十年前に、駐屯地と要塞が建築された。それは、サハラ砂漠以南のアフリカにおいて初めて建築された恒久的なヨーロッパの建造物だった。ポルトガル人がそこに居座ろうとしていたことは、火を見るよりも明らかだった。もっとも、事は望み通りには運ばない——かれらが探し求めた金鉱は存在しなかったのだ——。それでもポルトガル人は、オランダによって要塞を追われるまでの百五十年間、エルミナに常在した。

一四八二年の時点ですでに何か不吉な予兆があったと、わたしたちは考えてしまうかもしれない。あのときと現在を一直線に結ぶのは楽なことだ。アメリカ大陸にたどり着いた千二百万人、戦争で殺戮された百万人、道中で死に絶え、そのまま見捨てられたもの、赤痢やコレラ、脱水で命を絶たれたもの、大西洋に捨荷されたもの、それぞれの運命は、城建設のために土が起こされた時点ですでに宣告済みだったと。あとから振り返るなら、あたかもポルトガル人の船長とアカン人の王の代理との間で往還した贈り物や約束に、数世紀の終焉が予見されていたように見えるかもしれない。

黙示的な歴史記述においては終末が不可避であり、大西洋沿岸において交わされた挨拶や愛の誓いのようなもっとも無害で平凡な始点にまで、その崩壊を遡ることができる。今という地点から歴史を臨むという確実性が、終焉を不可避にする。しかし、ポルトガル人がここに到達したとき、地上に影を落とす黒雲はなかったのだし、地平線に嵐が立っていたわけでもない。天は涙しなかったのだ。何か恐ろしい出来事が起こると予感させるような前兆は現れなかったか、もしくは見過ごされた。愛に代償があると、あの瞬間誰が知っていたというのか？　世界を新しく名づけることの対価を、誰が見積もっていたというのか？　馬やマスケット銃によって世界が破壊されると、贅沢品によって死がもたらされると、砂糖やコーヒー、そしてタバコが三つの大陸を永久に変えてしまうと、誰が想像できたのか？　ポルトガル王家の紋章が、西アフリカ沿岸を南はアンゴラまで刻まれると予見したり、捕虜の胸や腕に十字架が焼きつけられたりすると予期することは、不可能だった。同様に、エル・ミナで上げた金の収益が、最初の二世紀にわたってポルトガルを奴隷貿易の支配者とすることも、誰も知らなかった。それなら、ギニアの海岸である日暮に出会った二人の男に、四万回以上の奴隷航海によっておよそ千二百万人のアフリカ人がアメリカ大陸に輸送されたことへの責任を帰せるのは、妥当なのか？

原因と結果という問いに下される判断は、必然的にあとづけになってしまう。因果関係とは、追想という行為の恩恵なのだ。人は、不可避的な逝去のしるしを、あとになってからしか感知することができない。それは、壊れてしまった人間関係を前に、いつ状況が変わり始めたのかと探るようなものだろう。そのしるしとは、物事がぎくしゃくし始めてから見えるようになるのか、それとも、常にそこに存在したしるしを単に見落としてしまっていただけなのか？　今というときとかつてを結ぶ線を辿ることができるのは、振り返るからこそ。だからわたしたちは、「ああ、こうして始まったんだ」と言えるし、偶然性と必然性、運と因果を天秤にかけることができる。一見、起こるべくして起こったように見える出来事が、状況や偶然、そして気まぐれの集合的な産物にすぎないのではないかと勘ぐってしまうのも、同じことだろう。

歴史の無作為と偶然性は、それでも勝者と敗者という二つの階級を生み出す。賭博台に就く男たちのように、ときの経過とともにこれらのグループの間の隔たりは、ますます大きくなる。一四八二年のある午後、二人の男によって交わされた愛と友情の誓いは、たとえそれが作り話の類であったとしても、近代の初頭において新しい秩序を作動させるきっかけとなった多くの出来事のうちのひとつとして数えられる。今では運命とすら思えるほどに頑強な人種的グローバル秩序は、偶然の出来事によって引き起こされた。

ヨーロッパとアフリカの邂逅の記録には、実際にはけっして起こることのなかった出来事が、延々と連なっている。神話こそ、歴史の始点。奴隷ルートも例外ではない。すべては、騎士や王子の黙示的な物語から始まり、ユートピアの探索、伝説の王国の探求、園の幻影や墜落の予兆と続いていく。ポルトガル人の年代記編者は、「ニグロの土地は」と綴っている、「かれらの喜びのためだけに用意された、優雅な果実園」のようだった。つい十八世紀まで、ヨーロッパ人はアフリカを楽園、もしくはエデンの国として思い描いていた。あのマルクスですら、近代というときの始まりを決定づけた暴力について詳述する際、エデンというレトリックの利用を避けることができなかった。本源的蓄積についての論文で、彼は

堕落の場面を描写しているが、彼の説明では、リンゴを摘むことではなく、黒い肌をした人間の商業的な狩猟が堕落を招いたという。

ギニア湾における二人の男の出会いも、そんな創世神話のひとつだった。想像力が、ある午後に過度の意義を付与し、この出来事が創造された。主人公を割振ったのは、神々と王たち。架空の地図を描いたのは、地図作成者。物語を書いたのは、ポルトガル王室の書記。そんなことで物語は、ディエゴ・デ・アザンブージャが船の舵を取る場面から始まる。

一四八二年一月十九日、木材、レンガ、タイル、石、モルタルなど四百トンの積荷を積んだ十隻のキャラベル船と輸送船が、小型ボートを引き連れてギニア沖に錨を下ろした。その遠征の船長だったディエゴ・デ・アザンブージャは陸地を発見すると、特徴を書き留めている。荒涼とした岬、赤い絶壁、小さな入江、街を蛇行し、それを二つに分ける川。沿岸を調査した結果、彼は河口の狭い半島を、交易要塞としての最適な立地として定めた。入江や川、岩礁で守られたそこは、敵の防衛にうってつけで、理想的な場所だった。

アザンブージャが海岸に上陸したとき、彼には六百人の男と一握りの女が同行していた。その一群の中には、伝説となる前のバルトロメウ・ディアスとクリストファー・コロンブスがおり、ほかにも、兵士や職人、肉体労働者、貧しい夢想家、追放された囚人、奴隷、娼婦など無名の人々が含まれていた。船長と士官らは、統治と神の象徴である王家の徽章を突き刺し、王家の紋章をあしらった旗を掲げて、領土の権利を主張した。こうして入念な儀式とともに、一行は**テラ・ヌリウス**、所有者のいない土地の、所有者となったのだ。翌日、かれらはそうする許可を求めた。
アカン人との会談に臨んだアザンブージャ船長は、シルクブロケードのジャーキンに貴石が施された金色の襟の衣装で着飾っていた。彼のそばに立つ男たちも、シルクで身を包み、カラマンサ「王」に対しポルトガルの富を誇示しようとしたが、実際に支配しようとしていたのは、ギニアの富、つまり名高い金鉱だった。アザンブージャらは、おそらく数年前にミナから連れてこられた黒人奴隷の口を借りて、ポルトガル王のためにミナに貯蔵庫を建てるという任務の目的を説明した。ファラ・デ・プレト、黒人語、もしくは奴隷ポルトガル語とは、外交のための言語だった。それは、王家の年代記に代表される優美で、装飾に富んだ言語とは雲泥の差がある。

船長はまず、自身とポルトガル王の愛を明言することから始めた。「主である王は、カラマンカ〔原文ママ〕が自分によく仕えたいと願っていると知っている。それは、カラマンカがかの地域に到着した際、船に素早く荷物を積み込んで示そうと努力していたことから明白である。これらは愛から生じているため、王は愛でもって報いたいと願った。その愛は、彼〔アザンブージャ〕の愛よりも有益であろう。なぜならそれは、人類が保持するもっとも高価なものである魂の救済のための愛であり、人類を獣から区別する生命や知識、理性を授けるものだからである」。

カラマンサはこれに返答したという。「隣人であるよりも、時折会うだけの友人のほうが、よい関係を続けられる」。ポルトガル王家の年代記にはこう記されている、「彼がこのように語ったのは、ポルトガル王の命令に背くためではなく、港にやってくる可能性のある人々との和平と貿易のためであった。……かれらとの間に平和があれば、彼の民は、彼が知ってほしいと願う神にもっと喜んで聞き従うようになるかもしれない」。

アザンブージャは、考えを改めるようカラマンサを説得した。脅したのか、甘い言葉をかけたのか、推測するしかない。いずれにせよ二人は合意に達した。アザンブージャは、愛と救い、そして賃料と引き換えに、国王のために貯蔵庫を建築する許可を得たのだ。少なくともこれが王家の年代記が語る物語である。ポルトガルの占領権を確立し、ほかの西洋諸国の王子がミナの所有権を主張することを阻止した物語。しかし、船長と王の代理は、新興の海運技術、商人資本、競合する貿易利権、そして様々な政治戦略といったより大きな社会的勢力のちっぽけな代役にすぎなかった。

一四八二年のあの午後、海岸で正確に何が起こったのかについては、王の書記の間ですら異論がある。カラマンサが要塞を建てる許可をポルトガルに与えたのか、それとも許可などなしにポルトガルは建築に着工したのか、知る術はない。なぜなら、アザンブージャと彼の取り巻きのシルクブロケードの下には、必要とあればいつでも取り出せるように銃が忍ばせてあったのだから。もし取引が決裂し、「偶像崇拝者」が神からの贈り物をはねつけようものなら、「愛のスピーチ」が達成し損ねたことを武力が完遂していたであろう。言うまでもないが、愛にはいくつもの表現方法があった。入植が完了すると、貿易を保護するためにエルミナの一部に火が放たれ、強固な平和が確立された。愛とは支配の言葉であって、その所産は鎖につながれた男や女だった。

要塞が建築されてすぐに、中庭は奴隷であふれるようになった。五十日に一度ほどの頻度で、奴隷を積み込んだ船が要塞に着いたという。奴隷は、百人から二百人ごとに陸揚げされ、五百人から千人の奴隷が、毎年、要塞を通過していった。一五四〇年までに、一万から二万の奴隷が門の内側で監禁されている。

要塞内で働いていたものはわずかで、多くは、兵士の個人利用のためにあてがわれた女性や少女だった。あとの人々は（百人から百五十人の奴隷）、中庭に鎖でつながれ、買い手を待っていた。要塞の壁を背にしゃがみ込むものもいれば、縄や鎖が許す範囲で動き回るものもいた。兵士たちの視線や手つきで自分の裸体を意識していた女性たちは、肩を落として、身体を丸くしている。子どもたちは恐怖を隠さずに、怯えながら、周りをキョロキョロとせわしなく眺めていた。

キャラベル船は、ベニンのスレイヴ・リバーやコンゴの港から、捕虜をエルミナまで輸送した。ポルトガル人はスレイヴ・リバーまでの一度の航海で、多いときには四百人もの捕虜を要塞に連れ帰った。ベニンで捕らえられた捕虜の大半は、十歳から二十歳までの少女や女性だったという。ベニンのオバ（王）は、男や少年の売却を制限し、最終的にそれを禁止した。ポルトガル人によって捕らえられた女性の右腕にはもれなく、十字架の焼印が押された。

中庭に収容されたものの中には、コンゴから連れてこられた人々もいた。襲撃によって捕らえられた捕虜たち、職人や農民、祈禱師、織工、漁師、金属加工職人など、自らの街や村で捕獲されたもの、奴隷を宣告された厄介者や犯罪者、トラブルメーカー、そしてリスボンの神学校までの旅の途中にサン・トメで誘拐された学生、コンゴ人貴族の息子たち、皆が同じ運命を

共有した。コンゴはキリスト教国家だった。マニ・コンゴ（王）のドム・アフォンソが一四九〇年、カトリックに改宗したのだ。王族や貴族の間でキリスト教が広まり、それと軌を一にして奴隷の売買が盛んになったのは、王侯貴族の改宗者たちが奴隷貿易で財を成したからである。

十字架の偏在は、奴隷港へと向かった膨大な数の捕虜に先立っていた。

ポルトガルの守護聖人と、かれらが新しく発見したアフリカのエル・ドラドを記念して、ポルトガル人は、オ・カステラーノ・デ・サン・ジョルジェ、またはサン・ジョルジェ・デ・ミナ、つまりミナの聖ジョージという呼び名を貯蔵庫に授けた。奴隷船の神聖で、甘美な響きの名称と同じく——〈クライスト・ザ・リディーマー（救い主キリスト）号〉、〈アミスタッド（友情）号〉、〈ブレスド（祝福されたもの）号〉、

〈ジョン・エヴァンジェリスト号〉（伝道者ヨハネ）、〈ザ・ロード・アワ・セイヴィア号〉（我らが救い主）、〈リカヴァリー号〉（回復）、〈トリニティ号〉（三位一体）——、サン・ジョルジェというエルミナ城の聖なる名祖は、ギニア海岸において始業した神聖な職務を告げ知らせていた。

その四十年前、ギニア海岸上部では異教徒に対する宗教遠征軍——アド・プロパガンダム・フィデム（信仰伝播のために）——によって奴隷貿易が着手される。一四四四年、ポルトガル人は動産を標的とした狩りで、二百三十五人の捕虜を得た。「ムーア人」の村を見つけると、兵士らはパトロンであり、守護者である「聖ジョージ」や「ポルトガル」と叫びながら、村を襲撃した。王家の年代記は、その大勝利について、主の祝福とともに獲得された戦利品として描いている。ポルトガル人は村人を襲撃し、「かれらを殺め、なるだけ多くの人間を捕らえた。そこでは、母親が子どもたちを見捨て、夫は妻を置き去りにし、すべての人々があらんかぎりの力で逃げ惑う様を見ることができた。水で自ら溺死するものもいれば、あばら屋に身を隠すものもいた。また、そこから逃れることを願って子を海草に隠したものもいたが、追々発見された。最終的には、あらゆる善行に報いて下さる主なる神が、神のために行ったかれらの労苦に対して、その日のうちに敵に勝利することを決断されたのだ」。

聖ジョージにはいくつもの顔がある。殉教者、宣教者、禁欲主義者、服従者、創造主、兵士、そして異端者。リオ・デ・オロの村人たちは、復讐に燃える騎士と〈主なる神〉の名の下に実行された殺戮を経験した。大発見の時代には兵士が入り用で、ジョージはそんな目的にかなった存在だった。文明を具現化した征服者の騎士は、獣じみた敵や怪物さながらの種族と闘う。

ドラゴン退治のジョージは、馬にまたがり、先陣を切る。「獣は皆殺しにせよ」。彼ほどにポルトガルを代表する使者や聖人としてふさわしい人物を探すのは難しい。

聖ジョージはまた、真の殉教者でもあった。多くの聖人は、信仰の証明のために、あるひとつの拷問を耐える。しかし、不憫なジョージは、知られているかぎりほぼすべての拷問を受けねばならなかった。矢で身体を貫かれた聖セバスティアンや乳房を切り裂かれた聖アガタ、聖ペテロの十字架などものの数ではない。

パレスチナで、聖ジョージは投獄される。彼は鉄の釘で拷問を受け、鞭で打たれ、頭蓋骨は粉々に砕かれた。王の魔術師によって毒を盛られたのはペルシアでのこと。ヌビアでは七年にわたり拷問を受け、四度殺されたという目撃談がある。まず、彼は燃え盛る穴の上で焼かれ、復活する。次に、その身体は両刃のノコギリで真二つにされるが、彼は再び死を打ち負かす。それから彼はばらばらにされると、今度は天使が現れて肉体の破片を集め、身体を元通りにするのだ。最後に、彼は油で煮えたぎった大釜に放り込まれた。ギリシャでは柱に縛りつけられ、馬鍬で肉を裂かれ、炎の灯った松明で焼かれてしまう。

聖者の試練と殉教者の苦悶は、城の収容所やその先で真価が問われることとなる。聖ジョージは、苦しむ奴隷に対しても徽章を授けたり、復活の命という幻を見せたりしたのか？　黄金海岸で彼は、耳を切り落とされ、死んだ。サン・トメでは海に沈められ、ダオメでは打ち首に。コンゴの奴隷小屋（バラクーン）では、首を絞め殺された。サント・ドミンゴでは、頭から熱したサトウキビを注がれ、肉が溶ける。バルバドスでは鞭打ちに。キューバでは、彼の身体に人々が火薬を詰め込み、マッチが擦られ、木っ端微塵に。セント・ジョンでは、火あぶりの刑に処せられ、八つ裂きにされ、串刺しに。メリーランドでは木に吊るされ、打ち首に。ジョージアでは砂糖漬けにされたあと、アリ塚に埋められた。キュラソーでは顔面を焼かれ、頭を落とされ、杭に打たれ、ハゲタカの餌食になった。スリナムでは両手を落とされ、大ハンマーで頭を潰された。トリニダードでは身体を切り刻まれ、断片は大西洋の藻屑に。ブラジルでは耳を切り落とされ、背中に短剣を埋め込まれ、腐った頭は中央広場に飾られた。パナマでは剣で内臓をえぐり取られた。リマでは、人々が彼を通りから通りへと引きずり回し、鞭で打ち、そうしてできた傷を尿とラム酒で流した。ジャマイカでは排泄物を無理やり食べさせられた挙句、薪の上で焼かれた。グレナダでは釜に押し込まれ、丸焦げに。パラマリボで、人々は彼のアキレス腱を切り、右足を切断。ヴァージニアでは皮膚を剝がされた。テキサスでは両足を縛られ、馬で街を引きずり回された。ニューヨークでは棍棒で打たれ、

街灯に吊るされる。ノースカロライナでは人々が彼を松明で焼き、遺体を石灰の中へ投げ入れる。ミシシッピでは羽のついた車輪のうえで身体が切り刻まれた。ワシントンD.C.では、獣同然に馬乗りにされた彼が、死に追いやられた。アラバマでは十字架につけられ、燃え盛る松明で打たれ、鎖で殴られた。ルイジアナでは切り裂かれた彼の腹から、内臓がこぼれ落ちた。

そんな苦悶を前にしてすら、打ち倒されたものの復活と、世界の変革を夢想するものがいた。折られた骨、切断された器官、丸焦げにされた肢体。しかしそれらは、夢想家が敵の壊滅を誓ったり、故郷への帰還に歓喜したり、主人を嘲ることを諦めさせることはできなかった、「今日君は僕を丸焦げにするかもしれないが、明日はできないだろう」。

要塞に収監された奴隷にとって、聖ジョージの世界のしるしや象徴は体験的な知識だった。十字架と雑な洗礼が、かれらを奴隷の身分へと誘ったのだ。聖人たちが耐えた悍ましい試練には、少なくとも、信仰の義認によってもたらされる慰めという贈り物と、生臭い墓から解放されるという約束があった。しかし、奴隷の死には慰めもなければ、どこかに高みからの視点があって、死がなんらかの善を生み出したわけでもなく、死には死以上の意味はなかった。城の中庭に拘束された奴隷たちは、すでに奴隷としての死を経験していた——つまり、奴隷はたしかに生存しており、息をしていたが、人間（マン）の社会的世界においてはすでに死んだ存在だったのだ。かれらは「商人の手にあっては商品であり、買い手にとっては有益な財産である」。家で捕らえられ、市場で売られ、類縁関係から断たれた奴隷は、徹頭徹尾、死者であることを企図されていた。彼は戦闘で殺されたに等しい。彼女は世界に一度たりとも帰属しなかったに等しい。

死者は新しい存在の根拠（アイデンティティ）を押しつけられ、生き返った。しかし、奴隷が肌身を通して知っていたのは「死にも復活にも栄光はない」ということだった。死も復活もむしろ、商品としての生にあって本質的な部分だった。奴隷制は命を無効にし、男たちや女たちを無機物へと変え、そして隷属のためにそれを蘇生させる。死のあとに労働するとは、奇跡ではなくただの呪いであり、聖ジョージとは殺戮の天使だった。

エルミナのあと、奴隷を待っていた生活。森の中の鉱山で金を採掘すること、海岸からサバンナまで、ポーターとして商人の高価な品物を引きずり、重い足取りを進めること。土地を開墾し、耕し、トウモロコシやキビを収穫すること。性的欲求に応え、妾や妻として子を孕むこと。王家に仕える小役人となること。召使い、傘持ち、団扇持ち、寝具持ち、銃や剣を担ぐ人夫、側仕え、掃除人、死刑執行人となること。去勢され、宦官として生きること。エルミナからジェンヌまで、内陸部の市場で奴隷商人にたらい回しにされること。ミナでことごとく買い手に拒否された挙句、サン・トメのサトウキビ畑に送られること。メキシコで、家事使用人や銀鉱労働者として働くこと。何千もの黒人奴隷とともにリスボンで苦役すること。

砂金や銅鉢、真鍮のブレスレット、鉄棒、鍋、染色布、リネンやインド更紗、円筒形の珊瑚ビーズ、ヒモ状のガラスビーズ、骨でできた赤いビーズ、エナメル製のビーズ、フェルトの帽子、そして馬の尾――奴隷の価値を定め、その存在に重さを与えたものたち。ポルトガル人は、奴隷を**ブラコス**、腕もしくは束と呼んだという。一方、スペイン人は、おおよそ「インドのかけら」とでも訳せる**ピエサ・デ・インディア**と奴隷を名づけている。**ピエサ**とは「人間の身体の商用単位」であり、それは多くの場合複数の人間で成り立っていた。最盛期の男奴隷が、ほかの奴隷を測る基準であった。身体の不自由な奴隷や年配の奴隷は一ピエサに満たず、少年二人、もしくは母親とその子どもは合計で一ピエサと等価になることもあった。オランダ人は奴隷をリーヴァバーと呼んだ。意を健康な、もしくは子どもを産める男女の奴隷という。

人間と物品の交換、あるいは人に対して行使された所有権が、アフリカにおける財産取得のごく一般的な方法だった。大西洋奴隷貿易の特徴は、膨大な規模の人間の蓄積と、富を築くために必要だった多大な暴力と死。そんな略奪的な蓄積を、奴隷とされた人々は「喰われる」や魔術といった言葉で言い表していた。奴隷の目には、ヨーロッパ人が最悪な部類の魔術師として映ったのだろう。白い男たちが、黒い肉体を踏み台に権力を得たことを、否定できるだろうか？　かれらが、奴隷の骨を火薬へと変容させ、血をワインへと作り変え、奴隷の臓器を喰む力を持っていたこと。それは、誰の目にも明らかだった。

わたしは、血や骨、火薬をほんの少しも感知できなかった。眼前の景色から悲劇をひねり出そうと懸命に努力したが、すべて徒労だった。むしろそれが生み出したのは、真逆の現象である。過去が取るに足らないものであるということと、現在の変哲のない日常、それ以外、何も見えなかった。目につく事象の中で、特段言及すべきものなど無いようだ。もしかしたら、亡霊ですら思い違いだったのかもしれない。広大な市場にあって、わたしは時代にとり残された生き物。たったひとり、亡霊のような帰還者。白いペンキを塗り直された城さえ、歴史の汚れや血などにはまるで染まっていないかのように、真っさらで白く輝いて見えるのだ。

エルミナに住むアフリカ系アメリカ人は、城の修繕について死者を冒瀆しているだとか、あの場の汚らわしさを誤魔化すことで「黒人たちの歴史を隠蔽した」とか言って、不平をこぼしていた。しかし、壁のペンキは、腐敗した遺体につける芳香剤のようなもので、悪臭を和らげるどころか、かえって際立たせてしまう。城は、当然その荘厳の代価を考えないかぎりではあるが、息をのむほどに美しい。そして、そんなあらゆる記念碑性の重量の下で数多の奴隷が潰されたことを忘れるのは、造作もないのだろう。

もしかしたらジョンが正しかったのかもしれない。ここにいる意味などなかったのかもしれない。そうは信じたくなかった。わたしは頑固だったから、ほかの人々が暴けないものを自分なら暴けると心に言い聞かせた。でも、間違っていた。わたしの目に映るのは五百年前の要塞だけ、誰も記憶にとどめようとはしなかった過去の記念碑、それだけだった。

記念碑は墓と同じく、死者を保存し、過去を停止させることを企図している。しかし、わたしが目撃したすべては、それに論駁していた。城を墓として考えるのを諦めたわけではなかったが、もしそうであるなら、喪者はどこにいったのか？　墓地には遺族の一団が伴わねばならないのではないか？

ガーナにおいて、喪の作業は重んじられてきた。葬儀の場では、プロの泣き人が雇われる。そんな嘆きの専門家は、故人を霊の世界へと導くために、必要な量の泣き声や叫び声を提供する。死者をきちんと弔わないことは、罪とされた。充分な敬意が払われないのなら、故人は天災や災難、不幸をもたらし、生者を罰する。死者を讃えることは、それが死者の死後の世界における評価を左右するがゆえに、欠かしてはならない。葬儀は豪勢で費用がかかっており、人々は、自らが節制してまでも、死者が生者よりも厚遇されると不満を垂れることも多かった。アブスア・ド・フヌ、家族は死体を愛する。

しかし、エルミナにはわたしが手向けうる亡骸はなかった。上物の布で覆われた遺体も、死者の首元に注がれるラム酒も、横たわったその人を囲んで歌われる挽歌も、何もない。パームワインを掲げ奴隷の死を告げ知らせる人はいないし、空砲を天に向け、死を近隣住民に伝える人もいなければ、遺体の手首に金色のお守りを巻いて、かれらの来世への旅路の幸いを願うものもいない。誰もそんなことを死者のために行わなかったし、断食した人も、二日間の通夜を太鼓と踊りで明かした人もいなかった。遺体の隣に贈り物を置いていく人も、先に黄泉へと下った家族への伝言を遺体に託した人もいなかった。

「アフリカの地とは、亡骸のない墓場」。ガーナ人の詩人であるクワドォー・オポク＝アギェマンの言葉を、わたしは想起していた。この詩は、奴隷貿易の時代にアフリカから消え去った何百万もの人々と、かれらが潰えたあとに残された空の家や荒廃した村々、そして略奪を受けた墓について詠んでいる。だが、この詩は喪者について沈黙する。喪者の不在は、墓が空だったためだろうか？

城外で飲み物やピーナッツを売っている売り子や、丘の麓で遊んでいる子どもたちに、あの城壁の内側で何があったのか聞いたとしても、答えられるのは少数だろう。世界遺産に登録されているにもかかわらず、大半のエルミナ住民は、最近の小学生を除いて、エルミナ城やほかのガーナ沿岸の城内に足を踏み入れたことがない。この地域、それも字義通り城のおひざもとで育った大学の同僚を知っているが、中に入ったことは一度もないというし、城が何のために建築されたのか調べたことすらないという。わたしが話したかぎり、海岸にそびえ立つ建造物について親に尋ねたことを覚えている人や、城壁をよじ登ったり、橋の間にもぐり込んで堀を覗いたり、中庭を駆け回ったといった青春の冒険物語を語ってくれる人はいなかった。海を越えて売られていった奴隷の話にいたっては、誰ひとり口を開こうとはしなかった。

数世紀も前の出来事にわたしがいまだ傷ついている様子に、かれらは面食らっているようだった。それでいて、その同じ人々が、家族の系譜を十世代も十一世代もしたり顔で遡って見せるのだ。わたしにはそれができない。わたしが遡れるのは、せいぜい三世代か、四世代。なぜこれほどまで多くの人々がアメリカ大陸から海をわたって、奴隷だった祖先のために涙を流すのか、ガーナ人が訝しんだとするなら、それはかれらが祖先を無下に扱っているからではなく、奴隷の血筋に恥を感じているためだった。自らの祖先を敬うことと、奴隷の子孫であると公言することは、まったく別種の行為なのだ。沈黙こそ、奴隷の子孫が受け入れるべき合理的な立場だった。それでも、毎年一万ものアフリカ系アメリカ人観光客がガーナまで旅し、その中で奴隷の地下牢を訪れないものはなかった。奴隷の出自を誇るとは一体どんな人々なのだろうと、ガーナ人は不思議がった。それもあんな大げさに感情を表したりして。

ガーナ人は日々、火急の問題に追われていてね、過去のことになど構っていられないんだ。きっと、タクシーの運転手であれ、店員であれ、あるいは仕立屋であれ、皆、肩をすぼめ、諦めたように言うだろう。ガーナの平均日当は一ドル以下で、国民ひとり当たりの年間所得は二百七十ドル。セディの価値は毎年急落していて、失業率は三十パーセントにおよぶ。大多数の労働者は、一日の賃金で、帰りすがらパン一個買うことさえできない。「奴隷制についてかまけたり、心を痛めたりしている暇なんてあるもんか」、ある裕福なアメリカ人に向かって、ガーナ人は肩を震わせ抗弁したという。そんなかれらにしてみれば、アメリカ人に裕福でないものなどいなかった。

奴隷制について考えるとき、わたしの心にまず浮かぶのは、焦土と化した村、沿岸までの途上で遺棄された遺体、奴隷船の不潔な船倉、大西洋に折り重なった骨、競売台で晒された胸部や生殖器、女性の口に押し込まれた鋼のくつわ、男性の顔に押しつけられた鉄の仮面、鞭を手にした白人主人、引き裂かれた黒い身体。しかし、ガーナ人、少なくとも南部のエリートが、奴隷制について想像することといえば「北部の遠い従兄弟」であり、設備の整った家で服を洗濯したり、炊事したりすることであり、祖父の美しい奴隷妻であり、村の外国人であることを、わたしは学んだ。たとえその理由が、奴隷であった過去よりも奴隷商人であった過去のほうが、恥が少ないということだけだったとしても、かれらは祖先が奴隷貿易で築き上げた富に狂喜していた。「人々は、曽祖父が大勢の奴隷のひとりとなったのではなく、奴隷を所有したことを誇った」と、ある男性は語っている。「奴隷と呼ばれるのは恥のしるしだから」。富者と権力者の誇りと自尊がそうだったように、奴隷となることの恥辱も存続した。惜しむらくは、富が持ち堪えなかったということ。エルミナで人々は嘆いた、「あの頃は豊かだったのに、今のわたしたちは貧しい。オランダ船はエルミナを出航してしまった」。

収容所に鎖でつながれ、岸辺から連れ去られた奴隷にわざわざ言及するものはわずかで、そうする人でさえ、アフリカ人の貿易商は、海のむこう側で白人が奴隷をいかに残酷に扱うのか知らなかったと釈明した。ほかのものは、大西洋奴隷貿易をヨーロッパの貿易と呼び、その責任を唯一、西側諸国に帰せた。そうしてかれらは己の手を染めた醜い取引を浄化し、うしろめたいものなど何もないと信じることができた。

城のミュージアムの学芸助手だったコフィから、奴隷制を恐ろしい運命として認識することの困難を打ち明けられたことがある。「私の家にも奴隷がいました」と、彼は語った。「祖父は奴隷を所有していました。それについてあまり考えたことはありません。奴隷はほかの人々と同じように扱われていましたから」。コフィが本当にそう信じているのか疑わずにはおれなかったが、一方の彼は、わたしがそれを真実として受け入れるほどに純真だと判断したらしい。奴隷制の恐怖はアメリカ大陸に限定されている、そう彼はわたしを納得させようとした。

わたしにとって恐怖とは当然のことだった。わたしの奴隷制についての理解と、コフィのそれとは、これ以上ないほどに相容れない。彼は奴隷保有者の息子で、わたしは奴隷の娘だったから、それは特段驚くべきことではないのだろう。ガーナでは類縁こそが奴隷制の成句であり、アメリカのそれは人種である。類縁という言葉は、奴隷を飲み込み、彼女の存在の根拠（アイデンティティ）を家族という括りで覆い隠す（少なくともそういう建前だった）。それにひきかえ人種という言語は、奴隷を人間（マン）や市民から引き剝がし、彼女に永続的な隷属を宣告する。もっともわたしが学んだのは、たとえそれが肌の色の境界線（カラーライン）でなかったとしても、主人と奴隷の間の境界線はけっして拭いされないものであるということだった。

それとも、問題はこちらにあったのだろうか、コフィと話しながらそんな思いがふと脳裏をかすめた。わたしたちの悲劇的な過去という土台にあって、黒人世界は糸のようなつながりや共通の記憶を共有していると、わたしは想定していた。しかしそんな前提は、誤りだと証明されたようだ。ラルフ・エリスン〔作家。代表作『見えない人間』は全米図書賞を受賞〕が「受難のアイデンティティ」と呼んだ、共通の苦しみと闘争の歴史においてつながる黒人世界を、わたしは経験しなかった。すぐに了解できたのは、大半の人々は環大西洋奴隷貿易の規模について見当がついておらず、またその影響が現在まで続いているとは想像すらしていないということで、つまり、その点においてかれらが平均的なアメリカ人と大差のないことを意味した。そしてたとえ理解している人がいたところで、かれらに議論するつもりはないようだった。

数ヶ月後、クワドォーと会ったとき、彼に尋ねてみた。「どこに喪者はいるのでしょうか？」詩人はこう説いてみせる、「我々はアフリカ人として、奴隷貿易への関与を恥じています。それゆえに、君たちの多くがここを訪問することになった問題について、語ろうとはしないのです。そして両方の側に無知と、互いの生活についての無理解があります」。それは、喪者の不在を伝えるための、彼なりの言い回しだったのだろう。

物事を単純に描きたくはない。奴隷制は、どこの黒人にとっても苦汁だった。いつまでも消えることのない奴隷制の影響について、弟のピーターとわたしは激しい言いあいになる。わたしたちの命はいまだに奴隷制によって損なわれているのか、それとも、わたしたちはもはや誰のものでもない過去の物語に囚われているだけなのか？　わたしが過去と現在の関連性を誇張し、黒人が拙劣であることの責任を過小評価していると、ピーターは責めた。彼は「仕事を掛け持ち（ワーキング・トゥ・ジョブズ）」する黒人男性のひとりで、からくも収支の辻褄を合わせること、住宅ローンを払い、借金で食いつなぐこと、曲がりなりにも家族を養うこと、それ以上の生活を望んでいた。もっとも彼の暮らしは水面から顔を出すのがやっとといったところで、彼はそんな自分を許せずにいたから、己に厳しく、ほかの黒人には輪をかけて厳しかった。自らの敗北について一切言い訳しようとしない彼が、ましてそれを人種のせいになどするはずがない。

わたしと口喧嘩するとき、ピーターはきまって単純に声を大きくすることで議論に勝とうとしたけれど、こちらの雷のような声量も負けず劣らずだったから、そう簡単にはいかなかった。そんな口論に、慎重な判断のもと、わたしたちにも増して大声で割って入るのが、父親だった。奴隷制をめぐってハートマン家のがなり声が響いているのは、両親の質素な下位中流の家。人間よりもテレビの数が多く、イーサン・アレンの家具が揃い、ショッピングモールで購入した冴えない抽象画が飾られ、トレッドミルやエクササイズバイク、時代ものの百科事典や埃をかぶった『ニグロ・アルマナック』や『ニグロ教育の失敗』、そして読み古された『ジェット』、『エボニー』、『タイム』、『ニューズウィーク』といった雑誌が散らかった家。そんな光景をガーナ人が目にしたら、かれらはそのあらゆる不条理を笑うか、怒りのあまり歯ぎしりするだろう。その憤激と豊かさは、間違いなくかれらの頭をくらくらさせたはずだ。

「人種の何が問題か」について対話していると、ピーターは判を押したように、「奴隷制は大昔のことだ」という言葉で論旨を強調しようとした。それに対しわたしは、不公平な競争条件、黒人と白人の貧富の差や、レイシャル・プロファイリング、貧困戦争、刑務所システムなどの不平等な現実を例示して反論した。彼はそれらの事実を否定しなかった。いや、それどころか、二人の現在についての描写に大した違いはなかった。誰に責任があり、これからどうするのか、わたしたちは異なる結論に達しただけだった。

「ブラックの人々は常に危機を生きてきた」と彼は述べた。「俺たちがアメリカから必要とされたことなんて一度もなかったんだ。少なくとも、あの解放宣言以来ずっと。それでも、それは俺たちがうまくやっていないことの言い訳にはならない」。どれだけ激しく食い違ったとしても、二人が一致できたのは、奴隷制の経験がわたしたちをわたしたちとして形作ったということだった。つまり、奴隷制の経験がわたしたち(アイデンティティ)という存在の形成の前提条件となったということ。収奪こそがわたしたちの歴史であること。その点については二人とも合意できた。

ほかのブラックの人々との間にわたしが感じた連帯は、もっぱらこの歴史にこそかかっていたのだが、片やガーナにおけるガーナ人やアフリカ人としての自己意識(アイデンティティ)は、エリートが市井の人々を売り払い、南部の人間が北部の人間を消費、疎外可能な商品として認識したという過去を沈黙させることにかかっていた。類縁とよそ者、隣人と他者の間の境界線は、大西洋奴隷貿易の時代に厳格なものとなる。それは、誰が生き、誰が死ぬのかを、そして誰が売られ、誰が保護されるのかを決定した。ことガーナにあって奴隷制という言葉は、西洋の犯罪や白人の男たちの悪魔じみた行為に抗する叫びではなかったのだ。その言葉は却って、黒人世界における感傷の一致にかかわるいかなる幻想をも打ち砕き、いまだ実現をみない壮大で集団的なわたしたちの脆さと根拠の欠如を、白日のもとにさらしていた。

第三章　家族のロマンス

系図を所有し、父祖となった白人の男たちは、あたかもわたしたちが呼び起こした幻影のようで、精査にたまりかねて今にも消えてしまいそうだった。わたしたちはかれらの名を渋々と口に出す。その名が、わたしたちの名であると忘れることは断じてないが、それでも、父親の正体（アイデンティティ）を暴いてしまえば、三十九回の鞭打ち刑や、競売台にかけられてしまうといまだに震えているみたいに渋々と。

ときたま叔母のローラは、「ボネール島から来たドイツ人」やほかの影の多い祖先について話してくれた。過去は過去にとどめておくことが最善であると信じ、特に冷淡な父祖や厄介な出自、ほかの恥以外の何ものでもない事実について堅く口を閉ざしたベアトリス叔母さんとは違い、ローラ叔母さんはなんでも語ってくれた。不合理な瑣末に好奇の目を注ぐ彼女は、家内の秘密を解き放ち、わたしたちの家族史を構成するスキャンダルをありのままに語り聞かせてくれた。彼女を怯ませるものは何もなかったので、ほかの人ならタブーとして考えるような家族の情報が知りたいときは、彼女を頼った。

それでも、大西洋をわたった人々の逸話について、ローラ叔母さんが何か語ってくれたこと

はなかった。逸話など存在しなかったのだ。「奴隷のあいだでは家系樹は育たない」と語ったのはフレデリック・ダグラス〔元奴隷として奴隷制度廃止運動を牽引した〕だが、わたしの家族にとってもまた、過去は謎だった。物語が最終的に落ち着く先はどこかの遠い白人の男たちであり、失踪した黒人の父祖たちであり、父権についての嘘と秘密であり、不規則な家系図となる。時折、ローラ叔母さんは、ウィルヘルム・ハートマンとかライナー・ハーマンとかいった名前や、性格を口にすることがあった、「ハーマンは卑しいクソ野郎だった。ママたちがあの人のことで言ってたのは、それだけだったね」。

アルコール依存者、金持ち商人、冷徹な後見人、わたしたちの系図に加わるのは、漫然とした統一感のない瑣末なことだけ。そんな情報の欠如のために、先祖についての話はいずれも曖昧なものになってしまう。どれだけわたしたちが事を繕い、着飾ろうとも、真実を回避することはできなかった。つまり、奴隷は家系を持たないのだ。「捕囚の縄」は、人を父親ではなく所有者へとくくりつけ、人を相続人ではなくただの子種とする。

奴隷制についての古典的な物語。ある白髪の紳士が狂った組織の悪に屈し、哀れな肌の黒い女性が「ひれふしてその肉欲の犠牲となる」。高貴な父ではなく、汚れた父というロマンス、そんな新世界のロマンスにおける悲劇のカップルである農園主と妾に気づかずにいられる人はいるだろうか？　それを今初めて聞いたものは？　不純な血統、強欲な主人、怠慢な父、犯された母親、そんな物語を。

人種的なミックスの子どもたちを、オランダ人はバスタードと呼んだ。私生児や雑種を意味する言葉だった。すでにこの世を去った古の白人の父たちが話せたとしても、「息子」や「娘」という呼称がその口から上ることは万にひとつもないだろう。それでも、そんな亡霊さながらの家長たちは、名前が識別できるというのがその唯一の理由であれ、わたしたちのぼろぼろの系図の中の誰よりも力を持っていた。

オランダの奴隷貿易については、数え切れないほど多くの本や論文を読んできた。オランダが、イングランド、ポルトガル（ブラジルと共同で）、そしてフランスに次いで四番目の奴隷貿易国家であることや、一七〇〇年から奴隷貿易が正式に終わるまでの間、オランダにとっては黄金海岸が主要な奴隷供給地であったこと。オランダ人が女性奴隷の収容所をウーレハット、あばずれ収容所と呼んでいたこと。オランダが通常の輸送船を改造して奴隷船としたこと。甲板上で、アフリカのドラムやフルート、鞭を伴って奴隷が踊らされたこと。一六三〇年から一七九四年の間にオランダが輸出した四十七万七千七百八十二人の捕虜のうち、八万九千人が黄金海岸からの人々であること。この数字は低く見積もられているかもしれないが、たとえそれが十倍、百倍となったところで、世界はそんな行方不明者や死者の数に関心を持ったり、その犯罪性を認識したりはしないだろうということ。オランダがアフリカの仲買人が保有する捕虜と取引した商品のうち、主にハールレムやライデンで製造された織物が五十七パーセントを占め、残りは銃や火薬、酒、そして宝石類であったこと。エルミナ城に収容されていた奴隷のうち、三パーセントから十五パーセントがそこで命を落としたこと。「完全な積荷」が購入し終わるまで、奴隷は最長で四ヶ月間も奴隷船に閉じ込められたままであり、大西洋横断の旅は二十三日から二百八十四日に及んだこと。奴隷は、人間を数える**ホウフト**ではなく、家畜のように**コップ**、頭と数えられていたこと。商品としての奴隷は、ほかの商品から区別される**アルマゾーエン**、生きた積荷と呼ばれており、オランダ人は「ニグロ」という言葉を「奴隷」と同義で使ったので、奴隷船は**ニガー・シップ**と呼ばれていたこと。あるオランダ人の歴史家によると、奴隷貿易の死亡率は「生存者が西半球での生活に適応するまでに、七十パーセントに及んだ」こと。わたしはすべて知っていた。

しかし、そんな情報が何を教えてくれるというのだろう？　わたしがどうあがいても知りえない事を、それらが埋めあわせてくれるわけではない。それらが欠落を名前に置き換え、名無しの空間を先祖の村へと変えてくれるわけでもない。

オランダ西インド会社の役人は、奴隷を追跡できるように、焼印を二度押した。まず捕虜がエルミナ城に着いたとき、奴隷の胸部にはアラビア数字および／またはアルファベットの文字が焼きつけられた。オランダ西インド会社がアメリカ大陸（アメリカズ）のスペイン語圏に奴隷を売る際の中継地点だったキュラソーに奴隷が着いたとき、再びかれらには真っ赤に焼けた鉄棒が押しつけられた。これらの傷跡は、販売時や刑事訴訟の際、また死亡宣誓書において奴隷を確認するもので、それがなければ会社の役人はせいぜい、「今年の三月一日に、購入されたある奴隷女が死亡したのはまぎれもない事実であり、死亡後の女の遺体を目撃したことが、我々の知るかぎりの証拠である」と言うのが関の山だった。

この番号は、それぞれの奴隷を特定の船の積荷として識別したり、購入した会社を示したり、あるいは単純に、奴隷を一ユニット、ピエサ・デ・インディア、またはリーヴァバーとして項目化した。奴隷船の船員は、焼印を押す際の指示書を携えて旅していた。「焼印を押すに当たり、次の事柄に注意すること。(一) 焼印を押す箇所はまず、ロウソクのロウや油を塗りこまねばならない。(二) 焼印は、紙に当てた際、それが燃えるほど熱くなければならない。これら [注意事項] が尊守されているかぎり、奴隷は焼印によって傷つくことはない」。

資産の購買と焼印についての鮮明な様子を、エルミナ城の仲買人の長のひとりだったウィリアム・ボズマンが描いている。彼が描写する光景は、西アフリカ沿岸のあらゆる出航について回った。奴隷の一群が到着したとき、軍医を伴った貿易商が「少しの区別も、遠慮もなく」奴隷を検査した。軍医は、かれらの目を診察し、歯や性器をつつき、それから病弱者と健康な人々を選り分けた。適正だと判断された人々には、とボズマンは報告している、「番号が振られ、配送者が登録された。その間に、会社の紋章や名前が入った焼き

ごてが火にくべられ、奴隷は胸に焼印を押される。そうするのは、我々の奴隷をイギリスやフランスなどの奴隷（かれらにも焼印が押される）から区別し、ほかの劣等なニグロと入れ替わってしまうことを避けるためだ。この貿易のやり方は非常に野蛮に見えるかもしれないが、必要に迫られて行われているため、継続しなければならない。当然ながら我々は、特に男よりもか弱い女について、焼きを入れ過ぎないようあらゆる可能な注意を払っている」。

WICS25、あるいはT99——存在の理由（アイデンティティ）と取り替えられ、その箇所に傷跡だけを残した奴隷貿易会社の暗号や焼印によって、奴隷の親族を識別したいものなど誰もいない。『ビラヴド』〔トニ・モリスンによる一九八七年の小説〕のあるシーンを思い出す。セテの母親が、あばら骨の真上に押された円に囲われた十字の焼印を指差しながら、娘に語るのだ。「このシルシがおまえの母さんだよ。……わたしの身に何かが起こって、おまえがわたしの顔を見分けることができなくなっても、このシルシでわたしだってことがわかるんだよ」。所有物としてのしるしが、汚損のあとに、類縁の象徴となった。それはまるで母斑のように、その人だけに与えられたしるし。

パルタス・セクイトゥア・ヴェントラム——子は母の身分を継ぐ。奴隷の売渡証には、まだ生まれていない子が奴隷となるように、「将来的な増加」が含まれた。「母親が子どもにしてやれるのは、泣き、悼むことだけだった」と元奴隷のメアリー・プリンス〔作家、黒人女性として初めて奴隷経験を著した自叙伝を出版した〕は語る、「母親は子を救ってやることはできなかった」。所有物としての刻印は、母系にとり憑き、ひとつの世代から次の世代へと譲り渡された。娘のセスは、母親が負った収奪という重荷を背負い、恥辱的な身分を受け継ぐ。そして彼女は自身のしるしをすぐに持つようになり、彼女の娘、ビラヴドもまた、同じ道を辿る。

父親の名前ではなく母親の刻印が奴隷の運命を定める。どれだけ父親について語ろうとも、親族の傷を縫い直すことはできないし、血なまぐさい事実を覆ってしまうこともできない。父称とは空虚な項類であり、「虚ろな模倣」である。それは、奴隷主人が「血のつながった男親」以上の、父親や移り気な恋人になれるというフィクションである。それは、また、根絶された黒人の父親に代わる誰かである。

わたしの祖母は、彼女の母親やその母親と同じように、ヴァン・アイカーといった。恐れを知らず、強靭な意志を携えた女たちの長い系譜の末裔、それがわたしだった。レオノラ・ヴァン・アイカー、マリア・ジュリア・ヴァン・アイカー、エリザベス・ジュリアナ・ヴァン・アイカー。この女たちは結婚を拒否されたか、もしくは避けられた。こうして、父親の名前があるべき場所が空白となったまま、四つの世代が誕生した。そんな空白を埋めたのは、Xという単語ほど劇的なものでもなければ、抹消という苛烈なものでもなく、役人が書いた「該当なし」という拍子抜けするような言葉だった。叔母のローラやベアトリスは、ヴァン・アイカーという名前を誇りにしていた。奴隷だけでなく、私生児の相続物でもあった恥辱的なもうひとつの筋は、あまりにも危険だった。女たちが教えたのは、この母系の相続物を受け入れ、それを怪異なものではないほかの何かに作り変えるということ。叔母たちが話してくれた物語は、汚辱からわたしを守るためのもので、父系の拘束外にある親密さや親子関係のつながりをこの人々は尊んだのだ。

WILSON CHINN, a Branded Slave from Louisiana.
Also exhibiting Instruments of Torture
used to punish Slaves.

わたしもまた、ハートマンだった。祖父のフレデリック・レオポルドの先祖らは、亡霊のような存在。わたしが曽祖父について知っているのは、彼が裕福なユダヤ人商人だったということだけだった。叔母は彼を「父さんの父親」と呼んで、この血筋が父と息子を超えて広がることはなく、自分たちがそこには含まれていないことを、暗に了解していた。

父によれば、ハートマンという名前こそ、この世界でわたしたちが依拠すべきものだった。名前は家族の唯一の相続物。財産はなくとも名前がある。だから、祖父の白人のいとこが、所有者と所有物の歴史を親類関係として勘違いされることを恐れ、褐色のいとこたちから姓を買い戻そうとしたとき、わたしたちの一族は頑なにそれを守り通した。その姓は、ウィルヘルムからフレデリック、それからさらにいずれもビルヒリオと名づけられた三世代の息子にわたって、受け継がれてきた。

キュラソー島の首都、ウィレムスタットのアーカイヴで家族の系図を辿っていたとき、祖父がハートマンという名前ではないと発見して、驚いたことがある。

出生証明書には、祖父の母、クラリータの名字であるマデューロという名前が記載されていた。祖父の父があとになってから息子を認知したのか、あるいは、ローラ叔母さんが言い張るように自らの姓の使用を息子に許したのか、それとも、祖父が十七歳で独り立ちしたときにハートマンという名前をくすねたのか、わたしには判断できなかった。パスポートにもグリーンカードにも、彼の名前はハートマンと記されていて、もし見つけられるなら、祖父母の結婚証明書にも同じ名前が書かれていることは間違いない。

子どもの頃、ハートマンという名の正統な後継者であり、名前を子どもたちへと引き継いでいく弟のピーターが羨ましかった。両親はこの姓を大事にしていたから、わたしは結婚後も名を捨てなかった。しかし、いざ蓋を開けてみると、この名が根を下ろし、わたしたちがこの名を名乗る資格を持つ長い家系など存在しなかったのだ。それならば、わたしたちが権利を主張するハートマンとは、いったい誰なのだろう？

No. 335.-

Heden den achttienden October des Jaars
Een duizend acht honderd en zeven en negentig compareerde
voor mij hulp ambtenaar van den Burgerlijken stand in het stads district op dit eiland ten mijnen bureele:
Rita Evertsz
van beroep vroedvrouw oud zeventig jaren,
wonende in het stads district
dewelke aangifte heeft gedaan, dat op Zaterdag den zestienden October
des Jaars Een duizend acht honderd en zeven en negentig te een ure
des namiddags in het stads district op dezes eilands geboren is: een kind van het mannelijk
geslacht uit Clarita Maduro
van beroep [illegible], wonende in het stads district
welk kind genaamd zal worden Frederik Leopoldo
van welke aangifte deze acte door mij is opgemaakt in tegenwoordigheid van N. van Hellburg
van beroep geëmployeerde
oud twee en vijftig jaren, wonende in het stads district, en van Isaac Nahr
van beroep [illegible] oud negen en dertig jaren,
wonende in het stads district.
En is deze acte door de getuigen en mij hulp ambtenaar voormeld, na voorlezing, onderteekend hebbende de comparante verklaard niet te kunnen teekenen
Curaçao dato utsupra.

第四章　子よ、行け、帰れ

防風フェンスに貼りつけられた警告には、こう記してあった。「この地区への観光客以外の侵入を禁ず」。エルミナ城の入り口へと続くぬかるんだ坂を登っていると、青年の一群が近づいてきて、「シスター！」「アフリカはひとつ！」「奴隷制によって僕たちは散り散りに」と叫んでいる。集団のリーダーだったクゥエシは、しわくちゃになったノートに殴り書かれた手紙をわたしに押しつけ、ほかの少年たちも彼に倣ったから、手の中は手紙でいっぱいになった。かれらがうしろポケットや汗ばんだ手で長いこと持っていた手紙は、スエードのような手触りになっていた。手紙を開くと、それは何十年も出回った一ドル札みたいに、手の中で溶けてしまいそうになる。折り曲がった手紙の端にはミシン目があり、目を凝らしてようやく判読できた鉛筆の文字は、灰色のページに煙のように漂っている。

クゥエシの手紙は、こう始まっていた。

愛するシスター、ぼくに手紙をください。ぼくたちはひとつのアフリカ、つまり同じ民族であり、あなたがアメリカへと去ったのは奴隷貿易のせいであることを知っていますし、ぼくたちの祖先の歴史によればあなたはシスターでして、ぼくはあなたのブラザーであることをしってほしくて、アフリカはぼくたちの母国ですから、お帰りなさい（アクァーバ）、おたがいに学び、兄弟姉妹としてしりあうことができるように、手紙を書き続けましょう。アメリカのほかの兄弟姉妹にもよろしくお伝えください。ありがとうございます。平和と愛がシスターにありますように。

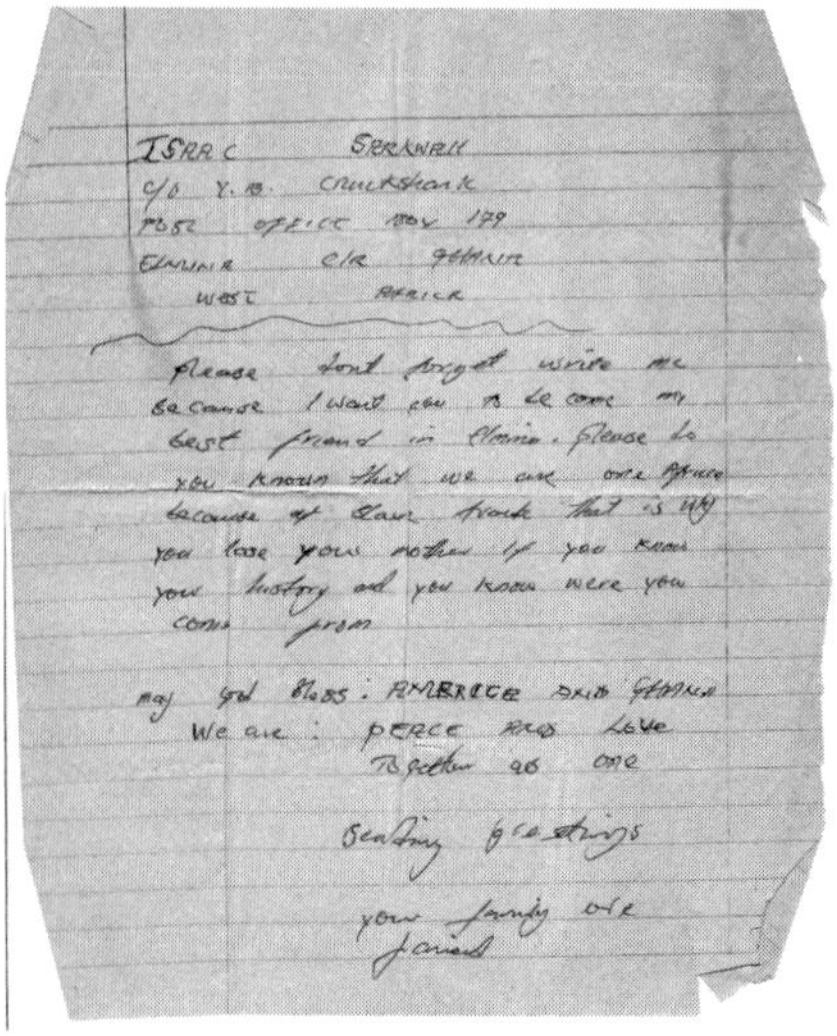

フランシスの手紙は、クゥエシの手紙の複製だった。それはわたしが母を失ったことから始まり、手紙を交わすよう哀願して閉じられていた。唯一異なっていたのは、フランシスが死者について言及しており、大西洋を越えて連れられていったものたちが、いつ帰ってくるのだろうと問うていたことだった。

アイザックの手紙は短かった。たった三行で、必要最低限の事柄が述べてある。学校の成績、鉛筆と紙が必要なこと、わたしの捨て子としての身分。手紙は、歴史を学ぶか、さもなくば本当の自分が誰であるのかわからないだろうという忠告で結ばれていた。「奴隷貿易のせいであなたは母を失いました、歴史を知れば、あなたは自分がどこから来たのかわかるでしょう」。母を失うとは、類縁や祖国、存在（アイデンティティ）の根から絶たれるということ。母を失うとは、過去を忘れること。これらの手紙は、環大西洋奴隷貿易の歴史を一言で要約していた。つまり、わたしは孤児であると。

　あの少年たちは、わたしがあたかも大西洋を越えて売られていったその張本人であるかのように、愛の誓いが奴隷制の裂け目を修復できるとでもいうように、彷徨う霊は、故郷に帰るよう定められているとでもいうように、わたしを呼び止めた。少年たちはわたしを、幾度死んでも、その度に生まれ変わって帰ってくる**コサンバ**――霊の子――と勘違いしていたに違いない。旅立ちと帰還、流浪と帰郷、死と復活をくりかえす霊の子は、「行き帰る子」と呼ばれていた。霊の子が、生者と死者の世界を行きつ戻りつするのは、そこにまだ受け継がれていない物語が、記憶されていない祖先が、失われた何かが、いまだ返済されていない負債があるためだった。「行き帰る子」は歴史の残骸にも怯まず、ほかの人々が背負うことを拒んだ重荷を担う。

　霊の子が来、また去っていくことに、母親は苛まれる。子どもが生まれて最初の八日間、母親は赤ん坊が人間の子であるのか、それとも彷徨う幽霊であるのか判別できないため、不安に駆られる。子どもが再び死に、霊の世界へと帰っていくのを防ぐために、母親は子の命を奪い去る力を欺こうとする。赤ん坊が醜く見えるようにしるしをつけたり、子に**オドンコ**――奴隷――と名づけて足鎖をはめたりして、子をこの世にとどめておこうとするのだ。あるいは、部族内の奴隷階級に与えられたしるしを子につける場合もある。そんな呪いは、子の命に価値などなく、それゆえ取り去るに値しないと霊を説き伏せる。母親は、子を救うために自身の愛を否認し、子にオドンコーという名をつけ、それにひきかえ奴隷保有者は、富を守るために所有物を「愛する子」と呼んだ。母親はコサンバに、生者の世界にとどまり、霊の母の元には帰らぬよう哀願し、奴隷主人は奴隷に、母国、出生の地のことはきっぱり忘れて、ここでじっとしているよう命ずる。わが子よ、ここに来てとどまりなさいと、いずれもが嘆願するのだ。

西洋で言うところの「奴隷」にもっとも近いアカン語は、オドンコーである。それは、商品、つまり市場で売買される人間を指している。本人の意思に反した隷属状態を表現する単語はほかにもある――「従属」「補助」、もしくは「奴隷」を意味するアコア、近親者の借金のカタとして売られるアウォワ、犯罪を犯した罰として奴隷となったアチェレ、戦争捕虜のドーマム――、その中でオドンコーは唯一、軽蔑的でスティグマを付与するような意味を持っている。それは不名誉と恥辱を包摂した言葉なのだ。もっとも、オドンコーの語源を調べてみても、「愚か者」や「のろま」、「木偶の坊」「不作法」、「野蛮」などにはたどり着かない。むしろその語源は「愛」（オド）と「行くな」（ンティ・ンカ）に求められる。オド・ンティ・ンカ、愛しているから、行かないで。

愛は忘却に拍車をかけて、奴隷の過去を洗い流そうとする。愛は、よそ者に居場所を与える。「家の外から来て」、「血のつながり」のないものを、愛が家畜のように家の中にとどめる。家族を失った奴隷の喪失を鎮め、奴隷所有者を母親や父親に作り変える。人を保有することと、親縁を主張することは、ひとつなのだ。それゆえ愛は、人間の収奪や所有物化と分かちがたくつながれていた。愛情は、恥辱の痛みをいささか和らげたかもしれないが、それを消し去ることはない。家筋の正当な後継者としての「王家」や「貴族」といった権利や資格を、奴隷が享受することはなかった。愛は、奴隷の帰属範囲を拡張し、暴力と売買という行為に依る奴隷の出自を覆い隠すが、それでも親族から切り離され、祖先を否定されたという孤独を癒すことはない。

「行くな」。「ここにいなさい」。そんな言葉は、主人のものだ。奴隷は、自らの立場をわきまえ、そこにとどまっていなければならない。**もし主人がいないなら、獣があなたを捕らえる。誇り高き奴隷は、主人の亡骸とともに埋められるものだ。**しかし、とどまることは、奴隷の定義そのものと相反する。市場の取引を通じて売り買いされ、出たり入ったりする人間、それが奴隷なのだから。奴隷とは常に、ある場所にいながら、ほかの場所に帰属しているよそ者である。いつも家を不在としているもの、それが奴隷なのだ。部外者であることで奴隷は根こぎとされ、「人から、所有可能なモノへと脱落する」。

　とどまることの意味を、奴隷と主人は異なる方法で理解した。奴隷という存在の儚さは、今でも、黒人が故郷を想像し、またそれについて語る方法に、痕跡を残している。わたしたちは祖国を忘れたかもしれないが、収奪を忘れたわけではない。だからこそわたしたちは性懲りもなく故郷と呼べる場所を、ここがどこであろうと、ここよりもましな場所を夢見る。ロサンゼルスの百平方キロメートルもの区画が一夜にして破壊されたのも、同じ理由からだろう。わたしたちはそこに居たけれど、そこに住んでいたわけではない。ゲットーとは、人が住むようには設計されていないのだ。通りにあふれたゴミ屑や壊れた窓、階段やエレベーターに染みついた尿の匂い、それは剝き出しの生のしるし。「窓の全部閉まった非常に狭い部屋で呼吸する時に起る、あの、しつっこくて、いらいらさせる、閉所恐怖症のような、頭蓋の疼痛」がゲットーや街区(クオーター)、フッドの住民を日々襲うと、ジェイムズ・ボールドウィン〔作家、公民権運動家〕は書いている。そんな環境は「絶えず何かを破壊したい」、「何かを殴りつけたい」という衝動を生み、それこそがもっとも確実な救済の道のように見えるようになる。C・L・R・ジェイムズ〔トリニダード人の作家、思想家〕は、サン・ドミンゴの群衆を観察して書く。人々が破壊しているのは、「自らの苦しみの原因であるとかれらが知っているもので、この人たちが大変な破壊行為に及んだとするなら、それはかれらが大変苦しんだからだ」。

通りですれ違った二人は、「ここに居るの?(イズディス・ウェアユー・ステイ?)」と尋ねるだろう。「ここは君の家?(イズディス・ユア・ハウス?)」とは聞かずに。「生まれてからこのかた、ずっとここに居るよ(アイ・ステイド・ヒア・オルマイライフ)」、それが答え。居るとは、その資源についてなんら権利を主張せぬまま、ある国に生きることである。それは、自らが関与しえない世界に存在するという極めて危うい状態なのだ。ここは自分の居場所だと言えるようなところに一度たりとも住まうことはない、ということ。「家のもの」でありながら、家に関係しないということ。居るという言葉が暗示しているのは、仮住まいやその場しのぎの部屋、一時的なシェルターであって、愛着や帰属ではない。

そんな居場所がない感覚や異物であるという意識こそ、奴隷制の核にあるものである。愛はそれとは何の関係もなく、またそのすべてでもある。

エルミナで、臆面もなく奴隷への愛を唱えることができたのは、行商人か詐欺師、もしくは想像力のたくましい若者たちだけだった。それはペテンで、誰もがそれを理解していた。承知の上で、わたしたちはそれぞれの役割を引き受けたのだ。ニューヨークであれば、スリーカード・モンテか、あるいはいんちき賭博で、ダンボール製のゲームテーブルに座った二人のひょろ長いティーンが、「ミス」とか「シスター」と呼びながら、儀式を主導する。そこにいる三人目のティーンは見張り役。あなたは、テーブルに近づいてはならないと知りつつ、そうしてしまうだろう。男らしく振舞う少年たちの何かと、狡猾と無邪気の混淆、そして鋭い絶望の影が、あなたの防護壁を打ち破り、自分にも勝つ見込みがあって、おまけに自分が狙われている獲物ではなく、どうしてかかれらと運命をひとつにしていると、信じ込ませるのだ。ゲームが不利にできていることや、賭け金を洗いざらい擦ってしまう可能性が高いことには目をつぶって、あなたはゲームに参加する。のるかそるかの勝負では、予想にたがわず、もっとも希望には反して、正解のカードは手からすり抜け続け、そのつかみがたい目的を果たすことはできない。

エルミナでは、不正取引が償還中だった。賭けられていたのは過去で、勝つ見込みはあまりなかった。喪失を回復することはできないし、失ったものと得たものとの差額を、〈愛するシスター〉が埋めあわせてくれるわけでもない。わたしが取り戻せたのは、お世辞の言葉と架空の兄弟、そして愛の誓いくらいなものだ。行け、帰れ、愛している。引っ張り、引っ張られ、前進し、跳ね返され、恋い焦がれ、失望する。これは愛の駆け引きではなかったのか？　帰還したよそ者という幻想と、再びひとつとなった類縁という幻想から成る家族のロマンスではなかったのか？　それは人の間に区別を設けない錯綜した、見境のない愛。そんな愛は、名前をつゆとも必要とせず、憎まれ、呪われたものから退くこともなかった。それは、低きところでよく実った。そのゲームでは、勝つか負けるかよりも、喜んで目を閉じ、最初の一歩を踏み出すことのほうが肝要だった。

でも、どうしたらあの物欲しげな少年たちは、わたしやわたしのような人々を愛せるというのだろう？　これから小銭をいくらかくすねてやろうとする外国人を、愛することなどできないはずだ。それは愛情が育まれるような類の関係性ではなかった。わたしはかれらの世界に逃げ込み、少年たちはわたしの世界への逃亡を渇望していた。かれらは、そのくすんだ、閉鎖的な街からの脱出を欲したのだ。城やかれらの入場を拒む看板など、もう金輪際見なくてもいいように。**オブルニ**に小銭をねだることも、「奴隷貿易」や「ひとつのアフリカ」などと口にすることも、もうそれっきりにしたかったのだ。少年たちにしてみれば、わたしなどあたかも奴隷が過去にしか存在せず、収奪が自分だけの相続物であるかのように振舞う愚かな女性に映ったに違いない。合衆国に生きていれば所有できたはずの富と豊かさを、かれらはわたしに見たのだ。結局のところ、自分の過去を思って泣くためにこんな遠方にまで旅できる人間など、裕福なアメリカ人以外にいるだろうか？　わたしを見つめながら、少年たちは祖先が奴隷だったらと願ったはずだ。それなら今頃は金持ちだっただろうと。

過去に存在した生のみが唯一可能な生であるとでも言うように、エルミナ城のあちらこちらで「帰る」という言葉がこだましていた。ツアーガイド、案内人、物思いに耽るアメリカ人、皆大した思慮もなく、その言葉を投げつけた。**母なる土地へ帰ってきた。おかえり。やっぱり故郷は落ち着く。**

収容所のうしろのハッチをじっと見つめていると、映画『サンコファ』のある場面が蘇ってきた。鎖をつけ、奴隷の衣装を着た役者が列をなして、この門を通り、奴隷船へと乗せられていく。扉のむこうは霧がかっているので、かれらを待つ奴隷船は見えない。だからそのシーンは、まるで忘却という灰色のもやの中へと奴隷が進んでいくように見える。そんなシーンを想起しつつ監房に立っていると、映画さながらの出来事が生じた――同化し、人種の裏切り者となったヒロインは、奴隷制の時代にタイムスリップし、ルイジアナの農園で殴られ、レイプされた末、地下牢から現れ、中庭へと偶然たどり着き、彼女の真の故郷を受け入れる、つまりアフリカ人としての正真正銘（アイデンティティ）の自分のを取り戻す――ガイドはわたしに向けてこう言う、「もうこれは帰らざる門（ザ・ドア・オヴ・ノー・リターン）ではありませんよ。あなたは今、故郷にいるのですから」。

そんな不条理に、わたしたちは顔を見合わせて微笑んだ。どうしたら奴隷要塞が帰るべき家となるというのだろうか？　彼は、わたしが既に知っていたことをただ裏づけたのだ。帰り道は、収容所の小部屋の鉄格子で途絶えている。それからのち、アフリカ系アメリカ人がＤＮＡテストを利用して歴史の空白を埋めようとしているという記事を『ニューヨークタイムズ』で読んだことがあった。Ｙ染色体やミトコンドリアＤＮＡを現代のアフリカ人のものと照合することで、奴隷の地下牢を越えてさらにアフリカという故郷に近づこうというのだ。未知の過去の謎を歴史は解いてくれなかったから、曖昧で要領を得ないテスト結果にもかかわらず、かれらは科学に頼った。ある男性の言葉が忘れられない。祖先がカメルーン出身であることを発見したその男性は、以前よりも自分を見失ってしまったような気がすると語っていた。テストを経て、彼は祖先の部族からだけでなく、出生国からも遠ざかってしまったのだ。「迷子になったのと同時に、発見されたような気分です」と彼は語っている。エルミナ城で、わたしも似たような心地になった。

城内を歩いたが、オランダ西インド会社の頭文字をあしらった鉄製の手すりも、貯蔵庫も、何かをこちらに懇願しているようには思えなかった。それはもしかしたら、すべてが当時とは違っていたからかもしれない。かつての男性用地下牢はギフトショップになっている。入り口には段ボール製の等身大カップルのパネルが置いてあって、油で光ったちぢれ毛が、二人がアフリカ系アメリカ人であるとほのめかしていた。パネルの二次元の体には、ケンテの布地が被せてある。取引場はミュージアムに変わっていて、女性用の地下牢から役人の個室へとつながっている秘密の戸口は、退屈なツアーの唯一の山場。収容所の小部屋は空で、奴隷はとうの昔にいなくなった。女性用地下牢の外にあった、もう到着することのない囚人を待つ鉄球と鎖以外は、何も残っていなかった。

＊＊＊

いつか自分の土地に帰ろう。少なくとも一世紀半にわたって、アメリカ大陸における奴隷の反乱は、そんな焦燥に急き立てられてきた。ハンナ・アーレントによると、「革命」という言葉が「復古的な回転運動の含みをもたずに」はじめて用いられたのは、一七八九年七月十四日のバスティーユ陥落以降のことだという。それまで、革命と以前の秩序の復興は同義だった。セント・ジョン島を震撼させたミナ奴隷の反乱ほど、それを如実に示した出来事はないだろう。

謀反の初めから、反逆者は古のアクワム王国の世界を復興させようとした。そのために、まず目の前の秩序を打ち壊さなければならなかったのだ。反乱者にとって帰るとは、勝利と政治的支配権にかかわる言語だった。それはまた、敗北の言葉だった。

一七三三年、セント・ジョン島で発生した反乱は、革命時代の年代記において挿話にすぎないが、この「マイナーな出来事」がアメリカ大陸における旧世界の残響となった。それは過去に視点を据えた際に、いかなる道が開け、また妨げられるのかを、克明に描いている。

一七三三年の春、セント・ジョン島の大半のサトウキビが干ばつに見舞われた。夏には、ハリケーンが島に上陸し、無事だった数少ない残りの作物もだめにしてしまう。それから害虫の大量発生が島を苦しめ、寝所や家、かまど、食糧置き場に群がるようになり、飢饉が訪れた。島民がこれ以上悪いことは起こりえないと思っていた矢先、今度は冬の嵐が到来、すでに苦境にあった島はさらに追い詰められる。トウモロコシは壊滅し、奴隷は飢餓に陥った。そんな大災害は聖書を彷彿させたが、それらの出来事のあとに続いたのは、神による奴隷の救出ではなく、血みどろの反乱と、マスケット銃や剣によって奪取されたつかのまの自由だった。

夜明け前、反乱者たちが襲撃を開始した。フランスの農園主が書いたという出典の不確かな記述には、反乱ののろしが上がったときの残忍な詳細が記されている。それは、農園主らが剣を呑とし、また予期していた報復を反映するものだった。「一七三三年十一月二十三日、午前三時、不幸な日。ほかのニグロの支援を受けたソートマン氏のニグロが、主人の睡眠中に、家のドアを破り、彼に目を覚ますよう命じ、裸にしたあと、むりやり歌ったり、踊ったりさせた。それからかれらは、主人の身体に剣を突き刺し、頭を落とし、身体を裂き、血で自らの身体を洗った。そんな死刑執行に加え、かれらは十三歳だった娘のヒッシングを継父の亡骸の上で殺害した」。

ある宣教師の報告によると、悲劇の始まりは「戦闘好きなアミナ人のニグロが、要塞に薪を供給するといういつもの仕事に従事していたときに、その場を掌握した」ことがきっかけだった。午前四時、反乱者たちは島の要塞を略奪。木こりに扮したかれらは、小枝や薪の束に銃を隠して、要塞に入った。番兵に「そこを行くのは誰だ?」と呼び止められると、かれらは「コンピ・ネガ・ミフート」、木を運ぶ奴隷隊と答え、入場を許されたという。かれらは見張りの兵士を五人殺し、ほかの奴隷に反乱開始を知らせるために大砲を発射した。島の千人の奴隷のうち、少なくとも百人の奴隷が呼びかけに応え、反乱に加わった。三百人にもおよぶ奴隷が蜂起したとする人もいる。

反乱軍の過半数を占めていたのは、アミナ、もしくはエルミナ城近辺から運搬されたためにエルミナ奴隷と呼ばれていた奴隷の集団だった。アミナ奴隷は、反抗的で扱いにくい所有物として名を馳せていたという。主人と諍い、労働を拒否し、農園から逃亡し、逃亡奴隷の共同体(マルーン・コミュニティ)を形成し、奴隷制を忍従するよりは死を選ぶ人たちだった。貿易商や農園主は、アミナ奴隷が不従順で、不誠実、尊大、そして死を恐れないとぼやいていたというが、かれらを忘れっぽいと描写したものはいない。

反乱隊においては、王族と奴隷の境界線が交錯していた。反乱軍の先頭に立ったのは、旧アクワム体制の没落者たち。アクワムは、一六八〇年から一七三〇年にかけて、黄金海岸における奴隷輸出の主要国家だった。アクワム国王が借金を口実に臣民を奴隷化し、売り始めたとき、内乱が勃発し、国は滅亡する。征服軍は、戦に敗れた王の協力者たちを、奴隷として売り飛ばした。アミナの反乱者はそんな没落エリートの一部だった。反乱軍の長だったジューン王は、ヨーロッパとの貿易における国王の代理人。アクワムが陥落したのち、彼は、外交官や貿易のパートナーとしてではなく、奴隷、ピエサ・デ・インディアとしてクリスチャンスボー城に入城したのだ。五人の王子とひとりの王女、国王の義理の兄弟、そしてほかの王族たちもまた、奴隷船に詰め込まれ、セント・ジョン島の農地へと送られる運命を辿った。

王族は、奴隷としての身分を何のためらいもなく受忍したわけではない。かれらは抵抗した。人類(マン)の平等性を信奉していたからでも、原則的に奴隷制に反対していたからでも、誰かの労働の上にあぐらをかくことをよしとしなかったからでもなく、かれらの貴族的な遺産がそれを許さなかった。島に派遣されていたある宣教師は、かれらの傲慢に慄きつつ、アミナ国民の強情を、こう観察している。「かれらがなそうとしていることを思いとどまらせるのは——死ですら——不可能なほどに、かれらは徹底している」。屈服するくらいなら、死を選ぶ人々だった。

主人と奴隷との間の衝突は日常茶飯事だった。もっとも、搾取された不服の労働者が突き上げる拳や、呪われたものたちの義憤、あるいは民衆の下世話なプロテストソングやせせら笑い、もしくは踏みつけられたものたちの集団的な憤激といったものを、想像してはならない。むしろ、権利で保護された人々の愚痴や力あるものの鼻持ちならない自慢話を聞く用意をしておいたほうがよい。主人や管理者になんらかの仕事を完了することや、仕事の手を早めること、肥やしや水を運ぶことを命ぜられたとき、奴隷はそれを「ドンコーの仕事」と呼んで拒否することがたびたびあった。ある若い男性は、不服従の理由について、彼の主人にこう説明している。

「わたしは王子なのです。差しあたっては、たまたま、あなたの力を借りています。しかし、あなたに仕えねばならない理由などありません。そうするくらいなら、わたしは自由意志で死に、自由人として生涯を終えたいと思います」。王子は食事を拒否し、餓死した。ある若い女性は「以前の身分に心を囚われ」女主人の命令を無視した。「ギニアで、わたしはあなたよりもはるかに高い身分にいました。わたしに仕えた奴隷の数は、あなたのものとは比べものになりません。それであなたはわたしに奴隷になれと言うのですか？ それなら餓死するほうがましです」。ほかのものは崖から飛び降り、首を吊り、海の底に沈んでいった。

反乱軍はまず、武器を手にした。歴史という舞台において奴隷に扮装した、かつての貿易商や襲撃者。かれらは自らを、カーニバルの仮面を被ったものとして想像する。もっとも、饗宴者が躍起になって剝ぎ取ろうとしたのは、敗者としての衣装だけだった。かれらは奴隷制に異議を唱えたが、そうして断ち切ろうと望んだ鎖とは、自分たちのものだけだった。ジューン王は、その称号が暗に示しているように、ありとあらゆる人間の完全な自由を勝ち取ることを決意していたトゥーサン・ルヴェルチュール〔ハイチ革命の指導者。ブラック・ジャコバンと呼ばれる〕やデサリーヌ〔ハイチ革命の指導者。独立後最初の統治者〕ではなかった。ジューン王は、時代の産物であり、当時、人間（マン）や市民の人権を保障する憲法や宣言は存在しなかった。また、たとえ権利章典や人間と市民の権利の宣言が書かれていたとしても、黒人反乱者はそんな表向き普遍的な原則の埒外に置かれていただろう。

セント・ジョン島の反乱を率いていたのは、王国のない王子と軍隊のない将軍、そして手下のないビッグ・マンたち。かつてのように権力の行使を熱望した反乱者たちは、白人農園主階級を転覆させ、実権を握ることで自らの統治権を再興しようと計画したのだった。アカン流の政治形態が、農園主支配の座を奪う。島を掌握したとき、反乱者が農園や工場を焼き払わなかったのは、それらを奴隷でもって運営しようと目論んでいたからだった。王家や貴族によって支配され、奴隷や借金に縛られた人々、農民が仕える世界に、かれらは慣れきっていた。かれらが記憶し、再現しようとした世界とは、奴隷制が廃絶された世界ではなく、自らが統治者階級として君臨する世界だった。

反乱の最初の数ヶ月で弾薬が底をつき始めたとき、かれらは十人の非アミナ人の奴隷を、一樽の火薬と交換した（それはアフリカにおける奴隷貿易の加速に貢献した銃と奴隷との取引を、小規模で模倣したものだった）。島の大部分の奴隷が反乱に参加しなかったのは、そんな態度から説明がつくのかもしれない。奴隷のいくらかが、反乱者たちを解放者としてではなく、自らの放逐の元凶として見ていたことは、大いにあり得るだろう。もちろん反乱者たちからすれば、島の奴隷の大半が武器を取るのを渋ったことは、かれらが奴隷として扱われることを意味した。「アミナは、味方でないものを悉皆敵と見做した」と言われている。

セント・ジョン島での出来事はひとつの視点のみによってでは完全に描写できないため、その経過の叙述は困難を極める。奴隷が主人を打ち倒し、鎖を砕いたのだから、反乱はロマンスだったのだろう。反乱奴隷の衣装を纏った没落した王族が、新しい主人となろうともがく笑劇でもあったのかもしれない。アミナの反乱者は、かれらの本来の姿（アイデンティティ）を保持し、それを旧世界と同様に新世界でも行使できると信じていたのだから、悲劇でもあったはずだ。このように、島のほかの奴隷たちと連帯という言葉を築けなかったことが、反乱の命運を決定づけた。もしかれらが自分（アイデンティティ）という存在を作り直す用意があれば、ほかの奴隷たちは反乱に参加しただろうか（島は植民地化されてまだ十五年であり、奴隷らは子どもを作らず、また入れ替えられたから、植民地生まれ（クレオール）はたとえいたとしても極めて少なかった）？　市井の人々は、奴隷の存在しない新しい社会秩序を想像することができただろうか？　王族らの帝国主義的野望は、地位のないものたちの自由の夢を袖にしていたのだろうか？　アミナ反乱者たちの革命への情熱は、皮肉なことではあるが、セント・ジョン島の農園と同様に、奴隷制に依拠する社会秩序を保持した旧世界を再興するという、その企図と切り離されてはならない。

　セント・ジョン島の反乱は、一時的にせよ、白人農園主の支配体制を揺さぶった。ジューン王は新しい王宮を設立し、マルティニーク島から来た二百人のフランス軍によって地位を追放されるまでの六ヶ月間、島を治めた。万全の武器を保持し、六ヶ月におよぶ戦いでの消耗がない強靭な男たちから構成されたフランス人部隊が反乱軍を鎮圧したとき、かれらが発見したのは遺体の山だった。五月四日、樹木の茂った避難所で、十一人の反乱者が命を落とした。五月十五日、六人の女性を含む二十五人の反乱者が集団で自殺をした。ある証言によれば、ブリムズベイ近くの丘に三百名もの反乱者が集まり、「輪になって座し、反乱の過程で選ばれた二人の指導者が、かれらを次々と撃ち殺していった。二人は役目を終えると、自らを撃った」。二人はライフルの引き金を引く直前、言い放ったという。「死んで、祖国へ帰還しよう」。

　もし、反乱者たちの心をとらえて離さなかったものが、過去の時代に復帰するという考えであったのだとしたら、あのブリムズベイの丘でかれらに突きつけられた厳粛な真実とは、帰還を可能にするのは唯一、死のみであるということだった。反乱者が勝ち取りえないものを、亡霊が代わってやり遂げる。窮地にあって、帰還とはもはや独立や再建にかかわる言葉ではなく、断念や消耗にかかわる言葉となった。反乱者が集団的な自死という行為において認めたことは、過去のみがただひとつ残された国であり、ただひとつ望める展望であり、ただひとつ住みうる世界であるということ。戦いに敗れ、敗北と直面したとき、かれらはアクワムの故郷へと帰る道が見つかるよう望んでいた。

　反乱者たちは、帰還が喪失と不可分につながっていると知っていた。かつて、蜂起に根拠を与えていたはずの以前の自分たちの召喚は、今では迫りくる敗北の兆しである。自死が代弁していたものとは、政治的意思の挫折ではなく、かれらの武器が敵のそれにはとても太刀打ちできないという認識であった。ここから学ぶべき教訓は当惑と矛盾とを包含している。帰還と再創造、復興と変革、これらを整然とした対立概念として選り分けえないのだから。後進と前進が一度に起こることもある。

　地位を逸した王族を反乱へと駆り立てたのは、旧世界への追憶だった。しかし、振り返るべき故郷を持たない人々や、大西洋になんの浮標も見つけられない人々は、いかなる変革のビジョンが呼び起こせるというのだろう？　強欲な王たちや帝国を呪いながら窮状を生きた名のない人々は？　逃亡するにせよ、戦うにせよ、その決断は過去にというよりは、未来の希望に関係していたはずだ。かれらが焦がれた国は、現在からの徹底した別離を約束していたに違いない。復興とは前に進むための条件でもなければ、謀叛の終わりでもなく、前進するためにうしろを振り返る必要などない、かれらはそう思っていたのかもしれない。そしてもし人々が栄光に包まれた架空の過去というビジョンを呼び起こしていたとしても、重要なのは、空想上の過去——つまり奴隷制以前のとき——が駆り集められた、その目的であろう。

反乱の過程を通して予期され、霧散していったいくつもの未来は、自由な領地という夢と捕食的な王国の追憶のために見境なく用いられた、帰還にかかわる言葉でもって語られていた。ジューン王が故郷への帰還を夢想したとき、彼は退位した王の隣で、シルクの官服に身を包む為政者のひとりとしての己れの姿を、再び思い描いたのだろうか？　忠実な供人が己の世話をし、離別した友人や家族と再会することを、想像したのだろうか？　要塞のじめじめとした収容所を記憶していながら、帰郷を望むことなどできただろうか？

故郷に帰ろう、そう彼は自らに、そしてほかの人々に言い聞かせた。そんな言葉は、己の胸部にライフルを向け、引き金を引くための勇気を王に与えたのだ。

生まれた土地に帰ろう。反乱者の子や孫は、同じ誓いをくりかえしたのかもしれない。ときは旧世界を消し去ったか、そうでなくとも、その世界の輪郭は曖昧になり、面影は声を失っていった。「記憶を殺す」ことを選択した人々がいたであろうことも、想像に難くない。そのほうが楽だったからだ。忘却は、奴隷としての苦役を耐え忍ぶという苦痛をいくばくか和らげ、よそ者の世界における新しい生活を受け入れやすくしただろう。いや、おそらくは、そこに選択肢など存在せず、歳月を重ねる中で過去はおもむろに消えていったか、もしくは、奴隷にされるという衝撃が過去を一振りで破壊したのかもしれない。新しい言語によって母語が淘汰されるのに、どれほどの時間を要したのだろうか？　日々の刹那——たとえば夜明け前の構内に響く女たちの足音や、ラグーンに生えるアシのザワザワという低い音、子どもの遊びのリズムと無秩序、夕暮れの木々のざわめき、不眠の霊のつぶやき、灰色の空に吹き抜ける貿易風（ハルマッタン）、キャッサバ芋の炊ける香り、尖ったアリ塚、琥珀色をした昼下がりの草原――は、真っ先に消滅したのか、それとも唯一、最後まで残ったものだったのか？　母の面影を損ない、彼女の痕跡を抹消したのは、時間なのか、それともワタパナの、あるいは九尾の猫鞭の鞭打ちなのか？　奴隷となった男たちは、故郷の神々を呪っただろうか？　奴隷となった女たちは、故郷の神々に懇願しただろうか？

　当然、アメリカ大陸に生まれた子どもたちにとっては、忘れるべき別の世界などなかった。海のむこうの生活についての物語など聞き飽きていたであろうかれらは、過去を消えるにまかせ、その視線を現在とは異なる未来へと向けた。ボザレス（売られてきたばかりの奴隷）、アフリカ生まれのもの、もしくは「新顔の黒人（ソルトウォーター）」が持つ失われた故郷への愛とは違い、クレオールの子たちが持つ海のむこうの想像上の故郷への愛は、経験によって裏打ちされていたのではなく、喪失によって担保され、空想によって焚きつけられていた。それでも、鎖や所有者、死の恐怖によって敵意に満ちた土地に縛られた人々にとっては、空想の場所のほうが故郷のないことよりはいいのかもしれず、空想の場所が自由へのビジョンをもたらしたのかもしれず、空想の場所が敗北とは別の何かを与えたのかもしれず、空想の場所が命をつなぎ止めたのかもしれない。

　そんな不完全な儚いどこかは、かれらの夢として標榜され、歌へと昇華され、未来そのものとして創造された。それは、言葉に紛れ込んだ。かれらと同じように新しい国で生まれ、アフリカと土着のものと、そしてヨーロッパ的な要素が混ざりあった、その言葉に。ウィルソン・

ハリス〔ガイアナの詩人、小説家〕が書いたように、「新世界にあって、呼吸と砕かれた絆という禍々しい空気以外、何ひとつ所有するものがない」奴隷とされたアフリカ人は、旧世界の慣習と作法、嗜好を持続させ、修正し、そして放棄した。既知の、また押しつけられた言葉から、新しい言葉を創出して。古い踊りを新しい目的のために踊って。かつて住んだような住居を、新しい素材で建てて。古い神々の名を記憶し、その名をつけ直し、新しい神々を創作し、選び取って。この亀裂――つまり旧世界からの分離とそこへの執着――は、収奪を生んだだけではなく、幾つもの新たな可能性を生んだのだ。

捕囚として生まれた第一世代や第二世代にとって、アメリカ大陸はかれらの知る唯一の故郷だった。しかしそのことは、主人や農園、鞭打ちや四段階の拷問から自由な領域を想像することの妨げにはならなかった。クレオールらは、失われた祖国に対するかれらの両親の熱情を共有できなかったのかもしれないが、それでも夢想しようとしたのか？　それとも想像上の国々とは、常に儚く消える運命にあったのだろうか？　もしくはその逆こそ真実なのか、つまり、わたしたちを魅惑し、心を摑んで離さない唯一の国とは、わたしたちが想像したものだったのか？

敵意ある国に座礁してはじめて、出自についてのロマンスが必要になる。母を失ってはじめて、母が神話になる。新しいものがもたらす混乱を恐れたとき、古の慣習が希少になり、あなたの玄孫はいつか切なげにそれをアフリカのものと呼ぶだろう。

一八六三年に奴隷制が廃止される頃までには、キュラソーのわたしの家族が旧世界に帰還する可能性はほぼほぼ潰えていた。祖父が商船員として何度か訪れたアフリカの物語を語り聞かせてくれたことならあったが、彼の地とわたしたちとの間の祖先を介した関係性やつながりについて、彼は何も言わなかった。彼が話してくれた物語は、不思議に満ちたものだった。それが美しいからと唇に皿をはめた人々、一日に五度、祈禱する人々、長い首をビーズリングで飾り、それを外せば死んでしまう可憐な女性たち。しかしそれらは遠くのおとぎ話で、わたしとは何の関係もなかった。

祖父は、アフリカがわたしたちの故郷だと言ったことがなかった。そうである必要がなかったのだろう。数ヶ国語を操る船乗りだった彼にとっては、世界が家のようなものだったから。地球上で彼が逸話を持たない場所を探すほうが難しかったほどだ。祖父にしてみれば、どの場所も等しくよい場所だったのだと思う。もしくは、どこかに根を張ったり、ルーツを取り戻そうとしたりする気がそもそも欠けていたのかもしれない。彼は遊歴や航海を、経験しうるかぎりもっとも自由に近い行為として抱擁したのだ。

彼は、裁きからではなく、八方塞がりの世界からの逃亡者だった。晩年、ブルックリンから遠出できるのがせいぜいマンハッタンまでになっても、短波ラジオでヨーロッパやラテンアメリカなど海外のニュースを聴いては、

夜な夜な世界を旅していた。自分が知りうる唯一の故郷は想像上の国、胸のうちの約束の地、夢の中の領域だと、祖父ははるか昔にすでに発見していたのだろう。彼は故郷を持たないことの危うさと約束を受け入れた。だからこそアフリカについてどれだけ語ろうとも、そこを生まれ故郷だとは認識しようとしなかった。商船に乗った青年として大西洋を行き来したルートは、冒険や寄り道であって、帰還ではなかったのだ。それでも、大海の唸りを聞く彼が、そんなもうひとつの航海の可能性に無頓着だったとは思えない。

真っ暗な女性用の奴隷収容所の奥に立っていると、引き寄せられるようでもあったし、失われた故郷はもはや取り戻すことができないようにも感じた。あのとき以上にそれが明確になったことはない。故郷から連れ去られたあとに、新世界に未来がないと悟ったときに、もしくは唯一可能な未来が死だと悟ったときに、何かしがみつくものがあるとすれば、それは帰還なのだろう。帰還とは、かつて享受したあらゆることへの飢餓であり、享受しなかったあらゆることへの思慕でもある。それは奪われたものすべての傷跡を担う。それは、打ち倒されたものが最後に縋（すが）るもの。それは、自死者や夢想者の気晴らし。それは、謀反者のここではないどこか。それは、「未知の人物や土地への孝愛を呼び起こす」ことができるものの焦がれ。あの母親の神話のように、奴隷制のあとに残されたのは唯一、帰還の約束だけだった。目を閉じれば、母の腕に再び抱かれる自分の姿を想像できる。己の胸にライフルを向ければ、家に帰ることができる。

それぞれの世代が、過去を選択するという作業と対峙してきた。遺産とは、相続されていくものであるばかりか、選び取られるものでもある。過去は「当時何が起こったか」というよりは、現在の願望と怨言とに依っている。奮闘と失敗が、わたしたちが語る物語を形成する。わたしたちが過去から手繰り寄せるものは、わたしたちが避けたいと願う最悪のことのみならず、わたしたちが焦がれる最良の生にも関係しているのだ。しかし、いつ人は過去を眺めるのをやめて、新しい秩序を夢想するようになるのだろう？　もうひとつの国（アナザー・カントリー）を夢見たり、よそ者を同盟者（アライ）として抱きしめたり、何もないところに突破口を、始まりを生み出すのはいつになるのだろうか？　古い生が終わって新しい生が幕を開け、もはや振り返る必要がなくなる日はいつくるのか？　収容所の小部屋にあって、世界の終わりのその先を見ることはできたのだろうか？　再び生き、呼吸することを想像できたのだろうか？

反乱者も、行き、帰る子も、わたしも皆、ある帰還者である。過去に遡り、もうひとつの現在へと続いていたかもしれないルートを再訪して、実現をみることなく崩れ去った夢たちを引き揚げて、いくつもの並行する人生を横断して。希望とは、帰還によって古いジレンマが解消し、敗北から勝利が生まれ、新しい秩序が創出されるかもしれないということ。そして失望とは、以前の状態にはもはや戻りえないということ。喪失が人を作り変える。帰還とは、自分の居場所がもはやなくなってしまった世界と、いまだ居場所を見出せずにいる世界とにかかわっている。

生まれた土地に帰ろう。そんな約束を信じないもの、またそんな誓いを拒否するものは、その人の存在を押し開いた喪失を認めるよりほか残された道はない。それは別の約束に縛られること。それはいつだって、母を失うこと。

第五章　中間航路の部族

富者は、遅れてやってきた。エルミナ城のほかに凌ぐものはない、海岸沿いにそびえる豪奢な家々を一瞥すれば、必要な証拠はもれなく手に入った。奴隷の末裔が居住するどっしりした白い邸宅群は、妬みとともに疑念をも焚きつける。アフリカ系アメリカ人が歴然と保有する富に鑑みれば、奴隷制もいうほど悪いものではなかったのかもしれない、と。街の誰もが、何かを変えるにはかれらが遅すぎたことに同意していたし、豊かな敗北者の焦がれを眺めては楽しんでいた。いくらかのものは、もしブロンヤがガーナに早くきていたとしたら、何が可能であっただろうかと思案した。ほかのものはかれらを嘲った。あの成金どもが、己の富を一から十までひけらかすのは、どうにかして自分たちがビッグ・マンだと誇示したいからだろう。

遅れてやってきたものは、自らのレッテルを剝がすことはできず、渋々とそれを受け入れた。コヘインとその仲間は富をこれ見よがしに誇ることはなかったし、そもそも富んでいたわけでもなかったが、かれらの生活とエルミナの大半の住人のそれとの間の不均衡は、看過できなかった。近郊の村々に並ぶ藁葺き屋根に土壁の家と、街中の粗末な小屋や軽量コンクリート製のワンルーム、崩れかけたコロニアルスタイルの建物と比べれば、海岸沿いを占める広々とした家々はまるで大豪邸である。

しかし、そんな邸宅やコテージ、バンガローは、富と無縁に等しかった。負債、それこそそれらが象徴していたもの——借りられたもの、盗まれたもの、破壊されたものの歴史。海岸に並んだ優美な邸宅群は、ノースカロライナやサウスカロライナ、ミシシッピからやってきた元奴隷たちがリベリアに建てたマンションを彷彿とさせる。それらはかれらが元いた場所の複製であり、唯一異なるのは、今や自らが主人となったということだけだった。

富者の家々は、同時に、かれらがアメリカでは万が一にも享受することのない自由を、ほろ苦く思い起こさせるものだった。家々は、富者が上陸したと、そしてその人々が黒い白人男であると、エルミナの隅々に向かって宣告した。レンガや柱、ひとつひとつが立証していたのは、帰還の不可能性と、出自を信じることの、またそれを回復しようと試みることの軽薄さ。まるで挑発するように——かつてわたしたちが焼印を押され、売られた場所で繁栄してみせよう——城の陰に建てられた入植地は、債権者の人種と債務者の人種、略奪者と獲物、商人と奴隷との間で今なお遂行途中の闘争が生み出したものだった。奴隷要塞の影に未来を賭すことの理由が、ほかにあるだろうか？　それは一目瞭然だった。つまり繁栄とは収奪の顔である、と。

コヘインと彼の隣人、イマクスとナナ・ロビンソンは、自らを〈中間航路の部族〉と呼んだ。イマクスはいつも言っていた、「わたしたちは、中間航路の生き残りの子孫なんだ」。アフリカ人エリートの強欲、大国の領土拡大、世界を所有する白い男たちの欲望と残忍性、そして横柄が作り上げた部族。生まれた土地から盗まれ、「故郷のしるし」を剝ぎ取られ、類縁から断たれた部族。

奴隷制は母を神話へと変え、父の名を根絶やしにし、兄弟姉妹を世界の端の端へと放逐する。フレデリック・ダグラスによると、奴隷はたとえ類縁を知っていたとしても、孤児であるという。「私たちは兄弟姉妹だった。しかしそれが何になるのか？　なぜかれらが私に、私がかれらにつながらなければならないのだ？　たしかに私たちは血の兄弟姉妹であろう。しかし奴隷制が私たちをよそ者へと変えた。兄弟姉妹という言葉なら聞いたことがあるし、それがなんらかの意味を持つことも知っている。しかし奴隷制は、そんな言葉の真の意味を剝ぎ取ったのだ」。ひとつの世代から次の世代へと受け継がれた唯一確固たる遺産は喪失であり、それがこの部族を定義づける。ある哲学者はいつかそれを、否定によって形成されたアイデンティティと説明した。

中間航路は、この部族を産み落とした産道だった。中間航路は、「アフリカ人が何であり、何でありえたかという理由のために死んだ」死道だった。「何でありえたか」という問いを再検討してみると、二つの奴隷要塞に挟まれた小さなアフリカ系アメリカ人コミュニティーの存在理由が説明できる。かれらが、もしもっと早く到着していたとして何をしたか、誰も知らない。

中間航路の部族はアフリカへ帰ったが、かれらは、類縁や一族、故郷の村など、ガーナ人にとって帰属を定義するために必須の要素を何ひとつ携えていなかった。アフリカ系アメリカ人のエルミナへの到着は、とても帰郷とは呼べるような代物ではない。そうではなく、それはポルトガル人が最初にやってきた十五世紀からすでに始まっていた、外国人に土地を貸すという当地の長い伝統の延長にすぎないだろう。黒人ラビでニューヨーク、マウントバーノン出身のアクティビストであるコヘインや、引退した消防士のナナ・ロビンソン、そして彼の妻でブロンクス出身のイマクス、かれらを故郷に帰還した迷い子と、もしくは、ねぐらに帰ってきた鶏と認識したものはいない。その帰還に歓喜したものなどいなかった。外国人はガーナで土地を所有できないから、かれらに許されたのは、海辺の土地を九十九年のリースで借りること。アフリカ系アメリカ人は息子や娘ではなく、賃借人である。それを帰還者以上に知悉しているものはいなかった。

コヘインがナナやイマクスと創設したワン・アフリカ・プロダクションズは、奴隷の子孫の精神的苦痛の緩和を企図して奴隷貿易を再演する、帰らざる門祭（ザ・ドア・オヴ・ノー・リターン・セレモニー）を組織していた。目下、かれらは式典を誰が所有するかをめぐり、ガーナ人ツアーオペレーターとの商標係争の渦中にあった。ワン・アフリカ・プロダクションズはその傍ら、ガーナでの定住を希望するアフリカ系アメリカ人を支援し、かれらに二重国籍を付与するための法整備を働きかけていた。落ちこぼれのアフリカ系アメリカ人が国に押し寄せ、アメリカドルで国が牛耳られることを恐れたガーナ人は、法案に反対した。

ガーナにもっともあつらえ向きな類のアフリカ系アメリカ人が、アフリカにもっとも関心を示さない人々であるのは、皮肉なことだった。髪を直毛矯正し、とりすまし、伝道熱心で、愛国心に事欠かない黒人保守キリスト者なら、あの場に殺到した縮毛のくたびれたドレッドヘアの革新派（ラディカル）の一団より、よほどガーナで寛ぐことができただろう。福音主義者は大歓迎、抵抗者はお断り。大多数のガーナ人はクリスチャンだった。過剰に秩序と権力を敬い、厳格で、愛を欲する外国人にはうんざりして。わたしたちが逃げ出してきた国は、かれらが夢見た国だった。かれらなら一も二もなく場所を代わってくれたに違いない。

＊＊＊

街のホテルよりも、コヘインの家にいるほうがよかった。彼の部屋を借りるのは、オイスター・ベイやココナッツ・グローブ・ホテルに滞在するよりも安かったから。その上、奴隷要塞の周辺を一日ぶらついたあとで、わたしが何より避けたかったことは、詮索好きのフロント係に自分を説明したり、またはそうはできないと認めることだった。エルミナ城とケープ・コースト城の間に延びた十五キロの沿岸に落ち着くその家は、左右に広がる六つの寝室をもち、好奇の視線や解答不可能な問いからの一時的な避難所となった。ビラの各部屋には専用の浴室が備えられ、事情が許すかぎり水道水を、そして停電がなければ電力を利用でき、綺麗なシーツとタオルは常時、使用できた。

　コヘインは、くしゃっとしたハンサムな笑顔と耳のうしろに押し込んだペイス（もみあげ）をたたえた、物憂げな男性だった。わたしが彼に好感を抱いたのは、彼がアフリカとの問題について一度も尊大にならなかったからで、そんな態度は大半の移住者から彼を際立たせていた。コヘインをガーナへと駆り立てたものは、疲弊だった。米国において三十年間、なんら成果の上がる見込みのないまま黒人の平等のための闘争に参与した彼はほとほと疲れ果て、運動からの離脱を決心する。「どこに住んでいるかは、あまり重要じゃない」と彼は言った。「世界のどこへ行ったって、アフリカの人々は苦労している。ここよりいい場所はないよ」。

　コヘインの家のバックポーチからは、海に向かってエルミナ城が突き出ているのが見えた。なぜ彼やロビンソン家の人々が、奴隷要塞から目と鼻の先に家を建てたのか、聞こう聞こうと思いつつ、聞けずじまいで終わってしまった。城の景色は、ようやく帰り道を見つけたと、かれらを狂喜させただろうか？　それとも城への近接は、これ以上故郷へと近づけないという事実を裏付けていたのだろうか？

　アイ・クウェイ・アーマーの『二千の季節』のある文章は、子としての義務に囚われるあまり故郷へ帰ろうとする元奴隷の愚鈍を描写している。村々は奴隷貿易によって破壊されてしまったにもかかわらず、元奴隷はかつて自らが生きた世界に焦がれ続けるのだ。「ノスタルジアという病は」とアーマーは続ける、気持ちの沈んだ人々の視線を過去にとどめる。かれらは「永遠に失われてしまった場面を切望する」子どものようで、「肉体を伴っていたときにはありえない」、記憶の中で美化された「肉親の愛に渇いている」。

富者たちはノスタルジアという病に苦しめられたのか？　わたしは？　中間航路の部族を規定するのは焦がれや憂鬱（メランコリー）なのか？　自分の人生が、子としての義務によって駆られているなどとは考えたこともなかった。わたしは聞き分けのいい方ではなく、悪い方だったから。反抗ならいくらでもした。無神論者になったのは八年生のときで、告解の最中、キャバノー神父に抜かりなくそう伝えた。十四歳の頃、当時、高校生だった親友がオーガナイザーを務めていたというのが主な理由で、青年社会主義党に入った。当時、つるんでいたのは恵まれていて、始末に負えない白人の若者たち。母は、わたしが誤った道へと導かれてしまうことを恐れ、事実、そうなった。わたしは、資金の一部分がJ・P・スティーヴンス〔大手紡績企業。自社の労働者の組合を妨害した〕によって出資されていたマイノリティ学生のための奨学金を拒否した。あのとき、企業の織物労働者に対する扱いをめぐって全国的なボイコットキャンペーンがあり、それに参加したのだ。奨学生の夕食会への参加を強制する母を、わたしはハンカチヘッドニグロ（従順な黒人）と呼び、一方、母は母でわたしをオレオ（中身の白い黒人）と呼んでやり返した。高校と大学の卒業式では、キャップとガウンの着用を拒否。それには切迫とした政治的理由があり、いずれの式典でも、まつろわぬわたしたちが身につけたアームバンドは赤だった。わたしは名前を変え、両親を辱めた。大学時代のボーイフレンドとは、リンカーン・ハウスという彼が育ったハーレムの公営アパートに住んだ。未婚の男女が同棲したことか、公共住宅に住んだことか、どちらがより母を辱めたか、わからない。下層中流階級とワーキングプアとを隔てるのは自意識くらいなもので、階級の梯子を危なっかしく降っていくわたしを、両親はひどく心配した。大学院では両親が望んだ医学部には進まず、文学を学んだ。母は、彼女の叔父や大叔母、曽祖母のように、わたしを医者にしようとした。わたしが再現したのは、彼女の失敗だった。

成人してからのほとんどを両親の思惑への反抗に費やしていたので、自己犠牲的な娘たちや義務感の強い息子たちが辿った道に、自分も今、立っていることが不思議でならなかった。それでもわたしは部族のほかのメンバーと同じように、十五世紀、大西洋を越えて運び出された石の山に自分の遺産を見つけようとしている。コヘインのバックポーチから城を見つめているとき、果たして収奪以外の何が、ひとつの世代から次の世代へと受けわたされたのだろうかという思いに駆られた。ヘンリー・ハイランド・ガーネット〔奴隷制度廃止論者、牧師〕は「アメリカ合衆国の奴隷に向けての演説」で、死すら奴隷制の惨憺に終わりをもたらすことはないだろうと警告している。なぜなら、奴隷の子らは先達の生きた条件を引き継ぐだろうから。これは一八四三年と同様に、今日も妥当性を持つのだろうか？　ジョージ・ジャクソンは「時間は何も消し去ってはいません」と書いたが、あたかもそんな言葉のように、負の相続物は時代から時代へと受け継がれるものなのだろうか？

奴隷制と直面するためだけにガーナにいるのではないことは知っていた。それなら、単純にポルトガルやヴァチカンなど、大西洋奴隷貿易が着手された地点に旅すればよかった。エンクルマやキング牧師の現実をみなかった夢や、市井の人々、奴隷、逃亡者、そして社会主義者の未完のたたかいも、奴隷制と等しく重要だった。メアリー・エレンの未来についての悲観に共感しつつも、それが誤りだと証明されるよう願っていた。長い敗北の歴史につながれていない現在を想像してみたかったが、海岸に鎮座するエルミナ城を眼前にしては、それも難しかった。

収容所の破壊が最終的なものではないこと、わたしがその中で生き残ったものの一部であること、そう心に言い聞かせるのには多大な努力を要したのだ。奴隷制の余生と元奴隷の未来を考えるにあたって、ガーナ以上の土地はなかった。自由の夢を信じるのが遅すぎたということはないように、わたしは密かに願った。

目を閉じると、海はより大きく鳴るようになり、恐怖ですらその分量を増したようだった。海鳴りは、ダイニングルームのテーブルで話すコヘインや彼の妻のチェシーの声をかき消し、まるでそこだけ世界が切り取られたみたいに、家のほかの部分からベランダを孤立させた。大西洋の唸りや波が打ちつける音が、頭の中で鳴り響いている。もう耐えられなくなるまで、それを聞き徹すつもりだった。

うしろの扉がキーとポーチの床に音をたてたので、わたしは目を開けた。二十いくつかのハンサムな男性がポーチにきて、隣に座った。

「とても美しい、そう思わない?」彼は言う。

「城のこと?」わたしは尋ねた。

「いや。海のこと」

「うん。どうしてか、大西洋は、こっちのほうがむこう側より大きいみたいに見える」

「多分、もっと悲劇的に感じてしまうだけじゃないかな」、彼は答えた。

「夜中はうるさすぎて、ぜんぜん眠れない」、わたしは言って、すぐに後悔した。いやらしく聞こえたかもしれない。

「ここでは忘れることができない」、彼は言った。

それが真実であればよかったのにと思ったが、わたしは反論はしなかった。

アトランタ出身のカリドは、映像作家を目指していた。ガーナにくるのは初めてだった。エルミナにきたのは祖先に呼ばれたと感じたからだと、彼は説明した。「海を越えて連れていかれた人々はみんな、僕を通して故郷に帰る」、彼はいたって真剣に語った。

「そう」、わたしは呟いた。

「祖母の墓を訪ねたときみたいだ」、彼は続けた。「家族全員が僕と一緒にいるような心地だった。父も、従兄弟たちも、みんな」

「人生でこんなに孤独を感じたことはない」、わたしは彼に伝えた。口にしようとした以上のことを、明かしてしまった。

彼は驚いたようだった。「なぜ?」

「説明できるかどうかわからない」、声が、泣き出す寸前みたいに震えているのが聞こえる。

「大丈夫」、彼は言う。

「ごめんなさい」

「あやまる必要なんかない」

「ここは墓じゃなくて、事故現場みたいに感じる」、不安定な声でわたしは続けた。「車が木に衝突して、母と兄弟が死んだ場所。父は生き残ったけどアルコール依存症になって。だから彼は死んだようなもの、いや、もっとひどい。でもほかの人たちにとってここは、何の変哲もない普通の通りで」。わたしは下唇を噛んだけど、結局、涙が頰を伝っていった。カリドは何も言わないでいてくれて、それがありがたかった。沈黙が、気を落ち着ける時間をくれた。わたしは神経質に笑って、もう一度詫びた。

彼はわたしの手を強く握った。「シス、心配ないよ。僕たちが生き残りであることを忘れないで」

そんな愛情を伴った柔らかな態度が、部族を定義づけるのだろうか、わたしは思った。それともそれは、かつての姿、もしくは一度だってそうではなかった姿を映し出す幻想だったのだろうか。部族とは、愛の約束ほどに儚く、心もとないものだったのか？　見ず知らずの人間に、自分の兄弟とまったく同じ声色で「シス」と言われたり、たったひとつの音節で、自分がどれほど故郷から遠くにきてしまったかを痛感してしまったりするとは、どういうことなのだろう？　「大丈夫」とわたしは言った、説得力がないほど慌てて。

「ここに来てどれくらいになるの？」彼は尋ねた。

「五ヶ月」

「ガーナで気に入ったことは何、教えて」

「それは難しい。たくさんあるから」、わたしは答えた。

「最初に頭に浮かんだものを教えてくれればいいよ」

「わかった。近所の少年たちがサッカーするのを見ているのが好き。スニーカーを履いている子もいれば、履いていない子もいて。だからスニーカーを持ってる子たちは、持ってない子に片方の靴を貸してあげてね。試合の最中、子どもたちはみんな、片いっぽうの靴を履いてフィールドを駆け回る、そっちの足で運が掴めるよう願いながら」

「アトランタでは、子どもたちが靴をめぐって、殺しあっている」、彼は言った。わたしたちはどちらも口をつぐんだ。

「ここの子どもたちは貧しいけど、負かされてはいない」、わたしは言った。「ロマンチックになっていただけかも」。ガーナはリベリアでも、シエラレオネでも、コンゴでもなかった。まだ希望を持つ理由がある。

「すべてを失ったわけじゃないからね。僕たちは失った」、彼は返事をした。

「しかも見返りはないに等しい」、わたしは言った。「なによりひどいのは、今でも痛みがなくならないこと。なくなるべきなのに、そうはならない」

「もっと長い期間、滞在しようと思ったことは?」彼は聞く。

「ガーナに? いや、わたしは返品不可の商品だから」、わたしは答える。「あなたは?」

「ない。ここはいいところだと思う。もちろん、コヘインやほかのみんなのことを悪く言うつもりはない。でも、僕にとってここは、墓地に住もうとしているようなものなんだ。祖母を訪ねるのは好きだけど、そこに永住しようとは思わない」

わたしたちは笑って、言葉が消えていったあともずっと、海の音を聴いていた。

第六章　いくつもの地下牢

わたしがこれまでに読んできた創造物語は、いずれもこんな場所から始まる——地下世界で、地の腑で、人類（マン）前史の暗闇で。生のゆりかごは墓との不気味な類似を有し、生者はその最期に、死者と同じ地位に安住するという事実を不動のものとする。人間の命は漆黒の深淵から飛び出て、わたしたちは塵や泥に人間の始まりを辿った。そんな取るに足らぬものが、生命の基盤。血と糞が、わたしたちを世界へと導く。神々は人間を吐き出したか、地を犯して人を増やしたか、己の娘たちと交わったか、もしくは懇切丁寧にも、わたしたちを闇から光へと誘ったのか。

アダムとイブは、この汚らわしい窪地で創造された。だからイギリス人は、地下牢からもぎ取られ、奴隷船に乗せられた最初の男と女をこの名で呼び、アフリカ貿易において誕生と追放の物語を再演してみせたのだ。

奴隷収容所は、地の奥底に掘られた。人間以外の商品の備蓄を元来企図されてポルトガル人が建設したエルミナ城とは違い、イギリス人は奴隷の貯蔵を想定してケープ・コースト城を建てた。十六世紀、イギリス人は黄金海岸（ゴールド・コースト）で奴隷狩りを始め、十七世紀の終わりには、アフリカにおいて最大の奴隷売買人となる。かれらだけで五十万近くの奴隷を黄金海岸から輸送したという。そのうちの半数の捕虜は、王立アフリカ会社と、それを引き継いだアフリカ貿易商人委員会の本部となったケープ・コースト城から出荷された。一六七四年、同会社が土製の要塞を、海岸にあって、西へわずか十五キロ先のエルミナ城に次ぐ規模の城へと変貌させ、要塞を築いたとき、奴隷の反乱を抑止するために檻を作り、また同じ理由から、アーチ形の天井の部屋を地下においた。「城は、海から眺めると極めて美しい」とフランス人の貿易商、ジャン・バルボは一六八一年に書いている、しかし「何より特筆すべき点は、地下に備えられた奴隷庫である。それはアーチ形の天井をした、いくつもの部屋に分かれる地下室から成り、千人もの奴隷を楽に収容できるだろう……。地下での奴隷の保管はそれゆえ、要塞の安全上、理に適っている」。

城の設計が捕虜に対して教示していたのは、奴隷とは死の状態にあるということだった。死者のほかに誰が、墓に住むというのだろう？ しかし、王立アフリカ会社や商人委員会は、積荷である人間が死体の山だとも、湿っぽい地下牢が墓だとも考えなかった。かれらにとって地下牢は、奴隷が誕生する子宮だった。原材料の収穫と商品の製造が、監獄の機能を決定づける。イギリス人は、それを子宮とは呼ばず、工場と呼んだ。最初にそんな言葉が使われたのは、西アフリカの交易用要塞だった。（「工場」という言葉それ自体が、イギリスの産業革命と人間の商品化との間の解きがたい結び目を立証している）。

企業にしてみれば、地下牢は塵屑同然であった人間の中途駅であり、労働者の繭だった。奴隷貿易の奇跡とは、それが無用の生を復活させ、塵を資本へと変容させることである。アフリカはこの交易から利益を上げ、自身をその商人と公言した。なぜなら「彼女〔アフリカ〕の欲求は、わずかな代価とともに満たされ」、それは「彼女の人々のうちの塵や廃物」によって支払われたから。後にエメ・セゼール〔マルティニークの詩人、政治家〕は書いた。「われわれは柔らかいサトウキビ、絹のような綿を約束する醜い生きた肥やし」。

＊＊＊

地下牢の内部は地の傷口を晒し、雑に切り出された壁は発汗して、空間を湿らせている。丘の斜面の岩盤をくり抜いて作られた檻房は、かつてこの地方の神々を祀る聖所だった。地と海のあらゆる被造物を加護するナナ・タービリ。砦が建てられたとき、聖所は場所を移し、神々は散り散りになった。聖所が城に返還されたのは二十年前で、神々も元いた岩に還った。今では、地下牢の最奥の壁を、聖所が占めている。祭壇に置かれた蠟燭がぼんやりとした灯りを放ち、牢屋の黒闇に呑み込まれていく。要塞に収容された捕虜に神々は無関心だったのか、それともかれらを守っていたのか。いずれにせよ、その結末にはあまり影響がなかったように思えた。一方、聖所を司る老夫は異議を唱える。神々は奴隷を庇護していたのだし、海を越えて故郷へ帰れるよう奴隷を導いたのだ、と彼は主張した。生命とは物質以上のものだ、と彼は言う、魂がある。そうして彼は、アフリカ系アメリカ人やほかのディアスポラの人々を納得させると〔司祭は、ガーナ人の訪問者――かれらは概ねクリスチャンで、伝統宗教を避け、それを悪と考えていたのだが――にはこの儀式を授けなかった〕、ささやかな献金を受け取り、死者に酒を注いだ。

地下室のアーチ形の天井とそれらを接続する筒状の檻房は、巨大な腸を思わせた。地下牢の端から、次の地下牢へと歩いていくと、わたしは城に摂取されるように、権力の内臓をジリジリと進んでいるように感じた。獣のはらわた（窮地に追い込まれること）とはもはや比喩ではなく、その場所の字義通りの描写のようだった。なぜ食べるという言葉は、権力の関係性についてこうも的確にとらえるのだろうか？　支配階級の暴飲暴食は、諺になっていた。ガーナにはこんな言葉がある。**満腹なのはビッグ・マンだけ。**金持ちの欲求は満たされ、庶民は求める。**目で腹は膨れない。**貧しいものは世界に生きるが、それを所有してはいない。**奴隷が羊肉を食べれば、腹を壊す。**贅沢品は、権力者のためのもの。**ある人が食べるのを拒否するなら、ほかの誰かの腹が満たされる。**誰かの不幸から、誰かが利益を得る。摂取することは、持つものと持たざる者、支配者と被支配者、寄生者と主人の関係を、鮮やかに映し出す。

　エリアス・カネッティ〔ユダヤ人作家、思想家。一九八一年、ノーベル文学賞受賞〕によれば「食べられるものはすべて権力の食物である」という。それを奴隷以上に熟知しているものはいなかった。奴隷は、一貫して、捕獲者を人喰いと表現した。駆逐を無血で、合意上の行為に見せかけていた貿易という婉曲な言い回しとは異なり、肉喰人や人間を火炙りにするものといった表現は、略奪や収奪の苛烈さを具現する。かれらをここまで到着させることになった取引契約に同意した奴隷など、ひとりとしていない。ほかの人間の肉体を貪る喰人習慣は、奴隷貿易という機械装置によって命が喰い尽くされることを、正確に表している。

　口は権力の器官だった。戦時下にあったアフリカの国々は、「ほかの人々を喰う」こと、つまり敵をひとり残らず捕らえ「かれらを奴隷として売り、代わりに得た品々で楽しく過ごそう」と誓った。しかし、白い男たちこそもっとも恐れられた人喰いであった。血の滴る乱痴気騒ぎや煮えたぎる大釜でぐつぐつと調理された男たちの話が、海岸から内陸部まで伝わっていた。奴隷船とヨーロッパ人の船員を目にしたオラウダ・イクイアーノ〔奴隷物語の代表作、『アフリカ人、イワイアーノの生涯の興味深い物語』の著者、奴隷貿易廃止運動に携わる〕は、悪霊の世界に迷い込んでしまったと信じたという。「わたしの運命はもはや疑いようもなかった。そして戦慄と苦痛に圧倒され、わたしは甲板の上で動けなくなってそのまま気を失った。少し元気を取り戻したとき、わたしのまわりには何人かの黒人がいた。……あの赤らんだ恐ろしい顔つきの髪を伸ばした白い男たちによって、わたしたちは食べられてしまうのではないかと尋ねた」。オトバ・クゴアーノ〔西アフリカ出身の元奴隷、思想家。十八世紀後半にイギリスで廃止論者として活動する〕が、沿岸の白い男と初めて出くわしたときも、彼は自分が喰われると信じて疑わなかった。「幾人かの白人を見たとき、わたしは食われてしまうんじゃないかと、とてつもない恐怖を感じた」。まだアジュマコの街にいた頃、海の近くに住み着き、人間の肉体を貪るバウンサム、悪魔についての話を、彼は耳にしていたのだ。

奴隷船船長だったジョン・ニュートンによると、奴隷は「海を見て、しばしば大きな憂慮に駆られた」という。なぜなら「かれらはそこに食われるために連れてこられたと思っていた」から。英国商務庁で証言するアフリカ・コープスの役人は、沿岸にいるヨーロッパ人の貿易業者の下へと送られる際に捕虜が示した、尋常ではない恐怖について説明している。「「アフリカ人の」主人やヨーロッパ人は、ヨーロッパ人が奴隷を殺し、食うということを、奴隷たちに基本方針として教えた。……それにより、奴隷は管理され、ヨーロッパ人に売られることを極度に恐れるようになった。この基本方針は……これらの人々の精神に甚大なる政治的影響を及ぼしている」。

白い人喰いへの恐怖は、暴動と自死を誘発した。奴隷を積んで航海中だった〈アルビオン・フリゲート号〉では、船長が日誌を記録している。「いくらかの奴隷は、自分たちが食われるために連れられているのだと信じて自暴自棄になり、ほかのものは監禁状態のためそうなった。だからもし監督されなければ、かれらは反乱を起こし、そこから逃れようと船員を殺すだろう」。〈アミスタッド号〉船上で起こった奴隷の反乱を率いたセンベ・ピエは、自分たちがバラバラにされ、喰われると船長つきの奴隷から伝えられ、ほかの四十八人の奴隷とともに叛逆を起こした。ほかにも、この悲惨な運命から逃れるために、奴隷は船から飛び降り、また舌を飲み込んで窒息死した。

恐ろしい最期が待ち受けている、そのことについては奴隷もたしかに知っていた。ケープ・コースト近くにあるデンマークの奴隷要塞に駐在していた医者のポール・イザートは、「ヨーロッパ人がかくも暴力的な手段を用いて縛りつけるので」と述べている。奴隷は、未来に「何かよいものが残されている」とは信じていない。白い男たちの残忍さに関する報告は、内陸部の奥地にまで伝わっていた。「コロンビア「アメリカ」でいかに奴隷が扱われるかという凄惨な話は、かれらも自国で聞いており、衝撃を受けたという。私の履いている靴は黒人の皮膚から作られたものなのかと、ある奴隷に、いたって真剣に聞かれたことがある。彼が見るところ、私の靴は彼の肌と同じ色をしていたのだ」。

人喰いとは、命を強奪し、消費することの寓喩となった。もしマルクスが言うように、賃金労働者が「おずおずといやいやながら、ちょうど身を投げ出して尽くしても、もはや――打ちのめされるほかに、何も期待できない人」なのだとしたら、奴隷は、商業資本という吸血鬼によって狩られた獲物であり、喰われた肉体であった。それを奴隷が疑うことはなかった。

もし摂取することが、貿易による資本の蓄積と奴隷の収奪とを例証したのだとすれば、糞便は権力者が喰い尽くしたことの証拠である。排泄物は、腹の政治の物質的な残余。権力の満ち足りることを知らない残忍な性格については、カネッティが書いている。

人間たちを支配しようと望む者は、かれらを辱しめて、すなわちかれらからその権利と抵抗力とを騙し取って、かれらをかれにとって動物たちと少しも変らぬ無力な存在にしてしまおうと計る。……かれの最後の目標は常にかれらを自分の体内に〈摂取し〉、かれらからその中味を吸収しつくすことである。そのあとにかれらが何を残そうとも、かれにとってはどうでもよいことである。かれはかれらを虐待すればするほど、ますますかれらに侮蔑の念を抱くようになる。かれらがもはや全く使いものにならなくなると、かれは自分の排泄物と同じように、かれらを密かに処理して……こうしたすべてのもののあとに残る排泄物は、われわれの一切の殺害の罪を負わされている。それによって、われわれは自分たちが何を殺したかを知る。それは、われわれに対するあらゆる証拠物件の圧縮された総和である。

人間の糞便が地下牢の床を覆っていた。肉眼で見ると、それは煤のように見える。最後の捕虜が送り出されたのち、収容所は閉鎖されたが、清掃はされなかった。奴隷貿易廃止から一世紀半にわたり、糞便は残存する。それから悪臭を抑え、殺菌するために、砂と石灰が床に撒かれた。一九七二年、考古学者のチームが地下牢を発掘し、四十五センチの泥や糞便を取り除く。床の表層は圧縮された捕虜の残余――糞便、血、剝離した皮膚――だったと同定された。

　わたしはこの知識を拒絶した。わたしはそれを払い除け、あたかもその床が何の変哲もない床であるかのように、あたかもそれがわたしの靴裏の一歩、一歩によって、さらなる忘却へと押し出されていく奴隷の残余ではないかのように、地下牢を進んだ。要塞に祖先を探しに来たはずのわたしを待っていたのは、実のところ、残骸だけだった。

　排泄物は生と死がともに共有している領域である。それは、大きな歴史、つまり偉大な男たちや帝国、国家の歴史にとって、不可視とされ、周縁に追いやられ、使い捨てにされてきたあらゆるものを具現した姿である。それは「不快で、無価値、そして軽蔑すべきものの鈍く平凡な恐怖を呼び覚ます――つまり糞の山」である。糞便とは、歴史の外部に置かれた生の残余、それは「純然たる忘却（アムネシア）に溶解していく」。

　わたしの過去にあって唯一手に触れることができたのは、思わずあとずさりしてしまうような汚物であり、石の床にぎゅっと押しつけられた有機物の層だけだった。

　地下牢に入ったときは、入り口に掲げられている大理石の銘板に記された通りの美挙を行うつもりでいた。死者を記念し、祖先の苦悩を覚え、人類に対するこのような犯罪が再び起こらないように努めること。残虐行為の現場にあっては、それが世界のどこであれ、この種の言葉と出会うことは珍しくないし、おおかた、人間はこんな言葉が必要になる機会を生産し続けるに違いない。正義を約束し、人類への信頼を手放さず、いくつもの成果を誇ることで過去を過去に締め出すその言葉は、確信にあふれていた。しかし地下に五分も身を置けば、そんな大志は瞬く間に砕かれてしまう。厳然たる事実が勝利を収めるのだ——つまり、そこは積荷となった人間の収容所であり、そこで何が起こったのかを知っていれば忘却を修復することも、より輝かしい未来を展望することも、死者の苦しみを軽くしてあげることも不可能だった。

奴隷地下牢の門をまたごうとするほとんどの人々に倣って、わたしも死者に然るべき敬意を払いたかった。しかしどうやってそうしたらよいか、皆目見当もつかない。何もない空間の圧迫が、記憶の力によって未来の犯罪を防ぐという確信を砕いたのだ。「忘却」や「カタストロフ」といった言葉が、頭をよぎる。地下牢は名残をとどめていたが、わたし自身が創り出した物語を別にすれば、死者を復活させられるような物語はなかった。

階上のミュージアムでは、ガラスの陳列ケースに奴隷と交換された品々が展示されている。チェック模様のコットン製布地、真鍮や鉄のブレスレット、磁器、ガラスのビーズ、レッドストーン、傘、銃、ウィスキー、鏡、そして尿瓶。ここで来館者は、貿易の利点について教育を受け——新しい農作物や動物、識字、そしてキリスト教——、奴隷貿易の欠点についても学ぶ——奴隷とされた夥しい数の人々の苦しみ。このような悍ましい試罰にもかかわらず、最終的には、奴隷の子孫らは勝利を収める、それがミュージアムの教えることだった。ボブ・マーリーやモハメド・アリ、マーティン・ルーサー・キング・ジュニア、ジェイムズ・ボールドウィン、アンジェラ・デイヴィスの大きな顔写真が、華々しく物語を締めくくる。しかし、どうしたら識字とイエス、そして贅沢品を、四世紀におよぶ敗北や何百万もの命と天秤にかけられるというのだろうか。

ミュージアムにあってすら、奴隷は行方知れず。照明の効いたガラスの陳列台に、整然と並べられた奴隷の所持品があるわけではなく。小旗が載ったトレーに、地下牢で見つかった糞尿が小綺麗に置かれているわけでもなく。ホールに並んだプラカードにも、奴隷自身の言葉はひとつもなかった。奴隷の家族生活や社会組織が解説されているわけでもない。かれらがどのように農耕したか、もしくは漁に出たか、神々に訴えたか、死者を葬ったか、何も語られてはいなかった。地下と変わらずミュージアムにあっても、奴隷は不在だった。

わたしは目を閉じ、かつて地下牢に響いていたはずの呻きや叫びを聞こうと精一杯努力したが、空間は静まりかえっていた。城のほかの場所から漏れる音も、ここまでは届かなかった。話し声も、アメリカ合衆国出身の白人男性が所有する城に隣接したカフェで流れる当たり障りのないレゲエバージョンの黒人霊歌すら、聞こえなかった。数年前までは要塞内にカフェがあった。カフェから鳴りつけるガーナ上流社会とR&Bの音色が、地下へと流れ込んでいたという。しかし、奴隷牢獄でハロルド・メルヴィン&ザ・ブルー・ノーツ、もしくはマーヴィン・ゲイの歌に合わせて口ずさみ、ビールを啜るのは不謹慎ではないかと来館者から苦情があり、カフェは閉じられた。

地下に初めて入ったときは、フィリスという名の陽気なティーンエイジャーが一緒だった。

彼女と出会ったのは、街から数キロ離れた道でトロトロを待っていたときで、終日ガイドを買って出てくれた彼女が、城へも一緒にくることになったのだ。もしわたしが数年遅くやってきていたら、きっと彼女はスレイヴ・リバーや墓地を見るためにアシン・マンソへ連れていってくれただろうが、当時はまだ、観光旅行のパッケージにこれらの場所は含まれていなかった。フィリスは、ガーナでもっとも優秀な学生が集まるケープ・コーストのエリート私立学校、ウェズレー女学校の学生。合衆国でファッションデザインを学ぶという将来の計画を、彼女は早口に、とめどなく喋り続けた。なるほど彼女はスタイルに関して目が効くようで、レトロモッドな格好を着こなしている。かすかにキラキラと光るピンクのリップとヘアバンド、そしてだらっと垂れたヘアピースは、彼女をシュープリームスの一員さながらに見せていた。要塞の部屋を巡りながら、彼女はアメリカの映画が好きだと話し、最近見たばかりの映画をひとつひとつ挙げ始めた。わたしがカリフォルニアに住んでいると聞くと彼女は大喜びして、ハリウッドに行ったことがあるかと尋ねる。行ったことがないと返すと、彼女の失望が伝わってきた。彼女が好きな映画は『ため息つかせて（ウェイティング・トゥ・エクスヘイル）』で、女性が美しく、自立していて、金持ちなところが気に入ったという。あの映画に出てくる女性みたいと、彼女はわたしに言った。それが褒め言葉のつもりであることはわかっていたから、その言葉をありがたく受け取ろうとした。この城に来たことがあるのかと聞くと、彼女はあると答える。学校の授業で一度、それからひとりでもう一度城を訪れたという。それで、ここで起こったことについてはどう思う？　わたしは尋ねてみた。「奴隷はかわいそうな経験をした」と彼女は答える。「昼食は食堂で食べよう」。

最初の訪問は期待外れだった。フィリスの隣を歩きながら、何か大事なものを見逃しているに違いないと思っていた。この経験のどこが、正確に、失望だったのだろうかと、頭を絞る。ここに入ってきたときの態度がそもそも誤りで、必要な真摯さに欠け、部屋から部屋へと散漫にやり過ごしてしまった。この場所と対峙する準備ができていなかった。きちんと注意が払えていなかった。そして最後に思いいたったのはもちろん、ここの入り口をまたいだときに、テリー・マクミランや『タイタニック』、そしてティーンエイジャー好みの芸能人についてしゃべっていたことだ。ここで起こった恐ろしい出来事のゆえに、奴隷要塞が神聖な場になると信じていたわけではない。残忍な行為が、ある場所を崇拝の対象にするわけではないだろう。それでも、ここでなされたことの重大さは、一定の厳粛な態度を要求するはずだろうと思っていた。わたしは、起こらなかったことのために、フィリスを責めたのだ。そこで見るべきものなどなかったと悟ったのは、ようやくあとになってから。わたしは何も見逃してなどいなかった。

それ以来、地下牢には何十回と足を運んだ。ツアーのグループと一緒に回ることもあれば、ひとりで来ることもあった。いつも、最初の来訪のときと同じで、痛いくらいに何かが欠けているように感じた。もちろん、まったくの理不尽が起こらなければの話ではあるが。あるときは、興奮したガイドがわたしと友人たちを案内し、その間ずっと彼は、アメリカ人の辛辣な文句を垂れたり、わたしたちの質問を無視したり、教養のある自分にはこれよりも相応な仕事があるはずだと怒鳴り散らしたりしていた。あるときは、シエラレオネからの観光客が隣の連れにこう言っているのが聞こえて口論に、「なぜひとつの奴隷地下牢のことで、こんなに大騒ぎするんだろう。アフリカにはいくつも地下牢があるのに」。

ひとりでいると、わたしこそが不条理な存在だった。ひとりでは、自分よりほかにこの違和感の責任を押しつけることのできる人はいない。逃げ場はない。何かを、何かひとつでも変えるには来るのが遅すぎた。それでもわたしはここをくりかえし訪問してしまう。わたしは待っていた。誰をなのか、何をなのか、わからなかった、いや、もしかしたら、それが誰で、何なのか、認めるのを躊躇っていたのかもしれない。それはわたしの理解を超えていたので、説明しようもなかった。知っていたのはどんなふうに感じるかだけで、窒息に似ていた。胸がだんだんと詰まり、手のひらは汗ばんできて、眩暈がする。皮膚がこわばり、ちくちくと痛い。まるでそれがあまりにも少なくなり、そのほかのすべてがあまりに肥大してしまったみたいに。胸の中の虚が広がる。死体がガスで膨張するように、胴体が膨らみ、広がるのを感じる。そして空虚はわたしの内部で膨らんでいく巨大な風船で、もはや息ができなくなり、破裂してしまいそうになるまで臓器を圧迫する。太陽の光の下に戻って五分、ようやく息が軽くなった。その姿がただの抜け殻であり、わたしではないと、見抜いたものはいなかった。

いつ行っても同じだった。何も見つけることはできなかった。地下牢に潜む亡霊はいなかった。収容所は空だった。わたしを抱きしめる手はなかった。耳に響く声はなかった。そこに生きる被造物は、何ひとつなかった。飛び去るハエさえも。静寂の中にあって、わたしの息だけが騒がしく、耳についた。

地下牢の端から端へと、とぼとぼ歩く。足取りのひとつひとつはふらつき、確信を失っていた。敗北者のように肩を落として、行ったり来たり。失望を抱え、檻房の周囲を辿ってみる。床を横切る排水溝をまたぐ。両手は、壁をすうっと滑る。まるで壁のザラザラとした表面が文字であって、わたしの鈍い指先で読み取ることができるとでもいうように。しかし、石に触ってみても、ヒントや手がかりになるようなものは何もない。わたしが望んだのは、レンガや石灰以外の何かを感じること。時間を超え、囚人たちに触れること。

血と糞と泥以外、残ったものはなかった。だから、この男性用地下牢に千人、もしくはそれ以上の男や少年が収監されたことを想像するのは難しかったし、その中の少なくとも百五十人がこの場所で死んだであろうことを了解するのも困難だった。そんな死者のうちに含まれていたかもしれないのは、宗主への貢物として捧げられた十人の男、菜園で捕獲された二人の兄弟、家からすぐ近くで遊んでいたところ捕らえられた四人の少年、五人の債務者、村が破壊された四十人、三人の姦通者、敵の犠牲になることを免れた二十五人の敗残兵、隣人に謀られた二人のティーンエイジャー、傭兵に捕らえられた三十人の農民、叔父に質に入れられ、償還されなかった甥、魔術を用いた罪で咎められた父と子、豚を盗んだこそ泥、借金に悩まされた織工、三人の賭博師、そして矯正不能とされた城つきの奴隷。

城に着く人間の大半は、アフリカ人の仲買人によって少人数ずつ運搬されたので、個人の売人に連れられてくることは稀だった。地下牢に詰め込まれ、城からアメリカ大陸（アメリカズ）へと輸送される奴隷のほとんどを占めたのは、北部出身者。城にたどり着くまでに、鎖で一列につながれた捕虜は数百キロもの移動をし、その肉体には厳しい旅路の跡が刻まれていた。膨らんだ腹や打撲傷、潰瘍などで、貿易商人は奴隷を容易に見分けたという。人ひとりがやっと通り抜けられるような狭い森の道の小枝や棘などで切ったり、刺されたりしてできた打撲傷が、腕や足を覆っていた。窪んだ顎と膨張した腹は、食糧が乏しく、水がほとんど飲めなかったことの疑いようのないしるしだった。首や手首、また足首は、ドンカー同士をつなげる拘束具によって擦りむけていた。ただし女性や子どもは、通常、鎖をつけられなかったというが。沿岸へと続くルートで、奴隷はひとりひとりと消えていった。幸運な少数は逃亡し、いくらかは内陸部の市場で売られ、ほかのものは道途上で息絶えた。

要塞の門をくぐると、男と女は分けられ、それぞれの収容所まで歩かされた。地下牢へと送られる際は、アフリカ人商人が使った拘束具と縄、重たい丸太の代わりに、鉄の鎖が足と首に装着された。奴隷を監禁するための足と首の鉄の鎖は、業者の役人ですら耐えるには「痛すぎる」と語るほど、つらいものだったという。船の到着及び、出航時期によって、捕虜たちは数週間から長くて三、四ヶ月の間、部屋に監禁された。囚人の数は、取引によって変動する。千五百人もの男や少年で部屋が満杯になることもあれば、取引が遅延したりした場合は、地下牢を占めるのが百人か、それ以下になることもあった。各々の奴隷には指定の監禁場所があり、地下牢内を動き回ることはできなかった。

奴隷は、剝き出しの床で寝た。かれらは同じ小部屋で食い、排泄した。排泄物と食べ物の残り滓が床に溜まり、手足を汚す。捕虜が一日に二回、海で洗われたときでさえ、地下牢の悪臭は耐えがたかったという。汚物でまみれた収容所では、赤痢が珍しくなかった。監禁中の死因でもっとも多かったのが、赤痢である。その病は胃や腸を侵し、腹痛、腸の化膿、粘膜の炎症、組織細胞の潰瘍化などを誘発した。過密状態、粗末な衛生環境、糞便によって汚染された食物や水の摂取が、病の蔓延を助長する。貿易商や医者は、症状が大量の血や粘液、膿の漏出であったことから、それを血液の流出、赤痢と呼んだ。レンガの床に溜まった液体は、天井の小さな通気口から光が漏れたとき、きらきらと輝いたかもしれない。

地下牢は、中間航路に劣らず致死的なものであった。毎週、地下牢から引きずり出される死体は、城つきの医者を警戒させた。致死率を下げるために、医者は以下の提案を行う。地下牢に高さ四十五センチの台を設置し、夜間、奴隷はその上で休息すること、湿った城壁から奴隷を保護するため、一センチ少しの板を地下牢の地面と側面に張ること、煙で悪臭を緩和し、シトラスやハーブで部屋を清掃すること、捕虜が糞便の上で寝るのではなく「夜間、くつろげるように」便所、もしくは桶を設置すること。これらの提案は、いずれも実現をみなかった。

その後、改良された牢獄が建てられるまでには、一世紀もの歳月を要した。一七六八年、十三台の大砲の追加とともに要塞の防錆性の向上が目指されたおり、「七つの区画からなる、丸天井の非常に大きな奴隷牢獄」が巨大な新砲台の下に建設された。砲台下に追加された檻房は、天井に大型の通気口があったため、地下牢獄に比して「より健全」と考えられていた。舷窓は、看守が監視するために設置されたが、それだけでなく、空気の循環を改善することにもなった。もっとも改革の気運はどこ吹く風で、奴隷は死に続ける。そして、そんな遺体の山は、アフリカ貿易商人委員会にとって何か有用な類のゴミではなかったようだ。死んだ人間（メン）を商品へと変容させた変換の論理に、死体はぴくりとも反応しなかったのだ。

ケープ・コースト城に収容された人々の中で、何かを語ったものはいない。地下に入り、そこから出ていった捕虜が残した記録はない。たったひとつの報告も。日誌や報告、書簡、また貿易記録の類は例外なく、貿易商や会社関係の男たちのものだった。ごく稀に、奴隷の証言においてて西アフリカ海岸のほかの要塞や奴隷収容所について触れられる場合もあるが、そんな回想は数行を超えることはなく、檻房内での経験を匂わすようなものはない。かれらが経験した出来事は、語れないほど恐ろしかったのか、それとも痛ましかったのか、あるいはその両方だったのか？　もしくは、生き残ることが奴隷に忘却を強いたのか？　ヴェンチャー・スミス〔元奴隷。彼女が書いた自伝は、奴隷物語のもっとも古いもののひとつ〕が述べたのは、たったこれだけだった、「わたしたちはみんな、あのとき、城に押し込まれ、市場で売られるためにとり置かれました。あるときがくると、わたしやほかの囚人たちは、カヌーに乗せられました」。彼は、ゴツゴツした床やそびえ立つ暗い壁に囲まれた檻房に閉じ込められた六歳半の少年をもはや覚えていなかったのかもしれない。あるいは、大人になってからのすべてを注ぎ込んで抹消を試みたその姿を、呼び出したくはなかったのかもしれない。

オトバ・クゴアーノ〔元奴隷の奴隷制廃止運動家〕が、一七八七年、反奴隷制パンフレットの『奴隷制の邪悪についての見解と所感』に書き記した九行は、奴隷収容所についてのもっとも仔細な記述である。（クゴアーノは、かなりの確率で、イギリスの隣接しあう交易所であったアノマブ、もしくはコーマンティンに収容されていた。彼は要塞の名称を忘れていた）。しかし、その彼ですら、牢獄の恐怖を伝えることや、「哀れにも追放されたアフリカ人の惨めな状況」について言い表すことの不可能を認めている。彼が、このような証言が誰かの心情や思考を変えるにはもはや手遅れだろうと発言したのは、一七八七年のこと。黒人の苦しみに、世界は順応しきっていた。クゴアー

ノの言葉によると、「わたしたちが見た恐ろしい光景や、この極めて不快な捕囚の状況下にあってわたしたちが蒙った下劣な扱いについて、事細かに説明する必要はない、この地獄のような密売買によって苦しめられた、ほかの何千もの類似の事例がよく知られているからだ」。そんな理由から、彼は自身の捕囚体験の詳細を語ることに関して、口が重かった。地下牢について彼がもっとも鮮明に記憶していたのは、仲間の収容者たちの呻きと、叫びだった。

『奴隷制の邪悪についての見解と所感』なら覚えているだけでも十回以上は読んでいたから、空の部屋をゆっくり見渡しながら、クゴアーノのことを考えずにはいられなかった。彼がここにいる姿を思い描こうとするのだが、できない。彼の姿は、《コズウェイ夫妻と黒人奴隷》のエッチングで見ただけだった。そこで彼は、ミセス・コズウェイの左に立つ無名の召使いで、首を垂れ、うつむき、当時流行った黒いウィッグを着けている。クゴアーノの存在を認めているのは、ミセス・コズウェイが振り返りもせずにブドウを一摑みしようとぎこちなく宙に浮く、その片方の手だけ。

しかし、従順な改宗者と忠実な黒人召使という姿は、すでに堕落後のことである。ロンドンの大邸宅の使用人室に詰め込まれている彼のことは、考えたくなかった。わたしが何をおいても知りたかったのは、彼が語ろうとはしなかった物語だった。彼が名前を失ったその日、要塞の門をくぐる少年を、わたしは想像してみたかった。

彼の名を、クヮベナといった。しかし要塞の内側へと乱暴に突き飛ばされてからは、もはや彼の名前が何であるか問題ではなかった。再び彼がその名で呼ばれることはなかったから。入り口をとぼとぼとまたいだ少年は、聞いた、「なぜ僕はここにいるの?」看守は答える、「ブロウフォウ、白い顔をした人々の作法を学ぶためだ」。そうして看守は少年の手をぐいと引っ張って、取引所へと押し込んだ。銃と一反の布、三本の鉛棒と引き換えに、少年は兵士の手へとわたっていった。少年は懇願する、僕をどうか見捨てないで、しかし男は出口への足取りを早めただけだった。僕をブロウフォウのところに置いてけぼりにしないで。白い顔をした男たちは、少年の手を捻り、子豚でも扱うように、これから彼の皮を剝がし、丸焼きにするといったていで、彼の手足を縛った。

中庭で、両手を背中で縛られて、二人ずつつながれた男たちを見るまで、少年は泣くことも、叫ぶこともなかった。彼が泣いたのは、こんな悲惨な光景を今まで見たことがなかったからで、彼が叫んだのは、その中に同胞の姿を見つけて喜んだからだった。

檻房の中は、壁につながれたほかの身体がほとんど感知できないほどに、暗かった。臭気に少年は嘔吐する。床の汚物が足や尻に絡みつき、彼はさらにひどい状態になった。最初の日が過ぎると、目は次第に暗闇に慣れてゆき、部屋に収容された男たちや少年たちがはっきりと見えるようになった。見るに耐えない光景に彼は何も見なかったふりをする。腐敗したものの臭いに、もはや吐き出してしまうこともなかった。身体の上を走り去っていくシラミに、もう狼狽えることもない。悪臭の漂う空気を浅く吸い込むことを、彼は学んだのだ。

檻房につながれている間、頭の中を駆け巡っていたのは、アシンでのあの午後についてだった。もう手遅れに違いはないが、どうやったら捕われずに済んだのか、彼はあらゆる可能性を検討した。叔父の家にそのままいればよかったのだ。外で遊ぼうという誘いを断る彼を友人らは冷やかし、からかった。「悪魔に捕まるのがそんなに怖いのか」、子どもたちはなじった。悪魔なんか恐れていないと証明しようと、彼は友人の輪に加わり、出かけていった。ずっと嫌な予感がしていた。森の中に入っていったとき彼は何も言わなかったが、心臓はどくどくと高鳴っていた。

子どもたちは白梅やスターアップル、タマリンド、マンゴーを拾い集めてきて、むしゃぶりついた。果汁が、手のひらから肘をつたって、粘っこい白い筋を残す。ボタンインコか、あるいはベニビタイキンチョウがまだ罠にかからぬ頃、ピストルや舶刀(カトラス)を手にした男たちが、かれらを取り囲んだ。子どもたちは懇願する、「俺たちが何をしたっていうんだ?」「君たちは、我らの主人に背いたのだ」、罪の内容を詳らかにしないまま、男のひとりが答えた。クワベナとほかの幾人かの子らは逃げようとしたが、捕まり、これ以上騒ぎを起こすなら殺すと脅された。

銃を持った男たちは、二十人の子どもたちを小さなグループに分け、〈主人〉オヘネ(有力者)の街まで率いていった。旅路は何時間もかかり、到着する頃になると、〈主人〉の前に謁見し、罪の取り消しを乞うにはすでに日が遅くなっていた。翌日、弁明を行う間も無く、オヘネは街を出てしまった。その日は〈有力者〉が不在とあって、誘拐者のひとりが子どもたちを終日、外へ連れ出してもてなした。

さて、かれらが丸一日の小旅行から街へ帰ると、群衆が広場を埋め尽くしている。太鼓やホルン、フルートが演奏され、ほかのものは歌ったり、手を打ち鳴らしたり。野次馬が喚き、褒めそやし、煽てる中、輪になった踊り手たちが踊っている。子どもたちは饗宴に目を奪われ、怯えた。その夜は、歌い踊った気のいい街の住人の家で眠った。翌朝、クヮベナが目を覚ますと、友人はひとり残らずいなくなっていた。食料でも探しに海岸までいったのだろう、午後には帰ってくる、親切な家主はそう言ってクヮベナを安心させた。しかし、その日も、また次の日も、友人は戻ってこなかった。

クヮベナが食べることも、飲むこともできなくなったとき、家主は彼が父や母のもとへ帰れると約束した。それから数日後、クヮベナは父の友人を名乗る見ず知らずの人物と、アジュマコまで向う。それを聞いたクヮベナは気を取り直した。海岸にたどり着くまでは二日間の旅路。友達はここにいるの？　クヮベナは聞く。彼の見張り役が返事をするより先に、クヮベナの目に飛び込んできたのは白い顔をした男たちと要塞だった。

地下牢に閉じ込められた三日間は、あたかも生まれてこの方、叔父の家から行方不明だったような心地に彼をさせた。時間が止まっていた。地下には石とモルタルがあるだけで、日にちを数える術はない。天井にくり抜かれた小さな穴から覗く空は、ほんのわずか。だから、いつとうとうとした太陽が空の色を濃い灰色から黄金色に変えるのか、それが彼の影を太陽がさらっていく時刻なのか、それとも影が背中に落ちて彼を二人分の大きさにしてしまう時刻なのか、もしくはいつ太陽が地平線の下に滑り込んでキビ畑を黄土色に染めるのか、少年にはわからなかった。

今や彼と世界を結ぶのは、部屋に響きわたる呻きと泣き声、鎖がガチャンとなる音、そしてシーッやバチンと鳴る鞭の音だけ。ブロウフォウが男たちを檻房から船へと引っ張っていこうとすると、ここよりもひどい場所をすでに予感し、次の旅路を拒否する多くのものが床にしがみついた。そうすると鞭を手にしたブロウフォウはかれらを殴り始め、それでも男たちが動かないとみるや、さらに大勢の人間が檻房に駆け込んできて、ぐったりした身体が引きずり出されるまで鞭で叩いたり、蹴ったりした。

少年は尻込みする。身体を床に押しつけこそしなかったが、足の力を抜いて、ジリジリと進む。未来に何が待っているのかは知らないにしても、奴隷船に乗った先で待ち受けている何かに恐れるくらいには、彼はあの時点で十分なことを知っていた。収容所にあって、グレナダでの二年間におよぶ組労働を予見できたわけではなかったし、背中に打たれる鞭の痛みも、空腹で膨張した腹の痛みも感じてはいなかったし、盗み出した一片のサトウキビの喜びも、もしそれで捕まってしまえば、そんな贅沢の代償がこん棒で歯を叩き折られることであり、口の中に排泄物を詰め込まれることであるとも、知ってはいなかった。彼はまだ死を切望するまでにはいたらなかったが、それでも未来に怖気づくほどには聡明だったのだ。

男たちが地下牢から出ていったあと、クワベナはもはやアジュマコの両親の家へと戻ることはできないのではないかと、当然のことながら悟った。それでも、どうにかなると彼は自らに言い聞かせる。先にあの門を出ていったものたちが誓ったように、彼もまた、必ず帰り道を見つけると誓った。しかし海を前にすると、石のように硬い信念さえ崩れ落ちてしまう。そしてなぜ男たちが、まるでそれが故郷の土であるかのように床の汚物にしがみついたのか、クワベナは奴隷船に乗り込んだその瞬間に理解したのだ。

収容所の真上にある司祭部屋に地下牢からの騒音が流れ込んでいたとしても、フィリップ・クエクがイギリス海外福音伝道会（SPG）に向けてしたためた五十四通の書簡には、それについて一言の言及もなかった。もしその司祭が、要塞から輸送されようとしている少年、クワベナを目にとめたとしても、二人の道が、啓蒙時代の黒人の書き手として、あるいは奴隷貿易時代を象徴する男たちとして、再び交差する日が訪れるなど、クエクはよもや想像しなかったに違いない。もし二人が中庭で鉢合わせていたとしても、かれらは言葉を交わさなかっただろうし、この要塞に駐在する司祭が、ほかの奴隷と同様に過去から切り落とされた存在であるとは、捕虜の少年には思いも及ばなかっただろう。司祭がもはや母語を話さず、彼の故郷もまた衰滅したと、どうしたら少年は知ることができただろうか？

ケープ・コースト城の中庭にある彼の墓に偶然遭遇するまで、わたしはその黒人司祭について聞いたことすらなかった。オックスフォード大学のボドリアン図書館の埃っぽいフォリオボックスの中にあった彼の書簡をようやく読んだのは、ずいぶんあとになってからだ。マクリーン総督と妻、総督のアフリカ人の愛人によって毒を盛られたと噂されるイギリス人詩人、そしてアシャンティとの戦争で殺されたある兵士とともに埋葬されたクエクは、存命中にはえられなかった敬意と注目を求めた。死の間際、彼は自らが記憶されるよう、城の控壁に埋葬されることを願ったという。彼の冴えないキャリアと果たせなかった野望に鑑みるなら、彼が忘れ去られるのを恐れたとしてもなんら不思議ではないし、自分もまた手際よく片づけられ、ぞんざいに埋められる遺体のひとつになるかもしれないと苦悶していたとしても当然だろう。数えきれないほどの奴隷が、存在の痕跡をたったひとつも残すことなく消えていくのを、彼は半世紀にわたり目にしてきた。そんな光景の前では、自分という存在のよるべなさが身にしみただろうし、自らの命もまた同じように儚いものなのかと自問したに違いない。彼自身が認めるように、クエクは敗北者だった。臨終の懇願が、彼を忘却から救ったのだ。

　黄金海岸に生まれたクエクは、裕福な奴隷商人の息子だった。十三歳の頃、彼はほかの二人の少年と共に、奴隷貿易に従事するための教育を受けるようイギリスに送られる。二人の少年が故郷に帰ることはなかった。かれらはイギリスで客死した。トーマス・コボロは結核で死に、クエクのいとこだったウィリアム・カジョーは気を狂わせ、監禁の末に死んだ。十二年間の異国生活ののち、クエクはアフリカ人で初めて英国国教会から按手を受けた司祭として、二十五歳で黄金海岸へ帰った。ケープ・コースト城でチャプレンとして仕えるよう商人委員会が賃金を支払い、ＳＰＧは彼を宣教師、教師、またアカン人を改宗させる伝教師（カテキスト）として雇った。

　一七六六年九月二十八日、ケープ・コーストに滞在して六ヶ月後、ＳＰＧへ送った四通目の書簡で彼は、「今、死の陰にあって絶望の下、苦しむ哀れな被造物」について書き記している。もっともそれは奴隷のことではなく、「福音の輝かしい光」を拒む異教徒の同胞のことだった。アフリカ人の商人や**カボシーズ**（酋長）は、商業取引に関心があったのであって、改宗に惹かれていたわけではなかった。クエクは、ひとりの改宗者も確保できないでいた。彼が英語を除く他言語を話せなかったことは、人々の目に滑稽で気取ったような印象を与えたに違いない。彼は、彼が述べるところの「神に祝福された国」から、白人の言葉以外、自らの言語を持たずに帰ってきたのだ。フィリス・ウィートリー〔元奴隷の詩人。アフリカ系アメリカ人女性として初めて詩集を出版した〕は、クエクを念頭にこう記している、「言語にまったく不案内であれば……私は当地の人々から野蛮人のように見られるでしょう」。

クエクの見立てでは、彼は、要塞の失われた魂、つまりヨーロッパ人の役人や関係者を世話する羊飼いだった。長年の無関心と反感、侮辱の果てに、彼は自らを子羊と、そして導こうとした男たちを狼と認識するようになった。会社関係者は、「煤のように黒い唇」から語られる福音に耳を貸さなかったのだ。

クエクの宿舎の高台からは、史上最大規模の人間の移住——もっともそれは強制されたものだったが——を見ることができた。鎖でつながれた奴隷が海岸に到着し、総督によって地下で「太らされ」、そして、沖合で待つ奴隷商人の下までカヌーで送られていくのを彼は見ていた。しかし、書簡でこれらが言及されることはない。彼はすべてを目撃していたにもかかわらず、二階下に収監されている奴隷についてはいっさい書かずにいたのだ。なぜ彼は証人になろうとしなかったのか？　「残酷な屈従にある……哀れで惨めな同胞」の姿は、言葉で言い表せないほどひどいものだったのだろうか？　SPGへの報告で彼が明かさなかった暴力を詳述する噂や伝聞は、すでに英国に流布していた。給料と司祭としての職が、彼を会社の下僕とした。沈黙は、彼の忠誠の証明だった。

クエクの報告は梨の礫であり、彼もそれを心得ていた。沿岸に住むようになって七年、彼は到着以来「[彼の]立派な後援者から一行の言葉すら」受け取っていなかったという。彼の信書は、自己憐憫と阿り、滲み出る憤怒からなっている。沿岸のヨーロッパ人の放蕩、宿舎の貧しさ、会社の給与未払い、彼についての悪意ある噂、SPGの沈黙、祈禱書の不足、総督が仕事を支援しないこと、礼拝で着ける式服を持っていないこと、そして奴隷商が示すキリスト教的道義のお粗末な例など、彼の書簡には延々と不平不満が連なる。安価な相場で購入可能な奴隷がいるかぎり、要塞の関係者に祈りなど用なしだろうと、彼は述べた。クエクの時間の多くは、会社関係者のミックスの子どもたちに読み書きや教理を教えることに費やされた。

SPGは、クエクの宣教の失敗の理由を、彼の商品に対する嗜好に帰せた。かれらによると、「宗教よりも、取引に注力している」ことが、クエクがたったひとりの改宗者も獲得できない何よりの理由であった。商人委員会は、役人による「個人取引」を奨励していた。そうすれば、船が不在の場合であっても、アフリカ人の仲買人が奴隷や商品を持ち込むようになるからだ。薄給で、もしくは無給で、なんとか糊口をしのいでいたクエクなら、奴隷を売買していたとしても不思議ではない。

クエクが、SPGへの書簡で意を決して奴隷について触れた頃には、城に駐在してからすでに二十年が経っていた。そのときでさえ彼が取り上げたのは、階下に幽閉されていた奴隷ではなく、オランダ人奴隷商の捕虜だった。生涯を通じてなされた書簡の往復で唯一残されたこの短文によって、彼はエルミナにいたもうひとりの黒人チャプレンであったヤコブス・キャピテイン――彼はキリスト教の原則を盾に奴隷貿易を擁護する学位論文をライデン大学で書いたのだが――に優る善人とされた。そのキャピテイン自身もまた奴隷であったことは、関係なかったらしい。

クエクの書簡の九行が記すのは、海に出たオランダ奴隷船の「もっとも哀しく、不幸な状況」についてだった。捕虜は反乱を起こし、船員を襲うが、勝利は長く続かない。「かれらは百五十人ほどの人数からなっている。しかし、その中でもっとも恐ろしい事態は、密かに、かつ巧妙に計画を立て、その船や近くの船を略奪するためにいたるところから集った同胞や、奴隷の解放を願ういくらかのイギリス人白人水夫を囮にした挙句、かれらが無差別に爆破され、三百から四百の魂となって天へ昇っていったことである」。クエクはこの悲劇について、船長の「粗野な」振る舞いを非難している。船長は奴隷に必要な食糧と水分の供給を拒絶していた。

もしアメリカ大陸の市場へ着く前ですら、奴隷がこれほど冷酷に扱われうるなら、とクエクは問う。西インド諸島でかれらを待つ運命とはいかなるものなのか?「西インド諸島で、かれらが不幸にも厳格な主人たちの手に落ちるなら、その哀れな束縛状態にあって、惨めな被造物が幾重にも苦しむ残酷の真の姿を、我々は思い浮かべることができるでしょうか?」それから一ヶ月後に城の奴隷が逃亡したとき、彼は書いた。「かれらが訴えている災厄と、エジプト王ファラオの時代に、イスラエルの子らが主人の下で蒙った過重な負担との間の類似性は、容易に想像できるでしょう」。

損なわれた尊厳や受け取らなかった招待状、自分を蔑む有力者などについて嘆いて過ごした沿岸での二十年を経て、彼は遅ればせながらその視線を、少なくとも一塊の文章でもって、別のところに向けたのだ。彼は新たな光の下、貿易商や奴隷を見つめた。秩序がひっくり返った。今や貿易商こそが蒙昧であり、奴隷は選民である。イギリス人は彼を失望させ、それゆえ彼は、わけでもないということのささやかな確証を、待ち望んでいたのだ。

あったというくばくかの証拠を、すべてを賭けたのではないにせよ、すべて無為に終わった

奴隷の方に向いた。そうしつつクエクは、摂理が働いているという確信を、その冒険に価値が

わたしもまた、失敗した証人だった。自分の遺産を精算しようと地下牢へ向かったが、今や、すべてが指の隙間からこぼれ落ちていく。かつてと今との間に線を引き、黄金海岸とキュラソー、モンゴメリー、そしてブルックリンの道筋をつける図表を描こうと、わたしはもがいた。しかし、わたしの手はままならない。

市民権の保護外に置かれ、平等の権利を奪われ、資産とされることの破壊的な影響についての議論なら、枚挙にいとまがない。ここで単純な事実とは、わたしたちがいまだ、人種主義が持つものと持たざるものを選り分け、誰が生き、誰が死ぬのかを決定する世界にいるということだ。人種主義とは、ミシェル・フーコーによると死の社会的分配である。それは生命表のように、栄えるものとそうでないものを予知する。黒人は、人生のどの段階においても、白人に比して死亡率が二倍であり、寿命も短い。わたしの街では、黒人男性の寿命は白人男性よりも二十年短く、黒人女性の乳児死亡率は第三世界のそれに匹敵する。黒人が殺人で死亡する確率は五倍、ＨＩＶ陽性になる確率は十倍も高い。黒人児童の半数は貧困の中で育ち、アフリカ系アメリカ人の三人にひとりは貧困を生きている。十八歳から二十五歳までの黒人男性の半数近くは収監されているか、執行猶予下、もしくは仮保釈の状態にあり、あまつさえ死刑宣告される確率は白人の四倍に上る。黒人女性は、白人女性に比して、収監の可能性が八倍である。

富の分配も負けず劣らず悲惨だ。公民権法可決から四十年経ってなお、黒人世帯の富は白人世帯の十分の一であり、白人の一ドルに対して黒人が所有しているのは七セントにすぎない。

わたしが地下牢にいる理由の一端は、これで説明がつく。もっとも、その理由は個人的なものでもあった。空の部屋をうろうろとうつろうことは、この地下室がいかにわたしを創造し、痕跡を残したのかを理解するための、わたしなりの試みだった。この絶望は、自国から盗まれていった最初の世代にまで遡ることができるのだろうか？　まるでわたしもまた、一五二六年、現在のサウスカロライナに、もしくは一六一九年、ジェームズタウンに上陸したばかりのように、このアメリカという地にときおり疲弊してしまうのは、このためだったのだろうか？　それは、あらゆる失われた母たちや孤児たちを引き寄せるものだったのだろうか？　それともそれぞれの世代は、傷ついた生のくびきと、生地にあってよそ者であること、つまり永遠の異人であることの悲嘆を、めいめいの仕方で感じるのだろうか？

わたしが奴隷地下牢でぐずぐずとしていたのは、そこで本当に何が起こったのかを発見したかったためというよりは、この歴史から残存したもののゆえであった。墓にあって自叙伝を書き起こすことの理由が、ほかにあるだろうか。

アラバマ州モンゴメリーで過ごした母親の子ども時代に基づく、わたしが何をすべきで、またすべきでないかという一連の禁則があった。大学卒業後、母親がニューヨークに来たとき、彼女の肌の色の境界線（カラー・ライン）についての理解は、ほとんど変わらなかったという。彼女に言わせるなら、北部の人間は考えていることと言うことが違うので、ニューヨークのほうがむしろアラバマよりも危険だった。南部人といるときであれば、何はともあれ、自分の立場はわかる。わたしとピーターが黒人であるという理由のために、わたしたちを待ち受けているであろう諸々の予想しうる、もしくは予期しえぬ危険について、彼女は教えた。弟にとって、事態は極めて悲惨なものだった。ちょっとした不運が、彼を直ちに死に追いやる。弟が初めて白人警察官についての注意を受けたのは、彼が九歳の頃だったと思う。当時、わたしたちの父が警察官だったことは、ピーターの行く末の恐ろしさを減じるものではなく、脅威をより鮮明にしただけだった。ルールは単純だった。いつでも、できるだけ、警察官は避けるべきだということ。それは、白人の子どもたちが受ける教えとは、正反対だった。

しかし、母親の教えを無視し、一線を踏み越えたのは、弟ではなくわたしのほうだった。母の車が凍った道でスリップして、赤信号を通り抜けてしまったのは、凍えるような二月のある午後、母がわたしを迎えるために歯医者に向かっていたときのこと。母は警察官に気づかなかったが、一方、彼は彼女を見ていた。わたしが待っている歯医者まで、彼は母のあとを追う。母は歯医者でわたしを迎え、駐車場まで戻ると、警察官が待ち構えていた。警官は、母が角で赤信号を無視したと言い、免許証を出すよう命じる。しかし、わたしを迎えるために急いでいた母は、ダイニングテーブルの上に財布を置き忘れていて、免許証を持っていなかった。母が警告していたあらゆることがこれから起こるのではないだろうか、わたしは怖くなった。

「免許証をくださぃ、ミス」、警官はぶっきらぼうにくりかえしている。母の顔を見ると、涙が頬をつたっていた。その涙が寒さのためなのか、苦痛のためなのかわからなかったが、泣いている母を見てわたしはやけになった。カトリック学校に通い、誰かを罵倒することを禁じられた十二歳の優等生が発しうるだけのあらゆる汚い呼び名を、警官に投げつける。最初に人種主義者、次に弱いものいじめ。あのとき「ファシスト」という言葉を知っていたら、それも加わっていただろう。車のブレーキが効かなくて、免許証を家に忘れたからといって、わたしたちを勾留するのか、それとも撃ち殺すのか、わたしは警官を問いただした。彼は、半ば書き込まれた母の違反切符が入ったチケットブックを閉じると、言った。「お嬢さん、そんなことを信じているなんて、かわいそうに」。そして彼はパトカーに戻っていった。

わたしが彼に吐いたような汚い言葉が自分の娘の口から出ることを、警官はつゆほども想像できなかったに違いない。二つのポニーテールと粉を吹いた膝で、格子縞の学校指定ジャンパーを羽織った黒人少女は、彼女の世界についての認識を披露し、それは警官を怯えさせたか、もしくは恥入らせた。彼はそんな醜さの前に、怖気づいたのだ。制服を身に纏うたびに、彼はそれが真実ではないと信じなければならなかった。車を走らせながら、彼は自分の子どもがわたしと同じ国に住んでいないことを感謝したに違いない。

家までの車内は、静かだった。それを口にすれば、何か悪いことが起こる。無事だとはとうてい思えなかったから、安堵のため息もなかった。その夕方はたまたま運がよかっただけで、次は違うかもしれない。

ピーターとわたしを守るために母が教え込んだルールが、実際はかえってわたしたちを危険に晒すかもしれないということを、それどころか、我が子を守るために自分が何もしてやれないということを、母は不安に感じていたのではないかと、今になって思う。子どもであったわたしでさえ、ハイウェイで出口を間違えたり、口笛を吹いたり、訪れるべきではない街の区画を歩いたりすることが、黒人にとっては命にかかわると知っていたのだ。

多くの黒人の子どもたちと同じように、ピーターとわたしはこの国について、そしてその中にあるわたしたちの立場について、一連の矛盾した教えを受けてきた。母が描写するこの世界の姿は無限の可能性に満ちており、絶対的に制限されている。彼女が思い描いたアメリカは、夢と悪夢の混合物。だだっ広い空、琥珀色の波、木からぶら下がるニガー。

わたしもそんな世界観を受け継いだ。黒人であることについてのわたしの理解は、わたしたちとかれらという初歩的な観念によって定義づけられていた。母親が、ジョージ・ウォレス知事や白人市民会議、アラバマでの暮らしなどについて口にするたびに、また、夜のニュースで、黒人の身に降りかかった新しい不幸や、わたしたちがその咎を責められる犯罪などについての続報を待っているときの彼女の肉体を満たす憂慮を目の当たりにした瞬間、そんな観念は有無を言わせぬものとなった。

母は、白人の暴力が日常的であり、それを回避するために最善を尽くすという環境で育った。自分の母親から教わった教えを、彼女はわたしたちにも教えた。「気をつけなさい。白人世界は、黒い肌しか見ていないから」。母の物語は、わたしのものとなった。すぐにわたしも自分の名のついた、自分の物語を持つようになるだろう。

母親の教えは、少なくとも表向きは、ラディカルな政治とは無縁だった。彼女は統合主義者で、努力を信じる人だったから。母はわたしの祖母と一緒に、モンゴメリーでバスボイコット運動に参加している。それでも、彼女がわたしに手渡したアメリカの人種力学についての地図は、ブラック・パワー運動の手引書から抜き取られたものだったとしてもおかしくないような代物だった。それは、わたしが母と同じように世界を見るためのひとつの方法だったのかもしれない。わたしもまた、それが肌の色の境界線（カラー・ライン）によって規定されていると考えていた。そんな世界では、あまりにも多くの場合、黒人であることが「人間の不在」に翻案されてしまう。

＊＊＊

わたしもまた、奴隷制の時代に、つまりそれによって創られた未来に生きていた。それは公民権の今なお継続中の危機。「自由という崇高な理想」と「黒人であることの緒事実」との間の相違について一七七三年に初めて投げられた問いは、不気味にも現在、妥当性をもつようだ。その種の共鳴は、ニューオリンズの第九地区の屋根にチョークで書かれた、いまだに応答を待つ嘆願に聞くことができるだろう。「助けて。水が上がってくる。お願い」。屋上にとり残された六人、その中の二人はアメリカの国旗を振っている。かれらは、星々と縞模様が惨状を可視化し、水上に浮遊し続けるのを助け、そして「わたしたちだって市民なんだ」と留保なく証明することを、おおかたの予想に反して、期待していた。もっとも、そんな主張を駆り立てていた不安や疑念は、その写真のキャプションがこれ以上なく明示している。「漂流者・遺棄者」。

歴史は、途切れない因果関係の連続によってある時代から次の時代に展開したり、新しい時代に起こることを決定づけたりはしない。「摂理も窮極原因も存在せず」とフーコーは書いている。「存在するのはただ『偶然のさいころ筒を振る必然性の鉄の手』だけである」。それゆえ重要なのは、過去の呪縛から逃れることの不可能性でも、歴史が絶え間ない敗北の遷移であるということでも、人種主義の有毒性や固執性が不変であることでもない。そうではなく、現在の極めて深刻な状況は、わたしたちの時代と、これもまた自由がまだ未完だった以前の時代とのつながりを、確証するのだ。

過去は不活でもなければ、所与でもない。あのとき何が起こったのかについてわたしたちが語る物語は、過去と今との間にわたしたちが感知する連環は、そしてそんな物語に賭けられている倫理、および政治は、現在に跳ね返る。もし奴隷制が遠くではなく近くにあるように、そして自由がますます摑みえないもののように感じるのなら、それはすべてわたしたち自身の暗い時代となんらかの関係をもっているからにほかならない。もし奴隷制の亡霊がわたしたちの現在に取り憑いているのだとしたら、それはわたしたちが今なお、あの牢獄からの出口を探し彷徨っているからなのだ。

ケープ・コースト城の観光案内冊子に掲載されている地下牢の写真は、奴隷に扮した地元の学校の少年少女たちが空間を所狭しと埋めている。Y字型に腕を伸ばし、壁につながれた、八人の青年。鉄の枷に引っ張られ突き出た、痩せこけた裸の胸。かれらの前には、列をなした少年少女たちが肩を寄せあう。前列の女子生徒は質素な綿生地の衣服を着ていて、その姿は奴隷というよりは村の女の子と言ったほうが近かった。女子生徒は、まるで毎年恒例のクラス写真のためにポーズをとるかのように、身を固くして座っていた。気まずい様子で、恥ずかしげに。その大多数はカメラから目線を逸らし、教師でも立っているのだろうか、部屋の左奥を見ている。ひとりの少女は、笑みを噛み殺しながら、真っ直ぐカメラを見据えていた。女の子たちの背後に並んでしゃがみ込む男子生徒は、部屋に隙間なく詰め込まれ、より無表情で沈んだ表情を決めていた。両腕を膝の上で組んで、肘を鋭く突き出して。写真は露出不足で、暗い部屋では、生徒の茶色い顔の表情をかろうじてしか読み取ることができなかった。

奴隷のふりをすることを、子どもたちはどう考えたのだろうかと思う。地下牢に詰め込まれ、冷たく汚れた石の上に座らされることは、過去の理解を助けたのだろうか？　かれらは震え上がっただろうか、それともカメラマンが三つ数える間、白昼夢でも見ていたのだろうか？　奴隷の真似事は、子どもたち自身で思いつくような類の行為ではない。この部屋に、最長で三ヶ月間、奴隷が拘束されていたと説明しても、子どもたちの居心地の悪さは和らがなかっただろう。それを聞いた生徒らは、拘束された人々に同情したかもしれないし、もしかしたら、そのことをうまく理解できなかったために、引き攣った笑みを浮かべたかもしれない。それとも子どもたちは、早く外で遊びたいとうずうずしていたのだろうか。教師は、十八世紀には輸出された奴隷の四人にひとりが子どもであって、十九世紀には大西洋奴隷貿易の四十パーセント近くが子どもたちで占められていたと、教えただろう。しかし、歴史と、なんらかの災難が己れの身に降りかかっているという真似事は、別物なのだ。

写真は、捕虜に親近感が湧くように演出されていた。鎖につながれた子どもたちの姿を見て、心を動かされないでいられるだろうか？　しかし、死者を呼び寄せたり、実体ある人間にひとつの経験を宿すという試みは、失敗に終わる。名のない人々に顔を授け、死者に代役を立てた写真は、かれらを再び殺すことに成功したにすぎない。あの写真が表現しようとした喪失は、地下牢に集められた子どもたちの大騒ぎとは相反関係にあった。ある肉体を別の肉体と置き換

えるというペテンによって、写真は奴隷を忘却から救おうとした。しかしそれは奴隷を近くに引き寄せるのではなく、ひとつの真実を覆い隠したのだ——つまり、かれらはいなくなったということを。写真は喪失の修復に失敗し、ただただそれを露呈させた。

その写真を見るものは誰であれ、それが過去を再現したものでも、記録したものでもないという思いを、ひとときたりとも振り払ってしまうことはできない。「想像しうるかぎり、もっとも凄惨な状況にあった生き地獄」とパンフレットは書く。しかし、生き地獄の写真とは一体いかなるものであろうか？　写真が表現していたのは、とどのつまり、憧憬以外の何ものでもなかった。代理や代用では、傷を治すことも、生者と死者の隙間を橋渡しすることもできない。

あの写真は虚構の愛。それは、わたしたちが捕虜とともに存在できると、かれらの苦しみを証し、汚損を癒せると、そう信じることを可能にした。写真はトーテムではなく、現実の人々へわたしたちの愛を結びつけようと企図されていた。しかし、この部屋に詰め込まれた群衆は、これから先、名前も顔もないままだろう。これこそ人間を積荷へと変容させた犯罪の本質である。今ではその空白を埋めることはできない。

愛は対象を求め、しかし奴隷はいなくなった。地下牢にあって、わたしが死者にもっとも近づけたのは、その死者を見つけられなかったということにおいて。そしてペテンと忘却との間に立つのは、床の汚れ、ただそれだけ。

第七章　死者の書

海を長く見つめれば、過去の情景が蘇ると言われている。「海が歴史」だとも。「海が与えるのは、掘り尽くされた墓だけ」だとも。大西洋を見つめながら、ある少女のことを想った。海の底に葬り去られた人々ならほかに数えきれないほどいるが、わたしの目は彼女を見据えていた。もし目をよく凝らせば、もう一度その出来事が起こるのが見える。

船の帆は、激しい風を受けて揺れている。甲板の天幕（オーニング）が空を遮る。それは夜明けだったか、昼だったか、夕暮れだったか。ときは止まっていた。〈リカヴァリー号〉はそれだけでひとつの世界。船に見えるのは、三人の船員と船長、そして少女だけ。次に何が起こったのかは、もちろん少女が死んでしまったということを除いて、見解の一致をみない。

ほかのすべては、どのような視点から物事を見るのか、少女の身体が奴隷船のマストから吊るされたとき、その人がどこにいたのかにかかっている。同じ少女を見たものはいなかった。彼女に敢えて目をむけようとした人々に、彼女は異なる装いを見せていたから。拷問を受けた処女、妊婦、梅毒持ちの淫らな女、生まれたての聖人。そして彼女が、いかにしてぼろぼろの船旗のように空中に吊るされることになったのかについての説明もまた、気まぐれなものだっ

た。少女は、裸になって船長とデッキで踊るのを断った。少女は船長をあしらい、彼と寝るのを拒否した。少女は梅毒持ちで、性病を癒すために船長は彼女を鞭で打った。

　船長も、船医も、そして奴隷廃止論者も、あの〈リカヴァリー号〉の甲板で起こったことについて意見を異にしているが、それでもかれらは一様に、少女の命を救おうとしたと主張する。その点において、わたしもかれらと同様に罪深い。わたしもまた、少女を救おうとしていたから。死からでも病からでも暴君からでもなく、忘却から。しかし、ほんのいくつかの単語から存在を救い出すことができるのかどうか、確信はなかった。**あるニグロ少女殺害の疑い**（ザ・サポースド・マーダー・オヴァ・ニグロガール）。ここにあるのは、名前すらも残さなかった再構築の不可能な命。フィッツバ、テレサ、サリー、それともベリンダ、なんと呼べばよいだろうか。名前があれば、彼女はこんなにも簡単に忘れられなかったかもしれない。名前は、彼女を知っているという幻想を与えただろうし、彼女の殺害を許した、「これらの言葉のかりそめ住処以外に一切の実在の場所を持たないしこれ以降持つことはない」という事実の痛みを気休め程度には和らげただろう。

　かびくさい裁判記録に残された数行が、少女の人生を物語るすべて。これがなければ、何の痕跡も残すことなく彼女は消え去っていただろう。彼女の存在を擁護するのはこの言葉だけで、それ以外に彼女を消滅から守るものは何もない。同じこの言葉は、しかし、再び少女を殺し、大西洋の底に彼女を置き去りにする。

〈リカヴァリー号〉上で息絶えた二十一人の奴隷の中から、そして大西洋に放り投げられた膨大な数の人々の中から、このひとりの少女が顕れた。特殊な事情が、海底に散り散りになった無数の名もなき命のひとつとして、彼女がただ消散していくのを防いだのだ。つまり、船長が殺人罪で裁判を受けた、ということによって。

事件を最初に世に知らしめたのは、奴隷貿易廃止協会だった。一七九二年四月二日、下院での演説でウィリアム・ウィルバーフォースが少女の名を不滅のものとし、それから数日間は世間の関心が注がれた。裁判の終結とともに、彼女についての話題もたち消えていく。それから少なくとも二世紀の間、彼女を偲んだ人はなかったが、その生はいまだ影を落としている。

船長はガンテークルを彼女の片方の手首に巻き、それをミズンマストの支索に結びつけると、裸の少女を甲板の上へと吊り上げた。彼女の肌は膿疱で覆われ、痩せこけた胴体からは肋骨が浮き出て、片方の足は歪に曲がっている。キャビンボーイのひとりが宙に吊るされている少女の身体を引いたり、押したりしている間、船長はテークルを持っていた。船長がテークルを離すまでの五分ほどの間、彼女は宙で揺れ、それから甲板に落ちた。そして船長は、もう片方の手首を吊り上げる。身体が悶えるのを眺めた彼は、またそれを甲板へ落下させた。船長は、彼女の右足を吊し上げ、今度は左足で儀式をくりかえした。重力は、上半身の血を空にする。手足は灰色に変わり、そして酸素を失い青白くなる。ロープの圧力によって手首や足首の周りが鬱血し、膨張する。顔の色が引いていく。彼女は嘔吐する。手首や肘は、身体の重量にもはや耐えきれず、脱臼した。

それから船長は彼女の両手首にテークルを巻きつけ、宙に吊り上げた。彼は鞭に手をやると、少女の背中と臀部、膝裏を打ち、そして腕や肋、両脇腹、尻を、乳房の周りや胴、脚の表側を鞭で切りつけた。生皮の鞭に打たれ、身体は捻り曲がる。鞭は、肉体を切り裂き、気泡を残すと、ミミズ腫れが皮膚を覆い尽くした。

船長がロープを手離すと、少女は甲板に激突した。彼女はぴくりとも動かなかった。息はしていたが、動かない。首が膝の方に向かってだらりと垂れ、肉体が甲板に崩れ落ちる。船長は少女の顔を持ち上げると、頬を打ち、吐き捨てた。「このあばずれ（ビッチ）はすぐ拗ねる」。

少女が手と膝で這って船倉まで戻っていくのを見て、三等航海士は船長に彼女が降りていくのを助けるべきかどうか伺いを立てた。船長は再び罵りの言葉を吐くと、言った。「あいつは自分でどうにかやるさ」。

少女はハッチまで這い、梯子を転げ落ちた。翌日、船医が彼女を船倉から引き上げた。身体は糞尿まみれになっていたので、船医は彼女を洗い、こめかみや鼻、背中などをアルコールで拭って回復させようとする。彼は水をスプーンで掬って口元へと運んだが、彼女は飲み込まない。三日間、少女はあらゆる食物を拒否した。甲板に横たわる彼女を痙攣が襲う。身体の水分が流れ出して水溜まりを残し、開いた傷と腐臭は、害虫を引き寄せる。少女が息絶えているのを発見した船員は、船長に報告、それから彼女を海に投げ捨てた。

踊り手たちを用意したのは三等航海士だった。女たちは、いい加減なステップをいやいや踏み、両腕は腰のあたりで固定して、拳を握りしめた。並んだ顔は虚で、表情に欠けている。女たちは上下に揺れ、跳ね、そのそばで三等航海士も踊った。前へ、うしろへ、右へ、左へ、女たちがふらふらとしているうちに、太陽がゆっくりと頭上に昇る。少女は、集団の隅でひとり眠たげに、脱力して座っていた。いつもそうしていたように彼女は前に出るのを渋り、三等航海士がほかの踊り手と一緒に踊るよう指図しても、無視した。鞭の恐怖をもってしても彼女は取り乱さなかったので、彼は少女をそのままにしておいた。ぼうっとしている彼女を見た船長はボーイのエヴァンスを呼びつけ、「テークルを持ってこい」と言う。オールド・カラバルを出航して三週間、船長はこの少女に目をつけていて、食事や踊りを拒否したことや、ほかに理由を見つけては、彼女を殴打していた。

三等航海士が再び頭上を見上げたとき、少女は空中に向かって吊り上げられていた。彼が立っているところから、つまり甲板上にバリケードで築かれた奴隷の居住場所のすぐ横からは、彼女がくっきりと見えた。船医は、彼の隣の覆甲板にいた。船のあちこちで仕事をこなしていたほかの男たちは、マストの網から垂れ下がる少女に気がつかない。かれらから少女が見えなかったのは、バリケード周辺の視界が遮られているからだった。それは二メートルの高さで、船長と少女をいくらか隠していたが、そもそも男たちはそんなことに注意を払わなかっただろう。かれらの多くが拘束されており、船長の殴打を受忍する側の人間だった。関係のないことには立ち入らないに限る。

三等航海士が女たちを眺めつつ、船医と談笑していたとき、少女の姿が二人の目にとまった。女たちは踊り続けていたが、振り向き、少女がロープの先でのたうち回っているのを見つけた。女たちの意識は、動作やステップよりも、少女の方へと向かう。聞こえてくるのは、甲板上を叩く女たちの足音と少女に振り下ろされる鞭の鈍い音だけ。

少女は泣いたり、叫んだりしなかった。船長は彼女を叩き、宙吊りになった足を引っ張る。彼は少女に向かって捲し立てたが、何を言ったのか三等航海士は聞き取れない。すべては三十分ほどの出来事だったが、それはもっと長いように感じられた。船長が彼女を解き、身体が甲板に落下したとき、少女はまだ息をしていた。頭が膝にぴたりとついた身体は、まりのように丸まっている。それから彼女はハッチに向かって這い始めたが、三等航海士は、彼女がそこまで自力でたどり着くのは不可能であるとわかった。手を貸そうとして、彼は船長に尋ねる。

「サー、下まで送っていきましょうか?」しかし船長は誰にも彼女を助けさせなかった。

船長が彼女を癒そうとしているのか、それとも傷つけようとしているのか、三等航海士は計りかねていた。どちらであっても、おかしくはない。概ね、船長は公平な男だったから。

〈リカヴァリー号〉に足を下ろしたときから彼女は病に冒されていた。船医はそれが淋病だと確信していた。梅毒とかれらは呼ぶ。船医がそう察知したのは、彼女が乗船して数日後のこと。皮膚を膿傷が覆い、足をつたって体液が滲出し、身体は痩せこけている。赤痢は、ひどいときには屠殺場にも似て、甲板を血と粘液で覆い尽くしたが、彼女のそれは確実に赤痢ではなかった。性病は黒人の間でよく見られたが、それも当然だろう。船員たちがヴィーナスと呼んでいたもうひとりの死者も、性病を患っていた。しかし、あの少女はそれが原因で死んだのではなかった。それは単純な滲出だったから、船医も水銀を処方せずにいた。放血、消毒、注射、硝酸薬（硝酸カリウム）、そしてアラビアガム——彼は自身の権限において利用可能なあらゆる対処策を講じた。彼にとってそれは、奴隷船の船医としての初めての航海であり、そしてこれっきり、彼は奴隷船に乗るつもりはなかった。

少女はほかの奴隷のように食べたり、娯楽に参加したりはできなかったが、症状は安定していた。船長によって——つまり、彼が少女を殴って——船医の処置が妨害されなければ、彼女は回復していたかもしれない。彼女を殺したのは淋病ではなく、船長だった。殴打の果てに、彼女は死んだ。そうでなければ、少女は市場へと送られただろう。

船医と三等航海士、そして船長を手助けした二人のボーイを除いて、少女の身に何が起こったのかを語ったものはいない。奴隷船にあって、それは慣習的なことだった。「海の仕事」には人殺しがつきものだと誰もが心得ていたのだ。「その種の非道行為は奴隷船内にありふれていたので、ほかの些事とともに、無関心に見過ごされていました。その頻度の高さによって、それは馴染みのものになったのです」。

ここで船医は鞭打ちについて語っているが、女をとることもまた、慣習の一部であり、常識のうちだった。船員なら誰もがこう語っただろう。「船員は、同意を得た黒人女との性交渉が許されていました。高級船員らは、女奴隷で情欲を発散することが認められており、ときには人間の本性を貶めるような残忍で、過剰な行為をなしました」。若い女性たちが乗船すると、船員はどの女を自分のものとするかを決めた。「獲物は即座に分配され、時宜が訪れるまでとっておかれた。抵抗や拒否がまったく無意味になるまで」。

船医は、グレナダの税関に提出する航海日誌に少女やほかのものについて、保身から一切書かなかった。それは白人のためだけに書かれた記録だった。彼は『死者の書』、つまり航海中に死んだ黒人を記録した日誌に手を置いて真実を誓うことはできなかっただろう。あまりにも多くの奴隷が死に、あまりにも多くの残虐行為が船長によってなされたため、船医は死者の書に何ひとつ誓えなかった。彼は聖書に口づけするフリをし、宣誓を呟くが、実のところ、キスしたのは書ではなく己の親指だった。真実を証言すれば、船長はそれを忌まわしく思い、船医自身を危険に貶めただろう。

船長は船医に鉄の枷をはめ、給料の半分をせしめ、その上、二人の奴隷を授けると嘘をついたが、それらが彼の証言に影響を与えることはなかった。船医は、キンバー船長を破滅させると誰にも言わなかった。それは神が真実であるというのと同じくらい、偽りだった。「復讐」という言葉は、彼の口から出てこなかった。彼は二人の奴隷を約束されていたのだから、当然の権利をただ求めたのだった。

ウィリアム・ウィルバーフォースは、船医が語る少女の物語を話半分に聞いていた。どうせ、細かいところは事実ではない。奴隷が縛られ、焼かれ、切断され、傷つけられ、そして海へ投げ捨てられることなら、すでに耳にしていたし、奴隷ひとり当たりのトン数比率や船倉に詰め込まれた奴隷のもっとも効率的な配置方法、季節による致死率の変動や、各積荷のうちどれほどが脱水や栄養失調、また赤痢で苦しむ見込みかについても頭に入っていた。ただ、あの船長と少女――それは寓喩だった。ウィルバーフォースが見たものは、船医が説明したようなやつれ果てた奴隷でもなければ、ほかの女たちに忌避された醜い生き物でもなく、イギリスのメイド服姿をした慎ましい少女、しとやかさによって自らを覆い隠すウェヌス・プディカ、怪物によって蹂躙される処女だった。

外陰部が露出し、手首が縛られ、すらりとした足と臀部がミミズ腫れで覆われ、恐ろしいほど船長のなすがままになっている少女のことを考えると、ウィルバーフォースは気分が悪くなった。彼女はブリッジタウンの娼婦でも、キングストンの売女でもなく、暴君の眼差しから自分を守ろうとして死んだ純潔な少女だった。保護者が必要だった彼女は、獣の手に落ちたのだ。

少女はウィルバーフォースの何かを動かした。それは羞恥心だった。そして彼は、ほかの人々にも同様の感情を持つよう求めたのだ。

一七九二年四月二日、下院に立つ憤怒に駆られた若き穏健派は、またしても奴隷廃止を訴える。ウィルバーフォースは必死だった。彼が最初に発議を提出したのは一七八九年、それから発議は二年近く先送りとなった挙句、否決された。今回は政敵の機嫌を損ねぬよう、細心の注意を払って言葉を選りすぐった。人々が奴隷制の悪臭を嗅ぎ、奴隷船の極小空間に凝縮された桁外れの惨憺を感じること、それが望みだった。人々があの少女を思い描き、彼が知っていることをかれらも知ること、つまり我々は皆、罪人なのですと知ること、それが望みだった。**奴隷を哀れな獣に貶めたのは、ほかでもない我々なのです。我々はかれらよりもはるかに貶められています。**議会の議員が席上で恥じらいのあまり悶え、傷だらけの少女の身体の前ですくみ上がり、彼女の肉体を切り裂いた鞭の一打ちごとに慄くこと、それが彼の望みだった。その恥の重荷を人々に背負わせるため、彼は少女の姿をかれらの面前に晒した。

「非常にしとやかな十五歳の少女は、彼女の性に付随して生じるある状態に陥り、それを隠しておきたいと一心に願っていました。船の船長は、そのような称賛に値する気質を奨励する代わりに、彼女の腰を縛り、全船員の見世物になるような場所に置いたのです。そんな状況にあって、彼は少女を殴打しました。しかしそれでも見世物が不十分だと考えた彼は、彼女の両足を縛り上げ、さらに殴打を重ねました。もっとも彼の冷酷な創意はまだ満たされぬと見え、次に彼は少女の片足を縛り上げ、そうしてあらゆる感覚を失った少女は、三日後に、息を引き取ったのです。これは議論の余地のない事実です。もし、人類の堕落の年代記において、これに勝るものがあるとしても、それをどこに探し当てたらいいか分からないと、彼は白状しています」

ウィルバーフォースは、もうひとりの死んだ少女、ヴィーナスについては語らなかった。愛称は放蕩にお墨つきを与え、それを好意的な行為に装う。また、死んだほかの十九人の男についても、彼は口を閉ざした。死んだ奴隷が多ければ逆の効果を生んだだろうし、悲劇の有意性を削いだだろう。〈ゾング号〉事件〔一七八一年、〈ゾング号〉に乗船していたアフリカ人奴隷が、海に捨荷された事件〕から彼が学んだのは、海に投げ捨てられた百三十二人の生きた奴隷は単なる積荷であったということだった。ひとりの命の喪失を十二分に感じ、ひとりの少女に希望を託すほうが、簡単だったのだ。多すぎる死は扱いにくい。

船長は計算を誤っていた。気づいたときには、すでに手遅れだった。彼女は骨と皮で、彼はあらゆる手を尽くしたが、空豆もヤム芋もスラッバーソースをかけたキャッサバ芋も食べようとはしなかった。スペキュラム・オービス（歯をこじ開け、食物を放り込むための万力）も、親指締め具（服従させるため）も、唇の近くに燃えた石炭を押しつけること（脅すため）も、四日間の鞭打ち（屈服させるため）も手当たり次第に試してみたが、無駄だった。溶けた鉛を頭に注ぐことはときに功を奏したが、船医の処置はいずれも彼女の無気力や気鬱を改善しなかった。彼女は踊りもしなかった。踊っていれば、憂鬱（メランコリー）の黒雲も晴れただろうに。少女の気落ちと食事の拒否は、明確な兆候だった。船長は船医の言葉を聞いたことがあった。「憂鬱は不治の病ですよ」。

船長が少女の衰弱に勘づいたのは、彼女が乗船してたった数日後のことだった。彼には疑念を抱くだけの十分な見聞があった。オールド・カラバルの奴隷は、自殺することでよく知られていた。一等航海士もそう請けあった。少女は食事を受け取らず、食べることを拒否。決意を翻意させるためにちょっとした手段が取られたが、それでも彼女は食べなかった。彼は少女の命を維持できると信じていたが、少女は彼にほかの選択肢を与えなかった。

ギニア湾を出港した当初、船長は航海が平穏なものとなるだろうと期待していた。しかし、二人の少年と七人の男が死ぬと、彼はこれまでの労働が残らず水泡に帰してしまうのではないかと恐れ始めた。あらゆる努力を経たあと、奴隷の死亡率に気をもむなど、たまったもんじゃない。奴隷荷を詰め込み、輸送するにあたっての労苦は、並の男が耐えられるようなものではなかった。気を許せば現地人が洗いざらいを丸裸にしていく。かれらにとって固定価格とはゲームであり、取引の条件は気ままに変わった。ある時期は縞模様の布、そして次の時期は赤色の布のみが受け入れられる。もしその用意がなければ、船への積荷もない。ときには、銃だけが交渉の手段になった。しかし、苦悩の真の原因は奴隷だった。奴隷は豚よりも不潔だ。強烈な悪臭を数ヶ月にわたって耐え、糞尿や病、そして死の暴力的な臭いが服や肌、そして肺にまでこびりつき（樟脳やシトラス、煙など気休めにもならない）、そしてそんな一から十までを目の当たりにし、そうして手に入れようとした一切合切が、毎朝数えるたびにひとり、ひとりと消えていく。正気でいるのも、難しい。

覆甲板の上で奴隷たちが死にゆくのを船長は目にし、しかもグレナダに着くのはまだ一ヶ月も先。そして少女はほかの奴隷と踊るのを拒否し……いや、彼に何ができたというのか？　少女はどうやっても態度を改めるつもりはないらしい。それは確実だった。なんという浪費を。彼女の教育は失敗に終わったが、きっとほかのものは学ぶに違いない。そうでなければ、彼は暴動を鎮圧せねばならなくなる。反乱の思いを焚きつけるにはたった一粒の悪い種で足りるから、それが根を張り、蔓延る前に素早く破壊しなければならない。ほかのものは、船長が少女をどう扱ったかを参考にするだろう。奴隷の意志など、船長のそれの前では存在しないに等しいと教えることが肝要だった。彼の目に、奴隷は何よりもまず、すでに死んだ人間である。

鞭が少女を打つたびに、彼女の頭はぐるりと動いた。まるでその冷ややかで、起伏を欠いた目で船長を見つけ出し、睨みつけるように。まだたたかいは終わっていない、ふしだらな女の目は語っていた。いずれにせよ、彼女はあと数日で死ぬ。それは敗北であり、ささやかな慰めでもあった。「彼女を降ろせ」、船長はボーイに叫んだ。

ウィルバーフォースの演説から八日後、ロンドンは殴打される少女をだらしなく眺めていた。鞭打ちの場面を描いた風刺画が、酒場やコーヒーハウス、プリントショップに貼りつけられる。世に出たあざだらけの肉体に、ポルノグラファーも鞭打苦行派も、廃止論者も押しなべて惹きつけられた。イギリスの悪習は隠しても無駄だ。腐敗と闘うには、晒されなければならない。少女の臀部や形のいい足を見つめていると、尻に鞭打つことの猥褻性について精通していたはずの紳士たちに相矛盾する激情が逆った。アベ・ボアローの『鞭打ちの歴史』を居間で読めば、生殖器と臀部の関連がよく理解できただろう。臀部が打たれると、「動物的本性が恥骨（オス・ピュービス）へと激しく押し戻され、性器が近いため淫らな動きを呼び起こす」。そして『快楽的女性についての回顧録』が、鞭打ちの若返り効果について教えただろう。「衰えた精力と無気力、萎えた部位は、それらと真逆の鍛錬によって生み出される刺激的な興奮によってのみ、命を吹き込まれる」。

世間はまごついていた。ウィルバーフォースの発議に敬意を表し《奴隷貿易廃止》と題された画は、間違いなく喚起を企図されたものだったが、問題はそのやり口だった。これは抗議なのか、風刺なのか？　画はウィルバーフォースの道徳的虚栄心を冷やかしているのか、船長を嘲っているのか？　少女はふしだらな女なのか、無垢な犠牲者なのか？　淫らな船長に虐げられる魅力的な乙女の姿は義憤を呼び起こし、それとともに萎えた部位を興奮させた。少女のだらりと伸びた黒い脚に掛けられた白い布は、もし彼女が純然たる裸体を晒していた場合よりも、

少女を下品で淫らに見せた。布は絵描きの嗜好だった。それはストリップショーさながらの焦らし効果を生み、本来布で覆われているべきはずの露わにされた彼女の部位――ほっそりとした脚、丸みを帯びた腰、引き締まった乳房――に注意を向けさせた。すっぽりと身を包んだ船長と似たような衣装を纏った船員らとの対比によって少女の裸は誇張され、彼女のうしろで直立した支柱は脅威以外の何ものでもなかった。

紳士たちはきっと視線を逸らそうとしたに違いないが、どこをむいても、少女の姿はあった。かれらの気を引いているのは悪行への嫌悪であって、悪行そのものではない。そうしてかれらは自らを納得させた。露出したネグレッセの肉体は確実にどこか誘惑されるものがあったが、少なくとも公共の場にあるかぎり、かれらは自制した。幸いにも、鞭打たれる少女を見世物にした咎で責められるべきは船長だった。蛮行の責任は彼にある。良識ある男ならこんな絵など見るに耐えないだろうが、しかし道義的な理由があって、それを目に焼きつけねばならない。

品行方正な紳士とは違い、船長は目に映る光景を愉しんだ。いやらしい目つきは、そう語っていた。口元のラインはミミズのように上がり、笑みが浮かんでいる。手は、マトンとシビレ、洒落たアイスケーキ、そして匙一杯の砂糖を添えた濃い紅茶の食事で舌鼓を打ったあと、満腹になり、眠気につられてテーブルから立ち上がった直後のように、胸の辺りを撫でている。議論を呼んだのはその目つきだった。

ボーイの表情が浮かないことは一目瞭然だった。彼は目を背けたかったが、それを船長がどう解釈するか恐れるあまり、できなかった。少女が悶える姿も彼を震えさせた。船長の命令に従って少女を引っ張り上げることと、少女を降ろしてあげたいという思いとの間で引き裂かれた彼は、秘めた胸中をそのままにしておくことを決めた。ボーイにどうしろというのだろうか？　彼自身も不当に扱われていたのだし、それを阻止する力は持ちあわせていなかった。自分か、少女かという選択肢の中で、彼に何ができたというのだろう？

二人の船員は冗談を交わしている。片方の船員は言う、「ワッピングの姉ちゃんが、しおらしさを守るために鞭打たれることなんかないさ」。そうするともうひとりの船員がこう返した、「そりゃ可哀想に。奴と寝れば、それで満足しただろうに。この黒人のビジネスにはもう付きあっちゃいられない」。ワッピング（海賊や暴徒、船乗りであふれた酒場で悪名高いテムズの教区）の姉ちゃんとは、売春婦や腰の軽い女、無貞操な人々など、女版ピカレスク・プロレタリアンを意味した。

そんな冗談は、出来事の悍ましさを傍らに寄せ、紳士の懸念を和らげた。奴隷であっても、娼婦であっても、美しい女はすべからく「夜になれば何の相違もなくなる」。そうして紳士は、叩くものとして、もしくは叩かれるものとして想像に耽り、奴隷制の快楽と恐怖を愉しむことができた。少しの含み笑いと卑猥な皮肉を残して、絵に背を向け、そこからこともなげに立ち去ることができた。

もしジョン・ウェスケットが甲板に横たわる少女を見たとしたら、彼はそれが保険適用外の憂鬱による死だと判断したに違いない。標準的な貨物保険は「自然的な理由による死」を除くあらゆる事故に対して、奴隷を補償した。ロンドン保険会社証券では奴隷について「自然死、暴力死、もしくは自発的な死がないこと」と定めている。そう、保険会社は自然死や自損死については責任を持たなかった。これらの死は、「奴隷生来の不道徳」の結果とされた。

英国の保健法に関する大著である『保険の理論、法、及び実務要書』において、ジョン・ウェスケットは保険会社が責任を負うべき損害の範囲を定義している。「奴隷」という項目に彼は書く。「保険者は奴隷の損失、捕獲、死亡、そのほか奴隷に対する不可抗力の事故についてリスクを負う。しかし、自然死は常に予期されるものと理解される。自然死とは疾患や病によって起こるのみならず、捕虜が絶望のために自滅することも意味し、これは頻繁に起こる。しかし、奴隷側の反乱を鎮めるためにかれらが殺されたり、海に投げ込まれたりした場合には、保険者が責任を負わなければならない」。

ウェスケットは損傷可能性の度合いに従ってモノを分類している。奴隷荷もまたほかの商品と同様だった。奴隷は、磁器や石炭、絹と並んでいくつもの種類のリスクに晒されており、危険度は中位に位置していた。奴隷品の海上輸送がもたらす危険は二つのクラスに分けられている——偶発的な破損と自然死。それでも、劣化し、腐敗する商品から奴隷を区別するには、自然死それ自体をもってしても十分ではなかった。死は破損の一種類にすぎない。死んだ少女と腐った果物との間に大きな違いはなかった。

ウィルバーフォースが下院で演説を打って七日後、キンバー船長がニューゲート刑務所へと送還された際に弁護士へ宛てたメモ書きで、彼は船の甲板で起きた出来事について一切触れなかった。裁判中も、彼は証人台に立つこともなければ、自らの行為を弁護することもなかった。さらに、三等航海士や船医の告発に反論するために、ひとりの証人すらも用意しなかった。あの船上で何をしなければならなかったか、同輩なら理解するだろうと彼は踏んでいたのだ。あの懲罰方法は、一見厳しいように見えるが、望まれた結果を得るためならやむを得ない場合もある。彼の唯一の目的は、グレナダの市場に着くまで少女を生かし、健康を保つことだった。それとともに彼は主人として、リスクと危険を可能なかぎり管理する義務がある。船とは、いわばひとつの独立した政治主体であり、臆病な船長の下では皆の命が危険に晒されてしまう。

廃止論者たちは、その虚言によってひとりの死んだニガーから、――そして今やもうひとりの少女が加えられたので二人だが――、壮大なスキャンダルをでっち上げた。国中が船長を指差し、笑っている。クリュックシャンクのイラストでは、彼はまるで変質者、あの売春婦は苦悶に顔をゆがめた妖精ではないか。船長は、プリントショップの窓ガラスを拳で叩き割りたいような気分に駆られた。この誹謗中傷の責任は、ウィルバーフォースに負わせなければ。

〈リカヴァリー号〉の所有者が船長への信頼を失わなかったことは、彼にとって幸運だった。何も変わらないと、ミスター・ジャックスは船長を安心させた。クラレンス公は彼を支援し、海事裁判所が正義を果たすだろうと信頼していた。大英帝国の繁栄と商易よりも二人の少女の死のほうが重いというのか？　奴隷制廃止を喚く馬鹿どもの目は節穴か？　帝国の果実と権威は奴隷制なしにはありえない。繁栄には代価がつきものだ。それを避ける術はない——アフリカ貿易の代価とは死である。それは自明の理だった。鉄のように冷酷な支配のみが、それを成し遂げることができる。

裁判官もまた、裁判の冒頭でこの種のことを述べた。船長の有罪如何を決定する際は、外洋という特別な状況を勘定に入れるようにと、彼は陪審員に助言する。外洋では「あらゆる生き物が暴力的になります。このことは海上での行為と陸上での行為との間に、少なからぬ違いを生じさせるでしょう。……その職務に特有の、そして危険により強固に、慣習により大胆になった、わずかであったとしても強靱な信念を持つ、この獰猛な男たちを裁かねばならないのです。船と人命の保全は、多くの場合、規則と最高司令官への即刻の服従を命ずるための厳格な行為に依拠しています。このような暴力の場面は、人間の本性の得てして好ましからざる部分を晒し出しますが、それはややもすると正当化されうるものであり、かつ絶対的に必要なものであります。それがなければ王国のいかなる商易も航海も防衛も、維持どころか存在さえしえないのですから」。陪審員が、二人の少女の殺害について船長を無罪とし、三等航海士と船医を偽証罪で起訴したとき、船長はかれらが同じ信念を共有していたことを知った。

「漸進的」という言葉の追加によって、奴隷貿易廃止を目指したウィルバーフォースの法案が骨抜きにされたあとでさえ——そして結果、奴隷貿易はそれから十五年の繁盛を謳歌するのだが——大解放者は声を持たない何百万もの人々に代わって正義を要求したことにひとり、悦に入っていた。歓喜を醜い真実によって汚すことなど、ウィルバーフォースが許すはずもなかった。つまるところ、少女の死が何かを変えることはなかったのだ。

一方で、もし少女が生きていたなら、すべてが違っただろう。彼は、少女が捕獲されることも、ギニア湾で売られることも、アメリカ大陸（アメリカズ）へと向かう商船の船倉に留め置かれることもないほうがよかったと思っていたのかもしれないが、もし彼女がグレナダにたどり着いていたとしたら、彼もまた「漸進的」という言葉にしがみつき、それを「解放」という言葉の前で盾やバリケード、もしくは城壁のようにして振りかざしたに違いない。自由とは種であり、もし不毛な土地に蒔かれれば満足に成長しない。それは理性の子であった。「法の知恵から人類（メン）が利益をえられるまでに、まずかれらは自由についての何某かの理解を保持せねばならない。自由とは、本来、何ものにも勝る高価な祝福であろう。しかし、それを享受しうるのは、理性という器官を一定の間駆使した国だけなのだ。人類が悉皆祝福を享受できる日が訪れることが望ましい。しかし西インド諸島の不幸なニグロたちが存在する現在、そのようなことはないし、これからもありえないだろう。このような省察から、かれらの解放を希望させるような提案を行わない人間は、現実的にかれらの友人とはなりえないと信奉するようになったのである」。自由への道は、急進的である必要はない。奴隷が主人のいない世界に放たれるなど無謀であるし、その結末は虐殺だろう――サトウキビ畑はフランス思想で燃え上がる。

少女の命を破壊した事態をウィルバーフォースは心底悲しんだが、実のところ、彼女は生きているよりも死んだほうが有用だった。彼女の犠牲は無為ではなかった。**それは教訓を残したのだ。**この点において、彼女は恵まれていた。彼は同じように、自身が犠牲となることを厭わなかった。そんな態度によって、人々は彼を聖人と呼ぶようになる。彼は自らの命を彼女のそれ以上に重いものとは認識しておらず、それは船長が彼の殺害を脅迫したおりに試されることになった。公の場での謝罪や、現金五千ポンド、政府での役職など、船長の荒唐無稽な要求を拒否する意見書を、ウィルバーフォースは親友だった首相の助言により直ちに提出する。あいにく船長は譲らない。ウィルバーフォースの周りをごろつきがつきまとうようになり、路上では侮辱され、決闘を挑まれ、私邸にまで尾行され、報復を誓われた。彼の身を案じた友人（ロクビー卿）は、馬車への同乗を申し出て、その際にはポケットにピストルを入れておくと言い張って聞かなかった。リボルバーを持ち歩くという提案に、ウィルバーフォースは顔をゆがめる。彼が怒らせた奴隷船の船長と決闘を重ねるよりも、臆病者という呼び名に甘んじることを彼は選んだ。正義とは怒り狂った虎にではなく、血を流す子羊にあると彼は信じていたのだ。「もし船長がなんらかの暴力行為におよぶなら、それは大義を阻害するどころかむしろ有益になろう」、そう言ってウィルバーフォースは友人を安心させた。

柄杓一杯の冷たい空豆が、彼女の掌におさまった。両手を握り締めると、繊維状のドロッとした物体が指の間からにじみ出て、ぬかるみに足がはまったようなビシャッという音を立てる。甲板長は、一列に並んだ女たちの前を通り過ぎる際に彼女を一瞥し、唇が動くのを見た。彼女は食事を拒んでいたから、口の中は空っぽ。唇をやおら動かす少女は独り言をつぶやき、そうしながら誰かの話を聞いているみたいに頭を片側に傾けていた。ほかの女たちは彼女が何を言ったか解さなかったが、その目はもはや少女がここにはいないと物語っていた。

少女が船に乗り入れたとき、その願望が、それはカラバルの牢舎ですでに萌芽していたものだったが、芽吹いた。船長がどれだけ新奇な拷問を加えようとも、彼女の唇の間を何かが通り抜けることはない。毎夜彼女を襲ういくつもの手ですら、そんな決意を翻すことはできなかった。手は肉体に群がって、太ももをつねって、内側を突き刺して、乳房をつまんで、喉を絞め上げて、爪先は息ができないように口内に押し込まれる。手は眼球をむしり取る。手足を引きちぎる。ネズミが舌を咥えて走り去る。ほかのものたちは、気づかないふりをしていた。しかし少女は、人々が寝ているのではないと知っていた。周囲に詰め込まれた女たちの早まる心臓の鼓動が聞こえたから。手は彼女を殺そうとし、女たちはまるですでに死んでいるかのように、木の厚板から微動だにしなかった。朝がくると、彼女の失われた腕と脚は、折り曲がり、水浸しになって、元に戻った。舌はもはや口の形にそぐわない。眼球は後頭部にまで沈み込む。胴体は膨張し、太鼓の皮のように張り詰めていた。

二十八日間、少女はハッチを昇り、ほかのものたちとともに甲板上へと雪崩れ込み、そして食べなかった。岸が見えなくなると、空腹もまた消えていく。四週間も食べずにいると、彼女は夢心地になり、陶酔状態に陥った。発作にも似たつかのまの高揚に、彼女はまるで自分だけの国を見つけたかのように、支配や重荷から解き放たれ、そして運命を自分の手で握っているという心持ちでいた。そんな歓喜が引いていくと、彼女はただのよるべなき少女に戻った。胃は石となり、腸を苦しめる正体不明の何かが猛烈な一嚙を食らわす。鈍い感覚がみぞおちから放たれ、それが体中に広がり、自分の重さに堪えきれず崩れ落ちそうになる。足元がふらつき、力が抜け、甲板に横たわる。

数メートル離れて、いや、それは何千メートルのようでもおかしくなかったが、女たちが集まっていた。少女を遠ざけ、その悪運や疫病、無謀から距離をおこうとして。彼女は狂ってしまった、という声も聞こえた。いずれにせよ、女たちに何ができたと？　少女が死にゆくそばで、女たちは踊り、歌った。

百四十八名の女たちが甲板を激しく打った。それはわずかな振動となって、少女の肉体に音が刻まれる。彼女は理解せぬまま、歌を聴いていた。頭に響く騒音のせいで、何を言っているのかわからなかった。世界が喚いている。音の乱雑な混淆にあって彼女が聞き分けたのは、船が膨らんだり縮んだりして軋む音、船員のぶつくさという愚痴や文句、甲板の下で鎖と格闘する男たち、命令を飛ばす船長の怒鳴り声、船倉を早足に駆けるネズミ、ロープの唸るような音、帆が空気を打つ音、カラカラと鳴る滑車の音、かもめのやかましい鳴き声、鯨が潮吹く音、海をすれすれに切り裂くトビウオ、サメの低い声、海が甲高く鳴る音、そして死者の街々が笑い、号哭する音。

彼女は船から降りる術を見出した。祖先に忌避されるのではないか、神々が怒り、罰として彼女をヤギか犬かに蘇らせるのではないか、あてもなく世界を彷徨い、海に閉じ込められるのではないか、彼女は怖気づいたが、開かれた道はほかになかったのでリスクを冒した。二人の少年が海に飛び込んだとき、かれらはいとも軽やかに離船していったように見えたのだ。

甲板の隅で、彼女はまりのように丸くなっている。肉体は傷つき、小刻みに震えていた。女たちのコソコソとした視線に、彼女は気を弱くし、自分を惨めに感じてしまう。もし泣くことができたら、涙が頬を伝っていただろう。もし舌が生きていて、喋ることができたなら、もし死体に口があったなら、こう言っただろう、「あなたたちは間違っている。わたしは友に会いに行く」。女たちの目に映っていたのは、汚い水溜まりに崩れ落ちた少女であって、空に舞い上がって家路につく少女ではなかった。

＊＊＊

もし物語がここで終わっていたなら、いくらかの慰めがあったかもしれない。そんな一瞬の可能性にわたしはしがみつくことができるから。わたしは少女の苦しみに教訓を見出し、あたかも彼女を忘却から救うにはたったひとつの物語で十分かのように振る舞うことができるから。わたしは安堵のため息をついて、言えるから、「ずいぶん昔の話なんだけどね」。そしてわたしは『死者の書』に煩わされることもなく、大西洋へと歩いて向かうことができるから。

第八章　母を失うこと

ガーナを旅していて、わたしが奴隷の娘であることに気付かぬものはいなかったから、人々が語ってくれたいくつかの話は、ほかでされているよりも耳あたりがよく、棘のないものだった。奴隷は馬鹿で物覚えの悪い連中の集まりだったとは言われなかったし、奴隷にできたのは力任せの肉体労働だけだったと露骨に明かされたこともないし、かれらを野蛮人や犯罪者と呼ぶのも聞かなかった。アフリカにあって奴隷制は比較的穏やかな制度だったと信じるなら、当然そんな話など聞くはずはないと思うかもしれないが、事実、主人と商人たちは奴隷についてまさにその類の言葉を使ったのだし、今日でさえ人々はそんな言葉を使い続けている。よく一緒に過ごした仲間は、それを自重する代わりに、わたしが帰路を見つけたと冗談を言ったり、ルーツを見つけようとするわたしを茶化したりした。アイデンティティの問題にうじうじと悩むアメリカ人なら飽きるほど見ている。大西洋奴隷貿易から二世紀近くを経た今なお、わたしが捕虜の痕跡や気配を探そうとしていることを、あけすけに驚いてみせたり、呆れてみせたりするものはいなかった。もし良心の呵責に苛まれていたとしても、それを漏らすものはいなかった。そして奴隷としての出自に言及するほどにわたしが慎み深かったとしても、ほとんどのものは危うい行路をともに遡ろうとはせず、こちらが語る奴隷制の話題に対しては、徹底して訓練された無関心でもって応えた。もっとも、沈黙と隠覆は忘却を意味しない。人の出自についての論議を禁じた法と主人による命令にもかかわらず、皆が村のよそ者を覚えており、誰が奴隷であったかを記憶し、その子孫が誰であるかを易々と見分けた。

いざ蓋を開けてみると、過去を等閑に扱うよう求められているのは奴隷だけだった。わたしは当初、そのことに戸惑っていた。誰よりも失うものの多かった人々は、なぜ、忘れやすいのか？　奴隷制から三世代離れ、返還を求める祖国や氏族を持たないわたしのようなものですら、探索を思いとどめることができないのだ。しかし奴隷ルートに沿って旅をしていくうちに、奴隷に祖国を忘れさせるために用いられた緻密な手口の諸々を、わたしは学ぶようになった。

奴隷を持った社会ではいずれも、奴隷所有者が奴隷の記憶を根こぎに、つまり奴隷制以前の存在の証拠をことごとく消し去ろうと努めた。アメリカ大陸（アメリカズ）でも、アフリカ大陸でも、そんな努力がなされた。過去のない奴隷は、復讐すべき生を持たない。郷里に焦がれて時間を浪費することもないし、遠くの故郷に想いを馳せて土を耕す手を止めることもなければ、我が子の顔を覗き込んだとき、そこにちらちらと映る母親の面影もない。失ってしまったものの痛みで胸がざわつき、締めつけられることはない。ぼんやりとした虚の心に牙はない。もっとも、過去を抹殺するには、銃や枷鎖、鞭だけでは足りなかった。支配と隷属には、邪術もまた必要とされたのだった。

奴隷がいかにして過去を忘れるようになったのか、わたしが聞いた物語はどれも違っていた。

「ゾンビ」「邪術師」「魔女」「女夢魔」「吸血鬼」、説明にはそんな言葉が囁かれた。西アフリカに流布するこれらの物語は、細部に違いこそあれ、結末はどれも同じだった——奴隷は母を失う。捕虜が自らの意思で忘れることはけっしてなかった。奴隷は騙されたか、妖術をかけられたか、強いられたかで忘却へと引きずり込まれる。記憶喪失は事故や災難と似て、自発的な行為ではありえない。

「海のむこうへと連れて行かれた人々に何があったのでしょうか？」と人々に尋ねると、薬草や湯治、護符や呪文が、奴隷を虚で無抵抗の自動装置に変えてしまったという手垢のついた物語が返ってくる。奴隷海岸の主要港のひとつだったウィダで出会った大学生は、奴隷が忘却を促す木立を通ったのだとか、忘れの木の周りを回ったのだとかと教えてくれた。出自を忘れ、奴隷としての身分を受け入れるために、女ならば七回、男ならば九回、木の周りを回らなければならない。

学生は冗談めかして言う。「木の効果はなかったみたいですね。あなたがここに戻ってきているんだから」。そして彼は奴隷ルートにある帰還の木について話した。

「理解できない」、わたしは返事をする。「記憶のない人に帰ってきてもらいたいなんて思う？」

彼はただ微笑んでいた。

「それで、帰還の木はフォン語でなんて言うの？」わたしは聞いた。

「僕たちの言葉にはないですよ。だってそれは外国人に使うための言葉ですから」

奴隷を売買した西アフリカ各地には、レーテー、つまりその水によって過去を忘却へと誘った川や水流、古い記憶を葉脈に封じ込める密林、過去への入り口を塞ぐ岩々、母語を聞こえなくする魔除け、そして現在のみを残して時間を剪定する祭壇があった。伝統的なヒーラーは誰よりも愛妻家の夫に、その妻を瞬時に忘れさせる薬草の調合を編み出し、イスラーム修道士（マラブー）は家までの帰り道を消し去るために薬を処方したり、護符をあしらったりし、祭司は捕虜たちにむりやり捕獲者への忠誠を誓わせ、邪術師は左手の力によって抵抗者を鎮めた。ヨーロッパの商人たちもまた、霊術師を使って奴隷を薬草でおとなしくさせたり、興奮させたりした。

　リオ・ポンゴの有名な奴隷商人は、魔法の岩の力で捕虜を支配した。かれらを一列に並ばせ、順番にその岩の上に座らせると、捕虜の意志は消滅していった。この処置以降、囚人たちはもはや拘束に抵抗しようとも、過去を追想しようとも、商人から逃げようともしなかった。そして植物の根から抽出された薬で洗浄されたあと、かれらは、新しく鎮圧された奴隷の集団に加わった。

　ガーナでは、捕虜の古いアイデンティティを清めるため、儀式的な沐浴が行われた。祈禱夫と呪物司、そして奴隷商人は歌や呪文を唱和し、それによって鎮静された捕虜は隷属を受け入れ、故郷へのあらゆる想念を根こぎにされた。東部沿岸のエウェ地方では、奴隷が故郷に戻る道を辿れないようにするための酒や滋養剤の話が今も残っている。

　北部では、強壮な男女を虚で従順な奴隷へと変えうるほどの効果を持った薬があった。サバンナに生息するマメ科の小低木である**クロタラリア・アレナリア**というその植物は、ハウサ語で**マンタ・ウワァ**、「母を忘れる」と呼ばれていた。その植物を摂取した奴隷は出自をころっと忘れ、逃亡も諦めると、商人たちは鼻にかけた。

マンタ・ウワァを飲めば、親族を忘れ、故郷も見失い、自由を想うこともなくなる。それは生まれた地の記憶をきれいに抹消し、そうして奴隷は魂の保護を失う。己が系図に無知であれば、奴隷は誰に助けを乞えばいいのだろう？　自分に代わって復讐を成し遂げる祭壇も、聖なる木立も、水の神々も、祖先の霊も物神も偲ぶことができないのだとしたら、もう奴隷を庇護するものはいない。もはや誰の子でもないのだとしたら、奴隷は目に見える隷属のしるしを忍び、所有者家族から与えられる新しいアイデンティティに甘んじるよりほか、選択肢は残されていない。

自分自身にとってのよそ者となることは、見知らぬ地にあってよそ者となることとは、比べものにならないだろう。

エルミナの少年たちは、そんな運命からわたしを救おうとした。あの手紙は、わたしをドンコーの地、つまり奴隷を求めて襲撃された領地ではなく、忘却の地から呼び戻そうとするものだった。しかし、何百年も忘れてきたのに、今更何を思い出せるというのだろうか？

内陸地から沿岸へと伸びる道は、奴隷商人に言わせるなら、記憶喪失者や魂の抜け殻となった男たち、歩く死体であふれていた。十五世紀にはすでに、ヨーロッパの商人が黒い捕虜について、ぼんやりした生まれつきの隷属者と表現している。「そのうち」と、ある旅行者は観察した。「かれらは故郷をすっかり忘れる」。そして十八世紀までには、このような証言は真実と受け入れられるほどに、くりかえし語られた。故郷のないものは「ニグロ」、もしくは「ドンコーズ」と呼ばれた。とどのつまりこれらの名称は、かれらが生きる屍であることを示す別の方法にすぎなかった。ハンナ・アーレントによると、人種とは「政治的にいって、人類の始まりではなく終わりであり……人間の自然な誕生ではなく、不自然な死である」という。「ニグロ」という言葉と同じように、ドンコーもまた隷属の記章であり、根こぎにされたものの刻印であり、死んだ人間(メン)の耳標であった。それはなんらかの故郷や祖国、歴史とつながるのではなく、恥辱的な状態のみを指し示していた。「ニガー」という用語と同様、ドンコーもまた「人間性の拍動はニグロ小屋(バラクーン)の入口で止まる」ということを言外に含ませていた。

　沿岸部への奴隷輸送を支配した強大な内陸国家のアシャンティでは、ドンコーという言葉が侮辱語として使われた。それは「ギリシャ人やローマ人の異邦人と同義語だ」とヨーロッパの仲買人は説明する。「かれら［アシャンティ人］は、自身を除く内陸部のあらゆる人々に対してその言葉をあてがい、その人々の無知を暗に示していた」。アシャンティの法と習慣に関するある書物は、ドンコーについて「厳密に、アシャンティ人以外の男女で、かれらを奴隷とするという特別な目的をもって購入されたものに適応される」と説明している。

　ジョン・アダムズ船長は十度におよぶアフリカへの奴隷航海で、パルマス岬からコンゴ川までを横断してえられた知見から、「ダンコ」は彼が赤道以北において出会った人々の中で誰よりもおとなしいと判断した。彼はまず、外見について記し――「かれらは中位の大きさで、肌の色はファンティ人やアシャンティ人ほど深い黒ではない」――、次いで性格について評価を下している。穏やかで、扱いやすく、温厚。「かれらは素朴な人間と言え、不機嫌な態度を取ったりすることもなく、望まれたものは何であれ可能なだけの能力を発揮するという均一な意志がある。そしてダンコという言葉は、ファンテ語で奥地からの馬鹿な人々、もしくは無知な人間を意味するが、結果、ファンティ人はかれらを揶揄する言葉としてひとつ覚えでそれを使うようになった。かれらは、ファンティ人やアシャンティ人を嫌悪している。なぜならかれらは、これらの人々こそが不幸の元凶だと考えているからだ」。

デンマークの居留地だったクリスチャンスボー砦にいた貿易商のルドウィック・レーマーの見地によると、「かれらを人間と呼ぶことはできないに等しい……。奴隷がやってきた北部へ行けば行くほど、かれらは間抜けになる」。もっとも、北部人が「行儀のよい民族」であるという一般的な見解に対しレーマーは、かれらがほかの奴隷よりも荒々しく、野蛮だと主張する。レーマーの目に、北部人は虎にも比する歯を備えていて、顔つきもそんな猛獣さながらに映った。

獰猛な気質や獣的な外見にもかかわらず、かれらの残忍さの背後には、レーマーのような男たちへの恐れが隠れていると、彼は認めている。「内陸部の最北からきた奴隷は、我々ヨーロッパ人がかれらを買ったのは、かれらを豚のように肥えさせ、食べるためだと思っている。そんな恐怖がかれらをどれほど追い詰めるかは筆舌に尽くせぬほどで、かれらは我々を殺そうとする」。

破滅と復讐に駆られた奴隷を恐れた貿易商は、レーマーだけではない。霊術によって忘却を促そうとしたのは、反乱を回避し、報復を未然に防ぐためだった。王侯貴族や商人が捕虜に忘れさせようとしたのは親族や祖国の記憶だけではなく、惨憺な境遇の元凶となった人々の記憶でもあった。

あるアカン人の老夫は、レーマーとの取引を通して獲得した富の代償について反芻している。

「『お前らだ、白人』かれらは言った。『ここに悪を持ち込んだのは。お前らが、買い手として、ここにこなかったなら、わしらが互いを売り捌いたとでも？　お前らが持ってきた魅力的な品々やブランデーにわしらは心を奪われて、兄弟同士、友人同士でいがみ合うようになった。息子を信用できなくなった父親もいたほどだぞ！　石打ちか溺れさせるのは、三度殺人を犯した悪人だけだと、先祖から伝え聞いている。それよりほかの悪行を犯した奴は、被害者の家や小屋に大きな薪を運んでいき、一日、二日、もしくは三日間、膝をついて許しを乞うのが、通例の罰だ。若い頃は、ここや海岸に何千も家族がいたが、今では百の人間もいない。その上、わしらは必要悪としてお前らをここにとどめておかなくちゃならない。もしお前らがいなくなれば、奥地のニグロはわしらを半年も生かしておかず、ここにきてわしらや妻や子どもたちを殺すだろうから。奴らがわしらを憎むのは、お前らのせいだ』」

奴隷からの懲罰を怯えたのは、この男だけではない。ほかの人々もそんな懸念を共有していた。十八世紀の中葉には、大西洋奴隷貿易の帰結についてアフリカ人商人が熟思し始める。たしかに、西アフリカの人口減少の原因が奴隷貿易であると感知できたものは少数で、学者は数世紀にわたる戦争が人口に影響を及ぼしたと考えたが、いずれにせよ貿易による社会的混乱を人々は経験するようになった。捕食的な欲望によって創出された非常事態は次第に自明のものとなり、支配階級は社会崩壊を危惧し、私的な憂慮に取り憑かれる。王侯貴族、ビッグ・マン、そして商人は、奴隷の霊による報復や下級民の嫉妬、富者からの告発を恐れた。ほかの支配者と同様に、かれらは下層階級、大衆、烏合の民衆を怖がっていた。上のものが下になり、下のものが上になるような出来事が起こるのではないか、かれらは神経をすり減らすようになった。奴隷の復讐を、かれらはびくびくと予期していた。織物や銃、ラム、宝貝のために犠牲となった命は、支配階級の憂慮に痕跡を残す。

コンゴでは商人が集まって、富の病に苛まれた人々の治療を目的とするレンバというカルト団体を組織した。「なだめる」という意味のレンバでは、奴隷貿易によって生じた精神的混乱を儀式と薬剤によって制御した。レンバ祭司は、ケインズ派の経済学者よろしく、市場の暴力を規制し、親族や共同体に富を再分配することで資本主義の治癒を試みたのだ。レンバカルトのメンバーはエリートたちだった。ヒーラー、酋長、裁判人、そして裕福な人々。かれらはより恵まれない人々の妬みに脆く、貿易にまつわる社会病理の責任を問われる側の人間だった。虚弱と不妊、魔術が商人資本との同盟者を蝕む。高位祭司への捧げ物と貧者に富を分け与えることが、かれらの慰めだった。

セネガンビアでは、ディオラ人が捕虜のための祭壇をいくつも築いた。木の足枷（ハドジェンク）で装飾され、ヤシ酒と生贄となった動物の血で清められた神殿は、襲撃者と捕虜を保護し、また誰が捕虜として捕獲され、誰がそうできないのか、判断を下した。これらの神殿に仕える祭司は、自らの手で少なくともひとりの奴隷を捕獲したことがなければならなかった。神殿の名は、最初に捕まえた奴隷の名が残るようその奴隷の名前から取られ、祭壇で演じられる歌では一族の繁栄の要因となった男女の名前が呼ばれた。ディオラ人商人は、自分たちの富が奴隷によって生み出されたものであることを認め、そのために捕虜の名を記憶に留めたのだ（アントワープでもリスボンでも、ナントでもブリストルでも、チャールストンでもプロビデンスでも、富の礎となった人々の名が記憶されたことはない）。

ディオラ人の霊殿は、奴隷の捕獲に携わった共同体を内的な分裂から守るものだった。もし捕獲の規則が破られれば、貿易商はヒュピラと呼ばれる病に冒され、それは「手足がすべて縄で縛られたような感覚に陥らせる」。その病は、捕虜の拘束と不自由を複製した。

奴隷海岸では、エウェ人が霊の神殿にドンコーを取り入れた。ゴロヴォドゥの宗教実践において霊とはアメフェフレウォ――売り買いされた人々だった。このような奴隷の憑依は、ある人類学者の説明によると、捕虜の奪われた命が賠償されるという、神聖な債務支払いの行為だったという。エウェ人のホストは、自らの肉体をドンコーの霊の器として捧げる。霊的な支出、もしくは損失としての憑依は、強盗と奴隷取引の蓄積を帳消しにした。奴隷の霊に栄誉を帰すことで、エウェ人は過去を訂正し、異邦人の居場所を確保しようと試みた。

捕虜が、自らを奴隷へと変容させた暴力行為を曲がりなりにも忘れることができたとしても、皮肉なことに貿易商はそうはできなかった。貿易への参与が招いた富と負債を、かれらは覚えていたのだ。自分がしてしまったこととその報いへの憂慮が、贖罪の儀式を動機付けた。王侯貴族と商人に、忘れる余裕などなかったのだ。かれらが得たすべてを危機に晒し、奴隷貿易のカオスと無秩序に呑み込まれる用意がないかぎり。

奴隷は故郷を忘れたかもしれないが、自らの捕囚の元凶となった王侯貴族や商人、強盗を忘れたものは少なかった。人の命を髄までしゃぶり尽くした男たちや死体の腐臭が染みついた男たち、人間の肉体をこぞって奪いあう男たち、そんな物語がひとつの世代から次の世代へと語り継がれた。所有物となった人々は、支配者の巨万の富に喜びを見出さなかったから、その物語はビッグ・マンたちが金や宝貝を手にするために用いた陰惨な手口について語るのだった。白人のアマチュア民俗学者、E・C・L・アダムズがサウスカロライナで採集した民話が収録されている『ニガーからニガーへ』には、奴隷貿易王についての描写がある。語り手は彼を「ビッグ・ニガー」と呼ぶ。

　奴隷制の時代に、そしてアフリカにおいてすでに、自らの部族を裏切って白人に手を貸し、奴隷を捕え、罠にかける酋長がいた。白人は彼に金と粗品を与え、見返りとして、王は何千もの人々を隷属へと追いやった。酋長は人々をボートに誘き寄せ、そこに潜む白人の男たちが罠を張り、縛りつける。最後に白人の男たちが海岸に現れたとき、かれらは「あのニガーを殴りつけ、鎖で縛ってよ、この国まで連れてきたんだ」。

　王が死ぬと、彼は天国で追い返され、地獄からも締め出された。偉大なる主人である神は、王が地上を永久に彷徨うと宣告する。多くの男女の霊と肉体を殺した報いとして、彼は二度と安息の地を踏むことはない。灌木に潜む略奪者の霊とともに、永遠にさすらい続ける。陰鬱な湿地へ追放された彼は、もはや生きているものに触れることはけっして許されず、死者のみを喰らう。彼は人々（メン）の命をしゃぶり尽くしたので、残りの日々は、死肉だけを喰むハゲタカとして過ごす。

湿地をうろつき、そこに迷い込んだものの前に姿を不意に現すこともあるが、審判はすでに下されている。彼は金輪際、ほかの人間を痛めつけはしない。邪悪で尖った嘴と爪先が、命ある被造物を突いたり、引っ掻いたり、傷つけたりすることは、もうない。ハゲタカ王として霊の世界に知れわたる彼は、これから先ずっと、孤独に彷徨う。

もし奴隷貿易の時代にあっては、奴隷とされた人々が〈母を忘れる〉よう強いられたのだとするなら、かれらの子孫は今や、母を取り戻すという不可能を期待されていた。一九九〇年代、ガーナ政府は、その唯一の理由が利益を生むということだったにせよ、奴隷の苦しみを記憶するのもいうほど悪くはないのではないかと考え始めていた。だから法的な先例と三世紀におよぶ禁令を覆してまで、あの当時、国家は奴隷制の公の記憶（パブリック・メモリー）を創出しようとした。そうして、シェル・オイルとＵＳＡＩＤ（アメリカ合衆国国際開発庁）、そして北米の大学のコンソーシアムの管理の下、ガーナ観光省とミュージアム・モニュメント委員会は、奴隷の祖先についての情報を渇望して毎年国を訪れる一万人の黒人観光客についての物語を編んでいった。観光という産業は、アフリカ系アメリカ人に限定された物語としての大西洋奴隷貿易という即応の答えを用意し、それにひきかえ、大西洋貿易に応じて拡大し、苛烈さを増幅させたアフリカにおける奴隷制や市井の人々の困窮などについては口をつぐんだ。

奴隷ルート観光に関連する地域の家内工業が、ガーナ全土で急成長した。一九九八年、観光省は観光発展委員会の創設を各地域に奨励する。どの街にもどの村にも、売りに出せる残虐行為があった——集団墓地、競売台、奴隷市場、虐殺。それはフライドチキンのフランチャイズ店を持つようなもので、すでにマクドナルドは、セネガルとガンビアへのマック・ルーツツアーを展開していた。誰も確証めいたことは言えないが、次はガーナかもしれない。黒人観光客を案内するツアー・オペレーターや講師、ガイドの中で「白人の野蛮」や「人道に対する犯罪」といった、黒人観光客に語るための簡略化された歴史を重要視するものは少なく、大西洋奴隷貿易を何か自身に関係あるものとしてとらえている人も多くはなかった。奴隷制を踏み台に裕福になることだけが、かれらの願いだった。

ガーナにとっては、奴隷ルートこそ必要な歳入を生み出し、活気ある経済を育てるために何としても駆使しなければならない手段だった。地方に散らばる街や村にとってそれは、新しい井戸の採掘や学校の建設、もしくは百五十キロ先の小さな病院に病人を運搬するための自動車の購入を可能にするものだった。失業者にとっては、それが観光産業での雇用機会だった。大志を抱くものにとっては、アメリカ行きの切符を摑むためのチャンスだった。

帰らざる門祭（ザ・ドア・オヴ・ノー・リターン・セレモニー）や捕囚の再演、巡礼証書、アフリカ名命名式などは、奴隷制を一義的にはアメリカの課題として、また「失われた子」とアフリカの関係性の課題として位置付けた。一九九二年に始まった隔年開催のパナフェスト・ヒストリカル・シアター・フェスティバル（パナフェスト）は、全世界からアフリカ系ディアスポラを呼び集める。アフリカ人家族の再統合と子たちの故郷への帰還というテーマが、フェスティバルを盛り上げていた。もっとも現地では、その種の高揚は往々にして間違いの喜劇として翻案される。一九九四年、ガーナ・コンサート・パーティー・ユニオンが黒人アメリカ人をガーナに迎え、黒人文化に敬意を表すために古の黒塗り（ブラック・フェイス）パフォーマンスを行おうとしたのが、そのいい例だろう（官僚的な障害に妨げられて、パフォーマンスは行われなかった）。タクシー運転手、行商人、商店主らは、「首を狩れ」運動でもってそれに応えた。

近年では、アフリカ系アメリカ人の一般的なイメージを、金持ちの観光客から兄弟姉妹へと変えるための宣伝活動を観光省が展開している。ガーナをディズニーランドというよりはエルサレムのように感じてもらうためには、ガーナ人の辞書からオブルニという言葉を抹消し、アフリカ系アメリカ人を故郷に帰還した親類として迎える必要があった。「奴隷制を記憶すること」は、過去を保存しようという見掛けの素振りにもかかわらず、過去を沈黙させるための極めて強力な手段となった。なぜならそれはアフリカにおける奴隷制とその帰結についてのあらゆる議論に、事実上、蓋をしたから――階級的搾取、ジェンダー不平等、民族間対立、そして地域抗争に。国家の邪術は、そんな過程が忘却ではなく記憶として語られていることを除いて、マラブーや薬草師の邪術さながらに、過去を（少なくともその論争を呼ぶ部分を）洗い流すことと、奴隷の跡取りをなだめることを目的とされていた。「取り去られたものたち」の帰着は、歴史との丁寧な対峙ではなく、帰還、再会、そして進歩のほろ苦い祝賀を促したのだ。

それゆえ、奴隷の末裔の帰還はレッドカーペットでもって歓迎された。盛大な祝賀会で祖先が追悼され、酋長らが集って、過去を償い、寄付が集められる。そして兄弟姉妹は寛大な献金をし、精力的に買い物をした。おそらく、顧客としての新たな役割を全うすることによって、大西洋の裂け目を乗り越えられるとでも思ったのだろう。そう信じれば誰にとっても都合がよかった。

奴隷の跡取りは、誇りにできるような過去を欲していたので、支配者と被支配者の区別をおりよく忘れ、アフリカにおける奴隷制に目を閉ざした。あたかもかつて祖先が王の礼服を着ていて、あの偉大なアシャンティ文明が自らのものであるかのようにかれらは振る舞った。アシャンテヘネ（アシャンティ王）が祖先を奴隷船へと押し込むのに手を貸した事実について、かれらは知らぬ存ぜぬを押し通し、王族の権力が「人間とモノの酷使」から生じていたことは認めようとしなかった。それは喜劇であり、悲劇である。奴隷の子らは、苦役者や労働者、農民のうちに自らの所在を認めようとしなかったのと同じくらい、エリートのうちにもそうしなかったのだから。そんな皮肉はエメ・セゼールが指摘している。「われわれはかつてダホメー王の女戦士であったことも、八百頭のラクダを連れたガーナの王子であったことも、大アスキア王の時代のトンブクトゥの博士であったことも、ジェンネの建築家であったことも、マフディーであったことも、戦士であったこともない。……われわれはいつの時代にもかなり惨めな皿洗い、みみっちい靴磨き、せいぜいのところでけっこう良心的な呪術師でしかなかったことを、そしてわれわれが打ち立てた唯一文句なしの記録は、鞭打ちに耐え抜いたことなのだ」。

そしてアフリカ系アメリカ人が、観光産業の約束するアフリカという故郷に誘惑され、帰還の木の周りをくるくる嬉々として踊ってみせ、鋳造されたての奴隷制の記憶を通じて新しく見出した類縁との連帯を経験しようとしたところで、ガーナ人はおおかた、たとえ自らの生存の如何が妄想に耽ることを必要としていたとしても、そんな幻覚には騙されなかった。アフリカ系アメリカ人のためにでっち上げられた奴隷制の物語は、大多数のガーナ人の現在のたたかいとは関係なかったのだ。それぞれの共同体が奴隷制から得ようとしたものと、それについての理解が、連帯のための基盤となることはあまりなかったようだ。アフリカ系アメリカ人はアフリカ人としての遺産を取り戻そうとし、合衆国の人種差別から逃げようとしていた。ガーナ人は現在の貧窮からの逃避を望んだ。そのために人々が得てして思い描いた自由にいたる道とは、合衆国への移住だった。アフリカ系アメリカ人は帰還という空想に耽り、ガーナ人にとってのそれは出発だった。わたしたちが互いに立っている地点からは同じ過去が見えず、約束の地についての理想もまた異なっていた。奴隷制の亡霊は、まったく異種の目的のために呼び覚まされたのだ。

合衆国において、純然たる敵意とまではいかないまでも、国家的な無関心のただ中にあってブラックの人々が奴隷制の清算を訴えるのは、わたしたちの命が人種主義によって押し潰されていることを明示しようとしたからだった。それは歴史の行使というよりは、倫理的、および政治的な義務といったほうがよい。単純に書くなら、「奴隷制の遺産」という言葉が伝えようとしていたのは、わたしたちがあまりにも長い間ひどく扱われており、国家はわたしたちに借りがあるということだった。マーティン・ルーサー・キング・ジュニアは、人種的正義の希求の困難を強調するために、債権者と債務者の人種という言葉を用いている。ワシントン大行進での演説で彼は訴えた。「アメリカはニグロに不渡小切手を与えた。残高不足で返ってくる小切手だ」。ここでキングが語る約束手形とは憲法であり、独立宣言である。彼の見立てによると、公民権運動は「この小切手を換金すること、請求に応じて自由という財産と正義という保障を受け取ることのできる小切手を求める」ものだった。

そんな訴えには、政府が真実性を認めるほどの説得力が伴うことはなかったし、近年、相次ぐ賠償を求める訴訟にもかかわらず、そのために裁判所が一日でも開かれることもなかった。アントニン・スカリア判事は、公共事業契約をめぐるアファーマティブ・アクションの利用を覆すにあたって、こう記している。「われわれの憲法下では、債権者と債務者の人種などというものは存在しえない。……ここにおいてわれわれは単にひとつの人種である。つまりアメリカ人なのだ」。法廷にしてみれば、世代をまたいで受け継がれる損害などはない。そしてもし、そんなものがあったところで、この国はあまりにも長い期間、権利の上でまどろんできた。傷害を受けてから補償請求をするまでの間には、あまりにも多くの歳月が経過してしまったのだ。しかしわたしたちにとっては、その逆こそが真だった。過ぎ去った月日は、ただ、傷を深めるだけだった。ジャメイカ・キンケイド〔アンティグア・バーブーダ出身の作家〕が「一四九二年に始まり、いまだ、終わりをみない」と綴っているように、歴史とは開いた傷である。

　合衆国が奴隷制の上に建てられたことをどうしたら否定できるだろうか？　奴隷の労働によって生み出された富をどうしたら無視できるだろうか？　三世紀にわたる法的な服従を聞き流すことは？　それでもわたしは賠償について、不可知論者であり続けるだろう。補償を求める請願が、すでにその有用性を逸した政治的アピールの一形態なのではないかと危惧している。建前としては「人種主義後（ポスト・レイシスト）」となった社会における法的、および政治的要求の企てにあっては、白人の廃止論者的な意識に訴えうるような道徳的言語でもって議論を起こすことを求められてしまうのではないか？　その同じ人々は奴隷制を悪と認め、同時に、人種差別は終わったと信じているのだ。賠償とは、わたしたちの敵でさえも奴隷制を擁護できなくなった今、過去の装

AM I NOT A MAN AND A BROTHER?

いによって現在の惨事を覆い隠すことなのか？　連邦アフリカ系アメリカ人局でも設立して、わたしたちへの債務を管理してもらおうというのか？　それとも民事訴訟は、社会運動が失敗したこと、つまり人種差別と貧困の根絶を達成すると、わたしたちは本気で期待していたのか？

嘆願も告訴も、もう疲れた。こちらに耳を貸そうともしない人々に向かって懇願し、無関心で敵意ある法廷に向かって給付金を希(こいねが)い、奴隷制が人道に対する罪であったとすら認めないような政府からの補償を希望することには、どこか根本的に卑屈なものがあるように思う。

一八一七年、黒人奴隷廃止論者だったロバート・ウェダーバーンは、嘆願の危険性について警告している。ジャマイカの奴隷に向けた演説で彼は、自由を勝ち取るためにゼネラル・ストライキの実行を薦めた。「諸君の団結は、盗まれた人々の恩恵に授かっているものたちを途轍もない恐怖に陥れるだろう。しかし、陳情はするな。抑圧者への陳情は人間の本性を損なうことだから」。一八四五年、フレデリック・ダグラスは、奴隷の嘆願を「極めて危うい特権」であり、それを行使するものは誰であれ、さらにひどい暴力を招くという点で「恐ろしい危険を冒している」と、ウェダーバーンの意見に共鳴している。

鎖につながれた奴隷が膝をつき、「わたしもまた人間で、兄弟ではないのですか？」と乞うジョサイア・ウェッジウッドの有名な反奴隷制メダリオンをどうしても想起してしまう。メダリオンは、奴隷廃止運動のアイコンになるほどの人気を博し、一七八十年代、九十年代と、流行を追いかける女性たちがブローチやヘアピンとしてこぞって身につけていた。しかし、解放の試みは、奴隷の惨めな状況を再生産する。法廷の前で補償を求め嘆願し、祈ることは、それとまったく同種の行為と思えてならない――それは国家を崇拝する行為である。自由へと到達するための必要条件として、ひれふしたくなかった。「わたしもまた苦しみました」と訴え、哀願したくなかった。自分の傷を見世物になどしたくなかった。

わたしが奴隷の姿を思い起こすとき、それは、膝を屈折し、自らの人間性を証明しようとしながら、かろうじて尊厳を保っている人々ではなかった。しっかりと握られた両手は、祈るように折り畳まれ、頭は神を見上げているのか、わずかに上方を向いている。しかしわたしの理解では、彼が見上げ、祈っているのは神ではなく、――もっともかれらもまた神にも似た存在だったのかもしれないとはいえ――、イギリスやフランスの人々だった。そして裸の彼を見下ろすものにとってはそれが誰であれ、彼の波打つ筋肉や幅の広い胸、そして巨大な肩にもかかわらず、この男が無力で、援助を乞うているこ

とは明らかである。そんな屈辱的な姿は、心を動かし、罪悪感を抱かせ、同情心を煽り立てる。当然のことながら、ひとたび懇願者の立場を受け入れ、裁判所や世論の審判の前にひれ伏すなら、メダリオンに描かれた逞しい男のように、もはや決着はついているだろう。膝を折るなら、たとえ顔を上げていようと何かを要求することは難しい。膝をついていては、そもそも、降り掛かってきた暴力に対抗しようとすることすら忘れてしまうだろう。地面にかぎりなく近く低くあっては、卑屈にならないことも、自由が誰か親切な寄付者から配られる贈り物ではないと信じることも、自らの運命が権威者や立派な解放者、もしくは国家に握られているのではないと想像することも、自分が人間であると懇願することも、困難である。「わたしもまた人間で、兄弟ではないのですか?」こう問わねばならなかった人々の鼻腔は怒りで膨れ上がり、額には汗の滴が浮き上がり、そして喉の奥からは酸っぱいものが込み上げたに違いない。

わたしたちは苦しみましたと、そして奴隷制、分離政策、人種差別が黒人の生に対して破壊的な影響を及ぼしましたと立証の必要に迫られることは、ウェッジウッドのペット・ニグロの打ち砕かれた姿の現代的な類比である。承認を乞うためになぜあんなにも卑下しなければならないのか、愕然としてしまう。それは白人世界の無知と純真無垢、その両方を前提としている。真実を知りさえすれば、白人の振る舞いは変わるに違いないと。ジェイムズ・ボールドウィンが、奴隷解放宣言から百年の記念に際して甥に宛てた手紙を思い出す。「わたしが祖国と同胞を告発する犯罪とは」と彼は書いている、「そしてそのことについてわたしも、時間も、歴史もかれらを断じて許しはしないだろうが、かれらが何百、何千もの命を破壊し、破壊し続けていること、そしてそれをかれらが知ろうともしなければ知りたいとも思っていないことなのだ。

……破壊の当事者が純真無垢であるということは許されない。その純真無垢こそ、犯罪を構成しているのだから」。

奴隷とされた人々がわたしたちと同じときを生きているとわたしのように信じることは、わたしたちがかれらの渇望と敗北を共有していると理解することである。それは奴隷に対して本来払われるべき債務の権利をわたしたちが有しているというよりは、わたしたちが支配に抗い、肌の色の境界線（カラー・ライン）を廃絶し、自由な領域を、新しいコモンを想像しようとするとき、そこに存在するあらゆる労苦のただ中にかれらもまたともに存在すると認めることである。奴隷とされた人々は、自由が摑み取られるべきものだと知っていた。それは誰かから与えられるものではけっしてないと。誰かに与えられる自由など、それと同じくらい易々と誰かに奪い去られてしまうだろう。自由とは、ブリムズベイの丘に骨を置いてくるような類のものであり、サトウキビ畑を焼き尽くすような類の行為であり、屋根裏部屋に七年住むような類〔奴隷だったハリエット・ジェイコブズは屋根裏部屋に七年間潜伏したのち、自由を摑み取る〕のことであり、ゼネラル・ストライキを起こすようなことであり、新しい共和国を創出するような種類の行為である。それは勝利と敗北、そのくりかえし。それは可能性を垣間見ることであり、突破口を切り開くことであり、継続性の保証のない、瞬きそして消え去っていく類の懇請である。

現在に対する奴隷の要求とは、奴隷制廃止という約束の完遂にかかわっており、そこには奴隷が財産でなくなることよりもはるかに多くのことが含まれている。そのためには社会の再構築が必要とされ、それこそわたしたちが死者への負債を履行する唯一の方法なのだろう。そうしてわたしたちの時代とかれらのそれは近密になる——未完の闘争によって。現在を変革するという希望に火を灯すためでないのだとしたら、何のために奴隷の亡霊を呼び起こす必要があるというのだろうか？　それゆえわたしは、奴隷のもっとも雄大な政治的要求、もしくはかれらのもっとも奔放な想像が、賃金の返還や債務救済であったと信ずることを拒否する。せいぜい限定的な解放しかもたらすことのなかった訴えの方法を再利用するには――しかもわたしたちはそんな不完全な解放に対して抗っているというのに――あまりにも多くの命がたった今、危機に瀕している。

ガーナでは、人々が冗談混じりに語っていた。もしアメリカへと向かう奴隷船が今日、出港しようとしているなら、乗船を希望するガーナ人が殺到するに違いない。

しかし一体誰が、奴隷に羨望の眼差しを向け、船倉を好機ととらえ、命懸けでアメリカ大陸にわたるというのだろう？　ガーナ人は毎年のように、梱包木箱や貨物室、船のコンテナなどに身を隠し、密航によって合衆国やヨーロッパに向かおうとする。二十三人の男性が貨物船に隠れてニューヨークに着いたのは、二〇〇三年のことだった。その前年、ヒースロー空港では、二人のガーナ人の少年が飛行機の荷物室で死んでいるのが見つかっている。氷点下の気温と酸素の欠乏が、二人を殺した。毎年、若い青少年が貧困と失業から抜け出すために死を賭して海をわたり、はたまた、少女たちはアビジャンやほかの都市へ逃れ、売春婦として国際的に売買される。ガーナ人が中間航路に殺到する自分たちについて皮肉を垂れ、黒人観光客をクンタ・キンテの幸運な子孫として見たのは、かれらの日々の惨憺な状況のゆえだった。

ガーナ人が考慮に入れていなかったのは、観光客の足を地下牢へと向けさせた二十年の政治

的後退と経済的衰退だった。かれらが理解していなかったのは、わたしたちの多くもまた、貧困を生きていたということだった（それは同種には見えないかもしれないが、合衆国でも貧困が猛威を振るい、命を脅かしていた）。高まる絶望感と、ラディカルな変革を構想しえない政治的想像力は、奴隷要塞で涙を流そうとしてバスに詰め込まれている黒人訪問客と分かちがたくつながっていた。たしかに、未来への希望が潰えたという言わずもがなのしるしはなかったかもしれない。ここで、アフリカ系アメリカ人のかなしみは不明瞭である。わたしたちが嘆くよう促されたのは、それが収益を生むからだったが、わたしたちのかなしみは共通の記憶の琴線も、共有された感情の基盤も打つことがなかったのだ。

大西洋奴隷貿易を記念しようという政府の試みは、大部分のガーナ人には関係のないことだった。そもそも、ジャマイカ人やアメリカ人がかれらの生といかに関わっているというのだろう？　一九九八年八月一日、英領西インド諸島における奴隷廃止を覚えて、ガーナでも奴隷解放記念日を祝うとローリングス大統領が宣言したとき、ガーナ人は異議を唱えた。「奴隷制はアフリカで終わったのか？」英国はガーナにおける奴隷制をも廃止したが、黄金海岸で一八七四年に、北部領土で一八九七年に、奴隷制終焉をもたらした植民地法を公式に祝う考えは、ローリングス大統領にはないようだった。もしローリングスが「我々は自由か？」と問えば、ガーナ人は概ね「否」と大声をあげただろう。

この「否」は大西洋の両岸で共鳴していた。それは奴隷制廃止と脱植民地化が達成しえなかったことを、想起させる言葉だった。この「否」こそ、わたしたちが共有していた言葉であり、そのうちに兄弟姉妹以上の帰属の約束が包摂されていた。

第九章　暗闇の日々

「目を覚ましなさい」、ジョンは一ヶ月もわたしを叱咤していた。それはこちらのせいというわけではなかったが、目下、ほとんどの時間は暗闇の中だった。朝、貿易風（ハルマッタン）の強風が吹く、灰色の空に覆い隠された世界になんとか這い出たわたしの目は、充血している。夜、まるで煤山の中へとアクラが埋まっていくように、街は灰色から炭色へと明かりを変え、ゆっくりと消えていく。日暮れに姿を眩ます街をテラスから眺めていた。目を凝らして、その影に隠れる人間の姿を見分けようと、黒々とした海に命のほのかな気配を感じ取ろうとしてみた。

『デイリー・グラフィック』と『ガーニアン・タイムズ』の「送電半減へ」という十二月の見出しをわたしは鼻で笑って、電力危機の深刻さについて警告する記事を傍らへ寄せた。一週間のうち三日半も電力がなくなるなんて。見出しは誤りか、もしくは起こりもしない出来事を煽り立てて、読者数の増加でも狙う作戦だろう。そう思っていたから暗闇での生活に不安はなかった。ガーナ人の少なくとも六十パーセントが普段から電力なしで生きていることにも、無頓着でいられた。そんなわけで、中流階級者までもが暗闇へと放り込まれたとき、わたしには何の用意もなかった。

電力供給制限は一月末から始まった。降雨不足によってヴォルタ湖の水量が半減し、アコソンボダムの水力発電量を極端に逼迫させたのだった。電力はローテーション制に変わった。十二時間の光と十二時間の暗闇。やがて電力の供給は二十四時間ごとになり、三十六時間、そして四十八時間にわたって電気がないときさえあった。給水も電力ポンプを利用していたので、電力なしでは水も出なかった。その上、いつ電力が戻るのかも予測できない。だから電力が復旧したときは、それが夜の八時であろうと、夜中の二時であろうと、活動を開始しなければならない。電力が戻ったときはもっぱら、夜通しコンピューターの前に座って書いたり、友人のアナや彼女の娘たちと一緒に動画を見たりして過ごした。

オスは明るい地区と暗い地区に分かれていた。クラブやレストラン、エリートレジデンスなどは自家発電機を所有していたが、近隣地区のおおかたは、ヴォルタ川当局の独断と勘定に依存していた。大通りの煌々とした灯りは、残りのわたしたちをさらなる暗闇へと追いやった。オス通りを離れるや否や、街は影に飲み込まれ、通りは漆黒の闇の中。人工光が空から濃い黒を奪っていく昨今、街でまず見かけることのない類の柔らかな黒だった。

八時を過ぎて通りを歩くときは、懐中電灯の灯りに頼った。ニューヨークやオークランドならば強盗や暴行を恐れるところだが、ここでは怖くなかった。その代わり、道路のくぼみで足を挫かないだろうかとか、汚物でまみれた下水に足を突っ込まないだろうかとか、野ネズミに襲撃されないだろうかとか、びくびくしていた。懐中電灯の灯りがほかの人にどう映るか気になったし、それが植民地統治時代の行政官がかぶったピスヘルメットのようなものではないかと不安だった。わたし以外の人々が暗闇での生活に甘んじている中、そこを照らし出すことは暴力的な行為にも感じた。

　わたしは暗闇の中に生きていた。アフリカ的未知という暗闇ではなく、未開の土地の陰鬱な色でもなく、自分で作り出した袋小路の中に、無知という深い穴の中に。そもそも真実とは深く見ることでなければ、なんなのか？　西洋哲学において、知識とは何よりもまず視覚的な機能だと考えられてきた。知るとは見ることであり、見ることは思考の始まり。知性は内的な目として、そして知識は一連の知覚的認識、もしくは思い描くこととして解釈されてきた。世界を感知する上で、視覚はほかのどの感覚よりも上位に置かれている。はっきりと見えないということは無知と同義であり、近代初期から、西洋の無知はアフリカに対して投影されてきた――闇の奥、暗黒大陸、荒廃の土地。

　しかし、わたしはよく知っていた。この懐中電灯の灯りは、暗闇、アフリカという暗闇からわたしを保護するのではなく、わたし自身の屈折した目、この鈍い頭からわたしを守っている。ガーナで半年近く過ごした今になっても、まだこの世界がほとんど理解できない。わたしが見つけたのは、いくつもの空の部屋と、放置された貯蔵庫だけ。ここで過ごした時間に見合うようなものは何も持ちあわせていない。何か貴重なものを蒐集したわけでもない。物語を見つけたわけでもない。

　当初、わたしは暗闇を押し返そうとした。しかし数週間と生活するにつれて、灯りが消えると、まるで世界がこちらの事情を汲んで近づいてきてくれているような、あるいはわたしの認識の瑕疵（かし）を許容してくれているような安堵を覚えるようになった。暗闇は、失敗からの隠れ家となり、それだけではなく、そしてわたしはそのことに驚いたのだが、見過ごしていた世界への入り口となったのだ。

あの夜に垣間見た世界は、これまで出会ったものとは違っていた。ほの暗い現実は、停電以前であれば、夜の十一時ごろに立ち現れ、毎朝夜明け前には消えてしまうのが常だったが、今やそれは黄昏時にはすでに盛りを迎え、わたしの道と交差した。世界は早めに帳を下ろすようになったから、真夜中が始まるのは午後八時ごろ。勤務時間は短縮され、人々は日が暮れてすぐ、手持ちぶさたから逃げるように家路につく。他方、扇風機がなくてはとても耐えられないような暑さのアパートから抜け出したことを契機に、わたしは近辺を彷徨う夜行性生物となった。一ヶ月ほどで灯りのない街にも慣れてきて、近隣地区をうろつく。よく知った通りや、知らなかった通りを夜歩いていると、今までは目に入らなかった人々や、気がつかなかったものたちと出くわすようになった。

電灯の灯りが闇を突き刺し、近密な空間を不意に照らし出す。もっとも、貧しいものは真に私的と呼べるような場を享受することはないから、そこは公的な空間でもあった。ロッコ通りの側溝近く、プラスチックのたらいで入浴する老夫が映し出された。彼のひょろりとした肢体は、大きな赤い容器の上に投げ出されていて、下半身はUの字を倒置させた形になっていた。黒みがかった肌を覆う白い石鹸の泡が電灯の小さな灯りで照らされたが、あぶくは裸体を隠さなかった。電灯の閃光が、彼を時間の内側に凍結させる。彼がわたしの目の前で身体を洗う生身の人間ではなく、あたかもすでに過去となった瞬間を切り取った写真であるかのように。手を繋いだカップルがサッカー場の敷地を横切り、わたしの奔放な光線は二人のデートを晒し出す。糞尿の入った容器を頭上でバランスをとりつつ、闇に紛れて運ぶ汲取夫が見え、わたしの視線が彼をすくませる。下水道の上を平凡なハエがいくつも飛び去っていき、人工の光線を浴びて眩く光っていた。裁縫師のサラがいる。日中、いつも忙しく足踏みミシンをカタカタしている彼女も、夜になって娘とキオスクで寝ている。ほかにいる人々は、いつもせいぜい二人か、三人だったが、クワチエ区域のすぐ外の路地でまどろんでいた。暗闇に乗じてかれらは路地に忍び込み、侵入者を防ぐために粉砕されたガラス瓶で覆われた高い塀のそばで身体を丸めていた。出来合いの段ボール製ベッドで寝れば、誰かに見つかることも、追い払われることも心配しなくていい。まるで、消滅する寸前の星が最後の光を放つように、炭火のつくる小さな光が脈打って、黒い背景に消えていくのが見えた。炎の番をする女性は、見えなかった。

夜の深い空洞には、日中、その前を通っていたはずなのに気づかないでいた人々がいた。かれらは街外れのどこかの角に隠されていたわけではない。わたしの手の先で生活していたかれらは、しかしわたしの世界の周縁にいて目に留まらなかったのだ。物乞い、貧しいもの、やつれたストリートチルドレン、落ち目の売春婦、スラム住民、行く当てのない少年少女たち、キャンプから逃げてきた難民、任務待ちの雇われ兵、浮浪者と酔っ払い、夢遊者、世界を、それを所有する人々のために片づけ、掃く労働者、誰かの祖先となることの叶わなかった迷える霊たち――皆、この夜行世界を棲家としていた。

オスに着いてからすぐ、メアリー・エレンが勧めてくれたのは、人々が実際にどう暮らしているのかを見るために、夜明け前、街を散策することだった。「きっとわからないと思う」、彼女は言った。「第一世界と第三世界が、一キロ四方ちょっとの空間に再現されている。どっちの世界が大きいと思う？　恵まれた人々が住む場所はあまり遠くまで延びていない。外に出て、見てみるといい」。

彼女にそうすると約束したが、なかなか足を運べないでいた。光の外にいる名のない人々にわたしを引きあわせたのは、停電だった。エンクルマが新しいエルサレムへと連れ立とうと、新しい時代のほうへと背中を押そうとしたのは、ほかならぬこのような人々だった。しかし植民地主義の終焉は、暗闇の日々の終わりとはならない。エンクルマはひとつの世代で発展の蘇生と、後進性の根絶、大衆の貧困からの解放を成し遂げようとしていた。「ほかの国が三百年かけて達成したことを」と彼は語る、「かつてどこかに依存していた領土は、生存のために、一世代で達成しなければならない。それをいわば『ジェットエンジンで推進』させないかぎり、我々は遅れを取り、これまでのたたかいを無駄にしてしまう」。エンクルマにとっては、影を晴らすことが進歩の目的だった。「豊富な電力」が流れて国中を照らし出し、新しい時代へと向けてこの国を加速させる。

一九六五年九月、エンクルマがじきじきに発案したアコソンボダムの電源スイッチを入れたとき、彼はこの国が発展への大きな飛躍を遂げたと信じて疑わなかった。施設公開から数ヶ月後、彼は軍事クーデターによって失脚し、彼がガーナに抱いた夢もまた潰える。エンクルマが投射した未来、つまりそれぞれが能力に応じて与え、必要に応じて受けるという未来は、まったくの暗闇に帰した。

独立から四十年、ほとんどのガーナ人は依然として夜の闇を生きていた。「土地のもの(ネイティヴズ)」は今や独自の国旗と国家を持つ主権国家の市民であったが、以前と変わらぬ貧困と分厚い暗闇の中でもがいていた。真夜中に備えるかれらが、諦めているのか、それとも新しい時代を待ち望んでいるのか、わたしには判断がつかなかった。

それでも、まどろむ街は懐柔されたわけではない。街は爆発を秘める。それが人々を奮い起こし、焚きつけ、そして未来へと向けて疾駆させるのがいつになるか、誰が予想できるだろう?

第十章　満たされぬ道

野蛮人の地、南部の人々はそう呼んだ。クマシの北へ行ったことのあるものは稀だったから、アクラからサラガまでの日路は想像もつかないはずなのに、それでもかれらはおかしな話を口々に語った。埃まみれの空気は息ができないほどだとか、『ナショナルジオグラフィック』のページを初めてめくる地方のアメリカ人じみた嫌悪と興奮でもって、胸を露わにした女性について説明したり、北部と南部の隔たりを、筋力対知力の差異として図式化してみたり、屋内トイレや電力のない世界を嘆いてみせたり、怠惰で信頼のおけない使用人について不満をこぼしたり。かれらの話を真に受けていたら、北部人はたった今洞窟の中からよろよろと出てきたばかりの、粗野な習慣が抜けていない人々だと思うに違いない。アクラにいた頃の大家は、森の端まで行けば野生人の臭いがすると言いたてた。彼女の娘は、海を目にしたことのない未開人を、まるでそれだけでかれらを永久にけなすに十分な理由であるかのように、せせら笑う。北部人の無作法と貧しさを目の当たりにすればすぐにアクラに戻ってきたくなるよ、わたしは忠告を受けた。それは人を寄せつけない地。北部は奴隷制の中心地だった。

＊＊＊

サラガまでの道のりは、実際の道路というよりある思弁と言ったほうが近かった。少し進むたびに、わたしたちの大型のヴァンは地面のくぼみに飲み込まれそうになる。貿易風（ハルマッタン）が吹きつける。サハラからの灰色の砂嵐が渦巻いて、夜明け一番の明かりを拭い去り、世界をスレート色に塗り尽くす。砂埃の帳が、一歩先のすべてを覆い隠す。住居も、人々も、何もかも。世界が視界から遠のく。すべてがぼやけ、輪郭を失っていく。砂埃の渦の中からバイクに乗った少年が現れ、次の瞬間にはいなくなった。藁葺き屋根の住宅は視界から消え、また姿を現し、あそこが見えてはなくなり、次は別の場所が顔を出す。まるでトリックスターの神が、世界を光と影でかわるがわる照らし出すように。

いつの時代も人はこの道に思いがけずたどり着き、それからたちどころに消えていった。ヴォルタ川上流周辺の略奪を受けた村々や、モシ諸国国境付近の荒廃した一帯を発って、北部から沿岸にぽつぽつと伸びる市場まで向かう奴隷は、その途上、わたしが通ったような轍道を徒歩で旅した。十八世紀後半にルイジアナに着く前、この道をふらつきながら歩いたティアンバという名の女性がいる。彼女はルイジアナでエステルという新しい名前を与えられ、一七九〇年にほかの奴隷とともに再び売られた。このときは四歳の息子のラファエルと、十四ヶ月だった娘のマーガレットも一緒だった。三人合計で五百五十ピアストルの価値があったという。彼女が岩や棘だらけの茂みを避けながらこの道を歩いたとき、船倉や主人のことを予感していただろうか？　所持品目録の中のひとつのモノとして存在することを、恐れただろうか？　見ないほうが幸せであっただろう国で子どもたちが奴隷として産まれることを、予期していただろうか？　ティアンバをセントチャールズ教区の地獄まで導いたこの道を、彼女は忘れたことがなかったに違いない。

サラガの中心からは七つの道が放射状に延びている。十八世紀や十九世紀にこれらの道を旅したなら、市場へと向かうよそ者の集団と出くわしたであろうことは疑いえない。その鎖は、かれらがこの道を通ることはもはやないという明白なしるしだった。馬の背に少女を縛りつけた馬上の男が、通り過ぎる。人の生死を握っているのは銃と馬を携えた男たち――カンボンガであると、彼はすれ違う人々に伝えていた。夕暮れ、悠々たる足取りで家路につく雇われ兵の荷馬に積まれた宝貝の重たい袋だけが、襲われた集落の、燃やされた家々の、虐殺された男たちの、市場で売り払われた女や子どもたちの唯一の残余だった。

ハウサランド（ナイジェリア）やモシ（ブルキナファソ）のキャラヴァンは、多いときで四百人から五百人の奴隷を鎖で引き連れて、北部や東部から降ったという。奴隷は何百キロもの旅の末に、そして同じように取引されるのを待っていた品物、織物、獣皮、銅、宝石、シアバターの鍋などを引きずり歩いた末に、憔悴しきっていた。畜牛や農耕用の牛、羊やロバとともに歩いたかれらは、不潔極まりなかった。キャラヴァンがサラガに入ると、住民は隊列に駆け寄り、歓声と歓喜をもって奴隷を迎えた。

キャラヴァンの規模は最大で千人から二千人になった。隊列の先頭を行く隊長のあとに、馬にまたがって武装した男たちが従う。集団を指揮したのは鼓手で、休憩や出発の合図をし、旅路を先導した。何百頭ものロバには織物や皮革、ナトロン（アルカリ性物質で腹痛や頭痛に処方されたり、灰とパーム油と混ぜあわせてスープにしたり、染料や鞣剤として利用したり、家畜に食べさせたりした）が積まれた。ロバを連れたのは奴隷や使い走り、見習いだった。後方に馬やロバにまたがった金持ちの商人とその家族が続く。キャラヴァンの司令官は最後尾についた。敵国や強盗の襲撃を防ぐため、かれらは万全の武装をしていた。旅程でもっとも物騒な地帯では、戦士の数を誇張するために女たちも男の格好をした。険しい道のりについてこられなくなったものたちや、病人、妊婦は、旅すがら置き去りにされた。

イスラーム聖戦士（ジハーディスト）と傭兵は、放心した捕虜の群を連れ立って市場の門をくぐった。ダゴンバ人とゴンジャ人の襲撃隊が、新たに荒廃を蒙った村の住人をひとり残らず引き連れて、馬で駆入る。カファバから続く道では、アシャンティ人の商人がロバとコーラの実の籠を担いだ頭上運搬夫を従えて進む。多額の通貨が奴隷何人分と計算されたように、「大量の」コーラもまた、公的な計量単位だった。ダボジャからゆっくり歩いてくるのは、バザールへと向かう塩売人。小商人は、ロバやラバ、去勢牛、そしてときにラクダの背中に商品を乗せて、四方からやってきた。

　これらの道の途上で、それぞれの家から盗まれた男女、子どもたちは、市場を目指す商品となった。男たちは縄や鎖でつながれていた。その隣を二歳以上の小さな子どもたちと、老若の女たちが歩いた。ほとんどは戦争捕虜か、狩りの犠牲者だった。でこぼこの道をよろめきながら、かれらはこれから待つ運命を予感し始める。もう家に帰ることはないのだと思って気持ちは萎え、次の街で息子や姉妹を失うかもしれないという恐怖に足取りは重くなり、草原地帯では逃げ道を見つけようと、どうすればいいか互いの目で探りあった。知っていたのはひとつの人生が終わったということであり、これから予感されるもうひとつの人生は恐怖に満ちているということだった。故郷から一歩踏み出したかれらは、よく知った世界から切り離された。ひとたびサラガの市場に入れれば、もはや疑いの余地はない。古い生は瓦礫の山と帰したのだ。

サラガの道は、ベン・オクリ〔ナイジェリアの作家。一九九一年に『満たされぬ道』でブッカー賞受賞〕によって不滅のものとされたあの道のように、そこに足を踏み入れるものを喰い尽くす、満たされぬ道だった。人々は意図せず、その道を歩き始めた。何の変哲もない道だと思って。その道が本性を現すまでは、その道がどこへも続いていかないと悟るまでは——すでにそこが終焉だったのだから。それは苦悩と荒廃の道、けっして満たされることのない飢えを懐に抱えた、無慈悲な道。人はそこですべてを失い、残骸の中から自分という存在を作り直す。

サラガはゴンジャ王国の産業一大中心地であり、サハラを横断し、南は大西洋沿岸まで伸びる奴隷輸送行路の交差地点に位置していた。環サハラ、環大西洋、そしてアフリカ、それぞれの奴隷貿易は、ガーナの北部地域によって支えられていたのだ。サラガは、ヴォルタ川上部、西アフリカに広がる広大な草原地帯に鎮座していた。サラガの北に行くとサヘル、南は森林地帯だった。

十七世紀、国の誕生とときを同じくして、名高いゴンジャの戦士は奴隷狩りに乗り出した。ゴンジャの紋章が槍を握る手だったのは、偶然ではない。戦士国家の騎兵隊はサバンナを掃討し、敵とみなした人々を捕らえた。捕獲遠征は数えきれず、地元の市場で売られた捕虜は星の

数ほどいた。

十九世紀、最盛期にあったサラガは、四万から五万の人口を誇る活気に満ちた大都市だった。街には四つのモスクがあった。十戸から二十戸の円錐型の建物からなる、それぞれの区画が円状の壁で囲われた居住区が少なくとも千はあり、それが盆地の草原を覆い、一、二キロにわたって広がっていた。奴隷は、通りに面した一番外側の建物の入り口付近に置かれた。数キロにおよぶ街外れの王室農場は、軒並み奴隷の労働によって耕作された。

男性住民は概ね、アラビア語で読み書きができた。十九世紀の旅行家は、その大半が地主や奴隷貿易の仲買人だったサラガの人々について、知的で勤勉、真面目で冷酷だったと一度ならず記している。金持ちや要人は皆、馬を所有しており、乗馬の際は召使いや従者が同行した。金曜日の午後には、野外競技場で競馬が催された。街の住民は、めかしこんで競馬に臨む。女性はシルクの羽織や隅々まで刺繍をあしらったハウサ式ガウン、小洒落たヘッドタイに金や象牙の腕輪で着飾り、男性はシルク帽にターバン、ゆったりしたズボン、スモックとアラビアローブ、そして細工の施された革のスリッパやサンダルを身につけた。馬でさえ着飾って、興行を盛り上げたという。レースが終わると、騎手たちはトランペットの音に合わせて馬を走らせ、観客を楽しませた。栄えた市場が育んだ豊かな暮らし。

南部のトンブクトゥと呼ばれたサラガ市場は、伝説的な市場だった。市場で重宝されたのは、奴隷とコーラの実。**ザ・アニ・グン・ジャ・ゴーロ**、赤いコーラの実の地に行こう、サラガ途上のハウサ人の商人が言ったという。毎年、推定一万五千人から二万人の奴隷と百三十トンから六百八十トンのコーラが、遠くはトンブクトゥやニジェール川大湾曲部から訪れた商人に売られた。コーラ需要の高まりと市場で売られる奴隷の増加は、いずれも十九世紀の初頭、サバンナを席巻したイスラーム改革運動の影響だった。

コーラの実はイスラームが許可した唯一の興奮剤で、ムスリム改革派や新たに改宗した人々はアルコールの代わりにコーラを嗜んだ。肉体的欲求から魂を解放するコーラを、敬虔者はありがたがった。食べ物や飲み物がなくてもコーラの実があれば身体は維持できたし、疲労の軽減や頭痛および性的不能の治癒などの効果もあり、塩気を含んだ水の味も改善したという。

イスラームの普及とともに、奴隷フロンティアも拡大した。改宗を拒否した「不信心者」や「非信者」は捕獲され、売られた。貴族や商人のラムやブランデー、タバコへの欲望が環大西洋奴隷貿易を焚きつけたことは、今や常識だろう。それよりも驚くべきことは、アッラーへの献身や欲望の放棄もまた、サバンナでもっとも有名な奴隷市場のひとつの発展に寄与したということかもしれない。

サラガはガーナで最大の奴隷市場を保有し、十九世紀の始まりから終わりまで奴隷を売買した。市場の入り口付近には、物乞いが通りに沿って列をなし、手を伸ばして施しを乞うた。何か恵まれたとき、かれらは決まり文句で感謝を伝えたという。「ムハンマド様が富と奴隷とたくさんのコーラの実で報いてくださいますように」。連日、一万人以上の人々が市場に入った。目も眩むような種々の品が露天には陳列されている。山のようなコーラの実、シアバターの塊、アヒルの卵ほどの大きさのナトロン、積み重なった獣皮、砂金の小さな山、精巧な作りの鞄や鞍や履物、赤や青、黄色になめした革、毛皮の絨毯、トンブクトゥ産のシルクで作ったショールやガードル、ウールやシルク、コットンの織物の数々、山積みの青や緑のガラス容器、整然と並べられた甘い、辛い香辛料、タバコの塊やタバコ葉編み、ボールに入ったヘナ、眩く光る銅鍋、香水やスイートオイルの入った陶器の壺、ダチョウの羽毛、象牙、アラビア馬、甲高く鳴くロバ、メェと呑気に鳴く羊。バザールの通路では、アフリカ中の言語が飛び交っていた。ありとあらゆる種類の通貨——砂金、銀貨、イギリスのシリングからプロセインのターレルまでヨーロッパ全土の通貨、そして宝貝——が、手から手へとわたっていく。鼓手の音楽と吟遊詩人の詩や唄に、買い手は耳を奪われる。注意散漫になり、疲れたら、床屋のブースでたむろして、会話の応酬にそば耳を立てる。大工の作業場と鍛冶屋から騒音が市場に流れ込んだ。目の見えない籠筵編み職人を見ようと、小さな人だかりができた。没薬(もつやく)と乳香の香り、屠殺されたばかりの雄牛の悪臭、内臓の嫌な匂いが、空中に漂っている。

そしてもちろん、奴隷がいた。少人数の奴隷の集団が、足に装着された縄や鉄枷や、手首から喉にかけて縄で縛られたりして互いに拘束され、市場のあちこちに散らばっていた。陳列にあたって、身体は洗われ、油を塗られた。食欲を減退させるための薬が投与され、外見を整え、沈んだ顔を活気づけるために薬草が利用された。ある貿易商によると、「奴隷は皆、舌を切られ、傷口が早く癒えるよう薬が塗られた。そうすれば奴隷は食べ過ぎず、それでもよい外見を保つことができる」。奴隷の中で、もっとも健康で魅力的なものは、すぐに買われていった。ほかの奴隷は、状態が悪かったり、耳がないことで性格を疑われたりして買い手を遠ざけ、市場に数ヶ月居残った。またほかのものは、欠陥や病弱、障害などの理由から、底値で売られたり——数千宝貝か中古のガウン——、貿易商が帰郷するおり、置き去りにされたりした。

販売の形式は、どれも同じだった。買い手は、拘束された身体を査定し、必要に応じて奴隷を選ぶ。サラガの農場での農作業、アシャンティでの砂金採掘やコーラ生産、クロボやアクアペムでのパーム油の抽出などに適した頑丈な奴隷、家事のこなせる礼儀正しく上品な奴隷、妻や妾として囲うための若くて美しい女奴隷、帰路で頭上運搬夫や床運搬夫として使うための平凡な奴隷。奴隷にもやるべきことがあった。かれらは買い手の要求に応えて、前へ出たり、くるりと回ったり、お辞儀したり、話してみたりする。それから宝貝が手渡されるか、あるいは買い手もまた貿易商だった場合は、奴隷の値段相応の商品が交換された。そうして買われた男女は、奴隷の群れを離脱し、新しい主人に従った。

一八七七年三月、サラガに三週間滞在した、バーゼル宣教会のアフリカ人牧師のテオフィル・オポク牧師は、その間つけた日記に、市場に出入りする膨大な奴隷の数について書き留めている。

数ある交易品の中で人間の品物が主役を担うことは、不幸にも、ままある。たとえば三月十四日、モシ人とハウサ人の商人に率いられたキャラヴァンが、四百人ほどの奴隷と、馬、ロバ、雄牛、雌牛、そのほか諸々を携えてやってきた。三月十九日にも、別のハウサ人とモシ人の一団が、多数の奴隷と畜牛、シアバターを持ってくるのを目撃した。三百五十人から四百人ほどの奴隷は、大部分が若者や少年少女、中年の人々だった。かれらは皆、数日で売れていった……。この哀れな人々は、十人から二十人ずつ首に枷をはめられ、朝から晩まで刺すような太陽にさらされ、飢え乾き、裸で弱り果て、多くの場合身体を患っていて、衰弱した中、売られるまでそこに突っ立っている。飢えがいかに奴隷を苦しめることか。かれらが朝晩に摂る栄養といえば、ほんの少しの薄がゆだけなのだ。目の前に誰か立ったことに気がつくと、かれらは哀願するようにそちらを見つめ、自分を買ってくれと身振り手振りで示す……。母親は空っぽの乳房と、腹を空かせた我が子を見せようとする。そして子どもたちとともに同じ主人に買われたときの喜びようといったらない。幼い子どもが母親から引き離され、別の購買者の手にわたっていくことも珍しくないのだから。

サラガを離れる頃には、様々な奴隷をオパクは目撃していた。端金で売られた痩せ衰えた老奴隷や、鞭で打たれて切り傷を作った奴隷、顔を殴られ歯が無くなった奴隷、市場に捨て置かれ、そのまま死んだ病持ちの奴隷。

　サラガでは毎年、何万もの奴隷が取引された。一八〇七年の大西洋奴隷貿易廃止後も、奴隷貿易の規模は増大した。大規模な密輸は、優に一八四〇年代まで続き、国外貿易の廃止が決定的なものとなったのは一八五〇年代に入ってからのことだった。一八六〇年、〈クロティルド号〉に乗って、最後のアフリカ人捕虜の集団が合衆国に到着した。一八八一年には、バイアの港から出航した奴隷船の〈スペード号〉が、ヴォルタ川河口付近で報告されている。十九世紀にアフリカからアメリカ大陸（アメリカズ）へと出荷された奴隷の数は、三百万人以上に上る。平均すると、控えめに見積もっても十年ごとに三十万人もの人々が国外への退去を強いられたことになる。

　大西洋の販路が消滅したあとも、奴隷貿易による略奪は続いた。奴隷価格が下落したため、王侯貴族や貿易商以外の人々も奴隷を購入できるようになったのだ。内陸貿易は、十九世紀末まで続く。一八九九年にいたってなお、ハウサ人の商人は、サラガから沿岸までの隠し路を使って奴隷を運んでいた。奴隷の需要が高まるにつれ、市場へと引かれる捕虜の数も増加し、サバンナの征服地や過疎地も拡大した。


　サラガの中央広場で、わたしたちはどやどやとヴァンから降りた。人数は少なかった。ヤヤとローレンス、それからわたしは、同じオスの集合住宅に住んでいた。ローレンスの婚約者、アヤナは合衆国からの来訪者。ヤヤとローレンスはジュニア・フルブライト奨学生で、その秋、コロンビア大学の大学院で国際関係を学ぶ予定だった。二人とも開発関係のプロジェクトに携わっていたが、ほかの多くのアフリカ系アメリカ人と同じく、奴隷制の歴史に関心を抱いていた。ある晩、夕食の席で、ガーナで最大の奴隷市場の跡地を目指して北部へ旅するという計画を、話したことがあった。大西洋奴隷貿易が廃止されて数十年後の十九世紀末まで、国内での奴隷貿易が継続していたと知って、かれらは衝撃を受けたようだった。十九世紀、アフリカにはアメリカ大陸よりも多くの奴隷がいたこと、奴隷とその子孫が西アフリカの総人口の二分の一から四分の三を占めていたことを説明すると、信じられないというように口をポカンと開けている。旅に誘うと、一緒にくることもやぶさかではないという。

広場を回って見えたのは、ウェストヴァージニアやカリフォルニアで通り過ぎる類の古い紡績町や炭鉱町のような、灰色にまどろむ街。だからサラガの第一印象は、まるですでにここを訪れたことがあるような既視感を伴うものだったが、そんな最初の訪問の印象は持続しなかった。この種の場所ではかつての栄光よりも、衰退が不可避であり、未来が潰えたことの痕跡のほうが目についてしまう。サラガも例外ではなかった。広大な区域に伸びる立派な住宅群があるわけでもなく、豪奢に着飾った住人がいるわけでもなく、かつて活気ある大都市だったことを偲ばせる特徴はない。街は、土壁に藁葺き屋根の住宅からなり、もしそれらがかつて美しかったとしても、もはやその面影をとどめていなかった。今にも崩れ落ちそうな古い木造の建物が、広場の奥にうずくまっている。

すべてはかつてのままであった。かつてのままであったものは何ひとつなかった。その風景にあって、こと現代を思わせるしるしは容易に識別できる。間にあわせの小屋に収納された車のリサイクル部品、スピードを上げて道路を走り抜けるバイクのけたたましい騒音、ジーンズに偽物のアメリカの大学のTシャツを着た若者。かれらは、過去の上に被せられた現在という覆いだった。わたしたちもまた、同じ――広場で唯一のよそ者たち。

老夫が近づいてきて、道に迷った旅行者集団だと思しいわたしたちに、自己紹介を始める。恰幅のよい彼は、身なりもきちんとしていて、北部でよく見られるクラシックインディゴと白の縞模様の上着と、カーキ色のズボン、よく磨かれたローファーを身につけている。よそ者に話しかける際に慣例の恭しさでもって、彼は名前と職業を告げた。ハルナは、生涯を通してサラガで暮らしてきた。退職した教師だった。わたしたちを歓迎したのち、なぜサラガにきたのかと彼は尋ねる。「奴隷貿易」という単語を言い切らぬうちに、彼はわたしを遮ると、ガサレ、ババトゥ、サモリ、名前をすらすらと列挙した。「責任は奴らにある」。彼は頷きながら、そう言った。

ガサレとババトゥは、一八七〇年代、傭兵としてガーナ北部に入り、任務が完了するや否や、街々や村々を略奪、そこで捕獲した人々をサラガの市場で売った。反植民地主義運動の戦士だったサモリ・トゥーレは、ガーナ上流地域を掃討し、反植民地軍を補填するために徴兵者を誘拐、また戦争の資金調達や兵隊の食糧、フランス軍と戦う武器購入のために、捕虜を安く売り払った。北部の人々が奴隷貿易と聞いて真っ先に思い浮かべるのは、十九世紀末のこれらの奴隷捕獲者たちだった。

「ここで売られた人々はどうなったのですか？」わたしは尋ねた。「あの人たちはどこへ行ったのでしょう？」

「白人が海のむこうへ連れていったさ」、彼は言った。「オランダ人とポルトガル人は奥地に来て、品物で人々を誘惑した。奴らは地主で、奴隷商人だった」。わたしたちはともに歴史を遡った。

「人間の売買を始めたのはヨーロッパ人だ」と、教師は説明する。

「でもここに人々を売ったのは誰ですか？」わたしは問いただした。

「われわれは仲買人でね、貿易にわれわれを引き入れたのはよその人間だよ」、彼は釈明口調で語る。

「しかし、最初にヨーロッパ人がサラガに来たのは一八七六年ということになっていますが」、わたしは言葉を返す。「捕虜は海岸にたどり着く前、アフリカ人商人の手を通っています」

「白人は何があったのか嘘をつく」

「貿易のこの部分に関しては、アフリカ人が管理していたのでは？」

「奴隷を売っていた人々は、もうサラガに住んでいなかった」、教師は譲らなかった。「サラガ人で貿易に関わったのは地主たちだ。あいつらは仲介人だよ」。そうとは限らない。ゴンジャ王国はハゲタカで、サバンナの比較的力の弱い分散型の社会を襲撃していた。

「人間の売買は終わった。奴隷を売っていた奴らは死んだか、どこかへ消えたさ。サラガの人々は、ここに残ったのは、奴隷の子孫だよ」。教師は罪人から無罪者を選り分けたが、わたしは失踪した人々について知りたかった。

「ゴンジャもまた売られたんだよ」、教師は続けた。「アシャンティ人がゴンジャ人を襲撃して、村が丸ごと、捕虜になった」。ゴンジャもまた、南部の強大な帝国であったアシャンティの支配下にあった。アシャンティへの貢物として、ゴンジャは毎年千人の奴隷を献げねばならなかった。イギリスが名高いアシャンティ帝国を、それもほかならぬ奴隷の子たちを率いて破ったとき、ゴンジャの大酋長は賛美の歌でもってイギリス人を歓迎したという。「白人の方々、皆様はわれわれを敵から解放した偉大な国から来られました。われわれは毎年千人もの兄弟をクマシ〔アシャンティの首都〕の刃のもとに送り、文句ひとつ言わず、われわれのあり金を残らずクマシ王に差し出したのです」。

　歴史は複雑だった。貿易によって荒廃した小さな共同体でさえ、場合によっては、捕食的な国家や略奪者に自分たちの仲間ではなく、よそから捕らえてきた人々を提供し、襲撃者や商人との抗争に必要な銃や火薬を購入するために、捕虜を売ったりしていた。襲撃を蒙った人々は、生きのびるために敵と同じ戦略に訴えるよりほかなかった。奴隷貿易は、自衛のために銃が必須となり、捕獲戦争が領土から領土へ次々と拡大していくという緊急事態を生み出したのだ。「われわれも苦しんだんだ」、教師は諭すように言った。「大きな市場は**ウバンカスワァ**と呼ばれていた。『わたしたちは仲間を捕らえた』という意味だ」。彼の言葉はアイスキュロスのように響いた。王国は、**その家に裏切りという破滅をもたらした**。家が内輪で争えば、そのうちに自ずから崩れる。

　それは「わたしたち」が誰でなかったのかという美しい物語。ゴンジャと、かれらが襲撃した人々を結びあわせる共通の祖先はなかった。両者をつなげていたのは暴力だけだった。わたしも、教師も、そう知っていたのだ。

　ゴンジャ人、あるいはンバンヤは支配階級だった。かれらはその地域を征服し、先住民を服従させて最初の奴隷とし、それから自民族やサバンナの別の地域へ逃げていった人々を奴隷とした。ゴンジャ人はそんな人々のことを**ニマセ**と呼んだ。意を「強制しないかぎり持つものを手放さない人」という。これ以上何か言うべきことがあるだろうか?

ゴンジャ人が奴隷とした人々の中には、異教徒、未開人、野蛮人などに相当する蔑称で呼ばれるグルンシもいた。ニマセと同様グルンシは、ガーナとブルキナファソ国境両端およびゴンジャの北や西に住む「無帰属」の人々をひと括りにした呼称だった。グルンシという名称は、敗北と同義である。市場で売られる大多数の奴隷はグルンシだった。かれらは酋長を持たない小規模、非イスラーム農耕社会の人々だったという。貴族戦士国家は、この人々を劣等者、未開人、弱者として認識した。アフリカ人の王侯貴族やエリートは、ヨーロッパ人の同位者と同じように、無帰属者や無権利者が奴隷となるにふさわしいとみなしたのだ。ゴンジャ人の目に、かれらは隷属者、被支配者、商品となるために生まれたと映っていた。「その類の事柄について話すのは難しい」、教師は疲れた声で認めた。「アフリカ人は奴隷制を忘れたいんだ。もしそれを話せば、泣いてしまう」

過去と格闘するうちに彼とわたしは、誰を責めるべきであり、責任の所在はどこにあるのか、その線を引き直した。わたしに見えていたのは奴隷貿易によって肥えた強盗同然の帝国であり、同じ地点に教師は同輩が苦しんでいる姿を見ていた。奴隷制があったことによってサラガは衰退したと彼は信じていたのだ。

「奴隷貿易があったおかげで誰もここに来たがらなかった。そのせいで、ほかの貿易がまったく発展しなかったんだ」、彼は咎めるように言った。彼の憤りはアシャンティ人と沿岸の仲買人、ヨーロッパの商人にむけられていた。わたしのそれはどこへ向かうでもなく、空を漂っている。

わたしたちが互いに明かし、また隠したことは、わたしたちが誰であるか——広場で出会う他人同士——とともに、わたしたちがそうであるふりをしている存在——つまりは単数形の「わたしたち」のようなもの——によって左右されていた。わたしたちが語りあったのは、かつて何が起きたのかを知るためというよりは、そうやって現在をぎこちなく取り繕おうとするためだったと思う。その話に終始しながら、わたしたちは生を変えるための手段を発見しようとしていた。もし歴史が「生者たちに一つの場所を指定する手段」として死者に寄り添うのであれば、あの教師とわたしが目指していたのは、わたしたちが繁栄しうる世界だった。

略奪王と戦士国家は、少なくとも記憶において、その勝利を手放してはいなかった。サラガで継承された歴史は、概ね、過去の奴隷貿易の栄光についてであり、そうして奴隷とされた人々は再び打ち負かされた。ゴンジャの過去に関する伝承（ドラム・ヒストリー）、建国神話、アラビア語文書は、国家の創設者であるエンデウラ・ジャクパと支配者であるンバンヤの活動にもっぱら焦点を当てている。帝国の神話に奴隷の居場所はない。捕虜たちの伝承はない。かれらが歴史の記録に登場するのは戦利品として——戦争の略奪品としてだった。今になってなお、過去について何を言いうるかを、支配者の視点が規定している。

あるとき読んだゴンジャ人のオーラルヒストリーでは、かつての栄華をンバンヤが回想していた。戦士が帰属先のない隣人を略奪する話や、強奪のかぎりを尽くし、子どもさえ残していなかった獰猛な騎兵帝国の物語、奴隷捕獲を通じて蓄積された巨万の富についての語り、ゴンジャの支配力と技術力の自慢話、わたしはやっとのことで読み通した。

征服者は成果の吹聴に熱心で、王侯貴族はご多分に漏れず、宝貝ならあり余るほどあった黄金時代の話をくりかえした。ンバンヤの言葉は、目を閉じていても誦(そらん)じられる。

昔は何千人も奴隷を攫って、銃や酒と交換したものだ。

もし酋長に奴隷が入り用なら、軍隊を集めて、村を襲撃するんだ。成功したら奴隷を連れてくるし、失敗したらあいつらが奴隷となって売られるだろう。

襲撃に出る前、奴らは集まって、武装し、それから村を襲った。住民を倒せば、老いた男女を残してあとは全員連れて行く。……美しい奴隷の女と結婚したもののもいたなあ。

困難なときが訪れると、わしらは戦争に出たんだ。貧困が襲ったとき、［わたしたちは］戦争に出かけたんだ。

過去の栄光に酔いしれた王侯貴族は、略奪や強奪について事細かに、嬉々として語った。ゴンジャが強大で繁栄していた頃の時代を、老人たちは懐かしそうに話している。ある男性は言う。「今は労働しているゴンジャ人も、［あの頃は］戦っていたんだ」。ひとりの酋長によると、奴隷を売って得た宝貝は膨大で、「家に持ち帰れないほどあったから、銃や火薬、飲み物［酒］に使って、それから家に帰った」という。

ゴンジャ人が奴隷狩りを不道徳とみなしたのは、ンバンヤが犠牲となった場合だけだった。サモリやババトゥとの戦いについて語るとき、かれらは揃いも揃って、奴隷として獲られたゴンジャ人はひとりもいないと主張した。大酋長の述懐を引くなら、「襲撃してきたのはサモリだけだったが、ただのひとつのゴンジャ人の魂も奴らは奪うことができなかった。奴らが成功したのは村を燃やして、人々を虐殺することだけだった」。戦士からしてみれば、劣等者にのみふさわしい地位である奴隷となる不名誉よりも、死のほうが好ましかったというわけだ。

ある白い男が現れ、繁栄は終わりを告げた。「白い男が二度と奴隷を売ってはいけないと言ったおかげで、奴隷を売って得ていた利益は入ってこなくなり、われわれは貧乏になった」。

かれらの声はいまだゆらゆらと脳裏にこびりついている。エリートや「略奪の王たちの豪奢な記憶」から、奴隷とされた人々の生へといたる道はない。歴史とは、「何が起こったのか」をめぐる、そして同時に、起きたことについてわたしたちが語る物語をめぐる、力あるものと力なきものの闘争である——それは過去の意味をかけた死闘なのだ。打ち負かされたものたちの物語が勝利を収めることはない。かれらと同じで、そんな物語は勝利者の暗影にあってかろうじて存在を霞ませる。しかし、敗北者の物語は、常に敗北の物語でなければならないのか？かれらの生が救われると想像したり、忘却に対しての解毒剤を拵えたりするには、すでに遅すぎるのだろうか？　敗北者がついに勝利を収めるかもしれない未来を、かれらのあのときの苦闘が左右しうると信じるには、もう遅いのだろうか？

歴代のサラガ酋長、サラガウラが暮らしてきた宮殿は、中央広場からたった数百メートルのところにあった。「宮殿」という言葉が過剰なほど、広大な敷地に並ぶコンクリートの住居群は質素なものだった。サラガウラ邸宅の前室に入ると、わたしたちはスレイマン酋長の向かいのベンチに座るよう促された。酋長は毛皮の玉座に腰掛け、周りを側近の男たちが囲んでいる。サラガウラはわたしたちを歓迎し、サラガを故郷として想いなさいと勧めた。「ここにはたくさん何度もこないといけないよ」。

規定通り、言語学者のモハメド・イッサーが酋長の通訳を務めた。もっともそれは奇妙な効果を生み、酋長を言葉から切り離して、まるで彼が操り人形で、実際に話しているのは隣の言語学者かのように感じさせた。また、これは意図されたものだろうが、通訳によって酋長とわたしたちとの間の溝はことさら強調されたようだった。

歓迎の言葉に対してわたしたちは上辺の同意を示すために頷き、言語学者に話しかけるべきか、それとも酋長にそうするべきか定かではないまま、ありがとうございますと呟いた。無知によって、気まずい思いをした。贈り物を持参したのだが、持ってくるものを間違えたのだ。南部では酋長に蒸留酒(シュナップス)を贈るが、北部にその習慣はなかった。かれらは慎しく、何も言わなかったから、それを知ったのはあとになってからだった。

どう会話を進めていいかわからないまま、わたしは口を閉じ、ぼんやりと微笑んでいた。こちらから何か言えばいいのだろうか、それともあちらから話し出すのを待つほうがいいのだろうか？　幸い、言語学者が尋ねてくれた、「ここへはどのような目的でこられたのですか？」

わたしは逡巡し、言葉を探した。そして、思い出したようにここまできた理由を自覚した。ヤヤとローレンスは、この旅の企画者であるわたしの方を見ている。奴隷制を研究しているのはわたしだった。答える声は震えている、「奴隷貿易においてこの場所が重要だったので、サラガにきました」。

「あなたのような人が大勢、同じ理由で、サラガにきたことがある」。そうして語り続けるスレイマン酋長の言葉は、事態の決まりの悪さから逃れているようだった。「あなたのような人々が十年前にきて、奴隷制のことを聞いた。わたしたちは答え、あの人たちは泣いていた」。彼にとって奴隷制とは、わたしたちが共有している領域ではなく、わたしのような人間を涙させるための物語だった。

「サラガの奴隷はどうでしょう？　この街に奴隷の子孫はいますか？」

わたしの質問に、酋長は目に見えて身を固くした。彼は口をすぼめたまま何か喋り、それをモハメドが通訳する。「わたしたちにとって奴隷制について話すことは今でもまだ困難なのです。誰かを指差して、彼や彼女が奴隷だったとは言えません。それは禁止されています」。

誰かの出自を詳らかにすることのタブーは、十七世紀にまで遡る。エンデウラ・ジャクパは、本人や他人の出自の公言を民に禁じた。系図をたどれば国は滅びると言われていたという。その法律を無視すれば、死刑に処される可能性もあった。この法についてわたしに話してくれた誰もが、これは奴隷出身者を守るためだと説明した。実際には、その法のおかげで奴隷は隷属以前の生について語ることができなくなり、先祖が滅ぼされた。奴隷は世界に存在していたが、歴史も相続物もなかった。類縁からむしり取られ、家系を否定された奴隷は、タブラ・ラーサ、白紙だった。まるで生まれたこともなく、父や母を知ることもなく、この世界に藪から棒に現れたように。それは自分の知らない両親について尋ねられたとき、「ただ大きくなったの」と答えた『アンクル・トムの小屋』のトプシーに似ている。

「なぜわざわざ誰かを辱めてまで、ある人が奴隷だと言わなければいけないんだ?」と酋長は加えた。わたしのあまりの無神経に酋長は気分を害しただろうか。「奴隷だった人々も結婚し、サラガ人の一部となったのだ」。

サラガウラの言葉は、わたしにはこう聞こえた。「誰が奴隷だったか、われわれはまだ心得ている」。

友人のギーマンから、村で誰が奴隷出身であるかは、総じてその人の外観がほかの人々に比べて魅力的であったため、見分けがついたと聞いたことがある。子どもだった彼にとって、奴隷といえば「妻」として買われる綺麗な少女たちに限られていたのだ。国内貿易で売られたのは、あらかた女性か子どもだった。しかし美しさも好意も、権力関係や依存関係を緩和してくれない。ほかの誰かを好きになったという理由だけで、所有者が自分の女奴隷を取引に使うことは珍しくなかったと、あるゴンジャ人の老人は述懐している。「自分の女がいれば、別の人間に言えばいい。『俺の女をくれてやるから、その女をくれ』、そうやって取り替えるのさ」。

奴隷妻から生まれた子らは、母親とともに何も相続することなく、完全に父親の系図に組み入れられた。奴隷の母親は子に引き継がせうる生得権を何ひとつ持たないので、女奴隷の子に触れるのはペニスだけだと言われている。奴隷の女性は、本来、家族から支えられた妻たちに与えられるはずの特権や保護を享受することなく、所有者の血筋を引き伸ばした。血縁関係を表す慣用句は、不平等で満たされている。その上、家族は誰が「家のもの」（主人の血列に吸収され、作り替えられた奴隷）であり、誰が「血のもの」（相続、継承の法的権利を保有する王侯貴族）であるかを、けっして忘れなかった。血縁という機関にあって、奴隷は幽霊のような存在だったのだ。

綺麗であることの報いや妻としての苦難について尋ねられるような女性は、酋長の側近のうちにはいなかった。歴史の正統な守護者として、男たちは自らを指名する。そうでなくても、女たちは歴史について沈思することにかまけて過ぎていくような午後など持ちあわせていなかった。女たちに暇はない。市場で商品を売るか、畑で働くか、水の桶を運ぶか、薪の束を引きずるか、洗濯をするか。そんな家事雑用こそ、かつて女奴隷の労働が重宝がられた所以だった。裾を引く子どもや調理を待つ食糧、掃かなければならない床や養わねばならない夫がいるときに、足を止めて話すことなどできるだろうか？　その後、街の女性に奴隷制について尋ねてみると、女たちは冗談を飛ばした、「ほんとうの奴隷は妻たちだろうね」。


「もし誰が奴隷であるかが公然であるなら、なぜそれについて話しあわないのでしょうか？」わたしは酋長を困らせた。もし奴隷を名指しするなら、誰が商人であったかも明らかになってしまうのかもしれない、そんな疑問が頭をもたげる。それなら奴隷狩りに手を染めた人々は？過去を避けることで誰が利益を得ているのだろうか？　沈黙はあのときも、かつても、何も守らなかった。それが与えてくれるのは、主人の家という暫定的な居場所だけだった。

「法だからね」と酋長は返事した。「誰かを指差して、その人が奴隷だとは言えない」

「でも、どっちにしたってみんな知っているのでは？」

酋長はわたしの問いを不快に感じたかもしれないが、それをおくびにも出さなかった。わたしたちはすれ違っていた。わたしがまさに知りたかったことを、彼は口にしないという義務によって縛られている。宮殿にきたのは間違いだったのだろうが、よそ者が街や村を訪れた際は、酋長や族長に挨拶しなければならない習わしになっていた。その行為は、わたしがまさに崩壊を願っていた階級秩序を再生産した。エリートが奴隷の声を語りえないことなら、すでに知っていたのに。

わたしたちは議論に相当な時間を費やしたが、それは議題に相対するというよりは、その周辺をぐるぐると旋回するようなものだった。頭の中では問いが嵐のように吹き荒れていたが、口を衝いて出るのは分別と礼儀をわきまえた人間が発する類の質問ばかりで、それは自分ではなかった。わたしは平穏に映っただろう。ひとつの言葉を発するたびに、ほかの何百もの言葉が喉の奥から飛び出そうになる。微笑みはわざとらしく、敬いは偽りのもの。酋長と似たり寄ったりで、わたしもまた信用に値しなかった。

不誠実と礼節のやり取り、手のうちの開示を拒否する酋長、そして粘り強さだけを武器に酋長を出し抜こうとするわたしの努力は、いずれも過去をめぐる争いの一部だった。敵意をあからさまにすることや宣戦布告を、わたしたちは慎重に避けていた。酋長を問い詰めるべきではないと思いつつ、自分を抑えられない。こんなわたしに構う酋長は、よほど人がいいのか、やぶれかぶれになっているかのどちらかだろう。それはどこからどう見ても陳腐な光景に違いなかった。要求を立てる怒ったアメリカ人、あるいは存在を認めてもらおうと泣き喚く奴隷の聞かん坊。もっとも、わたしたちに与えられた配役と筋書きに気がついていたところで、それは何の違いも生まなかった。わたしたちは最後まで演じ切った。

ゴンジャ人は過去を恥じたでしょうか？　わたしが聞けなかった問いだった。サラガウラが語った恥辱は、奴隷としての地位に関するものに限られていた。商人や狩人はどうなのだろうか？　勝利者は恥を感じたことが一度でもあったのだろうか？　それとも恥辱とは、力を剝ぎ取られた敗北者のみに取りおかれた感情なのだろうか？　そんな問いに答えなどなかった。もし酋長が「うん、過去を恥じている」と答えたところで、その言葉に何の意味があったというのだろう？　そしてもし彼がそれを否定し、「いや、国のことを誇りに思っているよ」と言えば、わたしは傷ついただろう。それは答えを引き出すためでなく、感じるべき恥を感じていない人にやんわりとそう伝えるための問いだった。問いの形で切り出せば、一撃も柔らかくなる。

過去を所有するのも、簡単ではない。特に、以前の時代の勝利と征服がさしたる意味を持たず、ンバンヤの名声が時間とともに廃れていったゴンジャのような場所にあっては。ヨーロッパやアメリカ大陸では、奴隷貿易と奴隷労働から獲得された利益が産業革命を加速させ、運送産業や保険産業を拡大させ、銀行機関を生み、国宝を増しくわえ、さらなる経済発展の基盤を提供した。一方ゴンジャでは、奴隷貿易の恩恵は持続しなかった。

「サラガに数時間だけいて、すべてを知れると思ってはいけない。ここに長くいなければ」、酋長は言った。「ここで時間を過ごせば、人は何か語ってくれるかもしれない」。

酋長はそろそろわたしたちを暇させようとしているのかもしれない、わたしは邪推した。宮殿に入って、もう二時間にはなる。会話にも飽き飽きしているに違いない。一体彼は、こんな応酬を何度くりかえしてきたのだろうか。わたしは尋ねてみた。「わたしのような人間がここにきて、奴隷制について話すことをどうお考えですか？　嬉しく感じますか、それとも負担なのでしょうか？」
「大歓迎だよ」、彼は熱っぽく語った。「もっとたくさん、人に来てほしい。観光客はサラガではなく、ケープ・コーストかエルミナ城ばかりに行く。貿易の中心地はここだったというのに」。観光業の将来を思うとき、奴隷貿易におけるサラガの役割について彼は率直で、意気揚々としてすらいた。アフリカ系アメリカ人が訪問すれば、街にドルが流れる。貧窮にあるサラガにとってそれは少なからぬ意義を持っていた。もう十年もすれば、観光業がガーナの主要産業になる。

　今度は酋長がわたしたちに尋ねる番だった、「あなた方の国では奴隷制について話すのかな？　むこうでは誰が奴隷なのか知っているのか？」出し抜けの質問に面食らったわたしたちは、顔を見合わせ、返答の言葉を探した。

「奴隷だったのは黒人だけでした」、ヤヤが答えている。「黒人でアメリカにいるなら、その人が国に奴隷としてきたと誰もが知っています」。事情はもっと複雑だったが、四人のアフリカ人のジェームズタウンへの到着が何を引き起こしたのか、憲法修正第十三条が何を完遂し損ねたのか、時間が何を癒さなかったのか、説明は難しかった。四百年間ある土地にいても、そこが故郷とはならないことをどうやって説明できるのだろうか？　わたしたちはそれぞれにそれを試み、失敗した。動産奴隷制や一世紀の黒人差別体制（ジム・クロウ）、百万超の黒人収監者、貧困、死刑囚、わたしたちは語ったけれど、それはいずれも現実味を欠いていて、支離滅裂に聞こえてしまう。これらの言葉とつながっている生は、目につきにくい。この広場で縛られた人々と等しく、かれらはつかみがたいのだ。酋長はこれを聞いて何か思い浮かべるだろうか？

自分たちがやってきた世界を言葉に窮しつつ説明しようとするわたしたちに、酋長は聞き入っていた。「むこうは悲惨だったんだな」、彼は答える。酋長にとってアメリカは、サラガの市場に比べて安全な領域だった。動産奴隷制と黒人差別体制（ジム・クロウ）、新分離政策（ネオセグリゲーション）は、ここでなんら社会的影響を有しない。ガーナで起こったことも同様に悲惨だったが、酋長は広場のわずか数メートル先で展開した醜い歴史については論じようとしなかった。

西アフリカでは、環大西洋奴隷貿易が不平等に拍車をかけ、戦争を煽り立てた。公共道路は安全ではなくなった。市井の人々は貧窮し、危険に晒された。豪商や商人は肥太った。戦争と略奪、強盗によって蓄積された富は、生存と奢侈とに経済が分断される貴族、商人社会を生み出した。捕食国家は眼前の共同体を喰い尽くし、それからイギリス、フランス、ドイツがそれを奪い、領土を分割、自らを新しい主人と任命した。「土地のもの（ネイティブ）」であることは、ニグロであることと大差がなかったのだ。これは酋長がすでによく知っていた悲惨な歴史。わたしたちのそれは謎だった。

「ガーナで何を求めているんだ?」酋長は問う。再び、わたしたちは言葉を失った。ガーナで六ヶ月過ごしたあとですら、わたしはそれをつつがなく説明できないでいる。そうやって説明しようとするときまって、相手の顔に困惑の表情が浮かぶのがわかり、当然と感じていることを相手に納得してもらおうとするわたしの声はつかえてしまう。こちらを見つめる酋長の顔つきから、彼もまた、なぜ彼の言うべきことに己の生死がかかっているかのようにわたしたちが振る舞うのか、その理由が了解したいのだと看取できた。

わたしたちは返答をなんとか繕った。議論ではなく、いくつかの途切れ途切れの言葉の積み重なりで。ヤヤの言葉がわたしの返答を遮り、ローレンスやアヤナの言葉をわたしが継ぐ。合衆国では、毎日のように喪失を突きつけられると。事態の好転を待ち続けても、新聞ではまたも死んだ少年の写真を目にするし、無期懲役で刑務所に入った誰かのことを聞く。もうほとほと疲れたと。問題（プロブレム）として扱われることに疲れてしまった。自分を愛さない国を愛そうとすることに、自分が故郷と呼ぶ場所を憎むことに。そんな憔悴を、昔の人なら骨に感じると言うだろうと。

何より辛い部分は話さなかった。わたしたち自身に降りかかったことは誰も言わなかったし、わたしたちが互いに向けるひどいことも口をつぐんでいた。ギャングや走行中の車からの射撃、殺人での死傷者数、行方をくらます父親などについて説明するのは難しかっただろう。最良のことについても同様に、話さなかった。綿畑やサトウキビ畑で生まれた歌が、ニューオリンズのトランペット奏者の唇を介して神秘的な何かに生まれ変わることや、小さな月光のいたずら（ホワット・ア・リトル・ムーンライト・キャンドゥ）ほどに現実味を欠いた言葉であったとしても、それが心を二つに裂いてしまうときがあること、遠くにいる恋人（ディスタント・ラヴァー）への叫泣や、バビロンを打ち倒せというトレンチタウンの青年が歌うチャント、もしくは都会の収容所（グラーグ）のあらゆる悪性の欠裂の狭間に育まれる刺々しい美しさや、あるいは、わたしたちが今なおここにいるという奇跡。

酋長の問いへの答えは、その実、持ちあわせてなどいなかった。ヤヤが話している、「何か特定の場所や人物を求めてここにきたというわけではないんです。ただ、故郷では何かが欠けているような心地でいて、だからここにきました」。

「それはここで見つかったのか？」酋長は尋ねた。

「いいえ」がわたしたちの答えだったが、誰も口には出さない。もし言葉があったなら、別に、歴史の痛みを和らげる何かや、内側の欠落を埋めてくれる何かが見つかると期待していたわけではないと、言えたかもしれない。そんな欠落は何かで埋めて、それからさてと、忘れておけるような類のものではなかったのだ。ここへくることは、ただそれを認める方法のひとつだった。時計の針は元へは戻らない。かといって前に進んでいるような気もしないのだが。

いよいよ発つ頃になって、サラガウラはサラガを忘れないようにと、わたしたちそれぞれに一握りの宝貝を持たせた。「わたしの家から去ったものはいないよ」、彼は言う。つまり帰ってきなさいということだった。ここにきて、欲しいものだけを得て、そして去っていくなど許されない。もっとも、それこそわたしたちがまさにしようとしていたことだった。「サラガはあなた方の故郷だよ。ここで家を建てなさい。歓迎するから」。

長い間、誰かの抱擁を待ちわびていたから、酋長の提案に驚く以上に、その言葉があまりに慰めとならなかったことにわたしは戸惑っていた。もし、この世界にあって異物のように感じてしまうことの治癒を内心では望んでいたのだとしたら、あの瞬間、わたしはこの故郷なき（ホームレス）状態にそんな治癒はないと悟ったのだ。わたしは孤児で、わたしと自分の起源との間の裂け目は、修復しようがない。よそ者になるとは、大西洋のむこう側へ旅することでは癒せない不可避的な条件だった。サラガは永久に故郷とはならない。

同時に、酋長の提案のもつ皮肉もわたしのうちにとどまり続けた。どうやったら奴隷市場に

――これから先もずっとわたしの目にサラガはそうとしか見えないのだろうが――根を張ることができるというのだろう？　それよりほかの仕方でサラガを想像することなどできないだろう。あの広場で取引された生に、わたしはいつまでも取り憑かれてしまうだろう。たちどころに見分けのつく奴隷出の人間として、人目を引いてしまうだろう。そんなことでこの地でもわたしはよそ者になる。ようやく誰かが「ここが君の居場所だよ」と伝えてくれたのに、その同じ言葉がわたしを正反対の方向へと押し流していく。もっとも、何世紀も前に壊れた関係性の代用物を探しに、ここにきたわけではなかった。仮想の類縁関係は、それが癒しとなるには、あまりに奴隷制の暴力の中心部に近接していた。もしかしたらこれは、血にも家にも不忠実な、私生児の考え方なのかもしれない。

「ここは誰にも見せたことがありませんでした」、中央広場を横切っているとモハメドが言った。それは嘘だった。友人のメアリーが数年前にここを研究で訪れたとき、かれらはまったく同じ場所を彼女に案内していた。とはいえ、あまり気にならなかった。その嘘は恋人同士がつく類のもので、騙すためというよりは特別で独占的な関係を創出するためのものだった。サラガを歩くことが特別でも、独占的でもなく、そこに以前足を踏み入れたものがいくらでもいる、そう承知のうえで、あの言語学者は真実よりも少々ましなものを創作したのだろう。過去の幕（ヴェール）を上げるときに彼が約束したのは、「これはあなたたちにだけ」ということだった。言語学者のほかに、酋長の側近が二人同行し、見どころの少ない街の奴隷跡地を案内してくれた。

「あそこに木がありました」、モハメドは遠くのがらんとした空間を指差して言った。「それは市場の真ん中にありました。奴隷は周りに集められ、売られるのを待ったのです。一九七三年に木は倒れました。サラガへの訪問者には木について尋ねる人が多くいるので、古い木があった場所に新しい木を植える計画があります」。わたしたちは彼の腕が示す方向を見つめ、個人貿易商が売りに出す奴隷を集めたり、ゴンジャの大酋長がアシャンティ王へ奉献する奴隷を囲ったりした巨大なバオバブの木を思い浮かべようとした。

「鎖で拘束されたのは、厄介者だけです」、モハメドはわたしたちを安心させるように言った。ババとイダイスは素早く目を交わし、ぎこちなく笑った。このような繊細な事柄がざっくばらんに語られることに気まずくなったのだろう。反抗的な奴隷の話で、わたしたちが気分を損ねてはいまいかと、心配したのかもしれない。

乗合バスが広場を横切って、日常に追われて行き交う人々を乗せていく。ガラス窓に顔を寄せてこちらに目を凝らそうとするものも数人いた。小麦色や茶色、黒色の顔をぼやけさせ、バスが足速に通り過ぎていくまで、わたしは窓に映る顔を見つめ返す。かつて奴隷の一時的な囲い小屋だったという場所を見学するため、わたしたちは広場の端まで歩いた。わたしは中に入り、写真を何枚か撮った。記録すべきものはなかったが、フィルムに焼きつければ、その虚な空間が重大な何かに変容するかのように、写真を撮り続けた。カメラが撮った以上のものを、わたしの想像力がとらえることはなかった。それから一年ほどして写真を見返したが、中身を識別するのに苦労した。そしてぼんやりした写真を友人に見せても、何が写っているのか誰も当てられなかった。それが奴隷の囲い小屋だったと説明すると、皆「へえ」と声を上げ、そそくさと次の写真をめくる。それでもこれらの写真を処分することはどうしてかできなかった。

あのときの写真を一枚、サラガウラからもらった宝貝と一緒に、テーブル上のラングストン・ヒューズ〔作家。ハーレムルネッサンスを牽引〕の遺灰が入った青いガラス小瓶の横に飾った。あたかも死を覚える（メメント・モリ）ためには空っぽの小屋の写真一枚で事足りるかのように。

　サラガにある奴隷制の記念碑は、廃墟だけだった。ガラクタの山、根こそぎにされた木、塩気混じりの陥没穴、老巧化した建造物。荒漠とした風景は、白く輝く要塞よりもよほど、奴隷制が生み出した破滅のしるしとしてふさわしいように思えた。同時に、それらは現在の貧窮の証でもあった。ぽつぽつと固まる家々に沿ってジグザグに曲がった道を歩く。豊かさのしるし――敷地の囲い、波形の薄い屋根、円柱ブロックかコンクリートの家、自転車――を見ることはまれだった。キャッサバ芋を打つ二人の女性とすれ違う。二人ははにかんでわたしたちを見つめ、微笑み、そして仕事に戻った。野外学校の児童らがよそ者に挨拶するため駆け寄ってくる。わたしたちは教師に自己紹介した。大人たちが雑談している間、生徒たちはぽかんと見上げ、囁きあい、そしてきゃっきゃと笑いあっている。ペンベ大酋長の息子のひとりである教師のビスマークは、子どもたちが鉛筆と紙を持っておらず、三人一組で小さな黒板を共有していると言う。彼は、四十人以上の生徒からなる複式学級を教えていた。アクラに戻ったら鉛筆とメモ用紙を送ると、わたしたちは約束した。

　奴隷井戸へと向かう途中、同じく教師だったババが、サラガの困窮を語り出した。教師と学校用品の不足はひどい有様だった。学校の費用が賄えなかったり、家族の生存のために労働する必要があったりで、多くの児童が学校に通えない。ここ数年、北部からレゴンのガーナ大学に合格したものはひとりもいないという。この街では、医療サービスの不足も深刻だった。最寄りのクリニックはタマレにあったが、不規則な診療時間、高額な医療費、交通の不便さなどのために、その有用性は極めて限定的だった。キューバ人の医者たったひとりで、地域の何千人もの人々を診ているという。

モハメドが、地面に沈む侵食した穴を指差した。奴隷井戸は土から吹き出した水ぶくれのよう。「奴隷用の水はここで汲まれて、広場まで運ばれました」、彼は説明した。街の住人は現在も利用しているという。井戸は汚染されていたが、真水の供給はない。人々はこれらの井戸から塩辛い水を飲むか、もしくは近くの荒れた池から女性たちがバケツで運んでくる水を飲むかを強いられていた。真水の供給施設設置の支援を政府は約束しているが、人々は事業の着手に当たり、米ドルで二万ドル相当の資金を用意しなければならなかった。平均年収が二百ドル以下で、大部分の人間が自給農業と小商で糊口を凌いでいる国にあって、それは実質、不可能を意味していた。

街が繁栄している頃ですら、サラガは水の問題を抱えていた。ヨーロッパの旅行者は不満を漏らしている。サラガは「どこよりも惨めな街で、水すら極度に不足しており、法外な価格で買うしか選択肢はないため、商人は滞在をできるだけ短い期間で済ませようとする」。市場の奴隷は水不足の影響をもろに蒙った。奴隷は脱水で苦しむことがしばしばあったという。市場へのある来訪者が観察するように、「貿易風（ハルマッタン）の時刻に遠くから飲み水がサラガへ持ち込まれて売られるが、焼けつくような日差しを凌ぐ術もなく陳列される奴隷が、そのうちの少量しか口にしないことは当然だろう」。それから一世紀が経ち、水は相変わらず貴重で、不足していた。

わたしたちは二百二十五ドルを水事業のために寄付した。村を回っていると何千もの約束を交わし、抱きつかれることに酔ってしまい、こちらに寄せられるあらゆる期待に疲労困憊になった。以前にサラガを訪れたアメリカ人と等しく、わたしたちはいくつもの反故された約束のたなびきを残してここを去るだろう。実現できた約束はわずかであり、ささやかな持ち物――鉛筆とメモ用紙、数百ドル――では、何かを変えるにいたらない。

奴隷が売られる前に身体を洗い、過去の記憶を清められたとも言われるワンカン・バイ小川へと向かう途中、イダイスがわたしに、彼の祖父も奴隷だったと囁いた。まだ子どもだった彼の祖父はニジェール川大湾曲部で拐われ、奴隷として売られた、イダイスは子どもの頃、父からそう聞かされていた。父親が順を追って話し始めると、イダイスはかなしみのあまり首を左右に振り、目には涙が溜まった。涙に気がついた父親は息子を叱責したという。「お前のじいさんの苦しみは、聞いていられないほどのものなのか？」

少年だったイダイスは、祖父が奴隷だったことを恥じた。彼の父親は正しかったのだ。あの涙は祖父を偲んだものであるのと同じくらい、彼のためのものでもあった。奴隷の子や孫の多くが、そして特に刺青や顔の焼印で異邦人と見分けられた女奴隷の子どもたちが、同じような感情を抱いていた。ある奴隷の孫息子が述懐する。しるしがあると「それを消す術はありませんでした。子どもたちは、奴隷のしるしがある母親を恥じていました。あまり彼女には外に出てきて欲しくなかった。だから母親が歳をとると、子どもたちは彼女を家に、部屋の中に閉じ込めておきました」。奴隷の子孫はそんな恥を持ち続けたから、あるものは出自を隠すために名前を変え、家族を偽ったり、あるものは恥辱を隠しておける市町へと移ったりした。

わたしは説明した、「合衆国では黒い肌が奴隷のしるし。でもわたしたちはそれを恥じてはいない。少なくとも今はね」

「あなたはほかの人と違ったふうに扱われるのですか？」

「そう、でもそれはわたしたちがかつて奴隷だったからだけってわけではない」、わたしは答えた。「昔は、黒い肌が人を奴隷に変えた。今は、消耗品に変える」。この言葉を彼が理解しているのか、定かではなかった。「それであなたは違ったふうに扱われる？　ほかの人はあなたの家族が奴隷の子孫だって知っているの？」わたしは聞いた。

「はい、間違いなく」、わたしの馬鹿正直に、彼は満面の笑みでもって返答した。「奴隷の子孫とは、概ね、教育を受けた人々です。英国が子どもたちを植民地学校へと通わせるよう命じたとき、酋長たちは自分の息子をイギリス人に教育させるようなことはせず、奴隷の息子を学校に送りましたので。かれらも苦しみました」。彼はため息をついた。

そんなふうに語るイダイスは声を押し殺していた。モハメドとババは十中八九それを知っていたから、二人に聞かれないようにするためではない。それでも、奴隷制とは囁き声か、密室の中でしか語りえないような類の事柄なのだ。

「酋長はこういうことを語ろうとはしません。語るにはあまりに辛すぎるのです。彼は秘密をそのままにしておくでしょう」、イダイスは話した。酋長は騙すつもりがあったわけではなく、ただ、誰かを傷つけずに、また長年の対立を悪化させずに、沈黙の約束を破ることができずにいたのだろう。酋長にとっては、沈黙こそ平穏の代価だった。

「クワメ・エンクルマは、誰かを奴隷としてレッテルづけたり、名指ししたりすることを禁じました」、彼は言い加えた。エンクルマは、従来の特権や身分制度の形態に組織的な打撃を加えた。「でも」、イダイスは笑って言った、「誰が誰であるか、みんな知っているのですが」。最初に丘を降り、ワンカン・バイをわたったのは彼だった。奴隷の沐浴——そんな言葉はほとんどオペラのように響く。愛が裏切りによって幕を引く陰鬱で、重苦しい物語。それは、始まりからして最悪で、幸せな結末が待つべくもなく、死と絶望で満ちている。奴隷が主人公であるとき、ほかの可能性があっただろうか?

彼のあとに続いて丘を降りる。干上がった河床に立つ彼に、写真を撮っていいかと聞く。彼はこちらをまっすぐ見て、笑った。わたしは彼の写真を撮り、場所を代わって、今度は彼に写真を撮ってもらった。それはつかのまの親密な瞬間。わたしたちの協働は、血縁や類縁によるものだったのではなく、帰属によるものだった。わたしたちは奴隷の末裔だった。名もなき人々の子孫だった。

「これらの場所を訪れると、死者が騒ぎ出します」、街の広場へ戻る途中で、モハメドが言った。「かれらを鎮めるために呪物祭司が呼ばれました。霊が目覚めてしまったので、祭司はわたしたちが訪れた場所にもれなく酒を注ぎます」。

死者の飢えは、生者が精算せねばならない負債だった。今なお満たされず、鎮められていないのは、わたしたちの義務感だったのだ。献酒とは、霊たちを養い、かれらが受けるべき敬慕を満たすための手段であり、そのすべてによって生者は死者からの憤怒を免れる。死者の飢えを癒すことで実現される平和は、何度も重ね重ね得られねばならなかった。

祭司の気も遠くなるような労働に対して、わたしたちはいくらかの献金をした。しかし、それで憤った奴隷が安息に落ち着いたとは、そう信じたかったけれど、どうしても納得できなかった。どうしたら死者が鎮められるというのか？　信じないことで、わたしは死者を悲嘆という過酷な状況に追いやってしまったのだろうか？　死者が安らかに眠っていると想像したかった。それでも、死んだ奴隷の静穏を信じることはできなかったし、わたしたちの捧げ物が、かれらのかなしみに終止符を打つとも思えなかった。わたしが思い描いた死者は、わたしたちのように怒り狂い、気を滅入らせ、あらゆる奴隷としてのしるしが消滅する未来を待ち望んでいた。わたしたちの運命を奴隷のそれとつなげていたのは、そこに共通の渇望だった。

第十一章　血の宝貝

一見、草で覆われたサバンナの平地は、遺物の風景のようには見えなかった。バオバブの木群が破滅の歴史の形跡を残しているようにも思えなかった。剝き出しの土山が消散した命の残骸だとも、大地が退いてできた窪みが、死者やいなくなった人々の痕跡だとも、すぐには了解できなかった。「風景を読解できるものにとっては」と、ある人類学者は書いている、「地形が、凶暴な破壊行為の現場と等しく悲劇的なものとなることがある」。藁や泥壁の家は土に還り、守り神は姿をくらまし、遺棄された神殿に低木が取って代わる。地表は無数の穴や窪みで傷ついている。しかし、そんな腐食の徴候に破滅的な歴史を読み取ったものはいるだろうか？　数世紀の奴隷貿易によってもたらされた通貨が、まるで地中に埋められた秘密のように、もしくは墓標のない墓に捨てられた遺体のように、大地の下に眠っていると誰が推測しただろうか？

棺の中で保護された大金はすべて、奴隷貿易が生み出した富の残余である。王や戦士、商人は、財産を未来永劫にわたって蓄えておこうとした。宝貝で満たされた木箱や革箱、麻袋が地下埋葬室に保存されたり、神殿に隠されたりしたが、歴史は異なる展開を辿る。財宝は、それが掘り起こされる前に、価値を失ったのだ。サバンナの地下銀行は、死に金のための納骨室と、

旧貨幣の安置所と化した。奴隷たちが市場で呆気なく売られていったように、数世紀におよぶ窃盗が生み出した利益もまた、あえなく消え去った。ある経済学者は嘆くように、「骸骨たちは、その永続的な墓に遺棄された」のだ。

大西洋奴隷貿易の時代、西アフリカで通貨として用いられたのは宝貝の貝殻だった。北アフリカ人はすでに十一世紀から宝貝を利用していたが、それが広く流通するようになったのは、ヨーロッパ人が宝貝と奴隷を交換するようになった十七世紀、十八世紀のこと。アフリカ人が宝貝を重宝したため、商人たちはそれが奴隷を購入するにあたって最適な動産であると持論をぶつようになった。『南北ギニア海岸についての記述』でジャン・バルボは書く、「ヨーロッパの交易国は、ギニア湾やアンゴラ湾での航海を継続するため、また奴隷やほかのアフリカ製の商品を購入するために、このごみ［宝貝］を保持している。これはこの貿易でしか用いられることはない。この世界においてギニア人ほどにこれに価値を見出している人々は稀だろう」。

宝貝はモルディブ諸島から輸入された。腰あたりの深さの海を男女が歩き、石や木、シュロの葉から貝殻を引き剝がし、それらを集めやすいように浅瀬においた。ひとりの人間が一日で集めることができる貝殻の数は、一万二千個に上ったという。中の貝が死に絶え、腐臭が消えるまでの数週間、貝殻は砂中に埋められた。それから貝殻は掘り出され、洗浄、乾燥を経て、紐でまとめられて売られる。オランダはインド洋からセイロンを経由してヨーロッパの主要港であったアムステルダムへと、そしてイギリスはベンガル湾を経由してロンドンまで宝貝を輸送し、それから宝貝は奴隷船の脚荷としてアフリカへと運ばれた。

宝貝を廉価で入手していたイギリスやオランダは、船に重量を加えるための積荷として、また「ニグロ貿易」での使用のほかは、宝貝に利用価値を認めていなかった。ヨーロッパ人商人は、宝貝を嘲って「ニグロの金」と呼んでいる。かれらの目に、アフリカ人が無価値のゴミ屑をありがたがることは、フェティシズムの事例のひとつとして映った——アフリカ人は「とるに足らないもの」を貴重品として崇めていると。十八世紀だけで一万一千トン以上の宝貝が西アフリカに持ち込まれた。アメリカ大陸（アメリカズ）へと輸出された六百万を超える捕虜のうち、宝貝と取引されたものはその三分の一から四分の一にあたる。大柄の若い男性、もしくは少年を二人買うには、五・五キロから七キロの宝貝があれば十分だった。人間の肉体、五・八キロにつき、四百五十グラムの宝貝が払われたことになる。

宝貝は、アフリカの土着通貨を駆逐した。宝貝の利点は、経済学者らに言わせると、それらが「小さく、耐久性に優れ、容易に割り切れ、偽造不能で、増殖する」ことにあったという。もっとも、なぜ、またいかにしてアフリカ人が貝殻に対してこれほどまでの価値を見出すようになったかについては、議論が分かれている。ヨーロッパの商人は、それを単純に黒人の愚鈍、またはフェティシズムに帰したが、ある歴史家が書いたように、それは明確に人種差別的であるばかりか、滑稽ですらある。なぜなら、そのような考え方は「アフリカ人とヨーロッパ人が同じ価値観を共有しているという誤った前提に依拠している」から。「資本主義以前の「アフリカの」社会に商品交換の側面があるからと言って、その社会が資本主義社会であることにはならない」。アフリカの奴隷貿易への参与を動機づけたのは、実利というよりは名誉だった。階級や地位の序列を定め、維持する上で重要だったのが、金銭や贅沢品、装身具だったのだ。そんな浪費への愛は、人間の命の犠牲をもって実現された。

奢侈品への飢餓が生み出した荒廃の全貌を把握することは、今となっては困難を極める。たしかに、そんな命の破壊から西洋の資本主義が創出されたのだが、何より驚くべきは、アフリカが蒙った甚大な損失が、なんら持続的な利益をもたらさなかったことだろう。略奪され、損害を受けた社会は、貿易から利益を得る社会と同じではなかったから、アフリカ人商人に「価値の最大化」を図らねばならない理由などなかった。これは、大西洋奴隷貿易を理解する上で、「アフリカのアイデンティティ」という言葉がいかに実体を欠いていて、的外れであるかをただただ例証している。簡単に書くなら、奴隷はある集団から盗み取られ、次の集団によって取引され、それから大西洋をわたり、アメリカ大陸で第三の集団によって搾取されたのだ。金銭の獲得と流通に必須だった暴力と破滅は、貿易の取引相手ではなく、その犠牲者によって担われた。商品となった人々にしてみれば、経済的インセンティブとは、それが「合理的なもの」であれ、「非合理的なもの」であれ、同じ悲惨な結末をもたらすものだった。

十八世紀末までに、海岸では男奴隷が十七万六千宝貝かそれ以上で取引されるようになった。宝貝の価格はサバンナのほうが高かったから、通貨単位につき取引される奴隷の数も多くなった。サラガの市場では、二万宝貝から四万宝貝で奴隷が売られた。高齢者や虚弱なものは、わずか四千宝貝で叩き売られることもあった。文字通りの貨幣の山を前に、潤沢には際限がないように見えただろうし、貯蓄を消尽することも不可能のように思えただろう。宝貝は、大きな単位が「捕虜」や「大量の男たち」として数えられた。

もっとも、アフリカ人が人間を輸出して獲得した富は、兌換不能のものだった。宝貝は白人から黒人の手へとわたり、しかしその経路が逆を辿ることはなく、それらが「ニグロの通貨」としてとどまり続けるようにされた。ヨーロッパ人はほかの輸入品に対して貝殻での支払いには応じず、それらに石や砂利と同等の価値しか認めなかった。

そんな宝貝の経路は、奴隷貿易がアフリカ人、ヨーロッパ人、それぞれの取引相手にもたらした不平等な見返りを浮き彫りにする。アフリカが奴隷を生産し、贅沢品を購入できたのは、そしてヨーロッパにその経済発展に必要な資本の蓄積を許したのは、戦争と略奪だった。マルクスが書いたように、アフリカを捕虜の狩猟地へと作り変えることは、「資本主義的生産時代の曙光が現われる」牧歌的な瞬間のひとつだったのだろう。強盗経済の帰結は、アフリカにおいて、まったく異なる様相を呈していた。商人や王侯貴族のもとに集中した富が新たな富を生み出すことは稀で、奴隷狩りと捕獲戦争の暴威は、農耕を崩壊させ、飢饉を誘発し、社会的、政治的生活を荒廃させた。

＊＊＊

上流階級者と貴族は、宝貝が恵まれた人々への神からの贈り物であると信じて疑わなかった。

それゆえ、いかに宝貝が世界に存在するようになったかについてかれらが語る物語からは、奴隷貿易の醜い仔細がすっぽりと抜け落ちている。ゴンジャのある老人は、その物語をこう語った。「宝貝がまだなかった頃、神は大雨を降らせてな、雨と一緒に落ちてきた生き物の貝殻を、わしらは通貨として使うようになったんだ。雨の目的を知っていた昔の人々は、雨をものともしないで、集められるだけの貝殻を集めて、わしらの知るかぎりだが、初めての金持ちとなった。誰も拾い集めなかった生き物の残りは、海に流されてしまった」。そんなおとぎ話においてすら、富の獲得のために犠牲となった生き物がおり、富は死や腐敗と絡まりあっていた。

　市井の人々は、当然、異なる物語を語った。かれらが提示したのは宝貝の起源についての、またそれらをどのようにして男たちがものにしたかについての、悍ましい証言である。人間（メン）の肉体に寄生する貝殻を、人々は血の金と呼んだ。宝貝を見れば、真実は一目瞭然である。貝殻は膣を彷彿とさせる長くて、ほっそりした割れ目を持ち、隙間には歯が並んでいる。ヴァギナ・デンタタ（歯の生えた膣）のように、貝殻は創造と破壊のイメージを呼び起こす。もっとも、誰もが承知していたように、宝貝は生を育むのではなく、それを貪り喰う。割れ目に並んだ歯は、紛れもなく、喰べるためのもの。宝貝の話し声を聞いたと言うものは少ない。それでも、猟奇的な笑い声を想像することも、満腹になった宝貝の腹から鳴るゴロゴロという音を聞き分けることも、人肉の混じったゲップの匂いを察することも、難しくはないだろう。

　奴隷貿易によって荒らされた地ではどこであれ、富の代償を払った人々の物語が伝わっている。捕虜の肉体を喰い尽くす宝貝。人間の血を与えれば、金は増殖する。富んだ男たちは、大西洋の底の都市々々で汗を垂らす奴隷の労働によって、富をさらに増しくわえた。ほかの人々は、大西洋へと洗い流された宝貝を魔女が貯め込んでいるだとか、それが水の女神、マミ・ワタなどの水霊によって管理されているだとかと噂した。

広く流布していた伝承によると、宝貝を狩るのに最適な場所は、奴隷が殺され、溺死させられた海岸沿いだと言われている。宝を浚(さら)い上げるために、網が海へ投げ込まれた。頭からつま先まで、何千もの貝殻に包まれた奴隷の遺体が揚がることもあった。膨張して軟体人間と化した遺体を回収すると、漁師は金をむしり取り、家に帰る頃には富者になっていた。富んだ男たちは、奴隷の切断された手足を餌に宝貝を釣り上げたという。温情ある主人であれば奴隷が自然に死ぬまで待ち、それから身体の部位をラグーンや川に投げ入れた。罪悪感もなく、金銭の欲望に駆られて水辺に佇むビッグ・マンは、金が増殖し始めるまでぶらぶらと暇を潰し、神からの贈り物を歓迎した。

今では、すべてが死に金となった。捕獲と奴隷の売却によって蓄積された富は、ゴミ屑に帰した。フランスとイギリスの軍隊はババトゥとサモリを打ち破ったあと、それまでの盗賊や戦士の王らが夢想だにしなかったような規模で、サバンナを掌握する。宝貝は貨幣としての価値を失い、最終的には、アフリカの解放を口実にその地を分割し、征服した植民地政府によって完全に廃止された。死にも似た奴隷の苦悩は、遅まきながらヨーロッパ諸国の知るところとなり、萌芽期にあった廃止論的熱情がアフリカ征服に根拠を与えた。十九世紀、夥しい数の捕虜をアメリカ大陸へと移送したまさにその国々が、奴隷制への異議を表明する。植民地政府によるアフリカ内での奴隷貿易廃止とときをほぼ同じくして、奴隷貿易の通貨もまた、少なくともアフリカ人が蓄積した分は、破壊された。過去を消し去り、再出発を図るような努力が西洋諸国でなされることはなかった。宝貝を追い落としたポンドやフラン、マルクもまた、血の通貨だったのだ。

第十二章　逃亡者の夢

グウォルへの道中、バスは笑い声で波立っていた。声は窓から飛び出して、広漠とした土地を満たす。この奴隷ルートの次に停まる場所でケニヤ人を売ろうとおどけてみせたのは、カメルーン出身の歴史学者、フォミンだった。ハニントン、ムシャイ、ムンビ、そしてリチャードを売り払えば、このバスの残りの全員が食べられるだけのほろほろ鳥を買える、フォミンは自信満々に請けあった。バスの後方からリチャードが怒鳴る、「俺はウガンダ人だ、覚えておけよ」。フォミンにつられて、ほかのメンバーも地域ごとの奴隷の悪癖を冗談交じりに話し出した。ジェンクスに関しては、バスの意見は一致していた。彼に何か期待してはいけない。ナイジェリア人に何ができるのか？　問題ばかり起こす所有物に金を払うものなどいるだろうか？　ジェンクスはすぐに言い返した、「裸の王様は、それでも王様だぞ」。

その研究グループで、唯一のアフリカ系アメリカ人だったサンドラとわたしを売ろうと軽口を叩いたものはいなかった。そんな冗談は、腕や脚が欠けているのをわざわざ指摘したり、奇形を面白がったり、貧乏を笑ったりするようなことで、趣味の悪いものになっただろう。わたしたち以上に哀れみの対象になっていたのは南アフリカ出身のジェフリーで、誰も彼を茶化そうとはしなかった。彼は自国で奴隷となった。わたしたちは、少なくとも、拉致されたという建前が通る。国境を越えてトーゴへ入ると、戯けた男連中がわたしを冷やかす、「サイディヤ、君はここから来たのかも」。ベニンではなじられる、「君はバスを降りて、ルーツを探したほうがいいんじゃないのか？　君が自分の正体を突き止めようとしている間に、インタビューは済ませておくよ」。

わたしが彼を気に入っているとリチャードは知っていたから、彼は誰よりもタチが悪かった。彼の鋭いウィットと気取らない態度の混在を、わたしは好ましく感じていた。彼の趣味は、わたしのスワヒリ語の名前をからかうこと。研究セミナーでの初日、わたしがその名前の意味を知っているのかどうか、彼に聞かれた。わたしは答える、「もちろん、誰かを助ける人っていう意味」。

「うん、でも君がわかっていないのは」と彼は言った、「ナイロビの中央市場にでも立って、両手を伸ばして、サイディヤ、サイディヤって撫でるように言ってごらんよ、人は君が援助や施しを乞うていると思うから」。グループで懲りもせずにパン・アフリカ主義者を貫いていたハニントンは、そんなとき、同情の眼差しでこちらを見ていた。

「彼の名をカリム・ファラカーン・ジョーンズと言った」、リチャードが話しだすと、バスにはすぐに笑いが爆発した。「さて、カリム・ジョーンズは」、からからと笑いが続いている、「アメリカで奴隷だったんだが、故郷のアフリカへなんとしても帰りたくてね、泳いで大西洋をわたったんだ。ナイジェリアの海岸に這いずり上がった彼は、真っ先にその土地にキスをする。けれど彼の帰郷はほんの一瞬で終わってしまった。数メートル歩いた先で、二人の強盗に捕えられてしまうんだ。強盗は彼がよそ者だってわかっていたから――キスなんかしたのがいけなかったんだね――、彼を奴隷として売ってしまった。カリム・ジョーンズは何度も売られ、何人もの売人の手を通った挙句、ザンジバルのクローブ農園にたどり着く。アフリカでも奴隷になるしかない、ニガーとは呼ばないけれど、そんなふうに自分を扱う主人のもとで骨を折らなきゃならないと悟った彼は、インド洋に飛び込んで、合衆国まで泳いで戻ろうとするんだ。でも、あいにく、彼は南アフリカ沖のどこかに沈んでいってしまったって」。

笑いたくはなかったけれど、思わず笑ってしまった。

次に話そうと口を開いたのは、セネガルからきた大学院生のイブラヒムだった。彼は背の高い、ひょろっとしたウォロフ人で、奴隷の家系との結婚は家族がどだい許さないだろうけれど、君とセックスするくらいなら大丈夫だと、わたしに再三言い寄ってくる。彼が「そういえばあるとき」とまで言いかけたとき、わたしは声を張り上げた、「もう奴隷の冗談は十分」。そしてなんと、かれらは話すのをやめてくれた。

＊＊＊

二度目の北部旅行は、一度目のそれとはこれ以上ないほどに違っていた。ヤヤとローレンス、アヤナと行った最初の旅が奴隷ルートの悲劇だったとするならば、今回は茶番だった。冗談と騒がしい笑い声がひっきりなしに飛び交っている。同僚は、大学にいるときの生真面目な研究者としての姿をかなぐり捨てて、ただの悪ガキになってしまったと見える。ロードトリップは、得てして人々をそう変えてしまう。既知の世界から飛び出して、数日間延々と旅をした末に未知の土地へたどり着けば、古い自分をどこかに置いておきたいような気持ちが高まるのも無理ないし、それが可能だと愚かにも信じてしまいたくなる。遠くへ行けば行くだけ、人は解放される。あらゆる舫（もやい）が解かれる。

　妻と世間体が彼方へと遠のくにつれて、男子諸君ははしゃぎまわり、興奮するようになった。フォミンはわたしの腿をつねり、彼の脚をわたしのそれにきつく押しつける。彼の手と脚を払い退けるのにうんざりしたわたしは席を替わり、ムシャイの横に収まった。女性陣は多弁になり、欲情した男子との間にぺちゃくちゃと会話の壁を築き上げた。ガーナ大学アフリカ研究所の所長で、研究チームの責任者であったコフィ・アニドホだけが、普段の陰気な様相を崩さない。わたしは皆に倣って彼を教授と呼んでいたが、こっそり酋長のように感じていた。

　旅行の初日は平凡そのものだった。わたしたちはアクラから、アシャンティ帝国の中心地であったクマシに向かった。アシャンティ王の宮殿を訪れたわたしは、巨大な奴隷貿易が生み出した文明の壮麗と野蛮を思った。「この文化財と呼ばれるものが文化の記録であることには、それが同時に野蛮の記録でもあるということが、分かちがたく付きまとっている」と、ベンヤミンは書いている。勝利者の戦利品と文化財は、いまだ地面に横たえている敗北者の生と切り離しえない。これは、ローマだけでなく、アシャンティにも該当する。十九世紀、アシャンティの繁栄は凄まじく、一般庶民ですら奴隷を所有していたという。その国家発展と官僚制は西アフリカ随一を誇り、荘厳な金の展示や王室劇場などによって誇示された王国の富は、見るものすべてに感銘を与えた。もともとあった、沿岸のヨーロッパの城砦を模して建造された王の石の宮殿は一八七四年、イギリスとの戦争の際に破壊されている。新しい宮殿は豪勢な造りだったが、それでも本来の広大な建造物に比べると地味なものだった。王宮の滑るような優美と、宮殿の敷地を美しい羽をしょって気取ったように歩く孔雀は、アシャンテヘネの頭と首、腕や手首、足首、そして足を飾り立てた金のレガリアを想起させた。宮廷の広場を歩く彼は、金の重さにふらつかないよう用心して、恐る恐る歩を進めなければならなかったという。そんなこれ見よがしの富は、そのような荘重さを演出するために犠牲となった数多の命をも思い起こさせる。アシャンテヘネのスツールは、ダホメー王のものとは違って人骨で底上げされていたわけではなかったが、それでもわたしには人骨が見えるようだった。

北部へ向かっていると、かなしみが潜むぽっかりとした自分だけの暗闇がわたしを包み込んだ。奴隷ルートに沿ってのろのろと進むうちに、グループの中で徐々に孤独を感じるようになったのだ。すでに感じていた孤独よりも深い孤独があることを知らなかったから、驚いてしまった。西アフリカにおける奴隷制と記憶の問題について調査するために集まったリサーチセミナーの最初の週、すでに仲間からの隔たりを覚えていた。そんな経験なら珍しくはない。物心ついたときから、周りの人々からの疎外を感じてきたから。ひとりぼっちで校庭で遊んでいたのは、一年生の頃。赤のセーターで頭を包んで、それが修道女の衣装みたいに思えて、シスター・マドンナになったつもりで。いかなる集団の中にいたとしても、概ね例外なく、部外者のように感じてきた。今回違っていたのは、ほかの人々もまた、わたしが部外者であるという認識を隠そうとしなかったことだった。

一月の末に顔合わせをし、それから十一週間開催される予定だったリサーチグループは、べニン、カメルーン、ガンビア、ガーナ、ケニヤ、ナイジェリア、南アフリカ、そしてウガンダからきた教授や講師、大学院生の集まりだった。ともに過ごした最初の数週間のうちに、内輪の冗談や揶揄のパターンが確立されていった。会話の九割は、「君たち南アフリカ人は」とか、「君たちナイジェリア人は」とか、「君たちガーナ人は」といった言葉から始まった。しかし、わたしが会話に入るときはいつでも、気まずい沈黙に迎えられるのだった。セミナーの同僚は、何を言っていいのかわからなかったのか、もしくは相違に触れることが、わたしを侮辱してしまうと恐れたのだろう。もっともそんな相違は、わたしたちが共同で奴隷制について調査しているときは特に、全員を緊張させるものだった。わたしの存在が、植民地時代以前のアフリカという栄光に水を差す。わたしは「アフリカの家族」から出た使い捨ての子孫であり、その肉体と血は、家族の恥辱と悲劇的な過ちの名残である。同僚たちが陰で「あのアメリカ人は」とひそひそ言っているとき、そこには優しさも愛情のかけらも微塵もなく、あったのはただ嘲笑と嫉妬だけだった。

　アカムは「ディアスポラの友」とわたしに話しかけ、一方、残りのグループのメンバーを大陸の兄弟姉妹と呼ぶ。ディアスポラとは、単によそ者を婉曲的に表現するひとつの方法にすぎない。なぜなら、教授とハニントンを除いたほかの同僚は、かれらとわたしの歴史がいかに絡まっているかについて深く考察しようとしなかったし、系（ハイフン）という言葉で連結されたアフリカ系アメリカ人のアフリカの部分が、かれらのアフリカと関係があるなどとは想像すらしないようだったから。かれらははっきりしていた。アフリカは大陸の境界で終わったのだ。

　わたしがこのことについて迫ると、同僚は言葉を返す、「じゃあ君はセミナーのあともガーナにとどまるつもり？」わたしの答えがノーであると知らぬものはいなかった。それならどうして、訪問者を決め込んだわたしを、よそ者以外の人間として扱う必要があろうか？　大抵は、そんな気まずい空気を合図にして会話は打ち切られた。

わたしと同じ孤独を感じているかどうか、サンドラには聞かなかった。彼女がわたしたちと一緒になったのは、セミナーの最後、二週間のフィールドトリップのとき。彼女とアニドホは、セネガルのダカールに拠点をおく社会科学研究団体のＣＯＤＥＳＲＩＡが後援し、フォード財団の助成を受けた、二部構成のリサーチセミナーの主催者だった。セミナーの第一部は、記憶と奴隷制についてのセミナーをガーナ大学で教授が指導し、第二部は春の終わり頃、アメリカ大陸（アメリカズ）におけるアフリカの構築について、ノースウェスタン大学でサンドラがセミナーを開く予定でいた。サンドラは、バスの前方でアニドホと座ることが多かった。年配者だった彼女は、バスの後方で受講者たちが繰り広げる喧騒から守られていた。

ひどい日には、自分が警告のサインとともに檻に入れられた怪物のように感じることがあった。「**危険、獰猛なニグロ、近づかないこと**」。同僚はそう感じさせたのだ。奴隷制の中心部に入れば入るだけ、孤立も深くなった。同僚の大半は奴隷制を傷として経験していなかったし、そうでなかったとしてもかれらはそう装っていた。かれらにとって醜い歴史とは、いまだ終わらない一四九二年という年に始まったのではなかった。そして、たとえかれらがそのことに真実性を認識していたとしても、表立ってそうとは認めなかっただろう。

ババにとって奴隷制とは、祖国に利益を生むための事業計画だった。ガンビアにアフリカ系アメリカ人の観光客を呼び込むため、彼はインターナショナル・ルーツ・ホームカミング・

フェスティバルを組織していた。ジェフリーにとっては、奴隷制が合衆国での生活に向けて奨学金を得るための方法。彼はハリウッドを目指す映画監督の卵で、デンゼル・ワシントンに会うことを夢見ていた。ジェンクスの理解によると、奴隷制とはヨーロッパがアフリカに対してなしたことである。そしてわたしにとって奴隷制とは、アラバマの泥道に、もしくはカリブ海の小島に置き去りにされる、高祖母の姿だった。

旅に出る際、アニドホは、奴隷の子孫としてのわたしが、グループのために証人となることを期待していると言った。しかし、この集団の中で証人として振る舞えるとは思えなかった。証人は聞き手を必要とするが、ほかのみんなはもうわたしに辟易としている。

バスがブルキナファソの国境へ向かってガーナをじりじりと進む中、わたしたちのわずかなすれ違いは積み重なって、もはやほとんどいかなる話題であっても意見が齟齬をきたすようになった。すでに何週間も同僚と言い争いをしたあとに、なぜこの旅に限ってそうはならないと判断してしまったのだろう？　ジェンクスとわたしは何においても衝突した。彼は口癖のように、「アフリカの中で奴隷制は穏やかな制度だった」と言う。アフリカの奴隷制と大西洋奴隷貿易との間に、まるで一方は、もう一方になんら関係していないかのように、絶対的な線を引くのだ。奴隷制は穏やかで、保護的な制度だったという彼の言い草は、わたしの耳に南部の農園主の正当化のようにしか聞こえなかった。あるとき彼は、人の出自に言及することのタブーは、奴隷制廃止（アボリション）の行為に等しいとすら放言したことがあった。

リチャードは、アフリカにおける強制的な隷属を奴隷制と呼ぶことはそもそも適切でないと考えていた。彼にとってそれは、西洋がアフリカの社会制度を、それも不正確に、定義づけようとするひとつの事例であった。「それなら、どうやってアフリカの文脈における搾取について言葉にしたらいいんだろう?」とわたしが聞くと、彼は答える、「アフリカにはそれよりも火急の問題があってね」。

フィールドトリップに出かける前、わたしはジョンとメアリーに、グループの中にいると自分が火星人のように感じると愚痴をこぼしていた。同僚との間に起こった度重なる衝突について、逐一聞いてもらう。同情してくれるのかと思ったら、メアリー・エレンとジョンのアドバイスは口を閉じておいたほうがいいということだった。「誰も聞く耳なんか持ってないよ」、メアリー・エレンは忠告した、「そしてもしあんたの言葉からあの人たちが何か学んだとしても、面子を重んじるのがこちらの文化だから、誰もそれを認めないでしょうね。対立しなきゃいけない理由なんてないよ。かれらが信じていることを覆そうとするよりも、ただそれを受け入れて、書くことのほうがよっぽど学びになる」。

ジョンは頷いて同意を示し、付け足した、「ここではどうしてもわかってもらえない事柄がある。その考えがいいか、悪いかは関係なくて、ただわかってもらえないものがあるんだ」。わたしの考え方が、そんなわかってもらえない事柄のひとつであることは間違いなかった。かれらの助言に従おうとしたが、どうしても口を閉じていられなかった。

サラガで、軋轢が生じた。わたしがここを初めて訪れたときに出会った教師のババの案内で、わたしたちはママ・デマタを訪問した。彼女の祖父は奴隷商人で、彼がブルキナファソからガーナへと奴隷を輸送する際に使用した足枷一式をママ・デマタは所有していた。ママ・デマタが足枷を広げると、ムンビがそれを付けてみていいかと尋ねる。ムンビのスウェットパンツにママ・デマタが足枷をぐるりと装着すると、街の人々が集まってきて、どっと笑いが起こった。人々はムンビの足枷を指差しながら、奴隷だ、奴隷だと口々に呼ぶのだ。ナイキの野球帽と編み込まれた赤褐色の髪の毛、スウェットという出立に、足枷という不調和が可笑しかったのだろうか？　彼女はケニヤ人だったが、アメリカ人のような格好をしていた。すっかり奴隷になったつもりのムンビは、ママ・デマタの家の表庭を、ふらふらと小さな足取りで行ったり来たりしている。脚を動かそうと四苦八苦しているうちに、錆びついた足錠は、ムンビのくるぶしに引っ掻き傷を残した。数分後、もう十分と見えた彼女は足枷を外してもらうよう願い出た。足枷は、それが装着されたときとかわらず何もなかったように取り外された。ムンビが再び自由の身になったとき、周りの人々は拍手喝采する。一方、わたしは煮えくりかえるようだった。

旅が続くにつれ、わたしたちの相違の錯綜は乗り越えられないほどに深くなっていった。この極小のアフリカ連合に何を期待していたというのだろう？　お互いの違いを超えたつながりが欲しかったのだと思う。でも、二ヶ月間近く一緒に働いた日々がもたらしたのは、奴隷制について、さらに言えばほかのいかなる事柄についても、共通の語彙を見出すのがより困難になったということだけだった。「姉妹」というカテゴリーがどれだけ拡充されたとしても、わたしはその範疇からこぼれ落ちてしまう。全アフリカ人の連帯を標榜し、大陸的な友愛と社交という理想を奨励し、ディアスポラにあるわたしたち一人ひとりに大陸を故郷として夢見るよう鼓舞したパン・アフリカ主義の残余が何であれ、その中にわたしのような人間は含まれない。同僚からすれば、系（ハイフン）という言葉でつながれているとはいえ、わたしが自称するアフリカのアイデンティティは空想の産物であり、わたしのスワヒリ語名は娯楽にすぎなかった。押し殺した笑い抜きにわたしの名を呼ぶことなど、かれらにはできなかったのだ。

もしパン・アフリカ主義になんらかの希望があるとすればと、アンソニー・アッピアのエッセイは結論づける、「わたしたちがディアスポラのパン・アフリカ主義と大陸のパン・アフリカ主義、双方の独立性を認識することが肝要である」。あのグループにあって、わたしは絶えずそんな「独立性」を突きつけられたが、それはただただ孤独のようにしか感じなかった。どれだけ努力したところで、わたしとかれらを隔てるバリケードを乗り越えることはできそうにない。ぎこちないやり取り、緊迫した会話、言葉にされなかった糾弾、そんなものがわたしたちの行く奴隷ルートをついて回る。それがあちらのせいであるのと同様に、こちらのせいでもあることは、あまり認めたくはなかった。

ナブロンゴへと向かっているとき、ジェフリーとムシャイがわたしの自己中心を咎めた。「アメリカ大陸の物語がなによりも重要だって思ってるんだ、君は」、ジェフリーが言う。「アレックス・ヘイリーの真似事さ」。

二人の肩を持つジェンクスが興奮して捲し立てた、「俺の大叔父はいなくなった。商人に誘拐されたとみんな、思ってる。じいちゃんはガーナまで彼を探しにいったこともある」。

「わたしが言おうとしているのは、別にわたしの経験が――」

アカムがわたしの言葉を遮る、「ディアスポラの友、君は自分だけが苦しんでいると思っているようですね」。

わたしは言い返す、「奴隷制に対しての賠償は、実際に盗み去られた人々の子孫ではなくて、アフリカが受けるべきだと、あなたは考えているんでしょ。そうして最初にわたしたちを売ったエリートは、もう一度わたしたちを売って儲けるってわけね」。

「でも俺たちは貿易を強要されたんだ」、ジェンクスがわたしに向かって叫んでいる。「俺たちは負け犬さ。受け取ったのはくだらない飾り物だけだ」。

教授が割って入った、「貿易に負の側面があったことは、認めなければなりません。隣人を譲りわたしていることは、周知の上でした。人間を物品と取り替えたのです」。

わたしたちはそれぞれのリングのコーナーに戻り、それから再び殴りあった。それは校庭の乱闘めいたものだったから、敵の嘆きや屈辱には目もくれなかったし、一方、自分のそれは痛いほど自覚していた。わたしが知っていたのは自分が傷ついたということで、相手も同じだけ傷つけたかった。わたしたちは互いに血を求め、不信を増大させ、沈黙を深くし、もはや乗り越えることのできそうにない亀裂をさらに広げた。

傲慢で短気、いつも態度が悪くて、何か世界に返してもらうべき借りがあるような顔をし、裕福で、鬱陶しいブラック系アメリカ人、同僚はわたしをそうみなして、こぞって軽蔑の的にした。そんな状況にあって勝ち目がないことは、ガーナで過ごした六ヶ月が教えてくれていた。だからわたしは、田舎の風景を眺め、消えていった人々の地中に失われた町々に目をこらして、やり過ごすことにした。

群れになってまばらに点在するバオバブの木々は、かつてそこに村が存在したしるしだと言われている。グウォルまでの道すがら、わたしが数えただけでも十三の木群があったが、それ以外の生命のしるしは何もかもが消滅していた。バオバブやシアバター、イナゴマメ、イチジクの木は、無帰属者の歴史を保存する。それは敗北者のアーカイヴ。

サバンナを交差する人は、奴隷貿易の暴力と否応なく対峙することになる。果てしなく広がる閑散とした空間と遠方の居留地は、戦争と襲撃の長い歴史を証する。荒廃した景色と、生命の気配のないまっさらな平野は、暴徒と略奪を、そして安全な場所を目指して逃亡した人々の物語を語る。見捨てられた村々と荒涼した町々は、逃げ惑う人々の痕跡。そしてグウォルは、人々が保護を求めて逃げ込んだ場所のひとつだった。

グウォルを前にまず目に入るのは、防壁である。サバンナの広漠とした空間とそれを取り囲もうとするちっぽけな物体の対比は、素通りを許さない。赤褐色や黄土色、ココア色の草原が平野を埋め尽くし、花崗岩の露頭が地平線に刻まれ、アリ塚の尖塔は天まで伸びるようで、バオバブの木々が彼方に霞んでいる。そんなパノラマの背景にあって、防御壁はいかにも無謀で、滑稽にすら映る。カボチャのような、糞のような色をした紅土の住居が、壁の残骸の両脇に扇状に広がっている。サバンナの飾り気のない美しさが、崩れかけた堡塁によって浮き彫りになった。

かつて街を奴隷襲撃者から守った防壁は、もはや威圧的なバリケードの姿をとどめていなかった。時間と気候が防壁を侵食したのだ。土手の長さは三メートル半から四メートル半ほど、高さは三メートル半から四メートルちょっとで直立している。幅は六十センチから九十センチくらい。防壁によって保護されているものよりは、その抱擁からはみ出ているもののほうが多かったから、それがかつて街全体を取り囲んでいたとはとても信じられないようだった。防壁が誰かの侵入を阻むことはもうない。それが建てられたとき、村の外部の世界は極めて殺伐とした地帯で、防壁がその脅威を押しとどめていた。

壘壁は、友と仇、味方と敵の世界を隔てた。それは入植地と未開地を区別し、脆弱な安全地帯と巨大な危険地帯との間に境界線を引いた。未開地からはよそ者や強盗、襲撃者が現れた。奴隷貿易によって解き放たれた幽霊や悪霊、邪悪な力もまた未開地を占め、その土地の隅々を荒廃した、不毛の地に変えようと脅かしていた。恐るべきものは多かった。未開地、夜、怒れる死者、馬上の男たち、そして奴隷商人の網。

奴隷狩りによって脅かされたほかの人々と同じように、グウォル人も防壁を築いて身を守ろうとした。十九世紀には、そんな要塞都市が当然のように西アフリカのあちこちで見られたという。多い場合には七重にもおよぶ高い壁が街の中心部を守り、細い通路が兵士の小隊や襲撃者の一団の侵入を防いだ。

襲撃や捕囚といった喫緊の危機に対応するため、村々の構造や建造物には軍事的な目的が付与され、次第に複雑で、手の込んだものとなっていった。街の門は、大人が這って入らねばならないほど低く造られ、万が一の際は逃亡できるよう住居には複数の出口が設けられ、敵の移動を妨げるため狭く屈曲した路地に沿って、家々が並べられた。シェルターは岩の下に造られたものや、食料や家畜を保管できるだけの大きさの洞窟や洞穴に隠されたもの、人の侵入を拒む山奥に抱かれたもの、また湖上に高い支柱によって浮かべられたものなど様々だった。棘のある木や有毒性の植物で設えられたフェンスが、防御をさらに強固にした。サバンナ中の防壁や柵に、数世紀におよぶ戦争と奴隷狩りの痕跡が残っている。平和な暮らしはもはや望むべくもなかった。

広場の中央で鼓手が太鼓を叩いて、わたしたちの到着を告げ知らせる。村の人々が皆、集まってきた。村の議員と長老は、野外集会所の藁葺き屋根の下に固まっている。かれらは朝の八時から待っていたという。わたしたちが着いたのは、午後二時近く。わたしたちは「南部からの貴賓」ということになっていたので、村の人々は苛立ちを堪え、辛抱強く謁見に備えていたのだった。

しきたりに則って長老たちの前の長椅子に腰掛けると、飲み物が差し出された。わたしたちはそれを手に取って、塩辛い水を飲むふりをした。賓客のうしろでひしめいていた街の人々は、瓢箪の容器を口まで持っていって、中身を飲むのを嫌がるわたしのような人間の姿を見て、笑い声を上げる。アニドホがまず自己紹介し、緩慢を詫び、メンバーの名前と出身国を紹介してから、グループの旅の目的を伝えた。

長老たちは、到着を待ちくたびれていたのだろう、無愛想で心なしか不機嫌に見えた。謝罪の言葉は、寛大にも受け入れられたようだ。「兄弟のためなら、待つのも苦にならないものだ。兄弟なのだから。われわれは我慢強く待ったさ。朝からあなたたちのことを待っていましたよ」。男性の輪の中にいた長老がひとりずつ、わたしたちと挨拶を交わした。朝から待っていたことに触れないものは誰もおらず、わたしたちの遅刻と配慮の欠如を暗に指摘した。議員たちは心配いらないと言う。必要な情報は与えるからと。それはわたしたちのグウォルに対する関係性と興味の打算的な側面を強調するものだった。よそ者がここにきて、必要なものを獲得し、たいした反省もなく去っていくことに、かれらは慣れている。

女性たちは長老の輪から外れたところに立ち、歴史の知識がおよぶ範疇からも排除されていた。村の議会にも、親族会議にも、女性を代表するものはいない。わたしたちのようなよそ者と似て、女たちは、自分たちにも要求すべき権利があるはずの主張に、ただ耳を傾けるばかりだった。

わたしたちの眼前に座る男たちの祖父母は、ババトゥとその部隊の襲撃から身を守るために壁を築き上げた。悪名高いザバリマの戦士であるババトゥは、十九世紀の最後の数十年、居住地や町々で略奪をはたらいたり、女や子どもを捕獲したり、男たちを虐殺したり、家畜や宝貝を奪ったりして、北部地帯を殺伐とさせた。フランスの植民地支配とたたかい、独立国家を建国しようとしたマリンケ人の指導者、サモリ・トゥーレについて語るものはわずかだった。ババトゥとサモリに襲撃を蒙った共同体にとっては、略奪者と反植民地主義の英雄との間にさしたる違いはなかった。

奴隷貿易の時代において、「自由な男女は誰であれ、いつ奴隷商人の網にかけられてもおかしくなかったため、捕囚から一時的な猶予を与えられているにすぎなかった」という。防壁を建てた理由を説明する長老たちは、それが単に街を封鎖するだけでなく、暴君と市井の人々、また捕食国家と小規模社会とのたたかいのための窓口としての役割を果たしていたと言った。たしかに堡塁は襲撃者を撃退し、住居や周辺の農地、水源を守ったが、その重要性はそれだけではなかった。それは、未来の主人と未来の奴隷の関係が、多大な暴力という代償によってのみ達成可能だったことを教えていた。

「人々は無抵抗で狩られていったわけではない」とある男は言った。「誰も奴隷になんてなりたくはなかった」。人々は捕囚を逃れるために、サバンナの僻地へと移住した。逃避とは、自由を意味していた。


アシャンティやゴンジャ、ダゴンバ、モシからの襲撃者や奴隷商人から逃れるため、人々は歩いた。どこに向かっているのか、何が待ち受けているのか、どこまで行けば安全なのかわからぬまま、逃亡者は何週間も旅をした。ともかくたしかだったのは、元いた場所が安全ではないということだけ。旅のすがら、かれらは耕すことを、子どもたちが失踪するのではなく、成長する姿を見届けることを夢見た、自分たちのために汗を流すことを夢見た、王侯貴族の存在しない地を、「未開人」や「野蛮人」、「奴隷」といった言葉を耳にせずにすむ地を夢見た。妊婦はふっくらとした腹をすらすらとさすり、まだ生まれぬ子にまだ見たこともない地の物語を語り聞かせて、その子をなだめる。物語を漏れ聞いた長老たちもまた、それを信じるようになり、開拓地に想いを寄せては、木々がさやさやと鳴る音に耳をすませた。その地にたどり着くにはまだ数週間と歩かねばならなかったが、かれらの心はそこが故郷だと告げていた。男たちは地形を調べ、新しい土壌に蒔かれるべき種を備えた。

かれらが向かっていた未知の領地は、まるで遠くで待っているはずの街が自由そのものであるかのように、想像の中で手触りと細部を獲得していって、そうして未見の土地は肉体を伴い、かれらのものとなった。この道の先には安息の地が待っている。一歩、先へと踏み出すごとに、そんな地の姿は鮮明さの度合いを増していった。細やかな土の吹き溜まりが足裏を包み込み、目は遠く地平線を見据え、その果てしなく広がった光景が、かれらを世界につなぎ止めた。かれらはこれから建てる家を思い描き、話しあっている。屋根は丸いほうがいいだろうか、それとも平らなほうがいいだろうか、土で建てるのがいいだろうか、藁がいいだろうか。

かれらは歩きながら、まだ生まれぬ息子や娘たちに、この旅をどうやって語り聞かせたらよいかと思案した。なぜ旅をすることになったのか、その代償はなんだったのか。かれらは神々に伺い、正しい行為をなしたのだと納得した。この旅は子どもたちのためになる。虚な表情をした子がなぜこんなことをしたのかと、この旅路の逐一を疑問に付すことはきっとない、かれらは信じた。

しかし、傷だらけの足がふらつき、乾きのあまり唇が裂け、身体が泥まみれになった子どもたちに何を言ってあげたらいいかは、より難しい。いや、道に迷ったわけではない。しかしどこに向かっているのか、たしかなことは言えなかった。子どもたちはそれでも知りたいとせがむ。親たちは、森の近くだとか、いいところだとか、泉のそばの最高の場所だとか、なんでも育つ安全な場所だとか、とりとめのないことしか答えられなかった。そしてもう疲れて、気が短くなってくると、父や母は子どもたちを荒っぽく押して、歩きなさいと言う。ぐずぐずしてるんじゃないよ。道を外れないで。兄さんの手を離さないように。そして夜がきても、子どもたちには大人が恐れていることやなぜ身を隠さねばならないのか、その訳は話さずに、静かにしていなさいとだけ言って、もし子どもたちもまた怯えてしまうようだったら、息子や娘の耳に唇をそっと押し当てて小さな歌を歌えば、子どもたちは洞窟を寝床とすることにも安心し、星が見えない理由を聞くこともなかった。

逃亡者が持ってきた所持品――瓢箪、鍋、マット、服、大鎌、槍――は、頭上で運ばれるか、もしくは背中に結えられた。ロバも馬もいなかったから、幼い子どもたちも何か持たねばならなかった。かれらのささやかな所持品は、新しいスタートを切るには申し分なかったが、それ以上は望めなかった。人々は置き去りにしてきた死者たちを案じ、誰が面倒を見るのだろうかと憂いては許しを祈った。

人々をここまで導いたのは霊であり、日毎、かれらは導きのしるしを求めた。しかし、あまりにも長い間あてもなく歩き続けたかれらは、次第に疑心暗鬼を抱くようになり、不確かさの中でこれ以上生きるよりはと、あらゆる岩や低木、みちみちで遭遇する人々が求めているしるしに変わった。かれらは神々に委ねた。その場所を目にすれば、きっとそこが探していた場所だとわかる。奴隷狩隊の手の届かない場所であればどこであれ、そこが神聖な場所だった。新しい地で神々も守られる。そこを見つけることに、かれらは命をかけた。

古い道が捕囚と鎖、そして死へといたることを恐れたかれらは、道中、新しい道を切り開いた。行き詰まり、道を失ってしまったときでさえ、脱出してきたゴンジャのことを思えば、どんな場所であってもましだろう、かれらは心に言い聞かせた。恐怖に駆られ、腹が減り、喉が渇き、なぜこんなことを始めたのかと疑ってしまいそうになるとき、かれらはそうやって自らを鼓舞した。かれらは北の方角を目指して歩き続けた。そして、もはや帰る道がわからなくなるほど遠くまできて、追手も途絶えたと思しくなると、口にした、もうすぐだ。

かれらと旧世界との距離がはれて架橋不能になると、安堵が人々を包んだ。そして、たとえ土壌が使い物にならなかったとしても、それが土というよりは粘土に近かったとしても、水が不足していたとしても、ほかの人々と密集して暮らすことに、もしくは家族単位ではなくひとつの大きな集団として行動することに慣れていなかったとしても、生きのびることができればそれだけでよかった。

何も視界に映らない日々が何日も続いた末、ついに遠くに群がるいくつかの家が見えたとき、彼の地の人々が歓迎してくれるかどうか逃亡者は測りかね、その先住者が誰であり、共に生活をすることができるかどうかと逡巡した。先住者は、かれらを受け入れ、誰も主人にはならないという条件で、家の建築と死者の埋葬を許可した。そうしてかれらは子どもたちを休ませ、所持品を下ろし、祖先の祭壇を設置してこう言う、ようやくたどり着いた。

もし憔悴しきったかれらが、疲労のゆえにほかの場所を安息の地と取り違え、「いや、ここではなかった」と言ったり、かれらが「低木の地」にたどり着く前に、誰かに追い返されたりしたことがあったとしても、それらはじきに忘れられた。かれらが語ったのは、逃亡の理由となった破目と危険だけだった。自分たちが何を失い、何になったのか、何が引き裂かれ、何がつながったのかを記憶するため、逃走途上の逃亡者、難民、烏合の群衆は、「集まる、ひとつになる、編みあわせる」という意味のシサラと呼ばれた。

かれらは襲撃者や捕食国家、旱魃、枯れた土地から逃れ、サバンナの僻遠にあって、もうこれっきりそれらを経験することがないようにと願った。かれらはそれぞれに異なる夢を抱いていた。怯えることも、「野蛮人」という呼び声に返事をする必要も、娘や甥を貢物として差し出すことも、祖先を忘れることも、神々を捨て去る必要も、日暮れまでに自分や誰か愛する人が消えてしまうのではないかと不安に駆られて朝目覚めることも、それらがなければ可能なはずの夢を。そのすべてにおいて、かれらは新しく始める用意があった。失ったものがもはや元には戻らないと知っていたかれらは、それまでと違う存在になることを受け入れ、自らを名づけ直したのだ。

新しくやってきた人々は歓迎された。親類でないことや、違う言語を話すことなど問題のうちではなかった。重要だったのは系図ではなく(いずれにせよかれらのうちの多くは、三世代、四世代前まで系図を遡ることはできない)、共同体を構築することだったからだ。もし、新来者や外国人を受け入れることが、逃れてきた世界とは異なる世界を創るために必要なのだとしたら、そうすればいい。そうしてかれらは異国に根を張り、よそ者を類縁として引き受け、ほかの移住者や逃亡者と結婚し、神々やトーテムを共有し、歴史を混ぜあわせた。「わたしたち」とは、かれらが何もないところから共同で創り上げたものであり、受け継いだものでも、誰かに強要されたものでもなかった。

そして、かれらに可能なはずの夢は、逃亡者によって建てられた町々や村々の名前に刻まれた。やっと助かった（セイフ・アット・ラスト）、ひとつになった人々（ウィハヴ・カム・トゥギャザー）、誰も捕まえにこないところ（ヒア・ウェア・ノーワン・キャン・リーチアス・エニィモア）、自由人の村（ザ・ヴィレッジ・オヴ・フリーピープル）、平和が語られるところ（ヒア・ウィ・スピーク・オヴ・ピース）、豊かな場所（アプレイス・オヴ・アバンダンス）、安息地（ヘイヴン）。ほかの遺棄された人々や逃亡者、異端者の共同体と似て、かれらという（アイデンティティ）存在は、逃れようとしているものとともに、希求しているものによって規定されていた。

ほかの人里離れた、僻遠に住む部族と言われた人々と同様に、かれらの居留地もまた、軍事貴族と小社会、王族と市井の人々、所有者と生産者、ムスリムと精霊信仰者との間の衝突から生まれたものだった。そうして脅かされた共同体にとっては、それがどこであれ、逃亡こそもっとも普遍的な応答となる。捕食国家は奴隷とともに、移住者と逃亡者を生み出したのだ。逃げ惑う人々は、岩だらけの丘の中腹など身を守るのに適した辺鄙な場所に安住の地を求めたり、街を防壁で囲ったり、洞窟に隠れたり、ラグーンや山地に移ったり、つまり、騎士や略奪隊が侵入できそうにない場所ならどこであれ、そこに棲みついた。

難民と逃亡者、放浪者がサバンナに押し寄せた。逃亡と反乱による切迫から、新しい人々が生まれ、新しい社会が構成された。防御こそが最優先であったから、人々は小さな村に身を寄せあって住んだ。家や農地は安全のため、密集して作られた。家族が密集したのは、人数が多ければ多いほど、生存の可能性が高まったから。農地は村の遠方ではなく、近くに置かれた。そうすれば、家や避難所から遠く離れたところまで、わざわざ危険を覚悟で足をのばす必要はない。

もっとも、ガーナの北西は襲撃者の追跡を逃れうるほど人里離れても、隔離されてもいなかった。攻撃的な強国、略奪者や商人、自称の統治者は、かれらのあとを追い、無帰属者を狩り、奴隷とし、そして殺戮した。自由であり続けるのは難しかった。ひとつになった人々（ワンズ・フーカム・トゥギャザー）は、いまだ、権力者の獲物であり、支配者の原材料であり、気まぐれに収穫された。奴隷貿易によってサバンナの北部は一変する。直面されるべき新たな恐怖は、黒い積荷のグローバルな貿易にとって必要不可欠のもの。強盗経済が、世界の大部分からは隔離されていたはずの辺境地と接続されたのだ。どれだけ遠くに逃げても、遠くとはいえなかった。

防壁の建造を思い立った頃には、安全な地という夢は潰えて久しかった。侵入者はすでに入植地に入り込み、地形を把握し、家畜の数を数え、奪うべき女や子どもたちに狙いを定め、どの家を焼き払い、どの男を殺すか決めていた。敵が街を脅かし、街はそれに応対した。最悪の敵は、それまで友人だったはずの人々だった。

ババトゥは当初、友としてグウォルにやってきた。金銭で助けを乞われた友好者として。ババトゥは、パナという敵を打ち払うためにシサラが雇った傭兵で、任務への報酬として宝貝と奴隷を受け取っていた。略奪者にまで拡張された招きが、家々を危険に晒すことになったのだ。ババトゥはグウォルに住んだが、それが数週間だけだったのか、それともしばらくの間だったのか、覚えているものはいない。いずれにせよ、彼が街を去ってすぐ、グウォルの人々は防御壁の建造を決断する。友情の代償を恐れたのか、悪評を聞き及んでババトゥの裏切りを予感したのか、人々は要塞を造り始めた。防壁の建造が、生存のためのたたかいに拘っていることを、誰もが理解していた。辺境の地に定住したところでその地の統治権が保障されるわけではないことも、自由という言葉にもっとも近づけるのが逃亡であることも、すでに学んでいた。そして、かれらが夢見たものと、実際に手に入るものとの隔たりは、もはや永遠に埋まりようがないということも。

動揺がおさまり、裏切りが起こるや否や、人々は門に近づいてくる侵入者を待ち構え、ババトゥとの対峙に備えた。何か行動を起こさなければ、かれらは消滅してしまう。道すがら捕らえた敵や、疑うことを知らないよそ者を強国や略奪者に貢ぐことと、兄弟や妻、子どもたちを差し出すことは比較にならない。略奪を受けた脆弱な社会は、自らも捕獲者となって生き延びた。シサラはそれを願ったわけではなかったが、よそ者の拉致は、奴隷貿易時代の醜い真実だった。遠くはイギリスやフランス、オランダやブラジル、近くはアシャンティやゴンジャ、ダゴンバ、モシの権力をもった男たちが、シサラをそうせざるをえないように追い込み、ゲームのルールを決め、生存に必要な条件を規定した。壁のむこうにあったのは、非友好的な国々とひっきりなしに訪れる略奪者の波、新しい土地で領土を築こうとする落ちぶれた王たち。近代世界の殺戮は、ひとつの安息地も、避難場所も許さなかった。緊急の状態とは例外ではなく、規範だった。人間を賞与とする傭兵にとって、保護地とは狩猟場を意味した。

グウォルは特別ではない。ここはほかの多くの街とさして変わらない街、「人類の一般的なサンプル」。そこにいたのは受け身で、臆病で、勇気があって、信頼に足り、当てにならない人々だった。そして何をおいてもかれらはただ、生きのびようとしていた。かれらは必要に迫られて、壁を建てた。その選択を支配していたのは状況であり、奴隷以外の存在として生きることができるのであれば、かれらはいかなる犠牲をも厭わなかった。月並みなほかの人々と変わらず、もし可能であるならかれらは違う状況を望んだだろうし、何もしなくてよいという特権が与えられていたなら、そちらを選んだだろう。ババトゥや彼の部隊と闘うという考えにかれらが慄いたことは疑いえないが、ことそれについて選択肢はなかった。入植地を諦め、再び逃亡するという考えも、頭を過っただろう。そうして逃げたものもいくらかいたにはいたが、ほかの人々は、もうつくづく立ち退きには懲りたのか、塹壕を掘ることを選んだ。略奪者をよそへと向けるには、防壁があれば間にあうかもしれない。もしそうでなければ、武器を取らなければならなくなるだろう。外部の危険を押さえ込めなかったかれらは、自らを囲うことにした。

防壁を建てている間、かれらは悪い予感を振り払い、ただ危機を外部に留めおくことだけに注力した。近隣の部族がグウォルの人々を支援した。水路を掘り、土が山盛りになった大型の手押し車を動かし、水の入ったバケツを運び、粘土に藁と家畜の糞を混ぜあわせ、ひとつ防壁を建て、門を設え、武器のための狭間（スロット）を設置し、先端を尖らせた木釘を土塁に打ち込み、そして次の防壁を建てるために同じ過程をくりかえす。いざというときは塁壁の内側で匿ってもらおうと目論む周辺の街々は、労働力を提供した。四ヶ月間の重労働を経て、防壁は完成する。

こうして安全に暮らせることを願ったかれらだったが、防壁の存在そのものが、そうはならないと教えていた。そして、たとえかれらが周辺の世界について無知同然だったとしても、近隣部族の入植地からむこう側を訪れたことがなかったとしても、人々はその肝において、防壁だけでは我が身を守るのに十分ではないと知っていた。塁壁やバリケードを建てた末に包囲されたほかの街々と同様に、この壁も強大な軍隊によってまたぎ越されるのではないか、かれらは憂いた。壁の作り方を模倣した要塞都市のサティが、ババトゥの手に落ちたと伝え聞いたとき、かれらにできたのはただときを待ち、成り行きを見守ることだけだった。今ここにある街は、存在したことすら忘れられてしまった何千もの都市々々のように、明日にでも消滅してしまうかもしれない。こうして、かれらが生死を託した水と藁と泥に並んで、これらの希望と恐怖が壁の一部をなした。敵がやってくるとき、かれらが愚かだったのか、それともこの賭けが正しかったのかがはっきりする。

長老たちは胸を張って語る、「われわれはババトゥを、世界の支配者を、打ち倒したんだ」。議員の男性陣が、大隊がババトゥを撃退したという防壁までわたしたちを案内した。呪物祭司が詳しく話を聞かせてくれる。着古してボロボロになったトレンチコートを着る彼は、都会の貧乏人といった風貌である。話しながら彼は汚れたベージュの腕を伸ばし、堡塁の方を指差した。

「私たちは襲撃者から村を守りました」、祭司は言う。「外壁が突破されても、内側の防壁と兵士の毒矢がそれ以上の侵入を防ぎました」。敵は塹壕で死んだ。戦争の渦中にあって、包囲された人々は敵の遺体どころか、仲間の遺体すらも適切に葬ることができなかった。亡骸は灌木の茂みに捨て置かれ、禿鷲がそれを喰んだ。

祭司は腕を広げ、塁壁の周囲の規模を示そうとしたが、彼の姿はいかにも貧弱で痩せこけていたから、彼がわたしたちに想像させようとした巨大な防壁とはまるで似ても似つかなかった。そこには二つの円形のバリケードがあり、片方がもう片方を二百七十メートルの距離で囲んでいる。内側の防壁は街全体を囲い、外側の壁が農地や作物、また水源を守っていた。門は東西南北を向いており、それらが街への出入りを管理し、万が一の場合には複数の避難口を用意した。塹壕はバリケードの防御力を向上させ、外壁を乗り越えた兵士を落下させた。

祖父から受け継いだ弓と矢を身につけた男が祭司の話に加わり、戦士役を引き受ける。「男たちはこの外壁の窪みに寝そべって、弓を引きました」、祭司は続ける。「前方の窪みは狭く、後方は広くなっています。こうして男たちは窪みに入っていき、外からは見えませんでした」。

戦士は、防壁の小さな狭間(スロット)に弓矢を構えた。かれらが撃たれたり、矢が尽きたりした場合は、後方で備える男たちが場所を変わった。かれらはバリケードの三角形の銃眼に身を隠していたので、敵の射撃から守られつつ矢を放つことができた。銃眼はピラミッドを寝かしたような形状をしていて、防壁の外部に向かって開口部が徐々に狭くなっている。細長い隙間は、ちょうど弓か、マスケット銃の銃身が入るだけの大きさになっていた。こうして隠れ穴にこもって、槍や毒矢を放った。男たちは軍衣を纏っていたが、それはかれらを奴隷としたゴンジャやダゴンバ、モシなど、敵の強国の兵士を模したものだった。戦勝者に倣うことで、かれらは権力を握りしめようとしたのだ。スモックは、矢を防ぐための革や金属の魔除け、また霊的な庇護を付与するハーブの小袋で覆われていた。

武装し、準備を整えたグウォルの男たちは、防御線を張った。もし女たちが街の守護になんらかの役割を果たしていたとしても、長老たちはそれを語らなかった。もっとも、ババトゥ敗北の象徴となったのは、ある女性だった。武勇で名を馳せたシサラの戦士、カンタンフグがババトゥの戦士をひとり殺したときのこと。彼が死んだ敵の軍衣を剝ぎ取ると、驚いたことに、カンタンフグが地面に横たわる勇敢な男兵士だと思っていたのは、実のところ男の格好をした女だった。男もののズボンとローブを纏い、ターバンを頭に巻いた彼女は、誰にも気づかれずに戦を闘っていた。彼女はサラガ出身だと考えられていたが、知られていたのは彼女が口にした名前だけだった。マラム・ムハマン。ハウサ語で「自分を隠す」という意味のカ・ボイエというあだ名で呼ばれた、この男性装の戦士の噂はすぐに広まった。街から街へと話が伝わり、人々は口々に言った。「おい、ババトゥの兵士は馬に乗った女だってよ。奴らが争いを仕掛けてきたんだ」。敵が女にすぎないと知り、シサラは蜂起した。

「アフリカの人々は黙って奴隷制を受け入れたわけではありません」、そう語る祭司の声は、誇りに満ちていた。「われわれは抵抗しました」。

なぜ祭司は、抵抗の説明にあたって「アフリカの人々」という言葉を選んだのだろうか。シサラは、かれらを奴隷にしようとするほかのアフリカ人と争ったのだ。アフリカの人々という言葉が表象するのは、心情の一致でも、共通の目的でも、認識可能な集団でもなく、雑多で、様々な矛盾を抱えたいくつもの社会集団である。アイデンティティは、それが過去に投射されるとき、暴露される。ババトゥが、ゴンジャやアシャンティの戦士が、逃亡者の夢について何を知っていたというのだろう？　自分を新しく名づけるために払われた代償を、かれらが想像できたとでも？

わたしたちはひとつに（ウィ・カム・トゥギャザー）、逃亡したもの（ウィ・フーハヴ・フレッド）、解放されたもの（ウィ・フーワー・リベレイティド）とは違ってアフリカの人々（アフリカン・ピープル）は、襲撃者と捕虜、仲買人と商品、主人と奴隷、親類とよそ者との間の境界を踏み越える。その言葉——

アフリカの人々——の収容性は、有為なものであるとともに、危ういものでもあった。もちろん祭司が切望していたことが、**わたしたちがともになりうるかもしれないもの**（ウァット・ウィマイト・ビカム・トゥギャザー）、もしくは**連帯の可能性**（ザ・ポッシビリティ・オヴ・ソリダリティ）にかかわるものであったことは疑いえない。そんな言葉によって、それが敵の姿をも描写しているということに目を瞑るかぎりではあるが、わたしたちは再び、敵を打ち倒せるかもしれない。

　十八世紀と十九世紀、西アフリカにあって自らをアフリカ人と想像した人は少数だった。かれらの歴史が、アフリカ大陸とアメリカ大陸における奴隷制に対する広範なたたかいと絡みあっていると想像した人も、数百万もの死者と亡命者の重みを感じた人も少なかった。市井の人々や無帰属者が生きる社会によってなされた反奴隷制のたたかいを描いてみても、奴隷制に抵抗するアフリカ人といった壮大な英雄物語や、「自分の人々（ゼア・オウン・ピープル）」を裏切るという悲劇の物語は生まれない。その歴史は些細な逸話や思い出話、口伝、噂話、民話、そして物語のいくつもの断片から成り立っており、首尾一貫とした大きな物語としてまとめられることなく、重複しあい、相違し、不完全な歴史の烏合として存在している。アフリカがひとつのアイデンティティを表したことはなく、それは常に複数で、争われてきた。

　祭司の言葉を聞きながら、この「わたしたち」が**ひとつになったわたしたち**（ウィフー・ビカム・トゥギャザー）なのか、**アフリカの人々**（アフリカン・ピープル）であるのか、それとも**奴隷**（スレイヴズ）であるのかが重要であると気がついた。なぜならこれらの自己規定（アイデンティティ）は、わたしたちの過去についての相反する物語につながっており、それとともに、異なる未来を呼び起こすのだから。

グウォルは、わたしの奴隷ルートの終着地だった。そこで、大西洋の対岸を指し示す標識が見つかればと願っていた。たしかにかれらの祖先はサラガの市場で売られたグルンシであり、執行猶予下にある捕虜であったが、かれらは、先祖が網を逃れたという物語以上のことを記憶してはいなかった。逃亡も、恐怖を避けることも、勝利を味わうことも不可能だった夥しい数の人々についての物語や歌や話は、見つからなかった。失望を認めなければならない。わたしの旅はもう終わる。もしここで、この奴隷制の中心地で、捕囚の人々の痕跡を取り戻すことができないのなら、それがこれから先どこかで見つかる見込みは薄い。かれらのそれは、誰も語ろうとしなかった、もしくは語ることができなかった、不可能な年代記なのだ。奴隷となった人々は、バオバブの木々を除いて、たったひとつの証も残さずに消えていった。

征服軍から逃れて馬に踏み潰された人、一夜にして消滅した街々、紛争の末に売られた残兵、父親が死んだ際、女奴隷と三頭の牛を叔父に差し出すことができなかったために売られた甥、父親の財産をめぐって口論になり、兄に売られた弟、両親の死後、保護者となった人物に売られた娘、叔父の旅行中に攫われた姪、有力者の妻と不貞をはたらいたことで奴隷となった十五歳の少年、傭兵に贈り物として差し出された少女たち、義理の兄弟の扇動によって誘拐された青年、略奪者から逃れようとして道に迷い、敵国の領土に行きあたって捕まり、そのまま奴隷となった二人の少女、モロコシを買おうと遠出した先の街で捕えられた裕福な商人、森で遊んでいる最中に誘拐された子どもの群れ、我が身を奴隷として差し出した飢えた貧窮者、襲撃者から逃れて異国へとたどり着き、保護される代わりに売られた移住者、酋長に魔術を咎められた姉妹、叔父によって質に入れられ、母親が買い戻せるようになる前にポルトガル人に売られた少年、道端に捨てられた赤ん坊、息子が自由を失うよりはと自ら奴隷になった父親、王の墓に捧げられた奴隷、イスラームへの改宗を拒否した異教徒、そして海へと追いやられ、連れ去られた夥しい数の人々。そんな人々について語る人は、ひとりもいなかった。

　この地にとどまった人々と、海のむこうへと引きずられていった人々の子孫が語る物語が異なっていることが、グウォルにまできてようやく腑に落ちるようだった。かれらのそれは喪失の物語でも、捕囚の物語でもなく、生存と幸運の物語。つまるところ、かれらはわたしの祖先とは違って、奴隷小屋（バラクーン）を免れたのだ。かれらは粉々になった共同体を再構築することができた。現在の困窮にもかかわらず、過去の栄光が救済の未来へと導くという解放の物語を編むことが可能だった。翻って、わたしの物語は敗北の歴史で、せいぜいそれは、長く待たれ、しかしいまだ訪れない勝利の前提条件といったところだろう。そんな物語こそ、わたしが探していたものだった。わたしの物語に耳を囚われるあまり、かれらのそれを危うく聞き逃すところだった。

　すでに馴染みの物語を聞こうとわたしは待っていた。しかしここでは道理が違っている。奴隷制とのたたかいを誰もが語るが、奴隷について語るものはいない。奴隷制についての物語は勝利の物語であり、抵抗と超克の物語である。そこに捕虜の姿はない。音楽ですらわたしには聞き覚えのないもので、挽歌も、労働歌（フィールドホラー）も、かなしみの歌もなく、戦争歌や軍歌が歌われる。わたしはその語彙に通じていない。グウォルにおける奴隷制の歴史とは、逃亡者と戦士の物語であって、主人と奴隷のそれではなかった。

　勝ち誇った人々の言葉と打ち砕かれた人々の言葉は、死者と生者の言葉ほどに異なっていた。シサラは、たしかにわたしのように散り散りになった人々の末裔だったが、その出来事はかれらにとって痛みではなく、誇りとして残存した。かれらの過去は希望の理由であり、一方わたしは、もはや救済不能の過去からもぎ取られるべき未来を待ち望んでいた。わたしの現在とは、鎖につながれた男女によって、商品化された人間によって、動産によって創られた未来なのだ。そんな過去が終結した未来をどうにかして想像しようとするのだが、大抵の場合、それは徒労に終わった。

グウォルで見つけたかったものは見つからなかった。そしてそこで学んだことをどう活用していいかも、わからなかった。わたしにとってのアフリカは死んでもいないし、墓でもないということを、旅の終わりに知った。人々が生きるためにたたかい、栄えることを望んでいる世界のあらゆる地と同様に、アフリカもまた、わたしの未来と絡まりあっている。

逃亡者の夢は、大陸の国境線を越える。それは世界という家の夢だった。もしグウォルで何か学んだとすれば、それは新しい自分(アイデンティティ)という存在を創出するために、ときに古いそれを放棄しなければならないということだった。人間の生は、そうやって自己創造をしていく能力にかかっているのかもしれない。自分自身を新しく名づけることは、往々にして、自由の実践につきものの代償である。もしかしたらあの祭司は「アフリカの人々」という言葉で、それを伝えたかったのかもしれない。つまり、その言葉が、過去でも、残存する共同性でもなく、自治と民主主義を求めるたたかいのただ中で解き放たれる可能性を指し示していると。祭司は、**逃亡者**(フュージティヴズ)や**移住者**(マイグランツ)、もしくは**市井の人々**(コモナーズ)、**夢見る人々**(ドリーマーズ)と言うことも容易にできただろう。状況が変われば、わたしたちが自らを想像する方法も変わる。

グウォルの人々とわたしを架橋したのは、苦しみやわたしたちが耐え抜いたものではなく、逃亡を奮い立たせた渇欲であり、自由への焦がれだった。そんな共有された夢こそが未来へと、つまり捕虜と奴隷、逃亡者の望みと砕かれた希望とが結実しうる未来へと向かう共通の道を押し開くのかもしれない。もしアフリカ人としてのアイデンティティがなんらかの意味を持ったのだとしたら、少なくもわたしが思うに、それが何を意味していたか、もしくは何を意味させようとしていたかは、奴隷制に抗うたたかいの渦中にあってしか敷衍することはできない。それはジョンが言った通り、すでに死んだ人々や白い男たちによって建てられた古の要塞ではなく、わたしたちの生死を握っている人々の権力にかかわっている。名前とは要するに、自由の要求、帝国とかれらの兵士に抗するためのスローガン、死の商人や金持ちの人喰いを近寄らせないための忠告、死者の哀悼である。そしてこの喪失と焦がれこそが、**ひとつになったわたしたち**（ウィフー・ビカム・トゥギャザー）という言葉に意味を与えるのだ。

　ガーナで一年間暮らしたのち、それでもわたしが自分をアフリカ系アメリカ人と呼ぶことができるとすれば、それはわたしのアフリカの根源が、逃亡者や反乱者によって創出されたコモンに、奴隷船に乗った希死的な少女たちの勇気に、そしてたとえその代償が命であろうと、時計を止め、新しい秩序を起こそうとした革命家たちの頓挫し、また結実した努力にあるからだ。わたしにとって根源に遡ることは、大宮廷や、王や女王のレガリアにつながるものではなかった。わたしが摑み取ろうとした遺産は、あらゆる形態の奴隷制から逃れ、身を引き、そして打ち倒そうという現在進行形のたたかいに表現されているものである。それは逃亡者の遺産だ。ひれ伏して、偉大なる解放者を待つ必要はない。それは、――たとえそれがハーレムにあったとしても——、ホワイトハウスの夢ではなく、自由な領域についての夢だった。それは国家樹立の夢ではなく、自治の夢だった。それは無帰属者がようやく繁栄しうる、その危うさと約束とのすべてを包摂した、ここではないどこかという夢だった。

家々が輪のように連なってできた小さな空き地で、四人の少女が縄跳びをしていた。グウォルの過去を語ることのできない母親や祖母たちに代わって、少女らが歴史を語る。輪の中心に二人の少女が立ち、ほかの少女が二人を囲んで手を叩きながら歌うのだ。順番を待っていたムンビが少女たちを喜ばせようと輪に飛び込み、真ん中でくるくると回りながら彼女の唄を歌った。わたしは輪の外れに突っ立って、それを眺めていた。脚は動いていなかったが、一緒に踊っているような心地だった。ムンビが輪から離れると、少女たちはさっきの歌の続きを歌った。

グウォルは黄金の街
輪に入れば
守られる
安心しなさい

そばに立つ若い男性が通訳してくれた。彼が最初に発した言葉は、「シスター」だった。それを聞いた途端、わたしは次にくる言葉を確信して、身構えた。惹き寄せられるように、今か今かと言葉を待つ。少女たちの歌に遮られて、彼の声が聞こえない。わたしは首を振って、言葉が理解できなかったと伝えようとした。彼は数センチこちらに近づいて、耳元で叫んだ。少女たちは、グウォルから連れ出され、アメリカ大陸に奴隷として売られていった人々のことを歌っている。ディアスポラについて歌っている。

やっと見つけた――わたしの歌だ、失われた部族の歌だ。わたしは目を閉じ、耳を澄ました。

謝辞

この旅路にあって、既知の人々、未知の人々に多くを負ってきた。名前を挙げられる人々に感謝する義務があることは言わずもがな、名前を挙げることの叶わない人々にも心からの感謝を。メアリー・エレンとジョン・レイは自宅を開放し、わたしの居場所を作ってくれた。この本に反映されているよりもはるかに多くのことをかれらから学んだ。わたしはそれにいつまでも感謝するだろう。アナ・バナーマン・リクター、メアリー・ディラード、ジュネヴァ・モア、マーガレット・マスグローブ、そしてドリス・アウナーの友情は、孤独を和らげてくれた。コフィ・アニドホは、個人的な物語である奴隷制の歴史について書くように、励ましてくれた。ジョゼフ・エンクルマは、このプロジェクトがまだ初期の段階から助けてくれた。ローラ・ハートマンとマリア・ヴァルガス＝パイルは、わたしができたよりもずっと巧みに家族の物語を語り、共有してくれた。ゾーニャ・ジョンソンとジュリア・ロウは、思慮深い助言をくれた。リンドン・バレット、ステファン・ベスト、ジュディス・バトラー、エドゥアルド・カダヴァ、ジョアン・ダヤン、ティナ・キャンプト、ヘーゼル・カービー、アン・チェン、ドナ・ダニエルズ、ファラ・グリフィン、テラ・ハンター、アントニー、およびマリア・グラーン・ファアーレイ、ジュディス・ジャクソン・フォセット、オリバー・ジャクソン、アブドゥール・ジャンモハメド、ドナ・ジョーンズ、デビッド・ロイド、シャーロン・マーカス、ジューン・ミラー、フレッド・モートン、カジャ・シルヴァーマン、ウラ・テイラー、ロビン・ウィーグマン、そしてフランク・ウィルダーソンは、原稿を読み、文章を修正するにあたって有益な助言を数多くくれた。マリーナ・ベンジャミン、トビー・コーリール、グレッグ・クラークス、トム・ジェンクス、ヴィジャヤ・ナガラジャン、ポール・ロジャース、そしてエセル・スミスは、よき導き手だった。マリサ・フエンテスは、献身的にリサーチアシスタントを務めてくれた。彼女の労働のおかげで、わたしのそれははるかに楽になった。プロジェクトの最終段階にあって必要な助力を提供してくれたのはリサ・ジーだった。本書は、編集者のジョン・グラスマンとポール・エリーからのコメントの恩恵を受けている。わたしのエージェントのジョー・スピーラーは、このプロジェクトの始まりからこれを信頼し、忌憚のない批評と寛大な賛辞によって助けてくれた。

その愛と力ぞえにおいて惜しみなかったジョンに、すべてを負っている。彼はこの文章を重ね重ね読み、長期に及んだこのプロジェクトの最中、常に熱意を絶やさずにいてくれた。ケシアは美しさを、ことわたしがそれを見失っていた瞬間、教えてくれた。

いつまでも返せぬ恩は、よそ者たちに。

訳者あとがきにかえて――『母を失うこと』についてのノート

大西洋なら一度だけ近くで見たことがある。ノースカロライナに住んでいた頃、車を三時間ほど走らせて、サウスカロライナのビーチに家族で行った。次女の一歳の誕生日に合わせたから、二〇二一年の初夏だったと思う。友人家族が出不精なわたしたちを連れ出してくれた。海岸沿いにそびえるリゾートホテルをいくつも通り過ぎれば、大西洋が開けている。砂浜を埋める多様な肌の色をした人々、その隙間に花が咲いたように突っ立ったパラソル、子どもたちの歓声、不意の強風に吹き飛ばされたビーチボール、緑がかった海に波の白、空の青。それはどこからどう眺めてみても観光地の平凡な光景に違いなく、わたしもまた、その中の紛れもないひとりだった。ただ、肌の弱い次女のために日陰を作ろうと砂浜で四苦八苦しているときも、海を目指して一目散に走っていく長女を追いかけているときも、ある思いが頭を掠めては、目の前の風景に引っ掻き傷のような違和感を残していた。つまり、こうして人々を懐で抱えるこの大西洋は、かつて夥しい数の黒い積荷となった人間を運び、呑み込んだ、その海ではなかったか、と。それでも海には、糸のように伸びる白い航跡を残して彼方を横切る奴隷船の姿は見えなくて、波に弄ばれる人影だけが浮かんでいた。海の写真を一枚だけ撮った。ピンぼけしたその写真には、ただ水平線のぼんやりとした境界がはるか遠くに映っていた。

大西洋の風景が奇妙なテンポラリティの歪みを伴って見えたのは、すでにあの当時、少しずつ訳していたサイディヤ・ハートマンの『母を失うこと』を読んでいたからに違いない。この本を読まなければ、わたしにとってあの海岸は何の変哲もないビーチだっただろうし、海を長く見つめることもなかっただろう。それを読んでしまえば、世界そのものは変わらないとしても、その世界の見え方やそこでのあり方が一変してしまうような本というのは、たとえばファノンの『地に呪われたるもの』やボールドウィンのエッセイがそうであるように、誰にでもきっとあるものだが、わたしにとって、少なくともここ数年間、そのような存在であり続けたのがハートマンの著作だった。そして、それは確実にわたしだけの経験ではない。

『母を失うこと』を初めて読んだのは二〇一八年ごろ。わたしはノースカロライナ大学にいて、当時受講していたブラック・ディアスポラのゼミで――それは教授が、こういう授業は普通、ギルロイの『ブラック・アトランティック』を最初に読むのだけれど、この授業では最後に読むからと、それが重大な秘密を明かすかのようにニヤッと笑って始まった授業だった――「アフロトピア」と「死者の書」の章が課題として出されたのがきっかけだった。一読して、衝撃を受けた。言葉が親密で、当時頭をどうにか捻りながら学んでいたいかなる理論書とも違っていた。それは最良の小説の手触りにも似て、トニ・モリスン以来の黒人の書き手たちをありありと思い起こさせるものだった。理論というものをここまで美しく書くことができるのかという驚きがあった。わたしはガーナに行ったこともなければ、彼の地についてアメリカ大陸のブラックの人々が保持しているような思慕も羨望も喪失も当然持たないのであるが、ハートマンの言葉の密度と切実さには、自分の内面を抉られるような何かがあった。わたしのよく知る収奪の歴史と、それを唯一の相続物とする人たちの顔が浮かんできた。そうしてわたしはすぐに本を取り寄せ、『母を失うこと』を読んだ。もっと読みたいと思って、翻訳を始めた。それから数年、生活の拠点は沖縄へと移り、わたしが毎日、じっと眺める海は太平洋となったのだが、多くの人々の助けを借り、ようやく翻訳を完成させることができた。

一九六一年生まれのサイディヤ・ハートマンは現在、コロンビア大学教授。これまで三冊の単著を発表しており、二〇〇七年に出版された本書『母を失うこと——大西洋奴隷航路をたどる旅』は、二作目に当たる。二〇一九年にはマッカーサー賞を受賞。最新作の『奔放な生、美しい実験』（二〇一九年、現在翻訳プロジェクトが進行中）は、全米批評家協会賞、批評部門を受賞するほどの評価を受けた彼女の最高傑作。二〇二二年には、アメリカ芸術科学アカデミーのフェローに選出されるなど、研究者として、また書き手としての評価を確固たるものにしている。

ハートマンについて紹介したいことは多い。[*1] 高校生の頃に、詩人のアミリ・バラカにインタビューしたこと。詩作よりも効果的に社会を変革する方法はあるでしょうかと尋ねたハートマンに、バラカは「ある、銃だ」と答えた。ウェズリアン大学やイェール大学大学院で彼女を教えたのが、哲学者のジュディス・バトラーやコーネル・ウェスト、サヴァルタン・スタディーズのヘーゼル・カービーやガヤトリ・スピヴァクなど、一級の学者たちだったこと。ブルーズの研究を志していたハートマンがプロジェクトを変更し、「奴隷制によって作られた世界に生きているという確信[*2]」に駆られて書いたという博士論文をもとにしたデビュー作の『服従の場面：十九世紀アメリカにおける恐怖、奴隷制、そして自己形成』（一九九七年出版、未訳、二〇二二年には新しい序文を付した二十五周年記念の新装版が出ている）が、米国における奴隷制の語りを根底から覆したこと。Jay-Zの4：44のミュージックビデオにハートマンを登場させたアーサー・ジャファが、動画を見てこれは誰だと尋ねるJay-Zにこう言ったこと。「今、あなたのオーディエンスの九十五パーセントは、彼女を見てもピンとこないでしょうが、これから五年、十年、二十年もすれば［ハートマンのシーンが］このビデオでもっとも説得力のある瞬間になるでしょう」。

しかしどのように書いてみても、ハートマンがわたしたちに想像することを可能にした領域について言葉を尽くすのは不可能であるように感じるし、同時に、大袈裟な言葉を連ねて彼女の著作を不可侵なキャノンとしたくはない。結局、この本にかかっているのは、アカデミックな知識生産というもの以上の何かなのだから。奴隷貿易について、奴隷制について書いた本なら多いが、「個人的な物語である奴隷制の歴史」（三二四頁）を書いた本は少ない。奴隷貿易というカタストロフによってある個人が形成されるというのは何を意味しているのか、わたしたちは本書を通して学ぶ。そしてそれは、ある喪失を、断絶を振り払ってしまうことのできないすべての母を失った人々の切実な思いに対して、きっと開かれている。

『母を失うこと』はひとつの喪を演じるテキストだと思う。ハートマンと確かな歴史的つながりを持ち、しかし何百年も前に大西洋のむこう側でいなくなった奴隷を悼むテキスト。もちろんここで肝要なのは、そうやって手を伸ばそうとした奴隷がどこまでも徹底して不在であるということだろう。もし奴隷の姿があったなら、かつてアレックス・ヘイリーがそうしたように、ハートマンは本書をロマンスとして書くことができたかもしれない。ルーツを回復し、祖先との再会を果たし、歴史と系図の空白を埋めるというロマンスを。しかし、かつて奴隷を収容した要塞でも、市場のあった村でも、奴隷狩りの標的となり堡塁を築いた村でも、奴隷のアーカイヴでも、ガーナの人々との会話でも、奴隷の姿は不在であり、語られないもの、もしくは語りえぬものとしてしか存在しない。こうしてロマンスの世代に乗り遅れたハートマンが書くことを迫られたのは、「不在との出会いの物語」（二六頁）であった。自らの面前で霧散していく過去の痕跡、その喪失の過程そのものを、ハートマンは親密に、葛藤を詳らかにしつつ、綴っていく。もし、自らの歴史を語りえないということが、唯一、自分の歴史について語る方法であるのだとしたら、その物語とは一体、いかなるものであるのか。「母を失う」ことが、ディアスポラの黒人の生の条件であるのならば、かれらはどこに自身との、故郷との、過去との「もうひとつの関係性の言葉」[*3]を見出すのか？　「墓にあって自叙伝を書き起こす」（一七七頁）ハートマンが引き受けた挑戦だった。

作家のラルフ・エリスンが「ブルーズは叙情的に表現された個人の破局の自伝的記録である」[*4]と書いたことがあったが、この言葉は自叙伝であり、紀行文であり、批評書であり、エッセイである『母を失うこと』の企図をよく表している。ハートマンにとって不可避の破局とは、彼女が「奴隷制の余生」と名づけるものだった。「黒人の生がいまだに、数世紀前に確立した人種的演算と政治的打算とによって脅かされ、損なわれている」（一二頁）ということ。それはまるで天候のようにハートマンの生をも覆い尽くし、ガーナにあってすら、彼女を追いかけ、行く先々で彼女を待っている。母を失うということ、歴史を剝ぎ取られるということ、よそ者であり続けるということ。それもまた、奴隷制の余生だった。本書を訳しながら、そしてわたしはハートマンがこの本の最終章の、最後の数行においてようやく摑み取る瞬間、彼女が果てしないまわり道の末にやっと見出す「もうひとつの関係性の言葉」をすでに知っていたはずなのに、それでもこの旅に、失われたものへの思慕と、見つからなかったものへの悲嘆、そして奴隷を喰い尽くした圧倒的な暴力とその痕跡以外の何かがあるのだろうかと、彼女はこの旅をすっかり諦めてしまうのではないかと、幾度となく疑ってしまった。

そう、本書において読者は何よりもまず、ハートマンのペシミズムをともにすることを求められる。一四九二年以来の近代という世界を可能にした、人を収穫し、使い捨てできるモノへと脱落させる暴力に、そしてその具体的な場面の数々に立ち止まることを求められる。奴隷船のマストに吊るされた少女、人糞が積もって床となった一時収容所、地下牢に押し込まれた少年……。ハートマンが親密に、痛みすら伴って描き出すこれらの場面――事実、ハートマンは、朗読会で「いくつもの地下牢」の章を読み上げていたとき、突然涙があふれ、続きを朗読できなくなってしまったとインタビューで[*5]語っている。途方もないかなしみは、書くことによってすら消化できなかった、と。朗読会のあと、ひとりの黒人の老婆が近づいてきて、言ったという、「もう、地下牢を離れてもいいんだよ」――は、ただ単にそれが過去に起こったということでなく、そんな場面がディアスポラの黒人の現在と、そしておそらく未来をも規定しているという点において極めて歴史的なものであり、ハートマンのペシミズムに根拠を与えている。「少なくともあとひとつ革命でも起こらないかぎりは奴隷制のむこう側に行くことなどできない」（五七頁）とハートマンは皮肉を込めて記すが、それは一八六三年の奴隷解放という出来事がなしえなかったことを知り尽くし、——一作目の『服従の場面』の中心的なテーマだった——公民権運動という頓挫した革命のあとを生きてきたハートマンの率直な気持ちだろう。ブラック・ライヴズ・マター運動を目の当たりにしたわたしたちは、今でこそ監産複合体や刑罰システムを利用した黒い肉体の管理など「奴隷制の余生」の一端を知ることになったのだが、そのような認識を可能にしたのは、二十世紀と二十一世紀の米国黒人の二つの解放運動の隙間に生きたハートマンなどをはじめとする非常にクリティカルな学術的蓄積を行った人々であった。あの路上に会した若い多様な肌の色をした、断固としてフェミニストで、クィアで、トランスな人々が、ハートマンの本を片手に抱えていたとしても、わたしはそれを当然のこととして認識するだろう。もちろんここでわたしたちは、ブラック・ライヴズ・マター運動のあとに、変わらず殺され続けるアフリカ系アメリカ人のことを想起するかもしれない。本書の翻訳中にも、ニューヨークの地下鉄で、三十歳のジョーダン・ニーリーが、元海兵隊員に羽交い締めにされ、殺された。革命は未完であり、奴隷制の余生は続いている。もしくは、わたしたちひとりひとりがその余生を生きるカタストロフと、失敗したいくつもの革命を思い浮かべるかもしれない。

不可避的なペシミズムをひとつの拒否の態度として、あるいは書く際のモード[*6]として引き取るハートマンは、しかし、安直なニヒリストではけっしてない。「ある希望、つまり絶望するわけではないが、しかし期待することのない希望（ア・ホープ・ナット・ホープレス・バット・アンホープフル）」というW・E・B・デュボイスの言葉[*7]を引きつつ、ハートマンは「ペシミズムとは、希望がないことと同じではありません。そうではなくて、それは、この危機を引き起こした当事者であるその機関に、何かを求めたり、期待したりすることの拒否なのです」と、二〇一八年のトロッペンミュージアムでの講演で語っている。わたしはこの言葉がとても好きなのだが、これはハートマンの著作に通底するペシミズムという調音をよく表していると思う。それはたとえば『母を失うこと』において、奴隷制に関する賠償請求や陳情についての議論に反映されているだろう。法であれ、政府であれ、世間であれ、「こちらに耳を貸そうともしない人々に向かって懇願」（二二八頁）する卑屈を、ハートマンは拒否するのだ。ここに息づいているのは、ハウツーではなく、進歩でもなく、漸新的な改善でもなく、徹底した廃絶（アボリション）ともうひとつの可能性を求めてきたブラック・ラディカリズムのアナーキーな伝統である。ハートマンは語る、「わたしはペシミストで、ワイルドな夢想家なのです[*8]」。

そして、アーカイヴの問いがある。アーカイヴは過去について何を語ることを許すのか？　もしアーカイヴが奴隷の、母を失った人々の、未完に終わった人々の歴史をかれらの声によってはほとんど語らないのだとしたら、歴史を書くことは無駄なのか？　かれらの被った暴力を反復することなく、かれらを記憶する方法はないのだろうか？　それとも覚えることは、忘れることよりも残酷な行為なのだろうか？

ハートマンの思索実践をその初期から貫いているのは、アーカイヴというテーマである。ここにおいてアーカイヴとは、単に歴史を書くために一方的に活用される資料ではなく、それ自体に主体性を保有した存在として、その権力性が問われる。ある過去について何を言うことができ、何を言うことができないか、誰の声が歴史として認められ、どの出来事が記憶に値するのか、アーカイヴは過去の門番よろしく、管理するのだ。

『母を失うこと』では、たとえば七章の「死者の書」において、読者はハートマンのアーカイヴとのほとんど執拗とでも言うべき格闘を目撃する。ハートマンが忘却から救うことを願った少女の存在を庇護しているのは、「あるニグロ少女殺害の疑い」（一八八頁）という数語と、彼女を殺した船長の裁判記録のみ。名のない少女自身の言葉はないし、片足をマストに吊るされたとき、世界がどんなふうにひっくり返ったのかも、糞尿にまみれた自分の身体を拭ったときの柔らかい感触も、彼女に寄り添ったもうひとりの少女がいたかどうかも、最後に残された自由な領域が食事を拒否することになったとき、それを選んだ彼女の決断が勇気だったのか、それとも自棄だったのかも、アーカイヴは沈黙する。そのような歴史の空白と欠如は、奴隷のアーカイヴの、そしてひいては事実というものに依拠してきた歴史という営みそのものの暴力を露わにする。つまり、少女が存在するのは、どこまでいっても〈リカヴァリー号〉の船倉であり、ロンドンの男たちの卑猥な視線を集める半裸の姿としてであり、廃止論者の哀れみの眼差しの先なのだから。こうして少女は再び殺され、ハートマンのアーカイヴとの交わりは「悼みに等しい」（二五頁）ものとなる。

しかし、「死者の書」の章を読んでいただければわかるように、ハートマンは、それでもこの少女について語ることを諦めようとはしない。彼女はアーカイヴの淵にまで歩をすすめ——つまり、アーカイヴが許す言いうることと言いえないことの境界をぎりぎりまで推し開き——、その配列を入れ替え、あらゆる可能性を検討し、そして最終的に少女について、歴史的経験によって担保された親密さと奔放さをもって境界を踏み越え、詩を書くのだ。まるで、奴隷をいつでも捨て荷できる商品としてしか認識できなかったような人々が残したアーカイヴに、いつまでも拘束されている必要などないのだ、と言うように。

「二十八日間、少女はハッチを昇り、ほかのものたちとともに甲板上へと雪崩れ込み、そして食べなかった。岸が見えなくなると、空腹もまた消えていく。四週間も食べずにいると、彼女は夢心地になり、陶酔状態に陥った。発作にも似たつかのまの高揚に、彼女はまるで自分だけの国を見つけたかのように、支配や重荷から解き放たれ、そして運命を自分の手で握っているという心持ちでいた。そんな歓喜が引いていくと、彼女はただのよるべなき少女に戻った」（二〇七頁）

そんなアーカイヴの限界に叛いて書く方法を、ハートマンはのちに「批評的作話（クリティカル・ファビュレーション）」と名づけている。「出来事の位置づけを錯乱し、既存の、もしくは権威化された供述を転覆させ、起こったかもしれないこと、言われたかもしれないこと、なされたかもしれないことを想像する」[*9]、母を失った人々の歴史を書く方法。それは歴史的証言や新事実の発見といった雄々しい営みではないし、声を持たなかった人々の声を代弁するような勇ましい営為でもない。それはむしろ、トニ・モリスンが、奴隷の母親の子殺しを報じる三面記事から、『ビラヴド』という奴隷の物語の傑作を生み出したような、失敗を前提とした、しかし自由で、美しい行為に似ている。それは安直に表象することも、されることも拒否してきた、ブラック・フェミニズムの伝統である。ここにあって出来事と非−出来事、事実と虚構、歴史と文学との境界はかぎりなく曖昧になり、そしてそのことによってハートマンはしばしば伝統的な歴史学者からの予想しうる批判を招くのだが、ないものとされた人々の経験について書こうとする際の不可避的な条件であるそんな混淆と越境を、ハートマンはあの『キンドレッド』で何度も奴隷制の時代にタイムスリップしてしまうデイナのように、自らの片腕を失うリスクを承知で引き取るのだ。ここに、わたしは書き手としての、ワイルドな夢想家としてのハートマンの最良の姿を見る。

『母を失うこと』のあと、ハートマンはそのクリティカルな射程をさらに深化させていく。二〇〇八年、〈リカヴァリー号〉でマストに吊るされた少女とともに死んだもうひとりの少女、ヴィーナスについて書いた、もっと正確に書くなら彼女について書けないことを書いた「ヴィーナス・イン・トゥ・アクツ」という、非常に影響力をもった論文を発表。『批評的作話』という先述の方法論を、ここで提示している。それから二〇一九年、「もうこれ以上奴隷制についての本は書けなかった」[*10]という告白とともにハートマンは、二〇世紀初頭のハーレムやフィラデルフィアなどの都市部に生きた黒人女性たちの束縛を拒む、自由で、クィアな生の実践をアーカイヴの不在から書き起こした『奔放な生、美しい実験』を世に送り出した。

現代のブラック・スタディーズを代表する著述家のひとりであるハートマンの影響は、アカデミックな世界はもちろん、ほかにもいたるところに散見される。二〇二一年、ニューヨーク近代美術館（MoMA）では「批評的作話」と題されたインスタレーションが開かれる。日本では『彼女の体とその他の断片』（エトセトラブックス、二〇二〇年）で知られる、現代クィア文学の旗手のひとりであるカルメン・マリア・マチャドや、アジア系アメリカ人のファンタジー作家R・F・クァン、『ダディ』が日本でも上演された気鋭の劇作家ジェレミー・O・ハリスなど、自作でハートマンからの影響を公言する若い世代の作家は多い。また、グッゲンハイム美術館のヒューゴ・ボス賞を受賞したこともあるアーティストのシモーヌ・リーや、現代アーティストとして国際的な評価を受けるカラ・ウォーカーなど、ハートマンの理論的影響は四百年のブラックの人々の歴史と格闘する現代アートの世界にまで広がっている。

肌の色と国籍、ジェンダー、セクシュアリティによる命の序列がますます強固で、致死的、卑劣なものとなるこの日本において、わたしたちが忘れられた死者とともにいることを試み、自らを名づけ直し、ある決然とした拒否の態度を養い、もうひとつの可能性を模索している今、ハートマンの著作が広く、長く、大切に読まれることを願ってやまない。

さて、わたしは目の前に広がる太平洋を長く見つめている。台風一過の海はいつもより荒々しく、吹きつける霧雨がレースカーテンのように海の視界を奪っていく。海を長く見つめれば、過去は蘇るだろうか。かつて軍艦が埋め尽くし、数多の命を飲み込んだ、この海の歴史を語ることはできるのだろうか。それとも、わたしもまた、不在との出会いの物語を書くよりほか、ないのだろうか。過去を語る際に、それも単なる過去ではなく、自ら言葉を残さなかった敗北者の過去を語ろうとする際に不可避の問いは、今、わたし自身が引き受けねばならない問いとして、眼前にあるようだ。この島がいかに戦禍を生きのび、幾重もの支配を受け、土地を奪われ、すべてを失ったのか、未完の闘争が何を成し遂げ、何に失敗したのか、あのとき農民たちの見た可能性がいかなるものであったのか、アーカイヴが過去について何を言うことを可能にするのか、そして痛みの多いカタストロフの余生が、現在をいかに規定しているのか、わたしは書いてみたいと思う。そんな歴史の空白にむけて書くようなままならない試みの傍らには、いつも、ハートマンの本があるだろう。

この翻訳を可能にしてくれた全ての方々に感謝を。本書の翻訳を励ましてくださった編集者の内山欣子さん、堀由貴子さん、鈴木英果さん、翻訳家の押野素子さん、秋元由紀さん。本書の出版を決断し、編集を担当してくださった安藤聡さん。訳文を読み、文章を修正する上で有益な助言を下さったハーン小路恭子さん。英語の質問にいつでも快く答えてくれたピリー由希穂さんとピリー・ギャビンさん。そして行く先々で小さな生存のためのサークルを一緒に作ってくれたチーム。ありがとうございました。

慰霊の月を迎える伊江島にて

榎本空

注

＊1 次の記事を参照。How Saidiya Hartman Retells the History of Black Life, Alexis Okeowo, The New Yorker, October 19, 2020.

＊2 Saidiya Hartman, Scenes of Subjection: Terror, Slavery, and Self-Making in Nineteenth-Century America, W. W. Norton & Company, Inc., 2022, xxix.

＊3 Interview with Saidiya Hartman, The White Review, June 2020.

＊4 ラルフ・エリスン『影と行為』行方均／松本昇／松本一裕／山嵜文男訳、南雲堂フェニックス、二〇〇九年、九十七頁。

＊5 Interview with Saidiya Hartman, The White Review, June 2020.

＊6 The Tragic Mode: Saidiya Hartman, interviewed by Max Nelson, The New York Review of Books, November 19, 2022.

＊7 W.E.B. Du Bois, Writings (The Library of America, 1986), 507.

＊8 How Saidiya Hartman Retells the History of Black Life, Alexis Okeowo, The New Yorker, October 19, 2020.

＊9 Saidiya Hartman, “Venus in Two Acts”, Small Axe, 2008, no. 26 (June,) p.11.

＊10 Interview with Saidiya Hartman, The White Review, June 2020.

228《わたしもまた人間で、兄弟ではないのですか？》(Library of Congress, Prints and Photographs Division)
229 デニス・チャイルズ、《リンカーンと奴隷》。(Courtesy of the artist)
233 クンタ・キンテ。(Permission granted by © ABC photo archives)
248《サラガの街》。From Louis-Gustave Binger, *Du Niger au Golfe de Guinée par le pays de Kong et de Mossi*, 1887-1889, Paris, 1892.
282 サバンナ。(著者による写真)
302 グウォルの防壁。(著者による写真)

図表一覧

ことになった。Rattray, 536. 近隣都市では、葬儀実践が変更を余儀なくされるほど多くの人々が、ババトゥによって殺された。ティンダナ（大地の司祭）は、もはや死んだ人々の名を呼ぶことができなかったのだ。

316 **シサラは蜂起した**　Stanislaw Pilaszewicz, *Hausa Prose Writings in Ajami* (Berlin: Dietrich Reimer, 2000), 289-90.

318 **馬に踏み潰された人**　サバンナ中の町々や村々を蹂躙し、人々を誘拐し、穀物を破壊し、男たちを蟻塚に埋め、老人を殺し、赤ん坊を死ぬままに見捨て、女たちをレイプし、奴隷に刻印を押し、売り払った奴隷狩隊もまた、アフリカ人だった。次を参照。S. W. Koelle, *Polyglotta Africana, or a Comparative Vocabulary of Nearly 300 Words and Phrases in More Than 100 Distinct African Languages* (London, 1854), 13.

319 **奴隷について語るものはいない**　「奴隷」をヨモと言う。シサラランドにおける奴隷は、ほかの地域の奴隷と同様に、類縁や祖先のいない人々として規定されている。このため、奴隷は祖先の祭壇を所持したり、かれらにつながる儀式を執り行うことができない。ユージン・メンドーサによると、「奴隷の子（ヨモビー）」は、生涯にわたり法的に二級の存在であり続け、私生児（メングモーリビ）同様に、二級の地位が彼の子にも受け継がれる。

訳注

067 **頭から爪先まで**　カール・マルクス『資本論三』向坂逸郎訳、岩波文庫、一九六九年、四一一頁。

090 **獣は皆殺しにせよ**　ジョゼフ・コンラッド『闇の奥』黒原敏行訳、光文社古典新訳文庫、二〇〇九年、一二五頁。

108 **このシルシが**　トニ・モリスン『ビラヴド』吉田廸子訳、集英社文庫、一九九八年、一二二頁。

151 **われわれは柔らかいサトウキビ**　エメ・セゼール『帰郷ノート　植民地主義論』砂野幸稔訳、平凡社、二〇〇四年、七三頁。

152 **食べられるものはすべて権力の食物である**　エリアス・カネッティ『群衆と権力（上）』岩田行一訳、法政大学出版局、一九七一年、三二一頁。

155 **おずおずといやいやながら**　カール・マルクス『資本論一』向坂逸郎訳、岩波文庫、一九六九年、三〇七頁。

225 **われわれはかつてダホメー王の女戦士であったことも**　エメ・セゼール『帰郷ノート　植民地主義論』砂野幸稔訳、平凡社、二〇〇四年、七二〜七三頁。

285 **資本主義的生産時代の曙光が現れる**　カール・マルクス『資本論三』向坂逸郎訳、岩波文庫、一九六九年、三九七頁。

292 **この文化財と呼ばれるものが**　ヴァルター・ベンヤミン『ベンヤミン・コレクション〈1〉──近代の意味（ちくま学芸文庫）』浅井健二郎編訳・久保哲司訳、筑摩書房、一九九五年、六五一頁。

Shrines: An Interdisciplinary Approach to Settlement Histories in the West African Savanna," *History in Africa* 28 (2001): 139-68.

301 **紅土の住居**　土と住居、土地と家の関係性は、シサラのコスモロジーの中心にあった。土地は崇められ、「感情を伴い、関係しうる個的な存在と考えられていた」。Edward Tengan, *The Land as Being and Cosmos* (Frankfurt: Peter Lang, 1991), 38.

302 **恐るべきものは多かった**　Ibid., 57; Rosalind Shaw, *Memories of the Slave Trade: Ritual and the Historical Imagination in Sierra Leone* (Chicago: University of Chicago Press, 2002), 50-68.

304 **女性たちは長老の輪から外れたところに立ち**　Tengan, *Land as Being and Cosmos*, 66.

305 **「捕囚から一時的な猶予を与えられている」**　Adama Guèye, "The Impact of the Slave Trade on Cayor and Baol: Mutations in Habitat and Land Occupancy," in *Fighting the Slave Trade: West African Strategies*, edited by Sylviane A. Diouf (Athens: Ohio University Press, 2003), 53.

309 **シサラ**　無帰属者の移住物語は、移住ルートや日付についての正確な証言というよりは、濃密な詩的構成物である。わたしは本文の語りにおいて、無帰属者による歴史的想像力の詩学の再現を試みた。次を参照。Carola Lentz, "Of Hunters, Goats and Earth Shrines: Settlement Histories and the Politics of the Oral Tradition in Northern Ghana," *History in Africa* 27 (2308): 193-214; Tengan, *Land as Being and Cosmos*, 21.

309 **歴史を混ぜあわせた**　R・S・ラットレイは書く。「以前の出自についての唯一の痕跡は、一族のトーテムであったり、吸収された部族からかれらを区別するある特異な習慣の保存であったりした」。

310 **部族**　次を参照。Morton H. Fried, *The Notion of the Tribe* (Menlo Park, CA: Benjamin Cummings, 1975); Eugene L. Mendonsa, *Continuity and Change in a West African Society: Globalization's Impact on the Sisala of Ghana* (Durham, NC: Carolina Academic Press, 2001), 25; Charles Piot, *Remotely Global: Village Modernity in West Africa* (Chicago: University of Chicago Press, 1999); Emmanuel Forster Tamakloe, *A Brief History of the Dagbamba People* (Gold Coast: Government Printing Office, 1931).

310 **難民と逃亡者、放浪者**　これらの新しい移住者は、「この地域に点在した先住の人々の人口を著しく増加させ[た]」。しかし、「移住者も土着民も同様に、比較的隔離された地域に逃れたあとでさえ、追われ、狩られた」。ゴンジャ、マンプルシ、ダゴンバ、ワラ、モシなどの攻撃的な強国や、捕獲者、商人は、かれらを追い、狩り、奴隷とし、屠殺し続けた。Mendonsa, *Continuity and Change*, 27.

311 **ひとつになった人々**　ユージン・メンドーサは、グルンシを「気まぐれに収穫される穀物と同じ」支配者の原材料として描いている。Ibid.

314 **亡骸は灌木の茂みに捨て置かれ**　ウルにおいては、ザバリマスとの戦いで死んだ人々があまりにも多かったため、埋葬の習慣を維持することができなかった。その習慣は、埋葬から二ヶ月の記念にビールが醸造されること、「亡くなったものの弓、矢筒、マット、スツールが十字路に運ばれ、燃やされ、その火がビールで消火され、寡婦の頭が剃られること」を伴っていた。ババトゥによって殺された人々の葬儀がようやく遅れて執り行われたとき、すべての死者の名前が呼ばれなかったため、無視された死者が怒り出した。死者からの憎悪というリスクを負うよりはと、二次葬の実践が途絶える

Abolition of the Atlantic Slave Trade: Origins and Effects in Europe, Africa, and the Americas, edited by David Elds and James Walvin (Madison: University of Wisconsin Press, 1981), 108. 次も参照。Frederick Cooper, Thomas C. Holt, and Rebecca J. Scott, eds., *Beyond Slavery: Explorations of Race, Labor, and Citizenship in Post-emancipation Societies* (Chapel Hill: University of North Carolina Press, 2000), 113. 〈スペード号〉については次を参照。Thomas, *Slave Trade*; Lovejoy, *Transformations in Slavery*, 19.

253 **奴隷の需要が高まるにつれ**　Meillassoux, *Anthropology of Slavery*, 62-63.

254 **多くの奴隷がいたこと**　Martin Klein and Paul Lovejoy, "Slavery in West Africa," in *The Uncommon Market*, edited by Henry A. Gemery and Jan S. Hogendorn (New York: Academic Press, 1979).

257 **結びあわせる共通の祖先**　ゴンジャが襲撃したのはよそ者と敵だけだった。*UNESCO Research into Oral Traditions*, 137.

259 **「生者たちに一つの場所を指定する手段」**　Michel de Certeau, *The Writing of History*, trans. Tom Conley (New York: Columbia University Press, 1988).〔ミシェル・ド・セルトー『歴史のエクリチュール』佐藤和生訳、法政大学出版局、一九九六年、一三〇頁〕

260 **ンバンヤの言葉**　*UNESCO Research into Oral Traditions*.

261 **「略奪の王たちの豪奢な記憶」**　Martin Klein, "Studying the History of Those Who Would Rather Forget," *History in Africa* 16 (1989): 209-17.

263 **歴史も相続物もなかった**　Patterson, *Slavery and Social Death*, 5.

264 **「俺の女をくれてやるから、その女をくれ」**　*UNESCO Research into Oral Traditions*, 95.

274 **サラガにある奴隷制の記念碑は、廃墟だけだった**　この一文については、デビッド・ロイドのエッセイに負っている。"Ruins/Runes," in *Cities Without Citizens*, edited by Eduardo Cadava and Aaron Levy (Philadelphia: Slought Books/Rosenbach Museum and Library, 2005).

第十一章　血の宝貝

281 **「風景を読解できるものにとっては」**　Mariane C. Ferme, *The Underneath of Things* (Berkeley: University of California Press, 2001), 25.

282 **宝貝の貝殻**　Jan Hogendorn and Marion Johnson, eds., *The Shell Money of the Slave Trade* (New York: Cambridge University Press, 1986), 104.

283 **奴隷船の脚荷として**　Hogendorn and Johnson, *Shell Money*, 46.

283 **一万一千トン以上の宝貝が**　Ibid., 62.

284 **誤った前提に依拠している**　Anselm Guezo, "The Other Side of the Story: Essays on the Atlantic Slave Trade" (manuscript), 19, 26; Thornton, *Africa and Africans*, 45, 51.

285 **「ニグロの通貨」**　*New and Accurate Description*, 362-64. ヨーロッパ人は、宝貝と交換された奴隷が、ほかの商品と交換された奴隷よりも、大切に扱われていると考えていた。

第十二章　逃亡者の夢

301 **それは敗北者のアーカイヴ**　Carola Lentz and Hans-Jürgen Sturm, "Of Trees and Earth

240 **ほとんどのガーナ人は依然として夜の闇を生きていた**　Fanon, *Wretched of the Earth*, 311.〔フランツ・ファノン『地に呪われたる者　フランツ・ファノン著作集３』鈴木道彦／浦野衣子訳、みすず書房、一九六九年、一八一頁〕

第十章　満たされぬ道

244 **ティアンバという名の女性**　Gwendolyn Midlo Hall, ed., *Databases for the Study of Afro-Louisiana History and Genealogy, 1699-1860* (Baton Rouge: Louisiana State University Press, 2000). ティアンバについての情報は、セントチャールズ教区の裁判所で、一七六〇年のものとされるアレクサンドル・バウレの所持品目録から見つかった。

245 **キャラヴァンの規模は最大で**　R. la T. Lonsdale, *Blue Book 1882*, in Marion Johnson, ed., *Salaga Papers* (Legon: Institute of African Studies, University of Ghana, 1965); Paul E. Lovejoy, *Caravans of Kola: The Hausa Kola Trade, 1700-1900* (Zaria, Nigeria: Ahmadu Bello University Press, 1980), 124-25, 103.

247 **苦悩と荒廃の道**　道についての描写は、ベン・オクリを借用。*The Famished Road* (New York: Anchor Books, 2001), 114-15, 326-27.〔ベン・オクリ『満たされぬ道（新しい「世界文学」シリーズ）』金原瑞人訳、平凡社。上、一九三から一九六頁、下、一〇一から一〇四頁〕

249 **ザ・アニ・ガン・ジャ・ゴーロ**　次を参照。Mahdi Adamu, *The Hausa Factor in West African History* (Zaria, Nigeria: Ahmadu Bello University Press, 1978). 最低でも七十から百四十メートルトンのコーラが、市場を経由した。Lovejoy, Caravans of Kola, 114-15.

249 **イスラーム改革運動**　「イスラームのサバンナやサヘルへの拡大は、当地域における奴隷の輸出と明確に関連していた」。Henry A. Gemery and Jan S. Hogendorn, eds., *The Uncommon Market: Essays in the Economic History of the Atlantic Slave Trade* (New York: Academic Press, 1979), 201, 205. Lovejoy, *Transformations in Slavery*, 155.

250 **一万人以上の人々が市場に入った**　この数値については次を参照。M. J. Bonnat, *Liverpool Mercury*, June 12, 1876, in Johnson, *Salaga Papers*.　グールズベリーも、彼の報告で同様の数値を引用している。

251 **そしてもちろん、奴隷がいた**　Marion Johnson, “The Slaves of Salaga,” *Journal of African History* 27 (1986): 343. 十九世紀の最初の数十年、奴隷ひとりの値段は、カゴ一杯のコーラの実、もしくは五千宝貝だった。一八七〇年代、一八八〇年代ごろになると、奴隷は三万六千宝貝から七万宝貝、もしくはコーラ四杯で売られるようになった。Friedrich August Ramseyer, *Four Years in Ashantee* (New York: R. Carter & Brothers, 1875); *UNESCO Research into Oral Traditions: Oral Traditions of Gonja* (Legon: Institute of African Studies, University of Ghana, 1969), 34.

251 **テオフィル・オポク牧師**　Johnson, *Salaga Papers* (Legon: Institute of African Studies, University of Ghana, 1965).

253 **奴隷貿易の規模は増大した**　デビッド・エルティスによると、一八二一年から一八三〇年、一八三一年から一八四〇年のそれぞれの十年間で、およそ三十一万人の奴隷が輸出された。エルティスは、ジャン・S・ホゲンドーンとヘンリー・A・ジェメリーの次の資料を引用している。“Abolition and Its Impact on Monies Imported to West Africa,” in *The*

Guinea, 28, 182.

218 **「『お前らだ、白人』」** Ibid., 35.

218 **人口減少** Manning, *Slavery and African Life*, 55, 58, 82.

219 **レンバ** Miller, *Way of Death*, 201-202; John M. Janzen, *Lemba, 1650–1930: A Drum of Affliction in Africa and the New World* (New York: Garland Publishing, 1982).

219 **ディオラ人が捕虜のための祭壇を** Robert M. Baum, *Shrines of the Slave Trade: Diola Religion and Society in Precolonial Senegambia* (New York: Oxford University Press, 1999), 116-18.

220 **奴隷の霊に栄誉を帰すことで** Judy Rosenthal, *Possession, Ecstasy, and Law in Ewe Voodoo* (Charlottesville: University of Virginia Press, 1998), 48, 95, 153.

222 **ハゲタカ王** C. L. Adams, *Tales of the Congaree*, ed. Robert G. O'Meally (Chapel Hill: University of North Carolina Press, 1987), 120-21. アダムスが記録した語りは、彼流のニグロ語によって描かれている。「それで奴が死んだとき、天には奴の居場所はなくて、地獄でも歓迎されなかったって。それで、偉大なご主人様は奴をほかの人間とか獣とかよりも下に置かれたんだ。罰として、奴はこの地上を永遠にさまようことになった。奴は男とか女のたましいとからだを殺したから、ずっとさまよわないといけなかった。奴のたましいは、偉そうなハゲタカのカタチになって落ちつくところもなくて、食べ物は死肉だよ」。

223 **古の黒塗りパフォーマンス** Catherine Cole, "Reading Blackface in West Africa," *Critical Inquiry*, v. 23.1 (Autumn 1996).

224 **宣伝活動を観光省が展開している** "Ghana's Uneasy Embrace of Slavery's Diaspora," *New York Times*, December 27, 2005, A1, A8.

225 **「人間とモノの酷使」** Armah, *The Healers*, 94.

228 **「極めて危うい特権」** Douglass, *My Bondage and My Freedom*. 次を参照。Stephen Best and Saidiya Hartman, "Fugitive Justice," *Representations* 92 (Winter 2006).

228 **「わたしもまた人間で、兄弟ではないのですか?」** 「『わたしたちもまた、ほかの人々と同じ人間である』という主張の弁護的な密度は」と、アシル・ムベンベは書く、「その主張に先立ち、かつそれを可能にしているだけでなく、必要としている暴力と関連させられた場合においてのみ、判断される」。"African Modes of Self-Writing," *Public Culture* 14, no. i (Winter 2002).

232 **二人のガーナ人の少年** *Guardian*, December 6, 2002.

234 **兄弟姉妹以上の** Amilcar Cabral, *Return to the Source: Selected Speeches by Amikar Cabral* (New York: Monthly Review Press, 1973), 76.

第九章　暗闇の日々

237 **知性は内的な目と** Richard Rorty, *Philosophy and the Mirror of Nature* (Princeton: Princeton University Press, 1981).〔リチャード・ローティ『哲学と自然の鏡』野家啓一監訳、産業図書、一九九三年〕

240 **「豊富な電力」** Kwame Nkrumah, *The Autobiography of Kwame Nkrumah* (London: Panaf, 1973); Kwame Nkrumah, "African Prospect," *Foreign Affairs* 37, no. 1 (October 1958): 45.

209 **「わたしは友に会いに行く」** 〈ペガサス号〉に乗っていたある女性は、あらゆる食事を拒否し、話すことすら断った。その結果、「彼女は親指締め具を命じられ、ミズン索具に吊るされ、(九尾の)猫鞭と、船に通常積んであった器具であらゆることが試された。しかしすべては無駄だった。それから三日、四日後に彼女は死んだ」。彼女が死ぬ前の晩、彼女は別の女性たちに「友に会いに行く」と打ち明けた。"Part III, Minutes of the Evidence," *House Sessional Papers*, 887.

第八章　母を失うこと

214 **ヨーロッパの商人たちもまた** Sylviane A. Diouf, ed., *Fighting the Slave Trade* (Athens: Ohio University Press, 2003), xviii.

214 **リオ・ポンゴの有名な奴隷商人** Djibril Tamsir Niane, "Africa's Understanding of the Slave Trade, Oral Accounts," *Diogenes* 179, 45.3 (Autumn 1997): 75-89.

214 **エウェ地方では** Anne Bailey, *African Voices of the Atlantic Slave Trade* (Boston: Beacon Press, 2005), 160.

215 **所有者家族から** Patterson, *Slavery and Social Death*, 52.

215 **魂の抜け殻となった男たち、歩く死体** Joan Dayan, *Haiti, History, and the Gods* (Berkeley: University of California Press, 1995), 36-37.

216 **「ニグロ」という言葉と同じように** Sterling Stuckey, *Slave Culture: Nationalist Theory and the Foundations of Black America* (New York: Oxford University Press, 1987), 198-99; Winthrop D. Jordan, *White Over Black: American Attitudes Toward the Negro, 1550-1812* (Chapel Hill: University of North Carolina Press, 1968), 74, 95-96. セドリック・ロビンソンは次のように書いている。「『ニグロ』、つまり黒という色は、アフリカの否定であるのと同時に、白に対する一致した抗議である。ニグロの構築は、『アフリカン』や『ムーア』、もしくは『エチオピア』といった用語とは違い、時間、つまり歴史や、空間、つまり民族的、もしくは政治的地理への依存を示唆するものではない。ニグロは、考慮を促すような、文明も、文化も、宗教も、歴史も、空間も、そして人間性も持たなかった」。*Black Marxism: The Making of the Black Radical Tradition* (Chapel Hill: University of North Carolina Press, 2214), 81.

216 **「人間性の拍動はニグロ小屋の入口で止まる」** Aimé Césaire, *Notebook of a Return to the Native Land*, trans. and ed. Clayton Eshleman and Annette Smith (Middletown, CT: Wesleyan University Press, 2001), 28.〔エメ・セゼール『帰郷ノート　植民地主義論』砂野幸稔訳、平凡社、二〇〇四年、七三頁〕

216 **「厳密に、アシャンティ人以外の男女で」** Rattray, Asante Law, 35; T. Edward Bowditch, *Mission from Cape Coast Castle to Ashantee, with a Statistical Account of the Kingdom, and Geographical Notices of Other Parts of the Interior of Africa* (1819; repr., London: Cass, 1966), 182-83. ドンコーは、モシやハウサランド、ドゴンバ、ゴンジャを含む、ギニア北部からの捕虜を指した。

216 **「かれらは中位の大きさで」** Captain John Adams, *Sketches Taken During Ten Voyages to Africa, Between the Years 1786 and 1800* (1822; repr., New York: Johnson Reprint Corp., 1970), 9; "One could hardly call them human" Roemer, *A Reliable Account of the Coast of*

197 **自殺することでよく知られていた**　Philip D. Morgan, *Slave Counterpoint: Black Culture in the Eighteenth-Century Chesapeake and Lowcountry* (Chapel Hill: University of North Carolina Press, 1998); Postma, *Dutch in the Atlantic Slave Trade.* ヘンリー・コーアは、黄金海岸のニグロが絶望に駆られると喉を裂き、内陸部のものが同じ状況に陥った場合は首を吊ると、記している。"Minutes of the Evidence IV," *House of Commons Sessional Papers*, 71. エルミナから輸送される奴隷は、首を吊って自死する傾向があった。次を参照。William Piersen, "White Cannibals, Black Martyrs," *Journal of Negro History* 62 (April 1979): 153.

197 **ちょっとした手段が取られた**　"Part II, Minutes of the Evidence," *House of Commons Sessional Papers* 569 (222).

199 **生殖器と臀部の関連**　Abbe Boileau, *Historia Flagellantium, de recto et perverso flagrorum usu apud Christianos* (Paris, 1700), 294-95, 次に引用あり。Ian Gibson, *The English Vice: Beating, Sex, and Shame in Victorian England and After* (London: Duckworth, 1978), 7. 奴隷制経済にあって、セックスと懲罰は密接に関連していた。そのため、鞭で打たれる十四歳の少女の物語は、あまりにも安易に『ジェントルマンズ・マガジン』の卑猥な記事と混同された。次を参照。G. S. Rousseau and Roy Porter, eds., *Sexual Underworlds of the Enlightenment* (Chapel Hill: University of North Carolina Press, 1988), 52.

200 **似たような衣装を纏った船員ら**　船員は、おそらく、防寒、防湿のためにタールを塗った厚手の毛羽の、だぼっとしたズボン、粗いリネンのチェック柄のシャツ、マンモス帽という定番の装いというよりは、オーバーコートにベスト、帽子、シルバーバックルの靴を身につけていた。Marcus Rediker, *Between the Devil and the Deep Blue Sea*, 11.

201 **ピカレスク・プロレタリアン**　Peter Linebaugh, *The London Hanged: Crime and Civil Society in the Eighteenth Century* (New York: Cambridge University Press, 1992).

201 **「夜になれば何の相違もなくなる」**　"The Sable Venus, An Ode," 1781.

202 **「自然的な理由による死」**　Van Niekerk, *Development of the Principles of Insurance Law*, 433-34.

202 **ロンドン保険会社証券では奴隷について**　Ibid., 434. 次も参照。H.A.L. Cockerell and Edwin Green, *The British Insurance Business 1547–1970: An Introduction and Guide to Historical Records in the United Kingdom* (London: Heinemann, 1976), 14; Bernard Drew, *The London Assurance: A Second Chronicle* (London: London Assurance, 1949), 36-38; A. H. John, "The London Assurance and the Marine Insurance Market of the Eighteenth Century," *Economica* 25 (1958): 126-41; Frederic R. Sanborn, *Origins of the Early English Maritime and Commercial Law* (New York: Century Company, 1930).

202 **「保険者は奴隷の損失」**　John Weskett, *A Complete Digest of the Theory, Laws, and Practice of Insurance* (London, 1781), 525.

204 **「あらゆる生き物が暴力的になります」**　*The Whole of the Proceedings and Trial of Captain John Kimber, for the Wilful Murder of a Negro Girl.*

205 **「法の知恵から人類が利益をえられるまでに」**　*Hansard, Parliamentary Debates*, 29: 1061.

205 **それは教訓を残したのだ**　*Trial of Captain Kimber for the Murder of Two Female Negro Slaves*, vi.

193 **「獲物は即座に分配され」** John Newton, *The Journal of a Slave Trader* (London: Epworth Press, 1962), 104.

196 **「非常にしとやかな十五歳の少女は」** *Parliamentary Debates (Hansard)* (1792), 30: 1070.

196 **百三十二人の生きた奴隷は** 〈ゾング号〉の船長が百三十二人の奴隷を大西洋に投げ荷して、損失の最小化を図り、保険金を受け取ろうとしたとき(「海難」によって失われた奴隷ひとりにつき三十ポンド)、王座裁判所はそれを認める判決を下した。この残虐行為への反応は、海上における保険の適応範囲を制限することだった。〈ゾング号〉裁判において保険請負人側の弁護人だったピゴットも、キンバー船長を弁護している。一七八八年の法令は「『海難、海賊、反乱、もしくは王敵による捕獲、船長、および船員による非行、火災による破壊』以外の保険を無効にした」。一七九九年の法令は、「奴隷の自然死、もしくは虐待による死について、および、それがいかなる状況下であれ、奴隷を海に捨荷することによる損失についての損失や損傷は回収不能」であるとした。J. P. Van Niekerk, *The Development of the Principles of Insurance Law in the Netherlands from 1500-1800* (Cape Town: Juta & Co., 1998), 433n88. 次も参照。Rawley, *Transatlantic Slave Trade*, 299; Prince Hoare, *Memoirs of Granville Sharp, Esq. Composed from His Own Manuscripts, and Other Authentic Documents in the Possession of His Family and of the African Institution* (London: H. Colburn, 1828), viii, xvii–xviii; Henry Roscoe, *Reports of Cases Argued and Determined in the Court of King's Bench* (1782-1785), III: 232- 35.

197 **船医の処置はいずれも** *Extracts of such journals of the surgeons employed in ships trading to the coast of Africa...18th June 1789*, the Sheffield copy, 3. 不機嫌や食事の拒否などの茫漠とした障害は、かなしみを処置され、排除されるべき病や疾患へと変えた。ロンドン関税所に提出された日誌の抜粋において、船医のジョセフ・バックマンは、〈ジェームズ号〉船上で死んだ女性の死因を不機嫌と記録している。〈ライブリー号〉に乗った二人の奴隷は食事の拒否によって死んだ。憂鬱の治癒には共通の処置法があったとアレクサンダー・ファルコンブリッジは述べている。「ニグロが栄養物を拒否する際は、シャベルに乗せられた赤熱の石炭が、かれらの唇を焦がし、燃やすほど近くに寄せられた。そしてこの行為には、もしこれ以上食事を拒否するなら、この石炭を飲み込ませるという脅しが伴っていた。概して、これらの手段は意図された効果を生んだ。わたしはまた、奴隷貿易に関わるいくらかの船長が、頑なに食事を拒否するニグロに対して溶けた鉛を注いだという、信頼できる情報を得ている」。*Account of the Slave Trade on the Coast of Africa*.

197 **「憂鬱は不治の病ですよ」** 〈ブルックス号〉のトーマス・トロッター医師は、自死的な憂鬱に対する治療処置として踊ることを勧める。もっとも、そのようにして身体を動かし、魂を高揚させたとしても、憂鬱は治らないことも認めている。"Minutes of the Evidence (1790) Part II," *House of Commons Sessional Papers.*, 86. 〈エリザベス号〉に乗船していた船医は、大西洋航路で死んだ人々のうち、その三分の二の死因が憂鬱によるものであると推測している。「彼は、かれらが母語で死にたいと話しているのを聞いた。……症状は精神の落ち込みと失望であった。それゆえ、かれらは食べ物を拒否した。それは症状を悪化させただけだった。その後、食欲はさらに減退した。そのために腹は痛み、下痢が続き、かれらは死んだ」。Minutes of the Evidence, Volume II, Part II," *House of Commons Sessional Papers* 562 (219).

以外に一切の実在の場所を持たないしこれ以降持つことはない」と書いている。"Lives of Infamous Men," in *The Essential Foucault*, edited by Paul Rabinow and Nikolas Rose (New York: New Press, 2003), 284.〔ミシェル・フーコー「汚辱に塗れた人々の生」丹生谷貴志訳、『フーコー・コレクション6　生政治・統治』小林康夫／石田英敬／松浦寿輝編、ちくま学芸文庫、二〇〇六年、二一四頁〕

188 **かびくさい裁判記録**　*Trial of Captain John Kimber for the Murder of a Negro Girl on Board the Ship Recovery* (London: H. D. Symonds, 1792), 8. 本裁判については次の資料も参照。*The Supposed Murder of an African Girl at the Admiralty Sessions* (London, 1792); *The Whole of the Proceedings and Trial of Captain John Kimber for the Willful Murder of a Negro Girl* (London, 1792); *The Trial of Captain Kimber for the Murder of Two Female Negro Slaves, on Board the Recovery, African Slave Ship* (London, 1792).

192 **彼女は病に冒されていた**　彼女が性病——環大西洋貿易によってアフリカ、ヨーロッパ、アメリカ大陸に広がった病——にかかっていたという可能性は大いにありうる。もしくはいちご腫が性病と誤診されたのかもしれない。淋病と梅毒も、大西洋世界を橋のようにつなげた——疾病の排出、流動、流出。次を参照。Philip Curtin, "Epidemiology and the Slave Trade," *Political Science Quarterly* 83 (1968). この時点で、ヨーロッパ人はいちご腫を性病だと認識していたが、それは誤認だった。それは皮膚接触によって広がる熱帯病である。当時の誤った認識は、なぜほかの女性があの少女を隔離したのかを説明するかもしれない。「アフリカ人の性嗜好」という人種差別的な観念のため、性病はかれらにつきものと考えられていた。John Hippisley, *Essays on the Populousness of Africa* (London, 1764); Thomas Phillips, *A Journal of a Voyage Made in the Hannibal of London, ann. 1693, 1694, from England, to Cape Monseradoe in Africa; and Thence Along the Coast of Guiney to Whidaw, the island of St. Thomas, and So Forward to Barbadoes. With a Cursory Account of the Country, the People, their Manners, Forts, Trade, &c.* (London, 1752).

192 **屠殺場にも似て**　Alexander Falconbridge, *An Account of the Slave Trade on the Coast of Africa* (London, 1788), 25.

192 **性病は黒人の間でよく見られた**　〈アルビオン・フリゲート号〉の船長、ジェームズ・バルボは、次のように忠告している。「性病は蔓延している。黒人は、水銀の治癒があるため、あまり気にしていないようだ。しかし感染したヨーロッパ人で、悲惨な死を免れたものは少ない。そのため、わたしは真剣に忠告せざるをえないが、特に、そちらへ行くことになった人々に対し、自分の命を守るため、いかなる黒人女性とも関係を持つことを控えるように薦める」。この忠告にもかかわらず、彼は自制が困難であると述べている。なぜなら、「陽気さとユーモアに満ちた若々しい乙女たちが、豊かな娯楽を提供してくれる」からと。*An Abstract of a Voyage in the Albion Frigate*, in *Churchill's Voyages*, Vol. 5, reprinted in Dow, *Slavers and Slave Trading*, 81.

193 **「海の仕事」には人殺しがつきもの**　マーカス・レディカーは書いている。「意図的な残忍さは、しばしば、権威の基盤と、より大きな規律の体系の重要な部分となる。……殺人は、海の仕事の社会関係にあってつきものである」。*Devil and the Deep Blue Sea: Merchant Seamen, Pirates, and the Anglo-American Maritime World, 1700-1750* (New York: Cambridge University Press, 1987), 219.

193 **「その種の非道行為は」**　*Trial of Captain Kimber for the Murder of Two Female Negro Slaves*, 18.

164 **血液の流出**　Sheridan, *Doctors and Slavery*, 116.

164 **これらの提案は**　奴隷が寝るために壁沿いに設えられた寝台の存在を示すような考古学的証拠はない。Simmonds, "Notes on the Excavations."

167 **彼の名を、クァベナといった**　本箇所の記述についてはクゴアーノの『奴隷制の邪悪についての見解と所感』を参照。

173 **言葉で言い表せないほどひどいもの**　一七七五年七月、マサチューセッツのE・バス牧師に宛てて綴られた書簡で、クエクは奴隷制について「宗教を脇に置き、君主とその家臣の野望と威厳、プライドの高さのほか余地を残さない、不当な行為とわたしには思われる」と書いている。Paul Edwards and David Dabydeen, eds., *Black Writers in Britain 1760–1890* (Edinburgh: Edinburgh University Press, 1991), 110.

174 **もうひとりの黒人チャプレン**　F. L. Bartels, "Jacobus Eliza Johannes Capitein," *Transactions of the Historical Society of Ghana* 4, part 1 (1959): 3-13.

177 **それともそれぞれの世代は**　Fred Moten, "Uplift and Criminality" (manuscript, 2004); Cedric Robinson, *Black Marxism* (London: Zed Press, 1995).

181 **「人間の不在」**　シルビア・ウィンターの洞察によると、西洋の人間についての言説は、他者、除けられた「ニガー」を創出し、それがわたしたちの現在の人間についての理解に対して、象徴的な死のシニフィアンの役割を果たすようになる。この他者、異邦人、よそ者は、まったく別の種ではないにせよ、「『聖別化された責務の世界』の外部に置［かれ］」、それゆえに使い捨て可能とされる。"Forum N.H.I. Knowledge for the 21st Century," *Knowledge on Trial*, 1.1 (Fall 1994) 5-6, 45. 次も参照。"Unsettling the Coloniality of Being/Power/Truth/Freedom," *CR: The New Centennial Review*, 3.3 (2003), 257-337.

181 **「自由という崇高な理想」**　Petition of Boston Committee of Slaves 1773, in Dorothy Porter, ed., *Early Negro Writing, 1760-1837* (Boston: Beacon Press, 1971).

181 **「摂理も窮極原因も存在せず」**　Michel Foucault, "Nietzsche, Genealogy and History," in *Language, Counter-Memory, Practice*, trans. Donald F. Bouchard and Sherry Simon (Ithaca, NY: Cornell University Press, 1977), 155.〔ミシェル・フーコー「ニーチェ、系譜学、歴史」伊藤晃訳、『ミシェル・フーコー思考集成4——規範　社会』蓮實重彦／渡辺守章監修、筑摩書房、一九九九年、二七頁〕

183 **奴隷のふりをすること**　Manning, *Slavery and African Life*, 99.

第七章　死者の書

187 **海を長く見つめれば**　Fernand Braudel, *Memory and the Mediterranean*, trans. Sian Reynolds (New York: Vintage, 2001).

187 **「海が歴史」**　Derek Walcott, "The Sea Is History," in *Collected Poems* (New York: Farrar, Straus and Giroux, 1986), 364-67.

187 **「海が与えるのは、掘り尽くされた墓だけ」**　Marianne Moore, "The Grave," in *The Collected Poems of Marianne Moore* (New York: Penguin Books, 1994), 49.

188 **「これらの言葉のかりそめ住処以外に」**　ミシェル・フーコーは、これらの生について「文字どおり無名の汚辱に塗れた者たちである。彼らは、これらの言葉のかりそめ住処ない。それは歴史の外部であり、純然たる忘却に溶けていく」。*Sade, The Invention of the Libertine Body*, trans. Xavier Callahan (Minneapolis: University of Minnesota Press, 1999), 196.

162 **それ以上の男や少年が**　これは十八世紀の最初の十年間の致死率十五・五パーセントという数字に基づいている。十八世紀以前、致死率は二一・六パーセントだった。A. W. Lawrence, *Trade Castles and Forts of West Africa* (London: Jonathan Cape, 1969), 189; David Eltis and David Richardson, eds., *Routes to Slavery: Direction, Ethnicity, and Mortality in the Transatlantic Slave Trade* (London: Cass, 1997), 45; Lovejoy, *Transformations in Slavery*, 61. 地下牢の致死率は、ときに中間航路のそれを上回ることがあった。大部分の捕虜は赤痢で死んだ。

162 **少人数ずつ運搬された**　大抵の場合、取引は奴隷の小集団の交換によって特徴づけられていた。たとえば、一七七二年から一七八〇年の間、ケープ・コーストの総督だったリチャード・マイルスは二千二百十八人の奴隷を得るために、千三百八回の奴隷購入を行っている。Herbert S. Klein, *The Atlantic Slave Trade* (New York: Cambridge University Press, 1999), 122-23.

162 **捕虜は数百キロもの移動をし**　十八世紀ごろ、旅路は平均で三百キロ以上に及んだ。Gomez, *Exchanging Our Country Marks*, 155; Manning, *Slavery and African Life*, 58, 62, 64-72; Van Dantzig, *Records of Dutch West India Company*.

163 **女性や子どもは、通常、鎖をつけられなかった**　ロバート・マイルス総督が記すところによると、一七六五年から一七八四年まで「かれらは森の中や、ひとりずつしか通れないような小道を歩いたことで切り傷をつけ、また痩せこけていた。腕に丸太のようなものをつけていた男たちは憔悴している。女たちと子どもたちは自由だった」。*Board of Trade Reports*, Part I, 41.

163 **鉄の鎖が足と首に装着された**　*Minutes of the Evidence taken before a committee of the Whole House to whom it was referred to consider of the Slave Trade*, Part I, 58, 1789.

163 **足と首の鉄の鎖**　Colin Palmer, *Human Cargoes: The British Slave Trade to Spanish America, 1700-1739* (Urbana: University of Illinois Press, 1981), 43; PRO, T70/5, p. 40. 要塞にあまり在庫がなく、鉄の鎖が足りなくなると、奴隷たちは拘束されずにすんだ。次を参照。Stephanie Smallwood, "Salt-Water Slaves: African Enslavement, Forced Migration, and Settlement in the Anglo-Atlantic World" (PhD diss., Duke University, 1999).

163 **囚人の数は**　*Trade Castles and Forts*, 189. 貿易の独占権を失って十年後、王立アフリカ会社が運送する奴隷は三百九十五人にまで減少した。Rawley, *Transatlantic Slave Trade*, 161.

163 **各々の奴隷には指定の監禁場所があり**　"Note on the Excavations," 267; Palmer, *Human Cargoes*, 43.

163 **赤痢が珍しくなかった**　このような地下の状況は多くの奴隷にとって致死的だったが、一方、貿易会社はそれが「要塞内の反乱に対する安全性を確保するためによい」と考えていた。*Writings of Jean Barbot*, 404n11; Richard B. Sheridan, *Doctors and Slaves: A Medical and Demographic History of Slavery in the British West Indies, 1680-1834* (New York: Cambridge University Press, 1985), 116; Wendell Leon Hicks, *The Bloody Flux* (Pittsburgh: Azaka Publications, 1982), x.

第六章　いくつもの地下牢

149 **アダムとイブは**　*Board of Trade: Report of the Lords of the Committee of Council Appointed for the Consideration of All Matters Relating to Trade and Foreign Plantations* (1789), Part I, James Arnold's testimony.

150 **王立アフリカ会社**　一六七二年の創設から一七五二年の解散まで、王立アフリカ会社がここで囲われた人々を所有していた。James A. Rawley, *The Transatlantic Slave Trade: A History* (New York: Norton, 1981), 161.

150 **「城は、海から眺めると極めて美しい」**　*Writings of Jean Barbot*, 392, 404n11.

150 **工場と呼んだ**　Peter Linebaugh and Marcus Rediker, *The Many-Headed Hydra: Sailors, Slaves, Commoners, and the Hidden History of the Revolutionary Atlantic* (Boston: Beacon Press, 2000), 150. この言葉は、商人委員会の交易所を意味するポルトガル語のフェイトリアからきている。Joseph E. Inikori, *Africans and the Industrial Revolution in England* (New York: Cambridge University Press, 2002).

151 **「塵や廃物」**　*Board of Trade Reports*, Part I, 80; George Francis Dow, *Slave Ships and Slaving* (Mineola, NY: Dover Publications, 2002), 83.

151 **あらゆる被造物を加護するナナ・タービリ**　イギリスが要塞を建造したとき、祭壇は城外に移されたが、一九七七年に戻された。

153 **オラウダ・イクイアーノは**　Olaudah Equiano, *The Interesting Narrative* (1789; repr., New York: Penguin, 1995), 55.〔オラウダ・イクイアーノ『アフリカ人、イクイアーノの生涯の興味深い物語（英国十八世紀文学叢書５）』久野陽一訳、研究社、二〇一二年、三十七頁〕

154 **航海中だった〈アルビオン・フリゲート号〉では**　次を参照。*Churchill's Collection of Voyages* (London, 1746), Vol. 5; Dow, *Slave Ships and Slaving*, 83.

154 **奴隷の反乱を率いたセンベ・ピエは**　Matthew Christensen, "Cannibals in the Postcolony," *Research in African Literatures* 36, no. 1 (2005).

154 **「コロンビア［アメリカ］で」**　Isert, *Letters on West Africa and the Slave Trade*, eleventh letter, 175.

155 **物質的な残余**　Elias Canetti, *Crowds and Power*, trans. Carol Stewart (New York: Farrar, Straus and Giroux, 1984), 211.〔エリアス・カネッティ『群衆と権力（上）』岩田行一訳、法政大学出版局、一九七一年、三〇七〜三〇九頁〕

156 **考古学者のチームが**　Doig Simmonds, "A Note on the Excavations in Cape Coast Castle," *I* 14, no. 2 (1973): 267-69. 次も参照。Bayo Holsey, "Routes of Remembrance: The Transatlantic Slave Trade in the Ghanaian Imagination" (PhD diss., Columbia University, 2003).

156 **排泄物は生と死が**　この議論については、『セード』におけるマルセル・ヘナフの排泄物についての理解に多くを負っている。「排泄物は真に救いようがなく、不快なままであり続ける。……それは不快で、無価値、そして軽蔑すべきものの鈍く平凡な恐怖を呼び覚ます――つまり糞の山は、低俗な言い方ではあるが、差し押さえの行為を指し示している。文化がその上に成立したあらゆる差し押さえの中で、これがもっとも暴力的であり、それゆえにもっとも必要とされる。それは何の痕跡も記憶も残してはならロをわたることから始まった亀裂は、収奪だけではなく、新しい文化の構成と、散り散りになった人々や神々の再創造の約束をも含んでいると、ハリスは教えている。次を参照。"History, Fable and Myth in the Caribbean and Guianas," *Selected Essays*, 157-58. ポール・ギルロイは次のように書いている。「近代世界は過去との断絶を表している。それは前近代の、『伝統的』アフリカが組織として残存しなかったということではなく、その生存の意義と意味が、もはや取り返しがつかないほどに、起源から分離させられたことに拘っている。奴隷制の歴史と、表現文化やヴァナキュラー文化による想像的な回復の歴史は、この断絶の力学について取り組むよう示唆している」。*The Black Atlantic: Modernity and Double Consciousness* (Cambridge, MA: Harvard University Press, 1993), 222-23.〔ポール・ギルロイ『ブラック・アトランティック――近代性と二重意識』上野俊哉／鈴木慎一郎／毛利嘉孝訳、月曜社、二〇〇六年〕

134 **「未知の人物や土地への孝愛を」** Derek Walcott, *What the Twilight Says* (New York: Farrar, Straus and Giroux, 1998), 64.

135 **奮闘と失敗が** David Scott, *Conscripts of Modernity* (Durham, NC: Duke University Press, 2005).

135 **始まり** トゥサン・ブレダがトゥサン・ルヴェルチュールとして生まれ変わったことは、変革の前提条件であったのと同時に、その予兆だったのだろうか？　フランス軍をまたもや撃ち倒したという知らせを受け、トゥサンがあちこちで突破口を開いているという噂が広まった。C・L・R・ジェームズは、「ルヴェルチュールは始まりを意味する」と書く。*Black Jacobins*, 126.〔『ブラック・ジャコバン』〕

135 **世界の終わりのその先を見る** ジェームズは、荒々しい群衆と価値を損なわれた男たちが革命的な大衆となるという、復活の過程を描いている。Ibid.

135 **喪失が人を作り変える** Judith Butler, *Subjection: The Psychic Life of Power* (Palo Alto, CA: Stanford University Press, 1997)〔ジュディス・バトラー『権力の心的な生　主体化＝服従化に関する諸理論』佐藤嘉幸／清水知子訳、月曜社、二〇一九年〕; Anne Cheng, *The Melancholy of Race* (New York: Oxford University Press, 2003). この「現在進行形の喪失、もしくは母を回復することの不可能」が、フレッド・モートンによると、自由の実践に命を吹き込む。*In the Break*, 228. Eduoard Glissant, *Caribbean Discourse* (Charlotteville: University press of Virginia, 1989).

第五章　中間航路の部族

139 **孤児である** Douglass, *My Bondage and My Freedom*.

139 **中間航路は** Gomez, *Exchanging Our Country Marks*.

144 **「時間は何も消し去ってはいません」** ジョージ・ジャクソンはソルダッドの独房から書いている。「ぼくの記憶はほぼ完璧で、時間は何も消し去ってはいません。ぼくはまさに最初の誘拐を想い起こします。あの航海を生きぬき、あの航海で死に、自らの屍でアメリカの土壌を肥やした数百万の者たちとともに、墓標とてない浅い墓に横たわりました。棉ととうもろこしがぼくの胸から生えて、『第三の世代と第四の世代へと伝わり』、さらに十代、百代に至ります」。*Soledad Brother*, 233.〔『ソルダッド・ブラザー』二一二頁〕

れで誰になれるというのだろうか？　これらのアイデンティティの多くは、珍妙な分類法をアフリカに押しつける植民地統治者の発明と大した違いはない。出自という虚構が、よそ者のジレンマを解決できるのだろうか？　"Blacks Pin Hope on DNA to Fill in Slavery's Gaps in Family Trees," *New York Times*, July 25, 2005, A1, A17.

122 **「革命」という言葉**　Hannah Arendt, *On Revolution* (1963; repr., New York: Penguin Books, 1990), 47, 45.〔ハンナ・アレント『革命について』志水速雄訳、ちくま学芸文庫、一九九五年、六五頁〕

124 **アミナ、もしくはエルミナ城**　ヨーロッパ人によって捕虜に授けられたアイデンティティは、かれらが輸送された港や地域から取られることが多かった。

124 **アクワムは、一六八〇年から一七三〇年にかけて**　この時期に黄金海岸から連れ出された奴隷の大半は、アクワムやファンティ海岸から輸送された。Lovejoy, *Transformations in Slavery*, 95-97.

125 **「ドンコーの仕事」**　C.G.A. Oldendorp, *C.G.A. Oldendorp's History of the Mission of the Evangelical Brethren on the Caribbean Islands of St. Thomas, St. Croix, and St. John*, ed. Johann Jakob Bossard; ed. and trans. Arnold R. Highfield and Vladimir Barac (Ann Arbor: Karoma, 1987), 226. オルデンドープはドンコーの仕事を、日用の雑事が農地での労働のあとに行われたため、夜の仕事と解釈している。わたしは、この仕事が並外れて重労働で、侮辱的なものだったので、ドンコーと呼ばれたのではないかと考えている。

126 **反乱軍はまず**　Pierre Pannet, *Report on the Execrable Conspiracy Carried Out by Amina Negroes on the Danish Island of St. Jan in America 1733*, trans. Aimery Caron and Arnold R. Highfield (St. Croix: Antilles Press, 1984); Oldendorp, *History of the Evangelical Brethren*, 220; Aimery P. Caron and Arnold R. Highfield, *The French Intervention in the St. John Slave Revolt of 1733-1734* (Virgin Islands: Bureau of Libraries, Museums and Archaeological Services, Department of Conservation and Cultural Affairs, 1981), 10.

127 **アカン流の政治形態**　Michael Craton, *Testing the Chains* (Ithaca: Cornell University Press, 1982), 99.

127 **銃と奴隷との取引**　奴隷貿易の文脈における人命の商品化は、パトリック・マニングによると、「隣人の犠牲によってでしか利益を上げることのできない」ゼロサムゲームを創出することになった。Patrick Manning, *Slavery and African Life* (New York: Cambridge University Press, 1990), 124.

128 **過去の時代に復帰するという考え**　Arendt, *On Revolution*, 47, 45〔アーレント、『革命について』六二頁〕

130 **「記憶を殺す」**　Caryl Phillips, *Higher Ground* (New York: Vintage, 1995).

131 **母の面影を損ない**　Frederick Douglass, *My Bondage and My Freedom* (1855; repr., New York: Dover, 1969), 42; Frederick Douglass, *Narrative of the Life of Frederick Douglass, An American Slave,* Written by Himself (1845; repr., New York: New American Library, 1968).

132 **「新世界にあって」**　Wilson Harris, "Continuity and Discontinuity," in *Selected Essays of Wilson Harris: The Unfinished Genesis of the Imagination*, edited by A. J. M. Bundy (New York: Routledge, 1999), 179.

132 **亀裂**　旧世界からアメリカ大陸への旅路は、ウィルソン・ハリスの見立てによると、「アフリカからカリビア諸島へと向かう地獄の通路」である。奴隷船が大西洋の数千キ

University Press, 1990), 299.

106 **追跡できるように** Postma, *The Dutch in the Atlantic Trade*, 52.

106 **中継地点だったキュラソー** キュラソーが奴隷港として浮上するのは一六四八年以後である。次を参照。J. Hartog, *Curaçao from Colonial Dependence to Autonomy* (Aruba: De Wit, 1968).

107 **この番号は** Ibid., 37.

107 **焼印を押す際の指示書を携えて** Ibid., Appendix 8, 368.

107 **資産の購買と焼印についての鮮明な様子を** William Bosman, *A New and Accurate Description of the Coast of Guinea; Divided into the Gold, the Slave, and the Ivory Coasts* (London: Cass, 1967), 363-64.

109 **母親の刻印が** 次を参照。Fred Moten, *In the Break* (Minneapolis: University of Minnesota Press, 2003), 17. 人種差別もまた、ひとつの世代から次の世代へと受け継がれる刻印を物語っている。

109 **「虚ろな模倣」** Hortense J. Spillers, "Mama's Baby, Papa's Maybe" and "The Permanent Obliquity of an In(pha)llibly Straight: In the Time of the Daughters and the Fathers," in *Black, White, and in Color* (Chicago: University of Chicago Press, 2003).

第四章　子よ、行け、帰れ

115 **霊の子が来、また去っていくことに** ベン・オクリは、霊の子が「魂という奇怪な贈り物」と「消えることのない亡命感覚」を携えて「世界に入ってくる」と書いている。次を参照。*The Famished Road* (New York: Doubleday, 1993). 彼の霊の子についての描写は、デュボイスのニグロについての描写、つまり、「未来を見とおす目をもって」、「自分の家のなかで除け者」として生まれたという描写と共鳴している。次を参照。*Souls of Black Folk*. 〔『黒人のたましい』一五頁〕

116 **オドンコーの語源** 〈オドンコー〉の語源については、コフィ・アニドホ氏に負っている。「貧者」という単語も同じ語源を持っている。オドフは「わたしを愛して」という意味。次を参照。Wilhelm Muller, "Description of the Fetu Country," in Adam Jones, ed., *German Sources for West African History* (Wiesbaden: Franz Steiner, 1983), 325.

117 **そんな言葉は、主人のもの** R. S. Rattray, *Ashanti Law and Constitution* (1929; repr., New York: Negro Universities Press, 1969), 46; Rattray, *Ashanti Proverbs*, 123.

117 **部外者であることで** Moses Finley, "Slavery," *International Encyclopedia of the Social Sciences* (New York: Macmillan, 1967).

117 **「窓の全部閉まった」** James Baldwin, *Notes of a Native Son* (1955; repr., Boston: Beacon Press, 1983), 57, 111. 〔ジェームズ・ボールドウィン『アメリカの息子のノート』佐藤秀樹訳、せりか書房、一九六八年、七〇頁〕

118 **「絶えず何かを破壊したい」** C.L.R. James, *The Black Jacobins: Toussaint L'Ouverture and the San Domingo Revolution* (New York: Vintage Books, 1963), 88. 〔C・L・R・ジェームズ『ブラック・ジャコバン——トゥサン＝ルヴェルチュールとハイチ革命』青木芳夫監訳、大村書店、二〇〇二年、九五頁〕

121 **DNAテスト** 先祖がコンコンバか、ダガルティか、ヨルバだと判明したところで、そ一五五一年までに、市の人口のうち九千九百五十人は奴隷だった。

093 **奴隷をブラコス** Stephan Palmié, "*A Taste for Human Commodities,*" in *Slave Cultures and the Cultures of Slavery*, edited by Stephan Palmié (Knoxville: University of Tennessee Press, 1995), 46.

093 **ピエサ・デ・インディアと名づけている** *The Slave Trade: The Story of the Atlantic Slave Trade, 1440-1870* (New York: Simon and Schuster, 1997), 212fn; *A Historical Guide to World Slavery*, edited by Seymour Drescher and Stanley L. Engerman (New York: Oxford University Press, 1998), 88.

095 **「黒人たちの歴史を隠蔽した」** Imahkhus Vienna Robinson, "Is the Black Man's History Being Whitewashed?" *Uburu*, 9: 48-50.

096 **家族は死体を愛する** Kwame Arhin, "The Economic Implications of Transformations in Akan Funeral Rites," *Africa: Journal of International African Institute* 64.3 (1994) 307-22. Sjaak van der Geest, "Funerals for the Living: Conversations with Elderly People in Kwahu, Ghana," *African Studies Review*, 43.3 (December 2096): 103-29.

096 **「アフリカの地とは、亡骸のない墓場」** Kwadwo Opoku-Agyeman, *Cape Coast Castle* (Ghana: Afram Publications, 1996).

098 **「人々は、曽祖父が」** Emmanuel Akyeampong, "History, Memory, Slave-Trade and Slavery in Anlo (Ghana)," *Slavery and Abolition*, 22.3 (December 2001), 19.

098 **「あの頃は豊かだったのに」** Bayo Holsey, "Routes of Remembrance: The Transatlantic Slave Trade in the Ghanian Imagination" (PhD diss., Columbia University, 2003), 105.

102 **いかなる幻想をも打ち砕き** デイヴィッド・スコットとブレント・エドワーズは、これらの行き違い、不信、翻訳の誤りが、ディアスポラの特徴を定めると示唆している。次を参照。David Scott, *Refashioning Futures: Criticism After Postcolonialism* (Princeton: Princeton University Press, 1999), 123-24; Brent Hayes Edwards, *The Practice of Diaspora* (Cambridge, MA: Harvard University Press, 2003), 14.

第三章　家族のロマンス

104 **「捕囚の縄」** Paul Riesman, *First Find Your Child a Good Mother: The Construction of Self in Two African Communities* (New Brunswick, NJ: Rutgers University Press, 1992), 205.

104 **「ひれふしてその肉欲の犠牲となる」** W.E.B. DuBois, *The Souls of Black Folk* (1903; New York: Penguin Classics, 1989).〔W・E・B・デュボイス『黒人のたましい』木島始／鮫島重俊／黄寅秀訳、岩波文庫、一九九二年、四九頁〕

105 **オランダの奴隷貿易** 十七世紀にオランダが黄金海岸から輸出した奴隷の数は数百人ほどだった。その数は十八世紀の最初の十年間で急増する。ヨハネス・ポストマの推定によると、一六七五年から一六九九年の間に黄金海岸から輸出された奴隷は百三十六人であるが、一七〇〇年から一七〇九年には、およそ三千人にまで取引量が増大する。次を参照。"The Origin of African Slaves: The Dutch Activities on the Guinea Coast, 1675-1795," in *Race and Slavery in the Western Hemisphere: Quantitative Studies*, edited by Stanley L. Engerman and Eugene B. Genovese (Princeton: Princeton University Press, 1975); Postma, *The Dutch in the Atlantic Slave Trade, 1600-1815* (New York: Cambridge

いても様々に異なる重要性が付与されるだろう」。バロン・ウェン・メウダは、城建造の許可をアカン人は与えなかったと主張する。もし与えていたのだとしたら、伝統的な解放の儀が執り行われていただろうと。*Founding of the Castelo*, 38, 87n172.

086 **愛にはいくつもの表現方法があった** José Rabasa, *Inventing America: Spanish Historiography and the Formation of Eurocentrism* (Norman: University of Oklahoma Press, 1993), 6. 愛は支配の言葉であった。それはカラマンサがキリスト教の神とその地上における代理者に服従することにほかならなかった。それは王の代理の自己否定を要求するものだった。

087 **ベニンのスレイヴ・リバーや** ポルトガルはベニンにおける貿易体制を一四七〇年代に確立し、一四七〇年代、八〇年代にサン・トメとフェルナンド・ポーに定着した。Blackburn, *Making of New World Slavery*, 106; A.F.C. Ryder, *Benin and the Europeans, 1485- 1897* (New York: Humanities Press, 1969), 26.

087 **十字架の焼印が押された** Ryder, *Benin and the Europeans*, 26, 55-57.

088 **王侯貴族の改宗者たち** Basil Davidson, *The African Slave Trade* (Boston: Back Bay Books, 1961), 142; Harms, *The Diligent;* Michael A. Gomez, *Exchanging Our Country Marks: African Identity in the Colonial and Antebellum South* (Chapel Hill: University of North Carolina Press, 1998), 142.

089 **アド・プロパガンダム・フィデム** *Vogt, Portuguese Rule*, 52. ロマーヌス・ポンティフェックスは、ニコラウス五世が、ポルトガルによる奴隷貿易の独占と、ギニア、および当地の住民の支配を認め、保障した一連の教書のひとつである。最初の奴隷が攫われたのは、一四四一年。次を参照。Mudimbe, *Invention of Africa*, 30-37; Blackburn, *Making of New World Slavery*, 107; Thornton, *Africa and Africans*, 45, 51; Anselm Guezo, "The Other Side of the Story: Essays on the Atlantic Slave Trade" (manuscript), 26.

089 **村人を襲撃し** Blackburn, *Making of New World Slavery*, 104; Gomes Eanes de Zurara, *Chronicle of the Discovery and Conquest of Guinea*, 63-83.

089 **聖ジョージにはいくつもの顔がある** Samantha Riches, *St. George: Hero, Martyr, and Myth* (Stroud: Sutton, 2090).

091 **苦しむ奴隷に対しても徽章を** 聖ジョージの試練についての描写は次の資料から選ばれた。Eduardo Galeano, *Memory of Fire*, trans. Cedric Belfrage, 3 vols. (New York: Pantheon, 1985- 1988), Vol. 2. 〔エドゥアルド・ガレアーノ『火の記憶２　顔と仮面』飯島みどり訳、みすず書房〕

092 **聖人たちが耐えた悍ましい試練には** Carole Walker Bynum, *The Resurrection of the Body* (New York: Columbia University Press, 1995).

092 **「商人の手にあっては商品であり」** Claude Meillassoux, *The Anthropology of Slavery: The Womb of Iron and Gold* (Chicago: University of Chicago Press, 1991), 109.

092 **死者は新しい存在の根拠を** Ibid., 106, 107-108, 138-40.

093 **「死にも復活にも栄光はない」** Aharon Applefeld, *The Iron Tracks, trans. Jeffrey M. Green* (New York: Schocken Books, 1998), 13. 復活については次を参照。 J. B. Danquah, *The Akan Doctrine of God* (London: Lutterworth Press, 1944), 158-61.

093 **リスボンで苦役すること** 次を参照。Saunders, *Social History of Black Slaves and Freedmen in Portugal*, 59. 十六世紀中葉、リスボンの人口の十パーセントは黒人だった。

083 **「ニグロの土地は」** Gomes Eanes de Zurara, *The Chronicle of the Discovery and Conquest of Guinea*, ed. and trans. Charles Raymond Beazley and Edgar Prestage (London: Hakluyt Society, 1896-99), I: xxx.

084 **架空の地図を描いたのは、地図作成者** ロバート・W・ハームスは、ギニアについて「ヨーロッパ人の地図作成者が作った架空の地理的作図地のひとつで、さまざまな場所や地図上に登場する」と観察している。*The Diligent: A Voyage Through the Worlds of the Slave Trade* (New York: Basic Books, 2002), 114. V・Y・ムディンベによると、ギニアという地が最初に登場するのは、十五世紀の教皇文書にまで遡れるという。*The Idea of Africa* (Bloomington: Indiana University Press, 1994), 32. OEDによると、ギニアの正確な起源は不明であるという。

084 **統治と神の象徴** A.C. de C.M. Saunders, *A Social History of Black Slaves and Freedmen in Portugal, 1441-1555* (New York: Cambridge University Press, 1982), 13; Robin Blackburn, *The Making of New World Slavery: From the Baroque to the Modern, 1492-1800* (New York: Verso, 1997), 112; Thornton, *Africa and Africans*, 155.

084 **テラ・ヌリウス** ロマーヌス・ポンティフェックス（一四五四年）は、ヨーロッパ人が非キリスト教徒の土地を接収するための政治的、神学的権威を確立した。非キリスト教徒は、ポルトガル王への服従を誓い、キリスト教徒へ改宗することが要求された。そのような服従、もしくは支配は、改宗という軍事思想の帰結であった。Mudimbe, *Idea of Africa*, 30-37.

085 **ファラ・デ・プレト** ポルトガルの船員や商人たちは、性や飲食に関することであれば単純な貿易ピジン語を用いたが、外交関係については黒人通訳者に頼った。奴隷通訳者は、ポルトガルのアフリカ進出に不可欠であり、そのため、ギニアへの航海には必ず黒人通訳者が乗船していた。ギニアへ探検航海に向かう船に対して王室が発布した布告、勅令には、船員が男女を問わず先住民を誘拐し、通訳として訓練するように指示する定型文が含まれていた。P. E. Russell, "Some Socio-Linguistic Problems Concerning the Fifteenth-Century Portuguese Discoveries in the African Atlantic," in P. E. Russell, comp., *Portugal, Spain, and the African Atlantic, 1343- 1490: Chivalry and Crusade from John of Gaunt to Henry the Navigator* (Brookfield, VT: Variorum, 1995), 4.

085 **愛でもって報いたい** "E que por esas cousas de amor, el-Rei lhas queria pagar com amor." João de Barros, "Décadas da Ásia (excerptos das quarto décadas) Ensaio biográfico e histórico-crítico, selecção, notas e indices remissivos, por Mário Gonçalves Viana" (Pôrto: Editôra Educação Nacional, 1944), 118, excerpted in Hair, *Founding of the Castelo*, 105; Duarte Pacheco Pereira, *Esmeraldo de Situ Orbis*, trans. George H. T. Kimble (London: Hakluyt Society, 1937).

086 **ポルトガルの占領権** Herman Bennett, "Sons of Adam," *Representations* 92 (Winter 2006).

086 **王の書記の間ですら異論がある** J. D. Fage, "A Comment on Duarte Pacheco Pereira's Account of the Lower Guinea Coastlands in his Esmeraldo de Situ Orbis, and Some Other Early Accounts," *History in Africa* 7 (1980): 47-80. ヘアーは次のように結論づける。「歴史のこの部分を確定するためにこれ以上の証拠が出てくることは、ありそうもない。それゆえ様々な解釈が生まれるだろうし、結果的に、要塞発見という出来事につ

奴隷の供給が欠かせなかった。……そのような奴隷なしでは、貿易品の在庫は捌けなかっただろう」。奴隷は、八十五グラムから一七〇グラムの金で売られた。次も参照。*Chronicles of Gonja*, 10.

072 **リスボンよりも黄金海岸のほうが** Hugh Thomas, *The Slave Trade: The Story of the Atlantic Slave Trade, 1440-1870* (New York: Simon and Schuster, 1997), 106; Robert Garfield, *A History of São Tomé Island 1470-1655* (San Francisco: Mellen Research University Press, 1992), 45-61.

072 **貿易開始から一世紀半の間** 一六五〇年まで、西アフリカから輸送されるほぼすべての奴隷をポルトガル人が運んでいた。John K. Thornton, *Africa and Africans in the Making of the Atlantic World, 1400-1680* (New York: Cambridge University Press, 1992), 155. 十七世紀の中葉、イギリスがポルトガルを上回るようになった。

072 **二百万人ものアフリカ人** Lovejoy, *Transformations in Slavery*, 38, 47.

073 **六十もの奴隷市場が** Herbert S. Klein, *The Atlantic Slave Trade* (New York: Cambridge University Press, 1999), 208-209; Perbi, "History of the Indigenous Slavery in Ghana," 70-76.

073 **新興都市エルミナには** Harvey M. Feinberg, *Africans and Europeans in West Africa: Elminans and Dutchmen on the Gold Coast During the Eighteenth Century* (Philadelphia: The American Philosophical Association, 1989), 84-85. Christopher R. DeCorse, *An Archeology of Elmina* (Washington: Smithsonian Institution, 2001), 31-32. レイ・キーは、物品貿易から捕虜貿易への移行が、居住形態の変化および、「都市化と街の成長からの離脱、そして比較的広範囲にわたる非都市化」をもたらしたと論じている。「その種の変化は、経済、および人口の大変動を引き起こした」。次を参照。Kea, *Settlement, Trade, and Polities in the Seventeenth-Century Gold Coast* (Baltimore: Johns Hopkins University Press, 1982), 11.

081 **ポルトガル人がエルミナ城を建設したのは** P.E.H. Hair, *The Founding of the Castelo de São Jorge da Mina: An Analysis of the Sources* (Madison: University of Wisconsin-Madison, African Studies Program, 1994), 15. ヘアーによると、一四七一年、リスボンのある立派な市民とポルトガル王、ドム・アフォンソ・Vの代理人が「現在我々がミナと呼ぶ場所に金を発見した」。フェルナオ・ゴメスが、エルミナにおける初の交易所を創設したのは一四七二年。ミナから搾り取った富の為に、彼は爵位と紋章が授けられた。その盾型の紋章は銀の下地に、それぞれの耳と鼻に金の輪を、首周りに金の首輪をつけた三人のニグロの顔があしらわれていた。またその発見を記念して、「ダ・ミナ」というサーネームも授けられた。

082 **ポルトガルを奴隷貿易の支配者と** ポルトガルは、十年あまりの期間で十五万人もの奴隷を大西洋諸島やポルトガルに輸送した。また、一六二〇年までにアメリカ大陸に到達した奴隷となったアフリカ人のほぼすべてを運んだのもポルトガルである。次を参照。Blackburn, *Making of New World Slavery*, 112; Thornton, *Africa and Africans*, 155.

083 **ヨーロッパとアフリカの邂逅** Christopher Miller, *Blank Darkness: Africanist Discourse in French* (Chicago: University of Chicago Press, 1985); V. Y. Mudimbe, *The Invention of Africa: Gnosis, Philosophy and the Order of Knowledge* (Bloomington: Indiana University Press, 1988).

066 **金や銀で**　Thomas More, *Utopia*, trans. Clarence H. Miller (New Haven: Yale University Press, 2001), 61, 75-76, 87. 〔トマス・モア『ユートピア』平井正穂訳、岩波文庫、一九五七年、一〇三頁〕モアは、世界共通で貨幣と同等の価値を持っていた貴金属を否定することで、価値秩序を転覆させた。もっとも彼はそうするにあたって、交換の卑劣を体現する恥辱的な人々を創り出さねばならなかった。彼が描いた逆さまの世界には、不変のものも存在したのだ。

067 **奴隷を買うのは**　"A History of Indigenous Slavery in Ghana from the 15th to the 19th Centuries" (PhD diss., University of Ghana, Legon, 1997), 156.

067 **うつろいやすさ**　T.C.マッカスキーは、排泄物と富の関連性が、物質としての揮発性と、「変化によってカテゴリーの境界を侵し、それを破裂させる能力」に関係があると推測している。"Accumulation, Wealth and Belief in Asante History," *Africa* 53, no. 1 (1983), 31.

067 **金を見る目は**　O. Rytz, ed., *Gonja Proverbs* (Legon: Institute of African Studies, University of Ghana, 1966), 179.

第二章　市場と殉教者

071 **ヨーロッパの船乗りや商人たちは**　人々は「かれらのもとへと裸でやってきて、両手は金であふれていた。かれらはそれを船員が船で運んできた古着や、ほかのほとんど値打ちのないものと交換した」。Hernando del Pulgar, *Crónica de los señores reyes católicos don Fernando y doña Isabel de Castilla y de Aragon escrita por su cronista Hernando del Pulgar cotexada con antiguos manuscritos y aumentado de varias illustraciones ye enmendas* (1565; repr., Valencia: Imprenta de Benito Monfort, 1780); John W. Blake, *Europeans in West Africa*, 1450-1560 (London: Hakluyt Society, 1942), 205.

071 **「ミナ・デ・オーロ」**　「現代英語におけるエルミナという名称の由来は不明である。元来それはEdnaa（エドナー）もしくは、Edinaa（エディナー）と言ったが、ポルトガル人がその名を用いるのは例外的なことで、エディナーがエルミナの転訛である可能性は、その逆よりも高いようだ」。W.E.F. Ward, *A History of Ghana* (London: Allen & Unwin, 1958), 66.

071 **アカンで得た金は**　金貿易は、少なくとも一五三〇年代まで栄えた。John Vogt, *Portuguese Rule on the Gold Coast* 1469-1682 (Athens: University of Georgia Press, 1979), 201.

072 **そこには輸送されるのを悠長に待つ**　ウォルター・ロドニーは書いている。「支配貴族と一般庶民との間に、決定的な階級的矛盾が存在した。そして支配階級はヨーロッパ人と手を組み、アフリカ人大衆を搾取した。」"African Slavery and Other Forms of Soci al Oppression," 64.

072 **奴隷を誘拐したり**　Joseph Miller, *Way of Death: Merchant Capitalism and the Angolan Slave Trade* (Madison, WI: University of Wisconsin Press, 1988), 115.

072 **奴隷一名につき**　一五〇〇年から一五三五年の間に、ポルトガルは一万から一万二千人の奴隷をエルミナに持ち運んだと推定されている。この数には、密輸業者によって持ち込まれた奴隷は含まれていない。ジョン・ヴォークトの『ポルトガル支配』によると、「サン・ジョルジュ・ダ・ミナにおけるポルトガル貿易の成功には、十分で持続的な

York: Random House, 1974), 236.

053 **革命的帰還者**　Maya Angelou, *All God's Children Need Traveling Shoes* (New York: Vintage, 1991), 18.

054 **独立は短かった**　Okwui Enwezor, ed., *The Short Century: Independence and Liberation Movements in Africa 1945-1994* (Munich: Prestel, 2001).

054 **エンクルマが世界を抱き寄せようと**　Ali Mazrui, *Nkrumah's Legacy* (Accra: Ghana Universities Press, 2004). C.L.R. James, *Nkrumah and the Ghana Revolution* (Westport, CT: Lawrence Hill & Co., 1977), 182-84.

055 **大目に見てもらえたのは**　Leslie Alexander Lacy, *The Rise and Fall of a Proper Negro* (New York: Macmillan, 1970), 210.

056 **「希望の果て」**　David Scott, *Refashioning Futures: Criticism After Postcoloniality* (Princeton: Princeton University Press, 1999); *Conscripts of Modernity* (Durham, NC: Duke University Press, 2004); and David Scott, "The Dialectic of Defeat: An Interview with Rupert Lewis," *Small Axe*, 10 (September 2001) 86.

057 **自由の夢は**　Robin Kelley, *Freedom Dreams* (Boston: Beacon Press, 2003).〔ロビン・D・G・ケリー『フリーダム・ドリームス　アメリカ黒人文化運動の歴史的想像力』高廣凡子／篠原雅武訳、人文書院、二〇一一年〕

057 **恐怖とは「逃亡の可能性なき束縛」**　Louis Althusser, "The International of Decent Feelings," cited in Fred Moten, *The New International of Decent Feeling, Social Text*, 20.3 (Fall 2002), 194.

058 **「新しいエルサレムの姿を呼び起こした」**　B. Jewsiewicki and V. Y. Mudimbe, "Africans' Memories and Contemporary History of Africa," *History and Theory* 32, no. 4 (December 1993): 7; Ali Mazrui, "Nkrumah: The Leninist Czar," *Transition* 75 / 76 (1997): 106-26.

059 **わたしが架ける橋とは、それがどんなものであれ**　Brent Edwards, *The Practice of Diaspora* (Cambridge, MA: Harvard University Press, 2003), 15.　エドワーズはフランス語のdécalageという単語を用いて、ディアスポラに内在的な差異、相違、誤解を説明している。彼にとって、このつながりの本質をもっともよく表しているのは、継ぎ目である。「継ぎ目とは、それが分離点であるのと同時に、接合点であるという意味において、興味深い位置にある」。

060 **自分がアメリカ人であることは忘れていたかった**　Maya Angelou, *All God's Children Need Traveling Shoes* (New York: Vintage, 1991), 102-105.

064 **ガーナの市民権**　二〇〇五年、アフリカ系アメリカ人に特別な終身ビザを付与し、ガーナのパスポートの所持を可能にするという法案が成立した。

065 **人生でもっとも孤独な瞬間**　David Jenkins, *Black Zion* (London: Wildwood House, 1975), 165.

065 **「人間であるという抽象的な赤裸な存在」**　Hannah Arendt, *The Origins of Totalitarianism* (San Diego: Harcourt, 1968), 299-300.〔ハンナ・アーレント『全体主義の起原２　帝国主義』大島通義・大島かおり訳、みすず書房、二〇一七年、三二一〜三二四頁〕アーレントは、「法という領域の外部」に置かれ、市民権の保護から拒絶され、平等の権利を奪われることの危険を、説得力をもって描いている。

066 **王侯貴族の病**　Ayi Kwei Armah, *The Healers* (London: Heinemann, 1978).

まだ異邦な存在として考えられている。そして、その資産や事業を守らなければという呵責や義務感を感じている人はいないに等しい」。"Ghana, 1982-6: The Politics of the P.N.D.C.," *Journal of Modern African Studies* 25, no. 4 (1987): 613-42.

034 **奴隷のための古い城** Ayi Kwei Armah, *Fragments* (Boston: Houghton Mifflin, 1970), 44.

036 **ユートピアへの道が再び絶たれた** Frantz Fanon, *The Wretched of the Earth,* trans. Constance Farrington (New York: Grove Press, 1963), 164.〔フランツ・ファノン『地に呪われたる者 フランツ・ファノン著作集３』鈴木道彦／浦野衣子訳、みすず書房、一九六九年、九四頁〕

044 **支配者の貴族と一般人との間に** Walter Rodney, "African Slavery and Other Forms of Social Oppression on the Upper Guinea Coast in the Context of the Atlantic Slave Trade," in *Forced Migration: The Import of the Export Slave Trade on African Societies*, edited by Joseph E. Inikori (London: Hutchinson, 1982), 64

049 **我々は、現在の状況よりも** Charles H. Wesley, *Prince Hall: Life and Legacy* (Philadelphia: Afro-American Cultural and Historical Museum, 1977), 66-68.

049 **人種が贖われる未来** Wilson Jeremiah Moses, *Afrotopia: The Roots of African American Popular History* (New York: Cambridge University Press, 1998), 55, 68. モーゼスは、ディアスポラのアフリカ人について、かれらが「現在のアフリカの『野蛮な』状態（停滞した発展）についてのいくらかの説明と、その人種の永続的な劣等性という非難からの弁護を、歴史に見出すことを望んでいる」と書く。そんな課題への応答として築き上げられたのが、「アフリカの堕落的現状を釈明し、それとともに進歩というビジョンを提示しうる衰退の歴史学や敗北の物語」であった。

049 **政府から守られていない** William L. Patterson, ed., *We Charge Genocide* (1951; repr., New York: International Publishers, 1971).

050 **ガーナの独立は** "Ghana Independence, Africa's Biggest Event," *Chicago Defender*, February 16, 1957; "Hail Ghana," *New York Amsterdam News*, March 9, 1957. Cited in Roger A. Davidson, "A Question of Freedom: African Americans and Ghanaian Independence," *Negro History Bulletin* 60, no. 3 (July–September 1997).

050 **「ガーナも自分の目で見ることでしょう」** *Soledad Brother: The Prison Letters of George Jackson* (1970; repr., Chicago: Lawrence Hill Books, 1994), letters of April 18, 1965, and March 3, 1966. 〔ジョージ・ジャクソン『ソルダッド・ブラザー 獄中からの手紙』鈴木主税訳、草思社、六六頁〕

051 **ガーナまで旅した** Penny M. Von Eschen, *Race Against Empire: Black Americans and Anticolonialism, 1937-1957* (Ithaca: Cornell University Press, 1997), 167-68. ジャマイカ首相ノーマン・マンリー、バルバドス首相グラントレー・アダムス、トリニダード・トバゴ首相エリック・ウィリアムスも参加していた。

051 **涙を流す** *The Autobiography of Martin Luther King, Jr.*, ed. Clayborne Carson (New York: Warner Books, 1998), 112. 〔クレイボーン・カーソン編『マーティン・ルーサー・キング自伝』梶原寿訳、日本基督教団出版局、二〇〇一年、一三七～一三八頁〕

051 **真偽の不確かな** Kevin K. Gaines, *American Africans in Ghana* (Chapel Hill: University of North Carolina Press, 2006), 5.

053 **シルヴィア・ブーンは文化大使として** Sylvia Ardyn Boone, *West African Travels* (New

注

プロローグ　よそ者の道

010 **「白人」奴隷**　David Eltis, *The Rise of African Slavery in the Americas* (New York: Cambridge University Press, 2000), 57.

010 **ある歴史家曰く**　David Brion Davis, *Slavery and Human Progress* (New York: Oxford University Press, 1984), 30.

012 **七十万人以上の捕虜**　十八世紀、七十万人近くの捕虜が黄金海岸から輸送された。実際の取引量が、輸出額より少なくとも二十パーセント多かったことを忘れてはならない。Paul E. Lovejoy, *Transformations in Slavery: A History of Slavery in Africa* (Cambridge: Cambridge University Press, 1983), 56, 61.

013 **不規則に広がるジュフレの一族**　Alex Haley, *Roots* (Garden City, NY: Doubleday, 1976).〔アレックス・ヘイリー『ルーツ　上・下』安岡章太郎／松田銑共訳、社会思想社、一九七七年〕Henry Louis Gates, Jr., *Wonders of the African World* (New York: Knopf, 1999).

013 **暴風雨のあとに**　R. S. Rattray, *Ashanti Proverbs* (Oxford: Clarendon Press, 1916), 143.

014 **先住者と市民との間の傷跡**　Julia Kristeva, *Strangers to Ourselves* (New York: Columbia University Press, 1991), 98.〔ジュリア・クリステヴァ『外国人　我らの内なるもの』池田和子訳、法政大学出版局、一九九〇年、一二〇頁〕

025 **生の記録を残さなかったものたち**　ミシェル・フーコーはこのような人々について、「文字どおり無名の汚辱に塗れた者たちである。彼らは、永遠に人間の記憶に銘記されるに値しないものとする幾つかの言葉によってしか、もはや存在しない」と記している。“Lives of Infamous Men,” in *The Essential Foucault*, edited by Paul Rabinow and Nikolas Rose (New York: New Press, 2003), 284.〔ミシェル・フーコー「汚辱に塗れた人々の生」丹生谷貴志訳、『フーコー・コレクション６　生政治・統治』小林康夫／石田英敬／松浦寿輝編、ちくま学芸文庫、二〇〇六年、二一四頁〕

第一章　アフロトピア

033 **クリスチャンスボー城**　十七世紀末、黄金海岸から退去させられた奴隷の大部分は、アクラから出荷された。Ludewig Ferdinand Roemer, *A Reliable Account of the Coast of Guinea*, trans. Selena Axelrod Winsnes (Oxford: Oxford University Press, 2000), 225-28; Per O. Hernaes, Slaves, Danes and African Coast Society: *The Danish Slave Trade from West Africa and Afro-Danish Relations on the Eighteenth-Century Gold Coast* (Trondheim: Trondheim Studies in History, 1995); Paul Erdmann Isert, *Letters on West Africa and the Slave Trade: Paul Erdmann Isert's Journey to Guinea and the Caribbean Islands in Columbia*, 1788, trans. and ed. Selena Axelrod Winsnes (Oxford: Oxford University Press, 1992); *The Writings of Jean Barbot on West Africa*, Vols. 1 and 2, edited by P.E.H. Hair, Adam Jones, and Robin Law (London: Hakluyt Society, 1992): Vol. 2, 435.

034 **要塞として、異邦な存在として**　バフォー・アジェマン・ドゥアーは書く、「政府はい

ワ行

マ行

ヤ行

ラ行

ナ行

ハ行

タ行

サ行

カ行

索引

ア行

著者について

Saidiya Hartman（サイディヤ・ハートマン）

作家、研究者、思想家。コロンビア大学教授。専門はアフリカン・アメリカン研究、フェミニスト・クィア理論、パフォーマンス・スタディーズなど。2019年、マッカーサー・ジーニアス賞受賞。奴隷制の暴力、またそれに対する黒人の抵抗についての語りを一変させたScenes of Subjection: Terror, Slavery, and Self-Making in Nineteenth-Century America（1997）でデビュー。最新作はWayward Lives, Beautiful Experiments: Intimate Histories of Riotous Black Girls, Troublesome Women, and Queer Radicals（2019）。

訳者について

榎本空（えのもと・そら）

1988年、滋賀県生まれ。沖縄県伊江島で育つ。同志社大学神学部修士課程修了。台湾・長栄大学留学中、C・S・ソンに師事。米・ユニオン神学校S. T. M修了。現在、ノースカロライナ大学チャペルヒル校人類学専攻博士課程に在籍し、伊江島の土地闘争とその記憶について研究している。著書に『それで君の声はどこにあるんだ？』（岩波書店）、翻訳書にジェイムズ・H・コーン『誰にも言わないと言ったけれど――黒人神学と私』（新教出版社）がある。

母（はは）を失（うしな）うこと――大西洋奴隷航路をたどる旅

2023年9月25日　初版

著　者　サイディヤ・ハートマン

訳　者　榎本空

発行者　株式会社晶文社
東京都千代田区神田神保町 1-11　〒 101-0051
電話　03-3518-4940（代表）・4942（編集）
URL https://www.shobunsha.co.jp

印刷・製本　ベクトル印刷株式会社

ISBN978-4-7949-7376-4 Printed in Japan